Hinter deiner Wirklichkeit

Band I
Die Bürde des Engels

Marco A. Rauch

FSC
www.fsc.org
MIX
Papier aus verantwortungsvollen Quellen
Paper from responsible sources
FSC® C105338

Umschlaggestaltung, Lektorat, Korrektorat: Marco A. Rauch

Bildnachweis: Caduceus: Maximus256/Shutterstock.com

Herstellung und Verlag: BoD – Books on Demand, Norderstedt
ISBN: 9783755756392
Bibliografische Information der Deutschen Nationalbibliothek: Die Deutsche Nationalbibliothek verzeichnet diese Publikation in der Deutschen Nationalbibliografie; detaillierte bibliografische Daten sind im Internet über http://dnb.dnb.de abrufbar.

Hinter deiner Wirklichkeit

Band I
Die Bürde des Engels

Urban Fantasy

www.hinter-deiner-wirklichkeit.de

Danksagung

Mein tief empfundener Dank gebührt

Stephanie Lösch
Maria Dippelreiter
Universitätsklinikum Erlangen
Christian Thalmann

und natürlich
Fiddler's Green

Sláinte

Für alle, die das Licht nicht sehen: Es ist da. Gib nicht auf.

Tram-pel-pfad

Substantiv, maskulin [der]
durch häufiges Darüberlaufen entstandener schmaler Weg

Kapitelübersicht

Kapitel 1: Samstag	*Am Anfang*	Seite 7
Kapitel 2: Sonntag	*Wunder und Magie*	Seite 13
Kapitel 3: Montag	*Verantwortung*	Seite 95
Kapitel 4: Dienstag	*Laila*	Seite 139
Kapitel 5: Mittwoch	*Der lange Weg*	Seite 150
Kapitel 6: Donnerstag	*Gentleman*	Seite 217
Kapitel 7: Freitag	*Vorboten*	Seite 249
Kapitel 8: Samstag	*Tabula rasa*	Seite 269
Kapitel 9: Sonntag	*Zwei Hände*	Seite 303

Samstag

~Am Anfang~

Es war Anfang September 2019, abends im Sonnenuntergang. Markus saß in der geöffneten Seitentür seines klapprigen, roten Ford Transit. Er hatte ihn auf einem Parkplatz am Meilwald in einiger Entfernung zu den Uni-Kliniken abgestellt. Am Himmel zeichnete sich ein träumerisches Muster aus rot- und orangefarbenen Tönen und die angenehm warme Spätsommerluft ließ in ihm ein Gefühl von Sehnsucht aufkommen.

All die Menschen ..., dachte er. *So viele Menschen.* Er fühlte sich müde und traurig. Diese Sehnsucht nach Familie und Zugehörigkeit, die an manchen Tagen ihren Platz forderte. Meist empfand er sie als lästig, als störend und schmerzhaft. Aber er spürte auch, dass sie ein Teil von ihm war. Ein wichtiger Teil, der nicht nur seine Berechtigung, sondern auch seinen Ursprung hatte. Nachdenklich schaute er nach unten auf den Gaskocher, auf dem gerade eine Dose Ravioli langsam anfing zu dampfen. Mit der rechten Hand nahm er sie und aß ein paar Gabeln davon, während seine Gedanken zurück in die Kinderklinik schlichen. Der Besuch dort hatte ihn sehr angestrengt und auch nach all den Jahren war es immer noch schwer, sich damit abzufinden, dass er nicht allen helfen konnte. Natürlich war es immer einen Freudensprung wert zu sehen, wenn die Kinder sich wieder besser fühlten. Und wenn die Eltern später mit einer Mischung aus Kummer und Freude in Tränen ausbrachen, dass es schwerfiel, nicht mitzuweinen. Aber diesem einen Mädchen, Carolin, die einzige Rote seit langer Zeit, konnte er nicht helfen.

Irgendwie fühlte es sich für ihn an wie ein persönliches Versagen. Es schmerzte ihn jedes Mal so sehr, dass er sich die Frage stellte, worin der Sinn dieser Gabe lag. Oder des Fluchs, wie er ihn manchmal insgeheim nannte. Als er in diesem unheilvollen Januar 1988 zum ersten Mal mit ihr in Berührung kam, wusste

8

er noch nicht, worauf er da gestoßen war und was es für sein weiteres Leben bedeuten würde. Aber es war zu der Zeit auch gar nicht wichtig gewesen. Die damaligen Ereignisse ließen einfach keinen Platz für zweifelnde Fragen.

1988

Seine Mutter Angelika lag damals an einer schweren Leukämie erkrankt wochenlang im Krankenhaus. Die Ärzte taten alles, um ihr Leben zu retten. Er konnte gar nicht begreifen, was es bedeuten würde, es war seine Mutter. Natürlich kehrte sie wieder nach Hause zurück. Bei jedem Besuch quengelte der 8-Jährige: »Wann kommst du wieder nach Hause?«

Und sie beteuerte immer tapfer: »Bald, mein Schatz, sehr bald«, und quälte sich ein Lächeln aufs Gesicht. Sie war so voller Liebe, dass sie es einfach nicht übers Herz brachte, ihm die Wahrheit zu sagen. Aber ihr Zustand wurde immer schlechter und eines Tages, als sie zu Besuch kamen, nahm sie einer der Ärzte zur Seite und riet ihnen: »Falls Sie ihr noch etwas sagen wollen, wenn Ihnen etwas auf dem Herzen liegt, vielleicht etwas, das Sie immer schon mal sagen wollten, dann bitte, machen Sie es jetzt.«

»Papa?« Verunsichert sah Markus zu seinem Vater.

Doch er hielt sich einen Moment die Hand vor das schmerzverzerrte Gesicht, um seinen Blick zu verbergen. Dann wischte er sich über die Augen, lächelte den Jungen gequält an und nickte Richtung Zimmer. »Na komm, mein Großer, besuchen wir deine Mama.«

Im Zimmer konnte er seine Mutter auf dem Bett liegen sehen. Sie wirkte sehr blass und trug ein buntes Tuch um ihren Kopf gebunden. Zwar kannte Markus ihren Anblick bereits, aber erschrak doch ein wenig, wie dünn sie war.

Langsam hob sie ihren linken Arm und deutete mit schwacher Bewegung, näher zu kommen.

9

Er schlurfte zu ihr und ergriff besorgt ihre Hand.

Mit müden Augen versuchte sie ihm ein Lächeln zu schenken und sagte mit leiser, brüchiger Stimme: »Hallo mein Schatz, so schön, dass du hier bist.«

Damals hatte er keine Ahnung, was das alles bedeutete. Aber er spürte Angst und irgendwo im Inneren merkte er, dass die Umstände überhaupt nicht gut waren. Einen Moment sah er sich neugierig um und erblickte ein Waschbecken an der Wand. Ein Fernseher hing rechts von ihm an einer Halterung von der Decke herab. Hinter ihm stand ein weiteres Bett. Darin lag eine ältere Frau mit einer Maske auf dem Gesicht. Neben ihrem Bett sah Markus ein Gerät mit einem Monitor, auf dem die ganze Zeit ein kleines rotes Herz blinkte. Und darüber zeigte das Gerät verschiedene Zahlen und auch Wellen an, die mit einem nicht endenwollenden Muster aus Bergen und Tälern unaufhörlich eine Spur von links nach rechts zogen. Neugierig drehte er sich wieder um und entdeckte neben dem Bett seiner Mutter das gleiche Gerät, mit Zahlen und Wellen.

»Was hast du heute gemacht?«, hauchte sie mit dünner Stimme. Sie klang sehr müde und schien Schwierigkeiten zu haben, ihre Augen offen zu halten.

Markus sah sie an und begann zu erzählen. »Ach, Schule war heute doof. Herr Schuster, unser Klassenlehrer, hat uns wieder einen Film ansehen lassen. Das macht er dauernd. Ist voll langweilig. Und beim Sport haben wir Völkerball gespielt, das war ganz ok.«

»Das ist schön«, flüsterte sie. »Schön.«

Etwas missmutig musterte er sie und moserte mit einer Mischung aus Verunsicherung und Verärgerung: »Mama, wann kommst du wieder nach Hause? Es ist komisch hier und ich habe solche Lust auf deine Tomatensoße.« Dabei zog er leicht an ihrer Hand, doch sie reagierte nicht. »Mama?«

10

»Lass sie schlafen«, riet ihm sein Vater leise. »Markus, ich gehe mal einen Arzt suchen, ich habe da noch einige Fragen. Bleib du bitte so lange hier, ok?« Dann strich er ihm über den Kopf und verließ das Zimmer.

»Ok.« Etwas trotzig nickte Markus und beobachtete wieder die Wellen auf dem Monitor. Verstohlen sah er zu der älteren Frau und musterte sie neugierig. Ihre kurzen, grauen Barthaare am Kinn. Ihre großen Ohren. Die komische Maske auf ihrem Gesicht. Da hing ein Schlauch dran, der nach oben zu einem der Geräte führte. Bei dem Anblick verzog Markus etwas die Mundwinkel und betrachtete wieder den Monitor am Bett seiner Mutter. Die Wellen waren verschwunden. Dort zog jetzt nur noch ein gerader Strich seine Bahn. Wieder verzog er etwas die Mundwinkel und schaute zu seiner Mutter. Kurz darauf blickte er hinter sich zu der Frau und sah, dass dort auf dem Monitor Wellen zu sehen waren. Erneut betrachtete er die Anzeige seiner Mutter. Nur gerade Striche.

»Mama?« Sein Herz fing auf einmal an, schneller zu schlagen. Es schlug immer schneller und plötzlich überkam ihn Angst. «Mama?« Nervös hob er ihre Hand. »Mama bitte«, jammerte er und jetzt rannen ein paar Tränen seine kleinen Wangen hinab. »Mama!« Schluchzend packte er ihren Arm mit beiden Händen und schüttelte ihn.

Doch sie bewegte sich nicht, sie lag einfach nur da.

Ängstlich stand er auf und kniete sich neben sie auf das Bett. »Mama! Mama! Mama, bitte wach doch auf!«, schrie er mit einer Mischung aus Verzweiflung und Wut, doch sie rührte sich nicht.

2019

Mittlerweile war es fast dunkel geworden. Markus saß noch immer in der offenen Türe seines Wagens und starrte in die rötlich glühende Ferne. In der einen Hand die Dose Ravioli, in

11

der anderen die Gabel. *Was hast du dir nur dabei gedacht?*, sinnierte er gedankenversunken in Richtung Himmel. Langsam schüttelte er den Kopf mit der Ahnung im Bewusstsein, dass er niemals eine Antwort darauf bekommen würde, schaute in seine halb volle Dose und packte sie beiseite. Er fühlte sich müde. Manche dieser Tage waren erschöpfend und anstrengend, deswegen konnte er nicht jeden Tag in die Kinderklinik gehen. »So viele Menschen ...«, murmelte er. »So viel Leid.« Eine Weile blickte er noch nachdenklich auf das langsam abklingende Farbenspiel in der Ferne, das er durch ein paar Bäume hindurch sehen konnte, und etwas später stieg er in seinen Kleinbus. Im Inneren hatte er ein Bett sowie eine Miniküche mit Spüle, zwei Herdplatten und einen kleinen Kühlschrank eingebaut. An der Spüle wusch er sich, putzte seine Zähne und legte sich dann ins Bett. Über ihm am Wagendach klebten viele kleine fluoreszierende Sterne, die im Dunkeln grünlich schimmerten, fast wie der Blick hinauf in einen wolkenlosen Nachthimmel. Einige Zeit beobachtete er sie noch, während er langsam einschlief.

Sonntag

~Wunder und Magie~

»Markus, wach auf. Markus, komm Junge, steh auf, wir müssen gehen. Zieh dich an, schnell, deiner Mutter geht es nicht gut.«

Erschrocken schaute Markus zu seinem Vater, der hektisch ein paar Dinge zusammensammelte. »Was ist mit Mama?«, stammelte er schlaftrunken, zog sich die Decke vom Körper und schlüpfte in seine Schuhe. Irritiert blinzelte er in den hellen Gang, doch sein Vater antwortete nicht. Dann hörte er überrascht, wie es an der Türe klingelte. Eilig zog er sich Hose und Pullover an und hastete die hölzerne Treppe hinunter in das Wohnzimmer. Auf dem Boden sah er seine Mutter regungslos liegen. »MAMA!«, schrie er und rannte zu ihr.

»Nein, geh da weg, lass die Leute ihre Arbeit machen«, hörte er seinen Vater fauchen.

Irritiert schaute er zur Türe und sah zwei Männer und eine Frau mit weißen Jacken und roten Hosen, die Taschen in ihren Händen hielten. Auf den Jacken sah er ein rotes Kreuz.

Auf einmal packte ihn sein Vater unter den Armen und zog ihn harsch beiseite. »Tun Sie etwas«, keuchte er mit einer verzweifelten Mischung aus Angst und Wut.

Einer der Männer mit weißer Jacke legte einen Finger an ihren Hals und sein Ohr auf den Bauch, klatschte mit der Hand leicht auf ihre Wange und forschte: »Hallo, Hallo, können Sie mich hören? Hallo Frau Groenefeld, Frau Groenefeld, können Sie mich hören?«

Doch sie bewegte sich nicht.

Die Frau mit der weißen Jacke hatte mittlerweile eine Manschette um Mutters Arm gelegt und informierte den Mann: »110 zu 70, arrhythmisch.«

Der Mann blickte besorgt zu dem anderen Mann mit der weißen Jacke und sagte: »Schnell, lege einen Zugang und gib ihr eine Infusion.«

Und mit einem Mal fühlte sich Markus wie hinter einer Nebel-

14

wand, als wäre er räumlich abgetrennt vom Rest. Alles geschah langsam und die Geräusche hörten sich weit entfernt an. Er sah, wie einer der beiden Männer eine Nadel in den Arm seiner Mutter stach, er sah, wie die Frau nach draußen rannte und wenig später mit einem schmalen Bett auf Rädern wiederkam. Markus wunderte sich, dass sie mit ihrem breiten Hintern so schnell laufen konnte. Er sah, wie sie gemeinsam seine Mutter auf das Bett hochlegten und in der Ferne hörte er seinen Vater etwas rufen. Er sah, wie die drei mit den weißen Jacken und den roten Hosen mit dem Bett das Haus verließen und in der Dunkelheit konnte er deutlich ein schnell blinkendes blaues Licht sehen. Wie auf einem Eisstock davonschlitternd schien ihm, als würde er sich mit zunehmender Geschwindigkeit von dieser Situation entfernen, als er plötzlich einen starken Ruck am linken Arm spürte, und im selben Augenblick bewegte er sich mit großer Geschwindigkeit auf die Türe zu. Überrascht merkte er seine Beine den Boden unter sich verlieren und im nächsten Moment spürte er den Schmerz in seinen Knien.

»Markus, was ist los mit dir? Komm schon Junge, wir müssen los«, hörte er seinen Vater schreien. Er hatte ihn so stark am Arm gepackt und gezogen, dass er ein Stück geflogen und schmerzhaft auf den Knien gelandet war.

»Papa, du hast mir wehgetan.« Tränen liefen seine Wangen hinunter, während er seinen Vater entsetzt ansah.

»Komm schon, wir müssen los«, schrie sein Vater nervös, doch einen Moment später hielt er inne und ging auf die Knie. Um Ruhe bemüht, legte er beide Hände auf die kleinen Wangen und sagte: »Entschuldige mein Kleiner, es tut mir sehr leid. Ich habe Angst, was mit deiner Mutter passiert ist. Bitte komm, wir müssen ins Krankenhaus.« Er sah ihn an, strich ihm liebevoll, aber mit besorgtem Blick über die Haare, nahm ihn auf den Arm und sie verließen das Haus.

Während der Fahrt konnte Markus kaum klare Gedanken fassen. Immer wieder quälten ihn die Bilder seiner Mutter, die auf dem Boden lag. Die zwei Männer und die Frau mit den weißen Jacken und den roten Hosen, die Spritze, die Taschen. Er verstand nicht, was da passiert war. So etwas hatte es noch nie zuvor gegeben. Seine Mutter war immer fröhlich und liebevoll, sie war immer da. Sie hatten gemeinsam gegessen, gelacht, ferngesehen. Sie hatte ihm Gute-Nacht-Geschichten vorgelesen, von Grisu dem Drachen oder anderen. Während der ganzen Fahrt spürte er Angst und große Unruhe, die ihn nicht mehr losließ.

Im Krankenhaus mussten sie im Wartebereich Platz nehmen, solange die Untersuchung dauerte.

Nach einer schier endlos langen Warterei kam schließlich eine Schwester und eröffnete: »Sie dürfen sie jetzt sehen, aber wir müssen sie erst einmal hierbehalten. Sie ist da vorne rechts im Zimmer 012.«

Auf dem Weg dorthin wunderte sich Markus über das grüne Licht, das durch die offenstehende Türe etwas weiter den Gang entlang herausstrahlte. Irritiert sah er zu seinem Vater, doch der schien sich nicht zu wundern. Die weißen Wände links und rechts des Ganges schienen das Licht in alle Richtungen zu tragen und es wirkte, als schimmere der ganze Gang in hellgrünem Licht. Sein Vater marschierte schnurstracks ins Zimmer, doch Markus lehnte sich zunächst ängstlich an den Türstock und lugte vorsichtig um die Ecke. Und plötzlich erblickte er mit Entsetzen seine Mutter auf dem Bett sitzen, aber ihr Kopf war der eines Drachen. Voller Schuppen in Grün und Rot und mit gelben Schlangenaugen. Aus ihrer Nase kroch grüner Dampf und ihr Kopf strahlte dieses gruselige grüne Licht aus.

Sie blickte lächelnd und mit leuchtenden Augen zu ihm und zischelte mit langer, dünner Schlangenzunge: »Komm, mein Schatz, komm zu mir.«

Mit lautem Schrei wachte er auf. Seine beiden Arme gestikulierten wild durch die Luft, während er mit weit aufgerissenen Augen und voller Entsetzen den Kopf hektisch nach links und rechts drehte. Auf Rücken und Armen spürte er Schweiß und unter seinen Beinen Nässe. Er stöhnte ein paar Mal laut und versuchte, sich zu orientieren. Schließlich zog er schwer atmend die Decke weg und sah, dass sein Bett an einigen Stellen nassgeschwitzt war. Noch immer leicht entsetzt fuhr er sich mit beiden Händen über die Wangen, durch die Haare und wieder über die Wangen.

»Großer Gott ...«, stöhnte er. »Großer Gott.« Etwas unbeholfen kletterte er aus dem Bett und tastete leicht desorientiert nach dem Lichtschalter an der Decke des Wagens. Dann tapste er sichtlich gezeichnet vom Schrecken des Traumes zu der Edelstahl Spüle, die mit einer kleinen Pumpe und einem Wassertank versorgt wurde. Langsam zog er seine nassen Sachen aus, trank einen großen Schluck Wasser und begann sich zu waschen. In den vergangenen Jahren hatte er immer mal wieder den einen oder anderen Albtraum gehabt, aber so intensiv und echt wie dieser fühlten sie sich eher selten an. Nach dem Waschen hielt er kurz inne, um sich zu vergegenwärtigen, dass der Traum vorbei war. Dann schmierte er sich ein Brot, öffnete die Seitentüre seines in die Jahre gekommenen Ford Transit und setzte sich auf den Innenboden. Es war bereits vormittags, die spätsommerliche Sonne schien warm über Sieglitzhof und die Bäume wiegten sich sanft im leichten Wind. *Was für ein Blödsinn*, dachte er noch immer mitgenommen vom Traum. Nachdenklich biss er in sein Käsebrot und dachte an Carolin. Über

17

die Jahre hatte es immer wieder Kinder gegeben, die rot waren, und irgendwie hatte er sich all die Jahre einzureden versucht, dass es nicht seine Entscheidung war. Dass es einen Sinn geben musste, warum manche Menschen grün und andere rot waren.

Dass es Gottes Wille war oder der Plan des Universums. Aber all diese Gedanken hielten nicht viel Trost für ihn bereit. Nachdenklich nahm er einen weiteren Bissen und dachte daran, dass alle Menschen weder gut noch böse auf die Welt kamen. Aber wenn dem so war, wer entschied dann darüber, ob sie grün oder rot waren, also gut oder böse? Er wusste ja noch nicht einmal, ob das so überhaupt zutraf. Schließlich hatte ihm niemand eine Gebrauchsanweisung für diese Gabe gegeben. Sie war einfach da und manchmal funktionierte sie und manchmal nicht. Gedankenversunken nahm er einen weiteren Bissen und dachte wieder an Carolin.

Ein 10-jähriges Mädchen mit Knochenkrebs im Endstadium. Wie konnte so ein Mädchen böse sein? Wie konnte das Universum oder Gott nur zulassen, dass so ein hübsches, unschuldiges Mädchen mit niedlichen Sommersprossen und wachen Augen rot war? Im Inneren spürte er deutlich den Konflikt, hin- und hergerissen zwischen Mitgefühl und Wut. Die eine Seite in ihm befand: *Du kannst nicht allen helfen, es liegt nicht in deiner Macht, das musst du akzeptieren, sonst machst du dich selbst kaputt. Und wenn du dich selbst kaputtgemacht hast, wem kannst du dann noch helfen?*

Die andere Seite voll Mitgefühl, aber auch Liebe entgegnete: *Was ist das nur für eine unglaubliche Ungerechtigkeit, wem fällt denn so was ein? Wer zum Teufel nimmt sich die Freiheit heraus, über Leben und Tod zu entscheiden?*

Und dazwischen jammerte eine weitere Stimme: *Warum ausgerechnet ich? Warum wird ausgerechnet mir diese Bürde auferlegt? Habe ich denn nicht schon genug gelitten?*

18

Und kurz darauf, von irgendwo ganz weit drinnen, forderte eine vierte Stimme: *Ach, lasst mich doch alle in Ruhe!*

In einer Hinsicht jedoch war er dankbar, dass es war, wie es war: Keiner wusste etwas. Von Anfang an war er als Ehrenamtlicher in die Klinik gegangen, um den Kindern etwas vorzulesen oder den Erwachsenen entweder zuzuhören oder gut zuzureden. Viele Menschen wollten einfach nur, dass man zuhörte und ihnen das Gefühl gab, verstanden zu werden. Alleine das bedeutete für viele bereits eine große Erleichterung. Und die Eltern der Kinder zeigten sich dankbar für jedes Lachen und für jede Ablenkung. So blieben ihm letztlich wenigstens unangenehme Fragen erspart: »Warum? Wieso? Weshalb? Warum nicht mein Kind, warum seines? Liegt es daran, weil wir ursprünglich aus der Türkei kommen? Aus Griechenland, Afrika, dem Libanon? Sind wir nicht reich genug oder zu klein, zu groß, zu dick oder zu dünn? Warum hilfst du uns nicht?«

Ihm schauderte bei dem Gedanken. Aber auch die Erinnerung an Filme, die er bisher gesehen hatte, ließen ihn schaudern. Das waren solche Filme, in denen Menschen mit bestimmten Kräften von der Regierung oder irgendwelchen zwielichtigen Geheimorganisationen gejagt wurden. Und dann versuchten diese, mit grausamen Mitteln entweder die Fähigkeiten zu extrahieren, zu kopieren oder irgendwie unter ihre Kontrolle zu bringen. Und wollte sich derjenige nicht fügen oder die Fähigkeiten ließen sich nicht extrahieren, dann wurde er aus dem Weg geräumt. *Die Menschen mögen eben nicht, was sie nicht verstehen.* Zwar geschah all das nur in Filmen, aber man konnte nie vorsichtig genug sein. In seinem Fall war das Gottlob anders.

Entweder es funktionierte, dann lag es an der Medizin. Oder an der Bestrahlung oder beidem. Oder es funktionierte nicht, dann war es Gottes Plan. Heikel war nur immer der Moment der Wahrheit, wie er ihn insgeheim nannte. Der Moment, in

19

dem er versuchte, alles wieder in Ordnung zu bringen, was der Körper in Unordnung gebracht hatte. Dieser Moment war immer schon geprägt von Angst und Sorge. Und manches Mal schon fühlte er sich dabei fast wie ein Verbrecher, als könnte er bei etwas Bösem erwischt werden. In Gedanken spielte er Situationen durch, was passieren könnte, wenn es jemand erfahren würde. Wo sie ihn hinbringen und was sie mit ihm machen würden. Ihn vielleicht an irgendwelche Geräte anschließen oder Strom durch seinen Körper jagen. Wieder schauderte ihm bei dem Gedanken. Schon von klein auf hatte er ein starkes Bedürfnis nach Harmonie gespürt und einen inneren Wunsch zu helfen. Ja, sogar den tiefen Wunsch zu helfen. Aber dass das alles mal so kommen würde ...

Nachdenklich aß er sein Brot, putzte die Zähne, kletterte auf den Fahrersitz und machte sich auf den Weg zur Kinderklinik.

Nachdem er den Wagen geparkt hatte, schnappte Markus seine Bücher und lief zum Haupteingang. Im Eingangsbereich desinfizierte er seine Hände und betrat die Station. Kurz nach dem Betreten sah er Manuela, eine der Kinderkrankenschwestern.

Sie saß hinter dem groß angelegten Tresen und schrieb gerade etwas in ein Krankenblatt. Manuela war eine nette Frau Mitte 50, etwas in die Breite gegangen über die Jahre und trug ihre langen braunen Haare zu einem Zopf gebunden. In jungen Jahren hatte sie selbst ein Kind verloren und sich irgendwann danach entschlossen, eine Ausbildung zur Kinderkrankenschwester zu machen. Und vor ein paar Jahren bekam sie schließlich eine Stelle in der Onkologie. Sie trug tiefe Falten auf der Stirn, zwischen den Augen und blickte auf ihre Papiere.

»Hallo Manuela, bist wieder fleißig?«

Lächelnd sah sie zu ihm auf. »Na, du doch auch.«

»Ich werde mal sehen, wie es den Kindern geht«, sagte er.

20

Und gerade als er in Richtung Patientenzimmer gehen wollte, rief sie ihm hinterher: »Du übrigens, die Laila ist gerade im MRT, wundere dich nicht über das leere Zimmer.«

»Alles klar, danke dir.« Winkend wandte er sich in Richtung Zimmer 2.

Die Zimmer auf dieser Station waren Zweibettzimmer, aber außer Laila lag momentan kein zweites Kind in Zimmer 1. Er klopfte an die Tür, öffnete sie ein Stück und flötete lächelnd: »Hallihallohallöchen, ja wen haben wir denn da? Ist das ein Eichhörnchen? Oder ein Hase? Ein Stinktier vielleicht? Oh, ich sehe, das ist ja der Tobias und der Luca.«

Tobias lachte etwas heiser und winkte ihm.

Lächelnd betrat Markus das Zimmer und setzte sich.

Tobias, ein Junge mit etwa 7 Jahren, war wegen eines sehr seltenen Tumors in der Bauchspeicheldrüse eingeliefert worden, der bereits Metastasen in benachbarten Organen gebildet hatte. Auf seinem Kopf trug er kurze braune Haare und auch seine Augen waren braun.

Gegenüber im anderen Bett saß Luca. Seine Eltern führten ein beliebtes italienisches Restaurant im Ortsteil Büchenbach. Ein paarmal war Markus schon da gewesen und mochte die Pizza sehr gerne. Gian-Luca, Lucas Vater, wollte ihm das Essen schon mehrfach als Geschenk anbieten, für seine Hilfe in der Klinik. Aber Markus hatte stets höflich abgelehnt und darauf bestanden, seine Rechnung selbst zu bezahlen. Für ihn war das eine Selbstverständlichkeit und er mochte es auch nicht gerne, von anderen etwas kostenlos anzunehmen. Dabei fühlte er sich unwohl, als würde er den Leuten dann etwas schulden. Erfreut entdeckte er Gian-Luca und Maria, die Eltern des 8-Jährigen, und winkte ihnen.

Sie lächelten und winkten zurück und Gian-Luca konnte es sich

21

nicht verkneifen: »Markus, nächstes Mal, wenn du bist in meine Restaurant, ich werde dir die beste Pizza der Stadt servieren, aber dieses Mal will ich nichts mehr hören. Die geht aufs Haus, klaro?«

Markus schmunzelte, winkte und sagte: »Klaro.«

»Na mein Großer, wie gehts dir heute? Hast du gut geschlafen?«, wollte er von Tobias wissen.

Der Junge krächzte etwas heiser: »Ach, ganz gut, mir geht es schon besser als am Freitag. Mein Bauch tut nicht mehr so weh und ich bekomme auch besser Luft heute.«
Am Mittwoch war sein erster Tag in der Klinik gewesen und am Freitag hatten sie sich das erste Mal gesehen.

»Das freut mich zu hören, dass die Medikamente schnell bei dir zu wirken scheinen«, ermunterte er ihn.

»Der Arzt sagt, so etwas sieht er nicht so oft. Er sagt, ich habe ein ganz tolles Sillumsystem«, freute sich Tobias. Sein Gesicht wirkte nach wie vor ein wenig blass und kraftlos, aber er sah schon viel besser aus als am Freitag.

»Magst du eine Geschichte hören?«

»Ja, lies mir eine Geschichte vor, bitte.«

»Na gut, dann wollen wir doch mal sehen, was wir da haben. Da hätte ich Mary Poppins ...«

»Bäääh«, warf er dazwischen. »Das ist was für Mädchen.«
Markus lachte und zählte die weiteren Möglichkeiten auf.

Am Ende entschied sich Tobias für die unendliche Geschichte und Markus begann zu lesen. Nach einiger Zeit bemerkte er, dass der Junge zu schlafen schien. Leise schloss er das Buch und beobachtete eine Weile, wie er friedlich in seinem Bettchen lag. Dabei wanderten seine Gedanken in die Ferne. Langsam hob er den Kopf, um aus dem Fenster zu sehen. Die Sonne schien hell und freundlich und die Lichtstrahlen fielen durch das Glas ins Zimmer herein. Auf einmal dachte er wieder an Carolin.

Zimmer 4. Er mochte da heute nicht hingehen. Die Vorstellung, in dieses Zimmer zu gehen und das arme, blasse Mädchen dort vorzufinden, ohne ihm helfen zu können, machte ihn traurig.

Eine innere Stimme munterte ihn auf: *Du kannst ihr doch helfen, jedes Lachen ist ein gutes Lachen. Jedes Lächeln ist ein gutes Lächeln und jeder Blick aus ihren freudig schauenden Augen ist ein guter Blick. Jeder Moment, der sie ablenkt von ihren Sorgen, ist ein guter Moment.*

Eine andere Stimme entgegnete: *Aber letzten Endes kannst du ihn nicht aufhalten, er wird sie sich holen und es gibt nichts, was du tun kannst.*

Eine weitere Stimme kam hinzu und moserte: *Warum tust du dir das an? Warum quälst du dich so? Du kannst ihr nicht helfen, kümmere dich lieber um die, denen du helfen kannst.*

Die erste Stimme erwiderte: *Aber ich würde ihr so gerne helfen, sie ist noch so jung und hat das ganze Leben noch vor sich.*

Das weißt du doch gar nicht, belehrte ihn eine der anderen Stimmen. *Du weißt nicht, was passieren wird. Vielleicht würde sie reiten lernen und vom Pferd fallen oder sie hätte irgendwann einen Autounfall. Die Zukunft ist noch nicht geschrieben. Konzentriere dich auf das, was du tun kannst. Und helfen, ja helfen kannst du ihr. Gehe zu ihr. Jeder Augenblick mit einem Lächeln ist ein guter Augenblick.*

Leise seufzend winkte Markus noch einmal zu der kleinen Familie, nahm seine Bücher und verließ den Raum.

Auf dem Gang wandte er sich nach rechts in Richtung Zimmer 4. An den Wänden des Ganges hingen Zeichnungen von Kindern, die hier irgendwann mal Patienten gewesen waren. Jemand hatte die Bilder in hübsche Rahmen verpackt und an die Wand gehängt. Neugierig betrachtete er eines davon: Ein Kind, das mit ausgestreckten Armen seinen Eltern entgegenlief. Die Haare des Kindes waren blau und es trug einen roten Pull-

23

over. Die Haare der Eltern waren ebenfalls blau, aber der Mann hatte einen langen weißen Mantel an. *Vielleicht ein Doktor?* Zwischen den Bildern hing ein Rahmen mit einem Spruch in einer fein geschnörkelten Schrift: *Jeder Tag mit einem Lachen ist ein guter Tag.*

Einen Moment stand er davor und fühlte sich hin- und hergerissen. Für Carolin würde es bald nichts mehr zu lachen geben. Langsam schlurfte er weiter und betrachtete eine andere Zeichnung. Darauf war ein Hund zu sehen, mit braunem Fell. Ein Kind begleitete den Hund mit einer schwarzen Leine und gemeinsam liefen sie über eine Wiese. Die Sonne lachte vom Himmel und selbst die Wolken lächelten mit Mündern und Augen. Missmutig atmete Markus tief ein, verzog die Mundwinkel und ging mit einem leisen Seufzen weiter.

Vorsichtig, fast schon zaghaft, klopfte er an die Tür.

Miriam, die Mutter von Carolin, lugte zu ihm hoch und winkte ihn herein. Sie war eine hübsche Frau mit braunen lockigen Haaren, die fast bis zu ihren Hüften reichten.

Leicht nervös betrat er das Zimmer, winkte freundlich in Richtung Carolin und flötete: »Hallihallohallöchen, ja wen haben wir denn da? Ist das ein Karnickel? Oder ein Hund? Gar ein Thunfisch?«

Carolin lächelte sichtlich müde und schüttelte den Kopf.

Unterdessen blickte Miriam ihn mit einem gequälten Lächeln an. Er bemerkte deutlich ihre Augenringe und wie blass sie wirkte. Sie trug einen weiten Pullover aus Wolle und darunter eine eng anliegende Jeans. »Hallo Markus«, grüßte sie und bemühte sich, ein Lächeln aufrecht zu halten. »Ich wollte gerade rausgehen und eine Zigarette rauchen. Vielleicht können Sie so lange hierbleiben, bei Carolin?« Sie schaute ihn fragend an und er nickte gütig. Dann wanderte sein Blick nach rechts zu dem

24

anderen Bett. Dort sah er Pia, ein 5-jähriges Mädchen mit einem Rest schwarzer Haare auf der rechten Seite ihres Kopfes, deren Eltern erst vor etwa 5 Jahren aus Griechenland gekommen waren. Pias Mutter war zu der Zeit hochschwanger und musste gleich nach ihrer Ankunft zur Entbindung in die Frauenklinik. Fast 4 Jahre lang schien sich Pia gut zu entwickeln, doch eines Tages entdeckten die Ärzte bei einer Blutuntersuchung ungewöhnliche Werte. Von da an war sie fast nur noch in Kliniken zu Hause.

Markus winkte ihr zu und bat Carolin: »Wartest du kurz auf mich? Ich sag eben Hallo zu Pia.«

Während sie etwas matt nickte, huschte er hinüber zu dem anderen Bett.

»Hallo, kleine Melomakarona, wie geht es dir heute?« Sanft legte er seine Hand auf ihre Wange.

»Ganz gut«, nuschelte sie. »Nur müde.«

Er nickte verständnisvoll und ermuntere sie: »Keine Angst, das wird schon wieder. Du bist ein tapferes Mädchen und bald kannst du auch wieder mit Wuffi spazieren gehen.«

Ein wenig traurig nickte sie und moserte dann: »Ja, den habe ich schon lange nicht mehr gesehen. Ich sag meiner Mama immer, sie soll ihn mitbringen, aber sie sagt, das darf sie nicht. Ich find das doof. Hier ist es voll doof und mein Bruder, der darf zu Hause alles.« Demonstrativ verschränkte sie die Arme vor der Brust und verzog das Gesicht zu einem mürrischen Ausdruck, als wäre alles und jeder doof.

»Weißt du was? Ich habe da was für dich.« Mit großen Augen und hochgezogenen Augenbrauen lächelte er, und während sich seine Mundwinkel immer weiter nach hinten zogen, holte er aus der rechten Tasche seiner Cargohose ein paar Bonbons heraus. Feierlich zeigte er Pia seine Handfläche. Darauf lagen 3 Werthers Echte. Präsentierend schob er ihr die Hand hin.

Sie machte schlagartig große Augen und hob erfreut die Augenbrauen nach oben. »Wääärders«, rief sie verblüfft. »Meine Lieblings-Bomboms.« Sogleich ergriff sie alle drei mit ihrer Hand. »Die mag ich ganz doll gerne.« Sofort nahm sie eines der Bonbons, entpackte es geschickt mit flinken Fingern und beförderte es sogleich in ihren kleinen Mund. »Hmm, die schind lägga«, schmatzte sie und grinste dabei. »Haschd du noch mehr?«, bettelte sie mit fragenden Augen.

Markus lächelte mit gütigem Blick und erklärte: »Ein paar habe ich noch, aber die anderen Kinder sollen doch auch noch was bekommen.«

»Ok«, nuschelte sie etwas enttäuscht und lehnte sich wieder an ihr Kissen.

»Ich habe Bücher dabei, die unendliche Geschichte ...«, wollte er seine Aufzählung beginnen, da unterbrach sie: »Die kenne ich alle schon. Meine Mama hat mir einen MP3-Player mitgebracht, da ist Bibi Blocksberg drauf.« Stolz zeigte sie ihm die Ohrstöpsel und steckte beide in ihre Ohren.

Markus lächelte mitfühlend, streichelte kurz über ihren Kopf und blieb einen Moment bei ihr stehen. In Gedanken erinnerte er sich an den Moment der Wahrheit. Bei ihr hatte er lange warten müssen, denn anfangs saßen ihre Eltern jeden Nachmittag an ihrem Bett. Und er selbst konnte nicht den ganzen Tag in der Klinik sein, weil er tagsüber seiner Arbeit im Fahrdienst nachgehen musste. Das Rote Kreuz in Erlangen, bei dem er schon seit vielen Jahren beschäftigt war, unterhielt für Erlangen und Umgebung einen Patientenfahrdienst. Ihre Aufgabe war es, Menschen, die sich in stationärer Behandlung befanden, zu Untersuchungsterminen in andere Kliniken zu bringen. Sie holten aber auch Patienten von zu Hause ab, um sie beispielsweise zu niedergelassenen Ärzten zu fahren. Oder in die Schule, zur Reha etc. Und später fuhren sie die Patienten

26

wieder nach Hause. Das Universitätsklinikum Erlangen umfasste dabei nicht nur die Kinderklinik, sondern deckte Hals-Nasen-Ohren, Geburts- sowie Frauenmedizin ab. Daneben auch noch Chirurgie, Zahnmedizin, Intensivmedizin und natürlich die onkologischen Stationen. In der Kopfklinik gab es außerdem Stationen mit Experten für Neurologie sowie Psychiatrie. Eine Hautklinik sowie verschiedene Ambulanzen gab es außerdem. Das alles war auf der einen Seite sehr praktisch für ihn, weil er so nicht nur an Informationen herankam, sondern sich auch in den Kliniken auskannte. Viele Patienten, aber auch das Personal, redeten und erzählten gerne und viel. So bekam er auch neben seinen Besuchen auf den Stationen einen Überblick über die Dinge. Auf der anderen Seite spürte er eine angenehme Befriedigung, wenn er anderen helfen konnte.

Pias Eltern waren heute gar nicht hier. Er wunderte sich etwas, denn sie war auf dem Weg der Besserung. Der Tumor in ihrer Leber und die Metastasen im Darm und in der Milz bildeten sich seit Kurzem kontinuierlich zurück. Bei ihr hatte er Grün gesehen. Das war für ihn das Zeichen, dass seine Bemühungen erfolgreich sein würden.

Markus drehte sich um, grinste, streckte seine Arme aus und stelzte mit einem stockigen Gang auf Carolin zu, um ihr ein Lächeln zu entlocken.

Sie kicherte müde und bat mit leiser Stimme: »Kannst du da weitermachen, wo du gestern aufgehört hast?«

Und Markus wusste, was sie meinte. Mit besorgter Miene setzte er sich auf den Stuhl neben sie, suchte die unendliche Geschichte heraus und legte den Rest der Bücher unter seinen Stuhl. »Na klar weiß ich das noch, glaubst du, ich bin ein alter Opa?«

Beide lachten kurz und er begann die Stelle zu suchen, an der er weiterlesen wollte.

Kurz darauf klopfte es an der Tür und Miriam kam herein. Sie huschte um das Bett und strich Carolin über den Kopf. »Brauchst du etwas, mein Schatz? Hast du Durst?«

Das Mädchen schüttelte kurz den Kopf, motzte: »Mama, du stinkst«, und hielt sich die Nase zu.

Leicht zerknirscht blickte Miriam kurz zu Markus und entgegnete: »Entschuldige, Schatz.« Dann setzte sie sich auf den Stuhl und Markus, der die Stelle im Buch gefunden hatte, begann zu lesen. Nach einer Weile merkte er, dass Carolin eingeschlafen war. Frustriert betrachtete er das blasse Mädchen. Sah auf ihre dunklen Augenringe. Ihre dunkelblonden Haare, von denen nur noch ein paar Büschel übrig waren. Wie sie dalag und friedlich schlief, wie ein Engel, so selig. Er betrachtete die Haut auf ihren Armen, die so weich und zart aussah. Die Decke auf ihrem Bauch, die sich sanft hob und senkte. Er seufzte leise und spähte zu Miriam. Sie tippte auf ihrem Smartphone.

Ein kurzer Blick auf die Uhr verriet ihm: 15:28 Uhr. Er nahm seine Bücher und winkte Miriam zum Abschied.

Markus ging zu Zimmer 6 und blickte hinein. Bei Noah und Yasin waren Eltern und Geschwister anwesend.

Yasin lachte gerade und winkte Markus, als er ihn sah.

Warmherzig lächelte Markus dem Kleinen zu, winkte und freute sich mit ihm. Es war immer etwas Besonderes, wenn die Kinder lachten. Vielen von ihnen war aufgrund der Chemotherapie übel, manche verloren durch die Bestrahlung ihre Haare. Viele litten unter Bauchschmerzen, Verdauungsproblemen oder anderen diffusen Schmerzstörungen. Dazu kam noch die räumliche Trennung von zu Hause, wenn sie in den Kliniken bleiben mussten. Und natürlich dieses schlimme Gefühl von Müdigkeit und Schwäche. Dieses Gefühl, krank zu sein, statt herumzutollen oder mit anderen Kindern spielen zu können.

28

Auf dem Gang eilte Tobias an Markus vorbei und grüßte ihn.

»Hallo Tobias«, rief Markus.

Er war hier Mitarbeiter im Sozialdienst und half den Angehörigen als Sozialpädagoge. 33 Jahre jung, mit schulterlangen braunen Haaren.

Mittlerweile war recht viel los auf der Station und Markus konnte einige Menschen auf den Gängen umherlaufen sehen. Auch in den Zimmern waren viele Eltern oder Angehörige. Deswegen entschied er, für heute nach Hause zu gehen. Er mochte es immer gerne, den Kindern etwas vorzulesen und sie zum Lachen zu bringen. Aber er verstand auch, dass die Kinder vor allem ihre Eltern brauchten. Wahrscheinlich mehr, als diese ahnten. Kurz wanderten seine Gedanken noch einmal zu Tobias und Pia, dann lief er den Gang entlang hinaus zu seinem Wagen.

Am Parkplatz stieg er in seinen roten Ford Transit und macht sich auf den Heimweg in den Erlanger Stadtteil Sieglitzhof. Dort, in der Rennesstraße 41, hatte er eine Einraumwohnung gemietet, die er besonders im Winter nutzte. Im Sommer verbrachte er die Nächte lieber in seinem roten Esel, wie er den Transit liebevoll nannte. Es war ein roter 84' Ford Transit der dritten Generation. Im Innenraum hatte er ihn etwas umgebaut und ein kleines Bett sowie eine Mini-Küche und ein paar Ablagen gezimmert. Ein Mini-Kühlschrank hatte ebenso seinen Platz gefunden wie die Gasflasche für die zwei Kochplatten. Im Laufe der Zeit aber, und mit zunehmendem Preisverfall beim Campingbedarf, hatte er sich irgendwann einen kleinen Gaskocher geleistet, der ihm in der Regel ausreichte. Für ihn war dieses Gefühl der Freiheit und Unabhängigkeit in der freien Natur etwas ganz Besonderes und Wertvolles und vor allem aber liebte er die sinnbefreiende Ruhe in der Natur.

Als seine Oma mütterlicherseits 2004 verstarb, vermachte sie ihm etwa 6000 Euro. Zuerst wusste er nicht so recht, was er damit anfangen sollte, also legte er es auf ein Sparbuch. Im Zuge der Finanzkrise im Jahr 2008, und den in den kommenden Jahren einsetzenden Mieterhöhungen allerorten, entschied er sich 2012, seine 2-Zimmer Wohnung aufzugeben und stattdessen in eine kleinere Wohnung zu ziehen. Kurz danach begab er sich auf die Suche nach einem Ford Transit, der ihm immer schon gefallen hatte. Die Idee zum Campen geisterte damals schon recht lange in seinem Kopf herum und am liebsten hätte er sich sogar ein großes Wohnmobil gekauft. Aber dafür reichten seine Ersparnisse einfach nicht aus und die Bezahlung in seinem Job war auch nicht gerade die beste. Zur Not hätte er sich auch mit einem Teilintegrierten zufriedengegeben, mit einem Fiat oder Peugeot als Basis. Aber auch die waren einfach zu teuer in der Anschaffung. Nach einiger Zeit fand er einen Ford Transit von 1984 in mäßigem Zustand im oberfränkischen Weismain. Etwa eine Stunde Autofahrt entfernt.

Der Verkäufer wollte damals 6000 Euro für einen Wagen haben, der so einiges an Reparaturstau mitbrachte. Reifen, Auspuff, Ventildeckeldichtung, Zündkerzen, jede Menge Arbeit. Markus handelte ihn schließlich auf 3200 Euro herunter und holte das Fahrzeug einige Zeit später ab. Dann begannen die Arbeiten. Das Wechseln der Zündkerzen oder der Austausch der Ventildeckeldichtung stellten dabei keine so große Herausforderung für ihn dar. Beim Innenausbau allerdings hatte er aufgrund von kleinen Ungenauigkeiten einige Male fluchend nachbessern müssen. Es war ein gutes Stück Arbeit gewesen und zum Aufziehen der neuen Reifen musste er in eine Werkstatt fahren und die Arbeit machen lassen.

Aber am Ende hatte er es hinbekommen und war sehr stolz auf sein Werk gewesen. Der rote Lack war über die Jahre zwar

30

schon ziemlich ausgeblichen, aber das störte ihn nicht. Für ihn war das Patina und ein Zeichen von Charakter.

Zu Hause stellte sich Markus unter die Dusche. Das warme Wasser tat ihm gut. Dankbar spürte er die Wärme und versuchte, tief durchzuatmen und sich zu entspannen. Nach dem Abtrocknen und Anziehen blickte er auf sein Smartphone. Es stand noch immer auf lautlos. »Mist«, entsprang es ihm. Daniela hatte vor einer Stunde angerufen. Er tippte die Nummer und das Gerät wählte.

»Hi«, nahm sie den Anruf entgegen. »Ich habe versucht, dich zu erreichen. Wir wollten doch essen gehen.«

»Ja stimmt, sorry, ich war ganz in Gedanken vorhin.«

»Warst du wieder in der Kinderklinik?«

»Ja ähm, klar, ich ... ähm, na ja, du weißt ja ...«

»Hm. Ja, ich weiß. Du bist einfach zu gut für diese Welt«, sagte sich lachend. Dann fragte sie vorsichtig: »Carolin?«

»Ja, auch, aber vor allem sie.«

»Komm, lass uns essen gehen. Wir haben uns schon ein paar Tage nicht mehr gesehen. Um 18:00 Uhr?«

»Ja, natürlich, wir hatten es ja so vereinbart. Ich komme um 18:00 Uhr. Beim Griechen, ja?«

»Ja«, bestätigte sie. »Es sei denn, du hast heute keine Lust.«

»Nein, nein ist ok. Grieche ist gut. Wir sehen uns dort.«

»Ok, bis dann«, flötete sie und legte auf.

Er atmete tief ein und seufzte. Seine Uhr zeigte: 16:58 Uhr. Der Grieche. Das war das Restaurant Imiglious in Neunkirchen. Bis dorthin brauchte er etwa 25 Minuten. Also noch etwas Zeit. Langsam setzte er sich auf das Schlafsofa und schloss die Augen. Nach etwa einer viertel Stunde öffnete er sie wieder und nahm sein Smartphone in die Hand. Ihm stand der Sinn nach Musik. *Fiddler's Green II*. Die Geige setzte ein. Behaglich lauschte er dem melodiösen Anfang und sang ein wenig mit.

31

»Once there was a time when I could name my fears and wishes, once there was a time when all the world seemed but a game, I hit the stage and thought let's go and seek tomorrow, I was so sure that the best was yet to come, yet to come.«

Fiddler's Green, dachte er und spürte Wehmut aufkeimen.

Es muss etwa Frühjahr 1996 gewesen sein, als er im Jugendklub *Feierabend* das erste Mal mit der Musik dieser Band aus Erlangen in Berührung kam. Die besondere Mischung aus melodischen Klängen irischer Volksmusik, die mal schnell und mal langsam gespielt wurde und dabei oft durch moderne Instrumente Unterstützung fand, hatte ihn damals sofort angesprochen. *Irish Speedfolk,* so nannten sie diese Musik. Perfekt für gute Laune, Tanz und Spaß. Seitdem war viel Zeit vergangen und vieles hatte sich inzwischen geändert. Fiddler's Green jedoch war geblieben und begleitete seinen Weg nun schon all die Jahre. Diese Stücke bedeuteten ihm mehr als nur Musik. Sie boten eine Art Brücke in die Vergangenheit. Viele Erinnerungen waren mit einzelnen Liedern dieser Band verknüpft.

»Hm, viele Erinnerungen ...«, murmelte er, während er sich noch einmal durch die Haare fuhr. Verschwommen sah er das Bild von Yvonne vor sich.

1996

Sie hatten sich damals im Erlanger Jugendklub Feierabend kennengelernt. Sie war 14 gewesen und er 16. Auf der Tanzfläche lief gerade *Annabel Lee* von Fiddler's Green, als er sie das erste Mal sah. Sie trug eine Brille und darunter versteckt lagen die wunderschönsten hellblauen Augen, die er jemals gesehen hatte. Es waren diese Art von Augen, deren Farbe man nur selten bei den Menschen sah. Ein helles Kristallblau, weich wie ein Wölkchen. Augen, in denen man versinken konnte. Im Laufe der Zeit nahm er ihr immer mal wieder die Brille von der Nase und säuselte mit sanfter Stimme: »Du hast so schöne Augen, warum versteckst du sie?« Dann lächelte er sie liebevoll an und sie küssten sich innig. Sie war seine erste und einzige große Liebe gewesen. Damals mit 16, als die Welt noch Wunder und Magie bereithielt, verbrachten sie viele Abende im darauffolgenden Sommer draußen in der Natur. Glücklich und verliebt streiften sie durch die Gegend, suchten sich eine Wiese oder einen Spielplatz und verbrachten Zeit miteinander. Vergnügt beobachteten sie die Sterne am Himmel, versuchten sie zu zählen und lachten laut, wenn sie sich verzählten oder nicht mehr wussten, welchen Stern sie schon gezählt hatten. Sie liebten sich, sie scherzten miteinander, sie schmiedeten Pläne für ihre große Zukunft. Und sie redeten viel, über Gott und die Welt.

Yvonne war solch ein ungewöhnlich kluges Mädchen und das imponierte ihm. Sie las viel, war intelligent und wunderschön. Und sie brachte ihn dazu, seine besten Seiten aus sich herauszuholen. Die blond-braunen Haare hingen ihr fein seidig schimmernd bis zur Mitte des Rückens herab und sie besaß einen sündhaft wohlgeformten Körper und diese zutiefst faszinierenden Augen. Wenn er in sie hineinsah, war es oft, als würde die Zeit stillstehen. Ihre Augen zauberten etwas in ihm hervor, das er nie in Worte fassen konnte. Es war fast etwas Magisches. Sie fesselten ihn, ließen ihn ruhig werden. Bei ihrem Anblick spürte er tiefe Demut und inneren Frieden. Gemeinsam verbrachten sie den schönsten und glücklichsten Sommer, den sich ein Teenager nur hätte vorstellen können. Doch am Ende des Sommers, als es in den Herbst hineinging, änderte sich auf einmal alles.

2019

»Wunder und Magie ...«, murmelte er etwas spöttisch, nahm seine Schlüssel und verließ die Wohnung. Am alten Transit angekommen stieg er ein und machte sich auf den Weg zum

33

Griechen. Unterwegs dachte er noch einmal an Yvonne. An ihre Augen. *Kristallblau, weich, sinnlich.* Spontan überlegte er, wie man sinnlich noch definieren könnte, aber es fiel ihm kein besseres Wort dafür ein. Die Augen, die Lider, die Wangenknochen, die Farbe der Wimpern, der Augenbrauen und der Haut, das alles ergab ein wunderschönes Gesamtbild, fügte sich zu einem Kunstwerk zusammen, das ihn jedes Mal wieder gefesselt hatte. Wehmütig dachte er an ihre Beine, die von einer eng anliegenden Jeans umhüllt waren. An ihre Stimme, wie sie geklungen hatte. Und an ihr Lächeln. Dieses wunderschöne, verzaubernde Lächeln. »Ach Yvonne ...«, seufzte er.

Nach einiger Zeit kam er am Restaurant an und parkte seinen Wagen. Dann ging er an den leuchtenden Girlanden, die über den Tischen und Stühlen im Außenbereich hingen, vorbei und hinein ins Restaurant. Daniela wartete bereits auf ihn und saß - fast etwas romantisch - an einem kleinen Tisch für zwei Personen in einer Nische. Auf dem Tisch standen die Menükarte und die Karte für das Dessert, eine Kerze in einem Glas und eine Blume. Er war überrascht, dass sie schon dort saß, meist war er überpünktlich und sie kam eher zu spät. »Hey, du bist ja schon da«, rief er erfreut.

»Hey«, grüßte sie, stand auf und umarmte ihn.

»Na meine Große, alles klar bei dir?«

»Ja, du kennst mich doch, irgendwie geht es immer weiter«, erklärte sie mit selbstsicherem Ton und zupfte ihren grauen Hoodie zurecht.

Daniela war eine bildhübsche Frau Ende 30 mit schulterlangen, blau gefärbten Haaren und einem auffallenden Piercing an der Unterlippe. Es bestand nicht wie oft aus einem silbernen Knopf oder einem Ring. Es war eine kleine, rote Gerbera mit einem gelben Punkt in der Mitte. Eine von diesen herrlichen

Blumen, die einer Sonnenblume sehr ähnlich sahen. Über die Jahre hatte sie ein klein wenig an Gewicht zugelegt, doch ihrem ansprechenden Äußeren sollte es nicht schaden.

»Hast du die schon Karte angesehen?« Fragend blickte er zu ihr und deutete auf die Menükarte.

»Nein, noch nicht, ich war gerade noch in Gedanken, bevor du kamst. Und du? Hast du wieder Gutes vollbracht?« Fragend und mit gütigem Blick betrachtete sie ihn.

»Ich habe mal reingeschaut bei Tobias und Pia.«

»Und Carolin«, vermutete sie.

Er nickte betroffen und verzog die Mundwinkel. »Ja, auch Carolin.«

»Mal reingeschaut.« Verständnislos schüttelte sie den Kopf. »Markus, was du tust, für diese Kinder, für diese Menschen, das ist ... gar nicht in Worte zu fassen«, protestierte sie leise und schenkte ihm jetzt das erste Mal heute einen liebevollen Blick.

»Du tust so viel Gutes, denk nur an Elli zum Beispiel.« Und jetzt konnte sie sich eine Träne nicht verkneifen. »Du bist ein Wunder«, flüsterte sie und sah sich vorsichtig um. Dann packte sie ihn sanft an den Schultern und flüsterte: »Du bist ein Wunder, ein großes Glück für alle dort. Diese Fähigkeit oder Gabe oder nenn sie, wie du willst, sie ist ein Wunder. Du tust wahrlich Großes damit. Ich weiß, es fällt dir schwer, aber Carolin ist nur eine. Denk doch an die vielen, denen du schon geholfen hast, denk doch an die vielen, denen du noch helfen kannst. Ist das nicht groß genug, um dir Frieden zu bringen? Kannst du nicht versuchen, das mehr aus dieser Perspektive zu betrachten? Mir tut das immer so weh, wenn ich sehe, wie du dich quälst. Vor allem ...« Jetzt konnte sie sich eine weitere Träne nicht verkneifen. »Vor allem, wenn ich bedenke, was du für uns getan hast, was du ... was du für Elli getan hast.« Noch zwei weitere Tränen liefen ihr über die Wangen und sie musste leise lachen, während

35

sie ihn ansah. Es war so eine Mischung aus Rührung und Ratlosigkeit. Langsam ließ sie ihn los und drehte sich zum Tisch.

Elli, dachte er schmunzelnd.

2004

Elli hieß die Tochter von Daniela. Es war im Spätsommer 2004, als sie sich das erste Mal begegneten. Er war gerade auf Station in der Kinderklinik angekommen und steuerte direkt auf Zimmer 1 zu.

An dem halbrunden Tresen, der als Klinikstützpunkt diente und an dem normalerweise eine Schwester saß, telefonierte oder etwas in die Patientenakten schrieb, war keiner zu sehen.

Die Türe stand offen, also klopfte er an den Türrahmen, lugte mit einem Lächeln hinein und erblickte das erste Mal Elli, wie sie auf ihrem Bettchen saß. Sie war damals 6 Jahre alt und beschwerte sich gerade lautstark darüber, dass ihre Mutter Mäntelchen, den Nasenbär aus Plüsch, zu Hause gelassen hatte. Elli war zu der Zeit gerade zur Diagnostik in die Klinik eingewiesen worden, nachdem sie immer öfter über hartnäckige Kopfschmerzen, Schwindel und ein allgemeines Krankheitsgefühl geklagt hatte. Im weiteren Verlauf sollte sich herausstellen, dass sie an einer schweren Leukämie litt. Die Untersuchung der Rückenmarksflüssigkeit würde außerdem ergeben, dass auch dort Krebszellen vorhanden waren. Auf sie wartete deswegen eine lange und anstrengende Behandlung mit ungewissem Ausgang. Zwar hatten sich die Möglichkeiten der Therapien seit den 80er-Jahren enorm verbessert, doch wenn sich innerhalb eines Zeitraums von etwa 5 Jahren nach der Heilung neue Tumorzellen bildeten, war die Prognose für eine weitere Heilung weitaus schlechter. Markus wusste das aus zahlreichen Gesprächen mit dem Personal. Besonders für die Eltern, oft ohnehin schon überfordert und nervlich am Ende, war die Zeit nach der Behandlung eine schreckliche Zeit der Ungewissheit. Und für die Kinder bedeuteten diese ganzen Untersuchungen, Infusionen und die körperlichen Symptome eine nur schwer zu ertragende Qual.

Elli schaute kurz zu ihm, mit ihren zerzausten blonden Haaren, und wieder zu ihrer Mutter.

Daniela blickte auf und musterte ihn. Sie war zu der Zeit ziemlich schlank, fast sportlich gebaut und hatte ihre langen Haare lila gefärbt. Sie trug eine blaue Jeans und ein weißes T-Shirt mit einem Slogan: *Wer anderen eine Grube gräbt, der hat viel Dreck.* Darunter war noch ein Bild mit einem Erdhaufen und einer Schaufel und einem Strichmännchen, das gerade voller Entsetzen auf halbem Weg war, in die Grube zu fallen.

»Hallo, ich heiße Markus. Ich komme oft hierher, um den Kindern was vorzulesen, mit ihnen zu spielen oder etwas zu malen. Hauptsache, sie fühlen sich nicht so alleine.« Freundlich lächelnd streckte er Daniela die Hand hin.

Etwas verwirrt blickte sie auf, nahm ihre Hand aus der Tasche und reichte sie ihm. »Oh, ok, Daniela. Elderich. Hallo.«

Erfreut wandte er sich Elli zu, lächelte und streckte auch ihr seine Hand hin. Sie hatte ganz außergewöhnlich tiefblaue Augen und einen sehr wachen und irgendwie durchdringenden Blick. Neugierig betrachtete sie ihn kurz und in ihren Augen war irgendetwas, das ihn mit einem Mal verunsicherte. Ihr Blick war irgendwie wissend, als könne sie in seine Seele sehen. Als wüsste sie, wer er war und was er tat. Er ließ sich nichts anmerken, aber seine innere Alarmanlage heulte los und auf einmal überkam ihn eine unerwartete Nervosität. »Hallo, ich heiße Markus, ich komme immer mal wieder vorbei, um zu sehen, wie es dir geht.«

Elli schaute kurz zu ihrer Mutter, dann wieder zu Markus und reichte ihm die Hand. »Hi«, grüßte sie recht leise und wandte ihren Kopf wieder zu Daniela.

37

»Wenn ich irgendwas für euch tun kann, sagt mir Bescheid, ich helfe immer gerne«, bot er den beiden seine Hilfe an und blickte dann nach rechts zu dem anderen Bett.

Dort winkte ihm die 8-jährige Leonie entgegen.

Daniela murmelte etwas wie »ok« und fischte weiter in ihrer Tasche herum.

»Markus«, forderte Leonie auf einmal seine Aufmerksamkeit und streckte ihre Hände nach ihm aus.

»Langsam, langsam, ich komme ja, nicht, dass du aus dem Bett fällst«, lachte er und flitzte zu ihr.

Sie umarmte ihn mit ihren kleinen Armen, so weit sie konnte, und strahlte ihn an. »Schau mal, was meine Mama mir mitgebracht hat«, deutete sie und holte von rechts ein gelbes Plüschtier aus der Ecke. Es war Susi, diese wunderschöne Hundedame aus dem Trickfilm Susi und Strolch.

»Wow«, rief er verblüfft. »Das ist ja Susi, wuff-wuff«, und streichelte dem Plüschtier über den Kopf. »Du bist ein braver Hund, ganz brav, und wenn du gut auf Leonie aufpasst, dann bring ich dir ein Leckerli mit, wenn ich wiederkomme.«

Beschwingt nahm die Kleine den Hund am Hals und imitierte ein paar Nickbewegungen. »Wuff-wuff«, bellte sie, »ich werde ganz brav sein und gut auf Leonie aufpassen, jaja.« Dabei kicherte sie und ihre ausdrucksstarken rehbraunen Augen strahlten ihn an.

Amüsiert setzte er sich auf den Stuhl neben ihrem Bett und erkundigte sich: »Wie geht es dir, hast du gut geschlafen?«

Sie nickte den Kopf von Susi und sprach, als wäre sie der Hund, mit etwas tieferer Stimme: »Ja. Leonie hat gut geschlafen heute, aber ich war ja auch da und habe auf sie aufgepasst.« Erheitert kicherte sie.

Markus betrachtete sie für einen kleinen Moment und spürte eine innere Wärme und Zufriedenheit, die ihm wohlbekannt und sehr willkommen war. *Diese Kinder, die hier auf Station sein müssen, sind die Ärmsten der Armen,* dachte er kurz. *Sie sind gerade ein paar Jahre auf der Welt, haben laufen und sprechen gelernt, nur um all diese Schmerzen und Ängste ertragen zu müssen.*

Bei dem Gedanken erschauderte er und konzentrierte sich wieder auf Leonie, die immer noch mit dem Hund spielte, und streichelte ihr über den kahlen Kopf.

Leonie war vor einiger Zeit an dem gefährlichen Medulloblastom erkrankt, einem schnell wachsenden Krebstumor, der sich im Gehirn bildete. Besonders bei Kindern kam er erschreckend häufig vor und wegen seines oft schnellen Wachstums wurde er vielmals erst sehr spät entdeckt. Das machte die Therapie riskant und nicht selten langwierig. Üblicherweise wurde bei so einer Erkrankung zunächst über ein MRT bildgebend untersucht, wo und wie groß der Tumor war und ob sich Metastasen in anderen Organen gebildet hatten. Das war zwar in der Regel nicht der Fall, weil ein Medulloblastom sich üblicherweise nur auf Gehirn und Rückenmarksflüssigkeit beschränkte, ganz ausgeschlossen war die Gefahr jedoch nicht. Das besonders Gemeine aber war, dass die Tumorzellen in der Rückenmarksflüssigkeit im MRT in der Regel nicht sichtbar wurden. Daher mussten Proben aus dem Gehirn oder dem Rückenmark genommen werden, um abzuklären, ob und welche Art von Krebszellen vorhanden waren. Aber nach der Typbestimmung begann dann erst die eigentliche Behandlung. Falls möglich, wurde der Tumor operativ entfernt und anschließend bekamen die Kinder je nach Art und Schwere der Erkrankung eine Behandlung mit Zytostatika und wurden bestrahlt. Zytostatika, so nannte man die Krebsmedikamente, die im Rahmen einer Chemotherapie über eine Infusion in den Körper des Patienten verabreicht wurden. Sie mussten sich nicht nur mit Schmerzen, Übelkeit und Erbrechen herumplagen, sondern auch mit Haarausfall, der manchmal als Nebenwirkung der Behandlung auftrat. Dazu kam die Schwäche, das Gefühl, krank zu sein, und auch das Getrenntsein von zu Hause, von gewohnten, lieb gewonnen Dingen. Für die Kinder bedeutete das alles eine furchtbare Quälerei und für die Eltern ebenso.

Im Laufe der Zeit hatte er immer wieder Gespräche mit Ärzten und dem Personal geführt, daher wusste er ein paar dieser Dinge. Leonie war zum Glück auf dem Weg der Besserung. Die Behandlung wirkte gut bei ihr und der kleine Körper schien die Medikamente sehr gut zu vertragen. Die Ärzte waren sich ziemlich sicher, dass sie wieder ganz gesund werden würde.

Markus allerdings war sich ganz sicher. Sie war grün gewesen und er hatte einen guten Zeitpunkt für den Moment der Wahrheit erwischt. Insgeheim bedauerte er nur immer wieder, dass er sie nicht sofort heilen konnte, aber so funktionierte das Ganze eben nicht. Diese Gabe konnte heilen und die Leidenszeit der Kinder verkürzen. Er hatte das in der Vergangenheit oft beobachten können. Sie war sogar eine Garantie für eine komplette Heilung, immer vorausgesetzt, das Kind war grün. Aber ganz konnte er ihnen die Qualen nicht ersparen. Auch das war ein Gedanke, mit dem er immer wieder haderte. Auf der einen Seite war es vielleicht gut so. Wie würde das aussehen, wenn in der Kinderklinik Tag ein Tag aus eigentlich todkranke Kinder wie durch ein Wunder geheilt wurden? Das würde Wissenschaft, Politik und letztlich sicher auch andere Stellen auf den Plan rufen. Auf der anderen Seite sah er täglich das Leid dieser kleinen Menschen und verstand oft nicht, welchen Sinn das alles in sich trug. Welcher Plan steckte dahinter?

War es die Idee, dass Schmerz und Qual abhärten sollen für das Leben, das noch vor ihnen lag? Oder war es eine Art göttliche Schutzfunktion, die *ihn* beschützen sollte? Davor, entdeckt zu werden? Aber warum hatte Gott dann nicht gleich

40

verhindert, dass diese Kinder überhaupt krank wurden? Warum machte er es so kompliziert? Irgendwann hatte Markus gedacht, er hätte die Einsicht erlangt, dass es wenig Sinn machen würde, sich die ganze Zeit mit diesen Gedanken zu quälen und dass er lieber helfen sollte, wo immer er konnte. Aber wann immer er in den Kliniken war und sich mit den Kindern beschäftigte, spürte er wieder und wieder diesen inneren Konflikt zwischen Einsicht und Unverständnis. Und auch abseits der Klinik haderte er immer wieder. »Was möchtest du heute hören?«

Susi bellte: »Ich möchte gerne fliegen, so wie Mary Poppins, wuff-wuff.« Sie kicherte und er lachte.

»Und was magst du heute hören?«, fragte er erneut.

»Susi und Strolch, wuff-wuff.«

Lachend beugte er sich zu Susi und bekannte: »Das habe ich nicht dabei, aber wie wäre es mit die unendliche Geschichte?«

»Nein, wuff.«

»Und Mary Poppins?«

»Nein, wuff.«

»Hm, du machst es mir heute aber schwer.«

»Ja, wuff.« Vergnügt kicherte sie und auf einmal sprang Susi mitten in sein Gesicht.

»Hilfe, ein Hund greift mich an. Leonie rette mich …«

»Ok«, ergab sie sich spontan und holte Susi wieder zurück ins Bett. »Braver Hund, sei brav«, mahnte sie ihn.

»Also, wie wäre es mit…«, begann er, doch sie unterbrach ihn und entschied: »Mary Poppins.«

»Ok, also Mary Poppins«, bestätigte er mit erhobenen Augenbrauen und sie bellte nickend: »Ja, wuff-wuff.«

Aus dem kleinen Stapel, den er bei sich trug, suchte er das Buch heraus und schlug es auf. »Weißt du denn noch, wo ich das letzte Mal aufgehört habe?«, befragte er Susi.

Sie schüttelte den Kopf und bellte: »Da war ich ja noch gar

nicht hier, wuff-wuff.« Wieder kicherte sie und blätterte mit ihrem Finger ein paar Seiten um, ohne zu sehen, was sie da eigentlich aufgeschlagen hatte. »Hier glaub ich, waren wir«, deutete sie und zog Susi leicht an den Ohren.

»Aua, nicht, das tut doch weh«, quäkte Markus und jetzt musste er selbst etwas kichern.

»Nee«, widersprach sie und blickte mürrisch auf Susi. »Das ist doch nur ein Stofftier.« Dann lehnte sie sich zurück, umarmte den Hund fest und Markus begann an einem beliebigen Absatz zu lesen. Nach einiger Zeit merkte er, dass Leonie zu schlafen schien. Es war ruhig geworden im Zimmer. Neugierig drehte er seinen Kopf und sah Elli alleine auf ihrem Bettchen sitzen. Die Augen prüfend auf ihn gerichtet.

»Hey«, hauchte er leise, »ist deine Mama schon weg?« Er hatte das gar nicht mitbekommen.

»Sie ist rausgegangen. Sie wollte mit einem Arzt sprechen.« Leise stand er auf, legte das Buch beiseite und schlich zu Elli. Dann setzte er sich langsam auf den Stuhl neben ihrem Bett und betrachtete das Mädchen. »Wie geht es dir?«

»Ganz gut«, antwortete sie und musterte ihn mit ihren tiefblauen Augen.

Und auf einmal spürte er einen Impuls, wie einen intuitiven Drang zu handeln oder eine Eingebung, der man sich nicht verwehren kann. Vollkommen aus dem Nichts heraus und völlig entgegengesetzt zu seiner üblichen Vorgehensweise flüsterte er: »Leg dich mal hin, ich will einen kleinen Test mit dir machen.«

»Bist du ein Arzt?«, wollte sie spontan wissen und musterte ihn forschend. Sie machte keine Anstalten, sich hinzulegen.

Etwas irritiert stand er auf, legte seine Hände auf ihre kleinen Schultern und drückte sie sanft auf den Rücken. Konzentriert musterte er sie und erklärte: »Nein, ich bin kein Arzt, aber ich möchte sehen, ob du Fieber hast.«

42

Ihre Pupillen waren ganz klein und sie betrachtete ihn mit leicht zusammengekniffenen Augen, mit einer Mischung aus Wissen und Neugierde. Fast als ahnte sie, was als Nächstes kommt.

Er legte seine linke Hand auf ihre Stirn und seine rechte auf ihr Herz. Unter seiner Hand konnte er deutlich spüren, wie ihr Herz schlug, und kurz darauf wurde ihr Blick auf einmal leer. Sie starrte einfach an die Decke und langsam beugte er sich über sie. Ganz nah führte er seinen Kopf an ihren und drehte ihn etwas. Mit einem Mal weiteten sich ihre Pupillen und er spähte konzentriert in ihr rechtes Auge. Wieder drehte er den Kopf ein wenig und suchte in der Dunkelheit ihres Inneren.

Und auf einmal konnte er ihn sehen. Es war, als könne er durch ihre Augen hindurch in das Dunkel dahinter sehen und dort, ganz weit hinten, sah er ihn. Es war ein kleiner grüner Punkt, nicht viel größer als eine Murmel. Unvermittelt musste er schlucken und spürte Erleichterung. Seine Hände wurden wärmer und er merkte, wie Ellis Herz schneller schlug.

Ihr Körper begann leicht zu zittern. Nur ganz wenig, aber doch spürbar.

Mit seinen Augen fixierte er den Punkt und merkte, wie ein vertrautes Gefühl in seinem Bauch aufkam. Langsam kroch es von unten über den Brustkorb hinauf in die Schultern und von da durch Arme und Hände, bevor es in Elli überging.

Noch immer starrte sie mit leerem Blick nach oben, doch er konzentrierte sich nur auf den grünen Punkt.

Ihr Kopf zuckte kurz nach oben und mit einem Mal begann der Punkt langsam zu pulsieren. Der Körper des Mädchens zitterte jetzt ein wenig mehr und aus seinem Bauch spürte er, wie die zweite Welle emporkroch und in sie strömte. Ellis Kopf zuckte kurz unter seiner Hand, aber er fixierte weiterhin konzentriert den grünen Punkt in ihrem Auge, der immer schneller

43

pulsierte. Sein Herz schlug jetzt sehr schnell und sein Kopf und seine Arme fühlten sich ganz heiß an.

Ihr kleiner Kopf zuckte leicht nach oben, zuckte noch einmal nach oben und blieb dann liegen.

Ein wenig irritiert kniff er seine Augen zusammen. Aber im nächsten Moment spürte er wieder wie etwas, das sich ähnlich wie ein Strom anfühlte, langsam seinen Weg über die Schultern durch seine Arme in ihren Körper suchte. Es tat ihm nicht weh, es fühlte sich eher an, als bildete sich in seinem Bauchraum unter drehen und winden eine schnell wachsende Art von Energie, die sich dann in den Oberkörper ausbreitete, um seinen Körper über Schultern und Arme auf diesem Wege zu verlassen. Als würde sich erst etwas bilden, um dann aus ihm herauszuströmen. Ein eigentümliches Gefühl.

Das Mädchen stöhnte leise und für einen Moment hob sich ihr Brustkorb nach oben. Noch einmal stöhnte sie kurz und tief von innen, als würde etwas aus ihr entweichen.

Erschrocken hob er den Kopf und überlegte, ob er abbrechen sollte. Aber dann konzentrierte er sich weiter mit aller Kraft auf diesen Punkt und mit einem Mal war er erloschen.

»Was machen Sie da?« Daniela war überraschend ins Zimmer zurückgekommen.

Abrupt ließ er das Mädchen los und drehte sich zu ihr.

Unterdessen stiefelte Daniela um das Bett herum und schnatterte sichtlich irritiert, aber auch besorgt: »Schatz, ist alles in Ordnung bei dir?«

Elli, die sich mittlerweile aufgesetzt hatte, rieb sich kurz über die Augen und nickte. »Er wollte nur sehen, ob ich Fieber habe«, erklärte sie mit klarer Stimme.

Unterdessen musterte Daniela ihn mit prüfendem Blick und er bestätigte hektisch: »Ja, aber ... es ist alles in Ordnung, sie hat kein Fieber. Ich dachte einen Moment, aber es ist alles ok.«

44

Prüfend beäugte sie Elli, dann wieder Markus, kniff die Augen ein wenig zusammen und versicherte schließlich: »Na gut Schatz, ich muss jetzt langsam nach Hause, aber ich komme morgen nach der Arbeit wieder und dann bringe ich dir Mäntelchen mit, ok?« Dann drückte sie ihre Tochter an sich. »Ich hab dich lieb, Schatz, von hier bis zur Venus.«

Die Kleine kicherte. »Und ich hab dich lieb von hier bis zur Venus und wieder zurück.« Sie grinste und schaute zu Markus.

»Danke mein Schatz, das ist lieb von dir. Also bis morgen dann, schlaf gut nachher.«

Elli nickte bestätigend, Daniela stapfte um das Bett herum und blieb vor Markus stehen. »Kann ich Sie kurz draußen sprechen?« Es war weniger eine Frage als mehr eine Aufforderung.

Markus lächelte zu Elli, zwinkerte ihr zu, doch er spürte, wie sein Herz plötzlich wieder schneller pochte, und so folgte er Daniela auf den Flur und sie schloss die Tür.

Einen Moment musterte sie sein Gesicht und er erkannte erst jetzt, dass sie genau die gleichen Augen hatte wie Elli. Ein tiefes, reines Blau und ein Blick, der irgendwo zwischen ich-weiß-was-du-getan-hast und lege-dich-mit-mir-an-und-ich-mach-dich-fertig lag. »Hören Sie«, begann sie zu sprechen. »Ich finde das wirklich toll, was Sie hier machen, aber bitte machen Sie den Kindern keine Hoffnungen, die Sie nicht einhalten können. Elli ist todkrank und ich weiß nicht, ob die Behandlung erfolgreich sein wird, keiner weiß das. Die Ärzte sagen, es sieht nicht so gut aus, weil dieser Krebs, die Leukämie weit fortgeschritten ist. Alle Hoffnungen liegen jetzt bei der Bestrahlung und der Chemo. Elli ist tapfer, sie ist schlau, ich glaube, sie versteht ganz gut, wie ernst die Lage ist. Vielleicht versteht sie es sogar besser, als mir lieb ist, deswegen bitte ich Sie, seien Sie vorsichtig und machen Sie den Kindern keine allzu großen Hoffnungen, ok?« Fast etwas verzweifelt sah sie ihn an, senkte kurz den Kopf und begann, leise zu schluchzen. Ein paar Tränen liefen ihre Wangen herunter.

»Hey«, hauchte er einfühlsam und packte sie sanft an den Schultern. »Ich mache das schon eine ganze Weile, bitte glauben Sie mir, ich bin sehr vorsichtig und ich möchte auf keinen Fall irgendwem falsche Hoffnungen machen.«

Wieder schaute sie ihn mit diesen blauen Augen an, die jetzt fast schon verzweifelt wirkten, und in diesem kleinen Moment enthüllten sie einen Blick, den Markus lange nicht mehr sehen sollte. Ihre tiefen blauen Augen, die so wunderschön funkelten und die aber auch so stechend und durchdringend blicken konnten, waren in diesem einen Moment von solch herzzerreißend trauriger Verzweiflung und solchem Kummer, dass sich Markus plötzlich hörte, wie er sagte: »Sie wird wieder gesund!«

Nun konnte sie sich nicht mehr halten und schluchzte bitterlich, die Hände aufs Gesicht gedrückt.

Und Markus erschrak furchtbar dabei und spürte, wie sein Herz hüpfte und anfing, heftig zu trommeln. Was war das denn gewesen? *Habe ich das wirklich gesagt?* Er schluckte und versuchte hastig eine Erklärung zu finden, wie das passieren konnte.

Doch urplötzlich drückte sie ihn von sich und schrie mit tränenerstickter Stimme: »Warum tun Sie so was, Sie können das gar nicht wissen!«

Entsetzt schaute er sich kurz um, doch zum Glück war der Gang leer. Er ging einen Schritt auf sie zu und keuchte nervös, fast etwas flehend: »Elli ist eine Kämpferin, sie ist stark und ich glaube ganz fest daran, dass sie wieder gesund wird. Der Glaube kann Berge versetzen, Sie müssen nur glauben.« Das war das Einzige, das ihm in der Kürze der Zeit einfallen wollte. Es war sicher nicht das Beste, das er jemals zustande gebracht hatte, aber es musste jetzt einfach reichen.

46

Mit einem Mal blickte sie ihm direkt ins Gesicht und in ihren Augen erkannte er jetzt einen kleinen Teil dessen, was er vorhin auch bei Elli gesehen hatte. Nur ein kleines bisschen, aber genug, um es zu erkennen. Eine Art prüfender Blick mit einem Unterton, als würde sie etwas eher wissen als ahnen. Die Augen ganz leicht zusammengekniffen, vermischt mit Tränen und Angst. So ein ganz kleines bisschen Hab-ich-dich-erwischt kombiniert mit Was-zum-Geier-ist-hier-los?

Langsam bewegte er seinen Arm und zeigte den Gang entlang. »Da hinten ist eine Kapelle, wenn sie möchten, begleite ich Sie.«

Ein leichtes Nicken als Antwort, dann liefen sie den Gang entlang zur Kapelle. Dort saßen sie für etwa drei Stunden und unterhielten sich. Zunächst war die Atmosphäre eher kühl und verkrampft, doch nach und nach fanden sie einen Weg zueinander. Immer vertrauter redeten sie über die Welt und die Menschheit. Über Recht und Ungerechtigkeit, über Gott und das Universum. Sie spürten beide an diesem Abend, dass etwas passiert war.

Daniela konnte es noch nicht einordnen, doch sie merkte irgendwo tief in sich, dass irgendetwas passiert war. Sie spürte so ein komisches Gefühl, wenn sie ihm zuhörte. Und die Erinnerung daran, als sie ins Zimmer zurückgekommen war. Aber er wirkte so ruhig in seiner Art. Seine Stimme war von angenehmer Lautstärke und beruhigend, so als wüsste er, wovon er sprach. Und dabei wirkte er, als könne ihn nichts aus der Ruhe bringen, wie ein Fels in der Brandung. Seine ganze Art strahlte eine Güte und Vertrauenswürdigkeit aus, die sie höchstens mal bei einem Priester erlebt hatte. Wenn er redete, dann leuchteten seine grünen Augen oft und strahlten dabei eine Ehrlichkeit und Güte aus, die sie faszinierte und irgendwie auch fesselte. Es wirkte fast, als wäre er nicht von dieser Welt. Als wäre er un-

47

möglich von dieser Welt. Seine ruhige Art, diese grünen, freundlichsten und ehrlichsten aller Augen, die sie je gesehen hatte, und die sympathische und unvoreingenommene Hilfsbereitschaft, die sie in jedem seiner Worte spürte. Anfangs verstand sie nicht, warum, doch sie fühlte sich sicher in seiner Gegenwart. Geborgen. Und das war ihr weniger fremd als viel mehr unheimlich. Sie konnte das alles nicht einordnen und es dauerte einige Zeit, bis sie verstand, was genau sie da spürte.

2019

Amüsiert stupste Daniela ihn mit dem Ellbogen an.

Irritiert sah er zu ihr und sie nickte nach oben. Der Kellner stand vor ihm, um die Bestellung aufzunehmen.

»Öh ...«, entfuhr es ihm. »Ich nehme den Bifteki-Teller bitte«, informierte er den Kellner und schaute zu Daniela.

Noch immer amüsiert lachte sie kurz und erklärte: »Ich habe schon bestellt, ich nehme die Keftédes.«

Einen Moment später bedankte sich der Kellner und stolzierte in Richtung Küche.

»Wo warst du denn wieder?«

Er blickte zu ihr, lächelte kurz und schaute wieder auf den Tisch. *Wer anderen eine Grube gräbt, der hat viel Dreck,* huschte ihm durch den Kopf. »Wie geht es Elli?«

»Na, Elli gehts gut, sie ist voll mit ihrer Tochter beschäftigt. Die Kleine schreit und hält sie ganz schön auf Trab.«

»Katharina«, bemerkte er nickend.

»Kathi!«, korrigierte sie mit einem stolzen Lächeln. »Sie ist 3 Monate alt und hat schon ihre vollen Haare. Sie nimmt gut zu, trinkt fleißig, ist munter. Es ist so schön zu sehen, wie die Dinge ihren Lauf nehmen, wie neues Leben entsteht und wie ...« Auf einmal stockte sie, glotzte ihn mit großen Augen an und beide schrien gleichzeitig »OMA!« und streckten ihre Hände nach oben. Sie lachten laut und es tat so gut, lauthals zu lachen.

48

»Oh mein Gott, ich bin tatsächlich Oma geworden, ich kann es immer noch nicht glauben«, rief sie und fasste sich an ihr Herz. »Das ist ein unglaubliches Gefühl, aber ich fürchte, ich muss mich erst daran gewöhnen, dass ich alt werde.«

»Du wirst doch nicht alt«, schmeichelte er, »nur weiser«, und lächelte ihr gütig zu.

Sie lachte kurz und küsste ihn liebevoll auf die Wange. »Du bist so ein lieber Kerl, aber das habe ich dir ja schon öfters gesagt. Ich finde das immer so traurig, wenn du abends alleine bist. Such dir doch mal eine Freundin.« Und nun bedachte sie ihn mit einem warmherzigen Blick.

»Ach, ich habe doch keine Zeit. Ich muss arbeiten und nachmittags und am Wochenende bin ich in der Klinik. Außerdem, du weißt, was es mir so schwer macht.« Jetzt schaute er fast etwas wehleidig. »Diese ... Gabe oder was auch immer.«

Verständnisvoll nickte sie und streichelte ihm über den Kopf.

Und er genoss es. Dieser eine kleine Moment, diese kurze Berührung. Wärme und Wohlgefühl durchströmten ihn.

»Ich weiß«, beschwichtigte sie, »ich weiß. Es ist eine sehr schwierige Situation für dich, das war sie schon immer und das wird sie auch immer sein. Ich verstehe dich vollkommen. Aber vielleicht kannst du ja erst einmal warten, ich meine, wenn du eine kennengelernt hast und ihr euch versteht, ich meine, du musst es ihr ja nicht gleich sagen. Lerne sie erst mal kennen und schau, wie sie auf deine Besuche in der Klinik reagiert. Abgesehen davon, du musst nicht unbedingt jeden Tag hingehen.«

Beide sahen sich an und er gestand: »Kann ich auch gar nicht, das ... ist zu anstrengend. Momentan bin ich zwar jeden Tag dort, aber ich ... es ...«

»Carolin«, fuhr sie ihm ins Wort und seufzte. Dann verkniff sie die Mundwinkel und betrachtete sein Gesicht.

Und er seufzte ebenfalls. »Ich weiß doch, ich kenne deine

Meinung und ich weiß auch, dass du recht hast, aber ich tue mir immer noch so schwer damit, mich damit abzufinden. Selbst nach all den vielen Jahren will es mir einfach nicht in den Kopf. Aber keine Sorge, es ist ja nicht so, als würde ich die andere Seite nicht sehen. Ich freue mich immer, wenn es den Kindern besser geht und ich sehe und spüre, dass ich was erreichen konnte.«

Und in diesem Moment erkannte sie wieder diese Güte in seinen Augen, die sie damals in der Kapelle so fasziniert hatte. Langsam drehte sie ihren Kopf zur Menükarte vor sich und dachte zurück an die Kapelle.

2004

Nach etwa 3 Stunden hatten sie sich damals verabschiedet. Es war bereits spät geworden und so gingen beide ihrer Wege. Im Laufe dieser kurzen Zeit wurde aus dem Sie ein vertrautes Du und es war ihr beim Gehen, als könne er recht habe. Elli war ein aufgewecktes Kind und hatte alle bisherigen Krankheiten relativ schnell und ohne Komplikationen überstanden. Auf einmal fühlte sie sich ermutigt, an die Heilung zu glauben, und spürte auch, dass ein Teil von ihr genau das tat. Und dennoch ... irgendetwas fühlte sich komisch an. Als sie ins Zimmer kam ... Sie dachte gesehen zu haben, dass er sie berührt hatte, nicht nur an der Stirn. Ihr war so, als wäre sein rechter Arm weiter unten gewesen. Sie versuchte diesen Gedanken zu verdrängen, denn ein anderer Teil in ihr wies daraufhin, wie ehrlich und gütig dieser Mensch doch war. Ein Teil von ihr wollte ihn genau so sehen: rein und gütig. Aber dieses Gefühl ... es ließ sie nicht los. Auch als sie zu Hause war und sich ins Bett legte, spürte sie, dass da irgendetwas nicht ganz passte.

In der Nacht träumte sie wirres Zeug von übergroßen, fliegenden Einkaufstaschen, die gefüllt waren mit Babys. Und sie

50

stand darunter und musste die Babys auffangen, denn die Taschen rissen dann und wann. Sie fühlte sich heillos überfordert und von aller Welt alleine gelassen mit dieser Aufgabe und schrie laut um Hilfe. Doch es war niemand zu sehen, keiner antwortete. Es war nur immer wieder dieses grässliche *Plopp* zu hören, wenn eine Tasche riss.

Als sie am nächsten Morgen aufwachte, fühlte sie sich gerädert und das Bett war verschwitzt. Den ganzen Tag über war ihr komisch zumute, und als sie nach der Arbeit die Klinik betrat, spürte sie dieses Gefühl noch immer. Nachdenklich betrat sie das Zimmer mit der Nummer 1 und sah Elli, wie sie gerade einen Trickfilm im Fernseher ansah. »Hallo mein Schatz«, begrüßte sie ihre Tochter und gab ihr einen Kuss auf die Stirn. »Du schaust aber nicht den ganzen Tag schon Fernsehen, oder?«, brummte sie vorwurfsvoll.

Elli schüttelte verschmitzt ihren kleinen Kopf und nestelte an der Bettdecke herum.

Mit liebevollem Blick griff Daniela in ihre Tasche, holte das Plüschtier heraus und hielt es Elli feierlich entgegen. »Schau mal, wer hier ist.«

»Mäntelchen«, quietschte sie überrascht und ergriff sogleich den kleinen braunen Nasenbären. Herzend drückte sie ihn an sich und wiegte ein wenig nach links und rechts.

Daniela fühlte Erleichterung und Dankbarkeit. Sie setzte sich auf den Stuhl neben Ellis Bett und streichelte ihr über den Kopf. »Na, was hast du heute gemacht?«

»Der Arzt hat mich gepikt. Dann musste ich mich auf ein Bett legen und dann wurde ich in so eine enge Röhre geschoben. Da war es ganz schön laut, es hat ständig wrum-wrum gemacht. Und es hat immer wieder gescheppert.«

Daniela nickte, strich über ihr Haar und sah in den Fernseher.

51

Eine Kindersendung flimmerte über den Bildschirm. »Sag mal, wie war das gestern, als Markus bei dir war? Er hat seine Hand auf deine Stirn gelegt?«

Elli nickte.

»Und wo noch?«

Sie deutete mit der Hand auf ihr Herz und sah dann wieder in den Fernseher.

Nachdenklich strich Daniela ihr weiter über das Haar und runzelte die Stirn. Ihr Kopf versuchte ihr einzureden, dass da nichts war. Vielleicht hatte er die Atmung prüfen wollen oder Elli irrte sich bezüglich der Position seiner Hand. Vielleicht wollte er aber auch nur den Herzschlag spüren. Obwohl sie eigentlich wusste, dass das an Hals oder Handgelenk viel zuverlässiger funktionierte. Aber ihr Gefühl deutete ihr, dass da irgendwas nicht stimmte. Sie konnte nicht benennen, was genau sie störte. Irgendwas an der ganzen Sache war komisch und sie wusste, sie würde keine Ruhe finden, bevor sie nicht Klarheit hatte. Eine Weile saßen sie da und sahen auf den Bildschirm. Immer wieder zwischendurch horchte sie auf den Gang hinaus. Und die ganze Zeit dachte sie darüber nach, wie sie ihn fragen würde. Was sie sagen sollte. Unter keinen Umständen wollte sie ihn verletzten oder in Verlegenheit bringen, aber sie wollte unbedingt ergründen, was sie so an der ganzen Situation störte. Und was dieses komische Gefühl zu bedeuten hatte.

Nach einer Weile klopfte es an der Tür und Markus öffnete sie vorsichtig. Lächelnd kam er herein. »Hallihallohallöchen, ja wer ist denn da? Ist das ein Schneemann? Oder ein Seelachs?« Unvermittelt musste er schlucken, denn er spürte Danielas Blicke, die ihn musterten. *Seelachs?*, dachte er. *Jetzt reiß dich mal zusammen, das ist ja albern.* »Ach, ich sehe, das ist ja die Elli.« Nervös räusperte er sich und kramte schließlich ein »Hallo« in Richtung Daniela hervor. Dann drehte er schnell den Kopf und winkte Leonie zu, die langsam zurückwinkte. Sie schien müde zu sein, denn sie verzichtete auf ihr übliches Markus-schau-was-ich-bekommen-habe-komm-und-umarme-mich.

Wieder musste er schlucken. Da war ein unangenehmes Gefühl in seiner Magengegend. Vielleicht war es auch nur ein bisschen Paranoia, aber er deutete Leonies Reaktion oder besser ihre Nicht-Reaktion als eine Art Zeichen, ein böses Omen. *Mist*, dachte er, *nicht du auch noch.* Nervös schielte er zu Daniela.

Sie antwortete trocken: »Hi.« Sie wunderte sich in diesem Moment selbst, denn das war gar nicht beabsichtigt gewesen, aber sie konnte deutlich das Pochen unter ihrer linken Brust wahrnehmen.

Markus schluckte verkrampft, sah zu Elli, wieder zu Daniela, und da vermerkte sie trocken: »Wir müssen reden.«

Und auf einmal spürte er, wie sein Herz hüpfte, als wolle es sagen: *Ok, ciao machs gut. Ich bin dann mal weg.* Allzu gerne wäre er in diesem Moment hinterhergelaufen, einfach nur weg aus dieser Situation. Aber er schaffte es nicht, seine Beine zu bewegen, und so blieb er einfach stehen und quälte sich ein Lächeln auf die Lippen. Noch einmal räusperte er sich und deutete zur Tür. »Ähm, klar, wollen wir raus?«

Sie nickte und so verließen beide den Raum.

2019

»So, einmal Bifteki-Teller, bitteschön«, flötete der Kellner und stellte den Teller vor Markus auf den Tisch. Dann holte er den geschickt auf seinem Arm balancierten zweiten Teller herunter und lancierte ihn mit den Worten »Und einmal Keftédes für die Dame, bitteschön und guten Appetit« vor Daniela auf den Tisch.

Etwas verdrießlich betrachtete Markus den Teller, hob die Augenbrauen an und seufzte leicht. Eigentlich verspürte er gar nicht viel Hunger.

Daniela kostete bereits ihren Reis.

»Und, ist gut?«

Sie nickte und betrachtete ihn fragend. »Magst du gar nichts essen?«

»Doch doch, ich esse jetzt. Ich war nur in Gedanken.«

Einen Moment lächelten beide und begannen zu essen.

Und Daniela wusste, was das bedeutete. Sie kannte ihn schon lange genug. Unauffällig beobachtete sie ihn, während er aß.

Ein schlanker, gut aussehender Mann mit braunen kurzen Haaren, Ende 30. In seiner Art lag etwas sehr Sanftes und eine angenehme Ruhe umwob seine Stimme, wenn er sprach. In seiner Gegenwart fühlte sie sich immer wohl, vielleicht, weil sie selbst oft ein Nervenbündel war. Immer gehetzt und immer voller Sorge. Die Gedanken stets hin- und her springend zwischen Vergangenheit, Gegenwart und Zukunft.

Er vermochte es irgendwie, beruhigend auf sie einzuwirken, mit seiner ganzen Art. Sie konnte nie so genau sagen, was es eigentlich war, das sie so ansprach. Aber sie vermutete, es war einfach eine Mischung aus seinen Augen und der sanften, ruhigen Stimme. Sie war sich auch nie völlig klar darüber gewesen, welche Art von Gefühlen sie eigentlich für ihn verspürte. War es etwas Mütterliches, Beschützendes? Oder doch die Sehnsucht nach dem einen Mann, der ihr Temperament zügeln konnte, sie wieder runterholte, wenn sie zu hoch drehte?

Ein Mann, der nicht nur Nerven genug hatte, ihre Stimmungen auszuhalten, sondern obendrein auch noch die Kunst beherrschte, sie zu bändigen? Über die Jahre hatte sie viel darüber nachgedacht, aber so sehr sie sich auch bemühte, sie fand einfach keine zufriedenstellende Antwort. Und im Grunde genommen war es ihr sogar ganz recht so, wie es war. Denn nach ihrem zweiten Gespräch damals in der Kapelle änderte sich auf einmal alles. Dieses Gespräch und die nachfolgenden Ereignisse

54

stellten nicht nur ihr gesamtes Weltbild auf den Kopf, sie änderten auch grundsätzlich ihre Meinung über Markus.

Und so hatte sich von Beginn an eine freundschaftliche Beziehung gebildet, die zutiefst auf Vertrauen, gegenseitigem Respekt und Verständnis basierte und die sich im Laufe der Jahre immer stärker und tiefer verwurzelte. In gewisser Weise war es eine sehr außergewöhnliche Beziehung mit einem sehr außergewöhnlichen Beginn. Und wie genau sie diese Art von Beziehung definieren wollte, das war, außer dass sie den Begriff *freundschaftlich* dick unterstreichen wollte, nur schwierig in Worte zu fassen. Aber was sie stets verspürt hatte, war in jedem Fall immer das starke Bedürfnis, daran festzuhalten und nichts zu unternehmen, um diese ganz besondere Bindung zu beschädigen. Zwar fühlte sie sich geehrt auf der einen Seite, weil er ihr vertraut hatte. Zugegeben, eigentlich hatte sie ihm wohl auch gar keine wirkliche Wahl gelassen. Denn sie konnte ziemlich energisch und auch unerbittlich sein, wenn sie sich etwas in den Kopf gesetzt hatte. Auf der anderen Seite wusste sie aber auch damals schon irgendwie instinktiv, was für eine große Bürde es für ihn sein mochte, solch eine schwere Last mit sich herumzutragen. Sie hatte es die ganze Zeit irgendwie geahnt, hatte gespürt, dass da mehr war, und als es endlich so weit war und sie die Wahrheit erfuhr, da wusste sie sofort, dass es stimmte, was er sagte. Als würde ihr jemand eine Brille in der richtigen Stärke aufsetzen und plötzlich ergab alles einen Sinn.

Heimlich betrachtete sie Markus immer wieder, während sie aßen. Beobachtete seine Mundwinkel, wie sie sich bewegten. Sein Hals, wenn er schluckte, seine Ohren, wenn er kaute. Auf einmal musste sie schmunzelnd an Elli denken.

Ein paar Jahre nach der Klinik hatte sie während des Essens zu Hause einen Zahn verloren. Scheinbar hatte er sich beim Kauen gelöst. Sie biss mit lautem Knack darauf und schrie ganz erschrocken. Daniela musste damals sehr lachen, weil es einfach zu komisch war. Aber Elli fand das nicht lustig. Sie sauste schnurstracks in ihr Zimmer und schlug die Tür hinter sich zu. Den Zahn hob sie später in einer alten Streichholzschachtel auf, in der auch die anderen Zähne lagen, die sie im Laufe der Jahre verloren hatte.

Mit fragendem Blick schaute Markus zu ihr rüber und hob kurz die Augenbrauen.

Amüsiert lächelte sie und winkte ab.

Er lächelte ebenfalls und sie aßen weiter. Es brauchte nicht immer unbedingt Worte, um zu verstehen. Sie hatten sich über die Jahre hinweg oft getroffen und vieles erlebt. Manchmal saßen sie schweigend nebeneinander und beobachteten den Sonnenuntergang in der Ferne oder lauschten einem Bach in der Nähe. Fast wie ein altes Ehepaar, das sich ohne Worte verstand, weil der Eine genau wusste, was der Andere dachte. Manchmal dachte sich Markus, es wäre durchaus eine Kunst, sich einfach mal anschweigen zu können. So viele Menschen verbrachten ihren Alltag mit reden. Und viele Leute konnten überhaupt nicht alleine sein. Er kannte ein paar solcher Menschen. Für sie war es eine furchtbare Vorstellung, auch nur eine Stunde alleine zu sein. Daher dachte er für sich, dass es eigentlich sehr wertvoll war, wenn zwei Personen beisammensitzen konnten, um ohne Worte einfach nur die Zweisamkeit zu genießen.

Unauffällig betrachtete er sie, wie sie aß. Wie sich ihr Piercing beim Kauen bewegte, wie sich ihre blauen Haare durch das darunter liegende Ohr leicht bewegten. Er beobachtete ihren Mund, wie sinnlich er geformt war. Welch schönen Glanz er hatte und wie er sich beim Essen bewegte. Er sah auf ihren Hals, wenn sie schluckte, ihre Sommersprossen auf den Wangen. Und er fühlte eine tiefe Zuneigung zu ihr. Wenn er sie ansah, überkam ihn Wärme. Er hatte großen Respekt vor ihr

56

gewonnen im Laufe der Jahre, denn trotz aller Schicksalsschläge hatte sie nie aufgehört zu kämpfen. Als Elli damals krank wurde, hatte sie alles unternommen, um die beste Behandlung für ihr Kind zu bekommen. Jeden Abend und jedes Wochenende verbrachte sie in der Klinik, sofern ihre Schichten im Seniorenheim es zuließen. Und als etwa zwei Jahre später ein grausiger Schicksalsschlag ihr Leben von jetzt auf gleich vollkommen auf den Kopf gestellt hatte, da war sie am Boden zerstört gewesen und nervlich am Ende. Es war ein furchtbarer und grausamer Abschnitt ihres Lebens damals und Markus versuchte, ihr so gut wie möglich hindurchzuhelfen. In dieser Zeit waren sie noch enger zusammengewachsen und er schaffte es immer wieder, sie abzulenken und zum Lachen zu bringen.

Und sie war sichtlich froh gewesen über den Beistand, den er ihr geboten hatte. Aber letztlich war sie es, die sich wieder herauskämpfte aus dieser Krise. Sie suchte für sich und Elli eine Wohnung, sie organisierte den ganzen Umzug und sie war es auch, die Elli dazu überredete, aufs Gymnasium zu gehen. *Sie ist in gewisser Weise ein Stehaufmännchen*, dachte er manchmal. Nur sie vergaß es dann und wann. Aber wenn es um Elli ging, da kannte sie keine Furcht. Da wurde sie zur Löwin.

2004

Vor dem Zimmer standen sie auf dem Gang und sahen sich einen Moment an. Er bemühte sich, ein leichtes Lächeln auf seinem Gesicht zu halten, doch er konnte sein Herz spüren, wie schnell es schlug. Langsam wandten sich beide nach rechts und liefen den Gang in Richtung Kapelle. Es schien ihm in diesem Moment nicht wichtig zu sein, aber später, als er darüber nachdachte, bemerkte er, dass sie beide an jenem Tag ohne Worte und ohne dass einer von ihnen den Anfang machte, wie selbstverständlich diesen Weg zur Kapelle eingeschlagen hatten. Fast als musste es so sein. Als wäre es vorherbestimmt.

Daniela öffnete die Holztüre, sah ihn kurz an, er nickte und sie traten ein. Die Kapelle war ein kleiner Raum mit 12 Klappstühlen in drei Reihen mit jeweils vier Stühlen hintereinander. Vorne an der Wand hing ein großes hölzernes Kreuz mit einer Jesusfigur, in der rechten Ecke stand eine Statue von Maria. Dazwischen waren ein paar große metallene Kerzenständer mit flackernden LED-Kerzen aufgestellt, die von der linken Wand hinüber zur rechten in einer Reihe standen. Der Raum war leer zu der Zeit und so setzten sie sich wie selbstverständlich nach vorne in die erste Reihe.

Daniela blickte auf ihre Hände, die sich nervös mit sich selbst beschäftigten.

Markus betrachtete indes die Jesusfigur. Er war sich nie sicher gewesen, wie er zur Kirche stehen sollte. Zwar hatte seine Mutter immer darauf bestanden, wenigstens einmal in der Woche in die Kirche zu gehen, aber als er älter wurde, fiel es ihm immer schwerer an diese Geschichte zu glauben. Gott im Himmel, der einen Sohn aus Fleisch und Blut auf die Erde schickte, um die Menschheit zu bändigen? So kam es ihm lange Zeit vor, aufgrund der 10 Gebote. Du sollst dies nicht, du darfst das nicht, du musst so tun, wie die Norddeutschen postulierten. Und am Ende hatten sie ihn verraten und verkauft. Am Ende wurde er ans Kreuz genagelt und starb elendig. Und doch ... zwischen all diesen Gedanken, der Logik und der Wahrscheinlichkeit, hatte er im Laufe der Jahre seine ganz eigene Beziehung zu Gott geführt und sich in all der Zeit nie in der Situation gesehen, mit voller Überzeugung sagen zu können, Ja oder Nein. Es schien ihm viel mehr so, mit zunehmender Erfahrung in dem, was er tat, als könne er letztlich gar nicht anders, als die Frage nach Sein oder Nichtsein zu bejahen. Denn wie sonst konnte er sich selbst erklären, was das war in ihm, woher es kam und warum?

Leise seufzte er und blickte zu Daniela.

»Markus«, begann sie plötzlich. »Ich bin dir dankbar für das, was du hier tust, aber ich ... muss dich etwas fragen.« Ihre Finger spielten noch immer nervös mit sich selbst, aber nun sah sie ihn an und er erkannte wieder etwas von diesem Blick in ihren Augen. Es war ein musternder, prüfender Blick, fast als würde sie eine Frucht inspizieren. In ihrem entschlossenen, leicht feuchten Blick blitzte das flackernde Feuer der Kerzen.

»Als du gestern mit Elli alleine im Zimmer warst, als du an ihrem Bett standest ... als ich reinkam, habe ich gesehen, dass du beide Hände an ihr hattest.« Nun betrachtete sie ihn mit einem strengen Blick.

Plötzlich musste er schlucken. Sein Herz pochte noch schneller und er spürte seine Hände feucht werden. Auf einmal überkam ihn der Drang, aufzustehen und wegzulaufen. Er wollte ganz schnell weg aus der Situation, doch er saß nur da und starrte sie an. *Sie weiß es*, dachte er. *Himmel, sie weiß es.* Angst stieg in ihm auf, er spürte den kalten Kuss im Nacken. Was sollte er nun machen? Es leugnen? Gehen? Es zugeben? Sich damit in Gefahr bringen? *Ablenkung*, schoss ihm durch den Kopf. *Du musst sie ablenken.* Hilflos drehte er seinen Kopf zur Maria Statue auf der rechten Seite. Sie hielt ihre Hände zum Gebet gefaltet und blickte demütig zu Boden. Für einen Moment sah er sie verzweifelt an, doch plötzlich überkam ihn ein Impuls wie am Tag zuvor bei Elli. So überraschend wie ein Schluckauf fanden die Worte mit einem Mal und ohne nachzudenken ihren Weg. »Ich bin ein Heiler«, sprach er mit sanftem Blick. Erschrocken darüber, dass es tatsächlich ausgesprochen war, suchte sein Gehirn fieberhaft nach etwas, das er hätte nachschieben können. Irgendwas Logisches, das seine Worte erklären oder relativieren konnte. Doch ihm fiel nichts ein. Und während er sie leicht gequält ansah und fieberhaft überlegte, passierte etwas Unerwartetes.

Sie betrachtete ihn ein wenig zweifelnd und sagte: »Na ja, so würde ich das nicht ausdrücken, aber ich weiß, dass du eine große Hilfe für die Kinder bist.« Doch im Inneren spürte sie dieses Gefühl plötzlich sehr stark. Dieses Gefühl der Ahnung, so als wartete sie auf eine endgültige Bestätigung dessen, was sie die ganze Zeit schon irgendwie geahnt hatte. Eine Bestätigung für etwas, das eigentlich unmöglich *sein* konnte. Ein wenig ungläubig betrachtete sie ihn und musste auf einmal schlucken.

Doch er lächelte sie gütig an und auf einmal spürte er keine Angst mehr. Auf einmal spürte er Wärme und Vertrauen in seinem Herzen. Für einen Augenblick senkte er den Kopf nach unten, hob ihn wieder und sprach sanft: »Ich bin ein Heiler. Ich kann Menschen heilen. Ich muss sie berühren, um zu sehen, ob ich helfen kann. Aus irgendeinem Grund kann ich nur manche Menschen heilen. Es ist mit Worten nicht zu erklären und glaube mir, ich zermartere mir schon seit langer Zeit das Gehirn deswegen, aber wenn ich die Menschen berühre, kann ich sehen, ob ich helfen kann oder nicht.« Er lächelte. Es war dieses gütige Lächeln, welches sie schon immer auf eine ganz besondere Art und Weise angesprochen hatte. Sein Blick ging kurz zu Boden und dann wieder zu Daniela.

»Ich weiß es«, rief sie verdutzt und starrte ihn mit offenem Mund an. Ganz langsam schüttelte sie ihren Kopf und rang nach Worten. In diesem Moment war es, als ob laute Turbinen durch ihre Gedanken dröhnten. Wieder schüttelte sie den Kopf und nahm unvermittelt seine Hand. Sie war warm und kräftig. Weiche Haut, ganz zart. Noch immer starrte sie ihn an. »Irgendwie hatte ich die ganze Zeit so ein Gefühl. Ich konnte es nicht deuten oder beschreiben. Aber jetzt ergibt alles Sinn. Ich spürte schon gestern, dass irgendetwas anders war. Seit du bei Elli warst.« Angestrengt versuchte sie, sich zu erinnern. Als sie bei Elli war. Irgendetwas war anders gewesen. Und auf einmal

60

konnte sie es sehen. »Ihre Augen«, rief sie plötzlich und jetzt thronte das Bild klar vor ihr. »Ellis Augen waren anders hinterher. Sie waren klarer als vorher, sie wirkten vitaler.« Und nun blickte sie fragend und mit noch immer offenem Mund in sein Gesicht. Plötzlich packte sie ihn an den Schultern, zog ihn ein Stück zu sich und flüsterte: »Hast du sie geheilt? Ich meine, kurz bevor ich ins Zimmer gekommen bin, da hast du sie geheilt?« Und nun liefen ihr Tränen die Wange hinunter und sie spürte, wie all der Schmerz, der Kummer und die Sorgen, die sich in der letzten Zeit angesammelt hatten, Anlauf nahmen, um wie eine biblische Sturmflut aus ihr herauszubrechen. Sie wollte unbedingt glauben. Ihre Hände packten ihn noch fester und sie starrte mit offenem Mund und ungläubigen Augen direkt in sein Gesicht.

Er nickte und bedachte sie wieder mit diesem gütigen Lächeln, welches sie seitdem nie wieder aus ihrem Kopf bekommen hatte, und sprach: »Sie wird wieder ganz gesund.«

Explosionsartig wie durchschossen brach der Damm und sie begann sofort unsagbar berührend zu weinen. All der Schmerz und die Sorgen, die sich kurz zuvor im Anlauf nehmen geübt hatten, brachen nun aus ihr hervor und suchten einen Weg hinaus in die Welt, in einem tosenden und furchtbar herzzerreißenden Weinen. Ihr ganzer Körper bebte unter den starken Erschütterungen, die das Weinen verursachte. Unvermittelt sank ihr Kopf auf seine Brust und er hielt sie fest, mit seinen Armen hinter ihrem Rücken, und weinte sofort mit ihr. In diesem Moment konnte er gar nicht anders, es war so herzzerreißend und ergreifend. Ihr Weinen kam so tief von innen heraus, war so laut und von ehrlichem Verständnis, als würden sie ihre Tränen stellvertretend für die gesamte Menschheit vergießen.

Sie weinten und schluchzten und drückten sich und es war im Rückblick an diesem Abend fast wie ein weiteres Wunder, dass

61

niemand während dieser Zeit in die Kapelle hineinkam. Fast als wollte Gott diese Szene mit all seinen Sinnen genießen und ihnen alle Zeit der Welt zusprechen. Mit bebenden Körpern klammerten sie sich aneinander wie verlorene Kinder in Gottes großer Welt und konnten nichts anderes, als all die angesammelte Trauer und Sorge ihren Weg gehen zu lassen.

Im Nachhinein vermutete sie, dass es wohl nur einige Minuten gewesen sein konnten, aber in diesem Moment fühlte es sich an wie eine heilige, endlose Ewigkeit. Als sie sich irgendwann ganz erschöpft und mit leerem Kopf aufrichtete, schaute sie einen Moment lang in seine Augen. Dann forderte sie: »Und jetzt erzählst du mir alles. Von Anfang an.« Ihr Blick war nun erschöpft, aber auch liebevoll.

Er erkannte dabei auch eine gewisse Nachdrücklichkeit in ihren Augen und unvermittelt musste er schlucken. Sein kurzärmeliges Hemd mit Karo-Muster bedeckte sich mit nassen Stellen. Irritiert notierte er ihren Blick und konnte noch gar nicht begreifen, was gerade passiert war. Plötzlich spürte er wieder diese Angst, die er zuvor gehabt hatte und die auf einmal verschwunden war. Es verwirrte ihn. All die Jahre war er so vorsichtig gewesen. Hatte immer Vorkehrungen getroffen, hatte ganz genau aufgepasst, dass niemand in das Zimmer kam. Er wusste schließlich sogar, wann die Schwestern Blutdruck messen oder Medikamente ausgeben würden. Es war ihm unbegreiflich, welcher Impuls das gewesen sein konnte, der ihn dazu veranlasst hatte, bei Elli so unvorsichtig zu sein. Und eben jener Impuls hatte ihn auch bei Daniela überrascht. Als hätte sein bewusstes Gehirn gestreikt und irgendein unbewusster oder intuitiver Anteil wollte für einen Moment die Kontrolle übernehmen. Als sollte es genau so passieren. Als wäre es so vorherbestimmt gewesen. Oder als wollte ein Teil von ihm entdeckt werden. War das die Möglichkeit? War er so müde und ausgelaugt

62

wegen all der furchtbaren Bilder, die er im Laufe der Jahre mit ansehen musste, dass er einfach wollte, dass es aufhörte?

Über diese Frage sprach er nie mit Daniela, nicht heute und auch sonst niemals. Es war etwas, das er mit sich selbst klären wollte. Aber er dachte viel darüber nach in den Jahren, die folgten. Immer und immer wieder versuchte er, in sich hineinzuhören, einfach nur, um zu verstehen. Aber vor allem auch deswegen, um vorbeugen zu können. Nicht auszudenken, falls das noch einmal passieren sollte und er an den Falschen geraten würde. Es hätte sein Leben, so wie er es kannte, für immer verändert. Im Nachhinein jedoch war er froh darüber, dass es passiert war. Er wollte es gerne als göttliche Fügung sehen oder als Vorherbestimmung. Denn Daniela und ihn verband etwas, das man schwer in Worte fassen konnte. Mit ihr konnte er reden, sie verstand es und gab ihm Halt in schwierigen Zeiten, so wie er sie stützte, wenn es in ihrem Leben drunter und drüber ging. Es war für ihn der Inbegriff von Liebe auf ihre allerstärkste und umfassendste Art. Eine Liebe, die geprägt war von tiefer Zuneigung, vollstem Respekt des Anderen und bedingungslosem Vertrauen. Eine Liebe, die so tief wurzelte, dass sie oft keine Worte brauchte. Es war eine Liebe, die man nicht erklären konnte und die man vielleicht auch nicht erklären musste. Sie war einfach da und sie war großartig. Und es war eine Liebe, die man um keinen Preis der Welt gefährden wollte.

Noch immer sehr irritiert sah er sie an und zupfte vorsichtig sein Hemd zurecht, welches einige nasse Stellen aufwies.

Etwas beschämt lachte sie kurz und fuhr sich mit den Händen über die feuchten Augen. Doch dann betrachtete sie ihn aufmerksam, fühlte die Müdigkeit in sich und spürte, dass sich ihre Augen leicht geschwollen anfühlten.

»Wie ist das nur gekommen? Was hast du gemacht? Gott, ich habe hunderttausend Fragen an dich«, rief sie und musste erneut leise lachen. Dann schaute sie ein wenig verlegen zu Boden und wieder zu ihm. »Wie ist so etwas überhaupt möglich? Irgendwie weiß ich es, aber ich verstehe überhaupt nicht warum? Und wie?«

Sie fühlte sich so durcheinander in diesem Moment. Die Gedanken wirbelten wie wild durch ihren Kopf, vollkommen unsortiert und viel zu schnell, um sie zu erkennen. Irritiert schüttelte sie den Kopf und versuchte eine Frage zu finden in diesem wirren Haufen voller Fragen, um sie ihm zu stellen. Ihre Gedanken wanderten zu Elli. Zu ihrer Geburt. Zu ihrem ersten Geburtstag. Sie dachte an all die Abende, die sie zu Hause gesessen hatte und nicht wusste, wie es weiterging. Diese schrecklichen Stunden, in denen sie auf der Arbeit und Elli alleine in der Klinik gewesen war.

»Wie lange dauert die Heilung?«, sprudelte es aus ihr heraus. »Geht das bei allen? Ach nein, du hast gesagt, manchmal geht es nicht, aber warum, wie kommt das? Woher weißt du das? Und woher weißt du überhaupt, dass du das kannst?« Mit offenem Mund schaute sie ihn an.

Er konnte die Verwirrung in ihren Augen sehen. Vorsichtig sah er sich um und bemerkte, dass die Kapelle nach wie vor leer und außer ihnen keiner da war. In seinem Hals spürte er einen Kloß und es verwirrte ihn noch immer, dass er sich ihr so vollkommen kampflos ausgeliefert hatte. Und auch die Angst, die zuvor vollständig gewichen und sich einer gütigen Barmherzigkeit und einem tiefen Glauben geschlagen gegeben hatte, machte auf einmal wieder sehr deutlich darauf aufmerksam, dass etwas wahrhaft Bedeutendes geschehen war. Es war ein tiefer Glaube gewesen, das Richtige zu tun, ohne Fragen. Und es folgte eine Angst vor dem Ausgeliefertsein. Angst davor, entdeckt zu werden. Er sprach mit leiser, aber stabiler Stimme, während er sie ansah. »Wenn ich eine Hand auf die Stirn und

64

eine Hand auf das Herz lege, dann kann ich in den Augen etwas sehen. Ich sehe einen leuchtenden Punkt. Bei den meisten ist er grün, aber bei manchen ist er rot.«

Sie nickte und jetzt verstand sie vollständig. Sie hatte sich nicht geirrt. Er hatte Elli tatsächlich angefasst an einer Stelle, wo sie es lieber nicht gesehen hätte. Aber aus einem vollkommen anderen Grund, als sie es zunächst irgendwo tief in sich vermutet hatte. Da war ein Teil in ihr gewesen, der genau das gesehen hatte, aber dieser Teil war an dem Tag zu leise gewesen, um sich umfänglich Gehör zu verschaffen. Die Eindrücke, die sie von Markus, von seiner Stimme, seinen Worten und seiner ganzen Art während ihres ersten Besuches in der Kapelle erhalten hatte, waren gleichermaßen zu verwirrend und auch beruhigend gewesen, als dass sie diese kleine Stimme im Hintergrund hätte ernst nehmen können. »Und diesen grünen Punkt hast du auch bei Elli gesehen?«, staunte sie und er nickte. »Was ist dann passiert?«, wollte sie wissen und musterte ihn jetzt wieder mit diesem festen, durchdringenden Blick, den er fast schon etwas fürchtete.

Erneut musste er schlucken und fühlte sich hundeelend. Am liebsten wäre er davongelaufen. Nervös räusperte er sich und dachte kurz daran, dass er irgendwo mal gelesen hatte, es sei nicht gut für die Stimmlippen, sich zu räuspern. Es wäre besser, hieß es da, zu husten. Die Tatsache, dass ihm das gerade jetzt einfiel, brachte ihn kurz zum Schmunzeln. Doch dann sah er wieder zu Daniela. »Ich schaue auf diesen grünen Punkt. Meine Hände bleiben, wo sie sind. Ich spüre dann, wie etwas aus meinem Bauch in meine Arme und aus mir herausströmt. Wie eine Art Energie, ein Strom oder so was. Es beginnt im Bauch, geht dann langsam in den Brustkorb und von dort über Schultern und Arme. Der Punkt fängt dann an zu flackern oder flimmern. Eigentlich ist es mehr ein Pulsieren. Das wird immer schneller.

Meistens zittern die Kinder und sie zucken. Einigen rinnt auch Speichel aus dem Mund. Ich schaue nur auf diesen grünen Punkt, beobachte ihn, fixiere ihn. Und dann, irgendwann ist er plötzlich weg.«

Konzentriert hörte sie ihm zu. »Und was dann?«

Er zuckte die Schultern, verzog die Mundwinkel und erklärte: »Dann ist es vorbei. Die Kinder bekommen nichts davon mit.«

Einen Moment starrte sie ihn an und blickte dann zu Boden. Sie spürte wieder diese Uneinigkeit in sich. Die Ahnung, die sie gehabt hatte. Das, was er ihr erzählt hatte. Ellis Augen. Es war fast zu schön und zu fantastisch, um wahr zu sein. Und doch, irgendwie wusste sie, dass es die Wahrheit war. Irgendwie hatte sie es gewusst. »Woher weißt du, ich meine jetzt mal abgesehen von diesem grünen Punkt ...« Erneut blickte sie kurz zu Boden und wieder zu ihm. »Woher weißt du, dass du das warst? Ich meine was, wenn das nur eine zufällige Reflexion war, die du gesehen hast?«

»Meine Mutter war todkrank, sie hatte Krebs. Leukämie, weit fortgeschritten. Sie sprach nicht auf die Behandlung an und die Ärzte hatten keine Hoffnung mehr.« Sein Kopf sank nach unten und er spürte, wie eine Träne ihm die Wange hinunterlief.

Doch sie legte ihre Hand sanft unter sein Kinn und hob seinen Kopf vorsichtig etwas nach oben. »Hey«, flüsterte sie. »Was ist passiert?«

Markus erzählte ihr von den dreien mit den weißen Jacken und den roten Hosen. Er beschrieb auch das rote Kreuz, welches er auf ihren Jacken gesehen hatte. Wie sie ins Haus kamen und der eine Mann seiner Mutter auf die Wange klatschte. Wie sein Vater ihn packte und zur Seite zog. Und wie sie seine Mutter auf das kleine Bett mit den Rädern hoben. Wie er auf seine Knie gefallen war und sich furchtbar erschrocken hatte darüber, dass sein Vater so grob zu ihm gewesen war. Wie sie in

66

die Klinik gefahren waren und wie der Arzt irgendwann seinem Vater eröffnete, dass es an der Zeit wäre Wichtiges, das noch gesagt werden musste, nun zu sagen. Und er erzählte ihr, was mit den Wellen passiert war.

1988

»Mama!«, schrie er kniend auf ihrem Bett. »Nein, nein, nein, Mama, Mama, bitte! Mama, wach auf!« Entsetzt schüttelte er sie, ergriff ihre Schultern und schüttelte sie erneut. Er wusste nicht, was er tun sollte und er hatte keine Ahnung, was die Wellen bedeuteten. Aber er ahnte, dass es nicht gut sein konnte, wenn die Wellen nicht mehr da waren. Bei der alten Frau konnte er sie ja auch sehen. Auf einmal legte er seine linke Hand auf ihre Stirn, um zu fühlen, ob sie warm war.

Seine Mutter hatte das oft bei ihm gemacht, wenn er krank war. Und tatsächlich fühlte sie sich warm an. Er nahm mit beiden Händen ihren linken Arm und schüttelte ihn. Wieder rief er sie, doch sie antwortete nicht. Ihm liefen Tränen herunter und erneut legte er seine linke Hand auf ihre Stirn. Seine rechte legte er auf ihren Brustkorb und drückte und schüttelte sie. Damals wusste er nicht, warum er das tat, es kam ihm einfach in den Sinn. Wieder rief er sie und schaute in ihr Gesicht.

Plötzlich öffneten sich ihre Augen. Sie starrte mit leerem Blick nach oben an die Decke.

»Mama?« Irritiert beugte er sich über sie und erkannte auf einmal ein eigenartiges Funkeln in ihrem rechten Auge.

»Mama?« Fragend sah er in das Auge, die Hände immer noch auf Stirn und Brustkorb. »Mama?« Verwirrt, aber neugierig beugte er sich über sie und konzentrierte sich auf das Funkeln. Und da erkannte er etwas in ihrem Auge. Als er genauer hinsah, konnte er sehen, dass dort ein Licht war. Ein kleiner grüner Punkt. Verwirrt schüttelte er den Kopf und sah wieder hin. Dort war ein kleiner grüner Punkt in ihrem Auge.

Ungläubig beugte er sich noch weiter über sie und flüsterte: »Mama?« Und auf einmal spürte er ein eigenartiges Gefühl aus seinem Bauch kommen. Da tat sich irgendetwas, aber er hatte keine Ahnung, was es war. Dieses grüne Licht fesselte ihn. Das Gefühl im Bauch veränderte sich und er merkte, wie etwas in seinen Brustkorb und von dort in die Arme glitt, um sich dann in Richtung Hände zu bewegen. Wie ein Strom oder eine Energie, aber langsam, ohne wehzutun.

Seine Mutter zitterte leicht, er spürte es ganz deutlich unter seinen Händen. Wie gebannt fixierte er dieses grüne Licht und auf einmal veränderte es sich. Es begann zu pulsieren.

Ihr Kopf zuckte plötzlich nach oben und er erschrak furchtbar. Aber er konnte sich nicht bewegen, seine Hände wollten sie festhalten. Ein zweites Mal spürte er diese Energie, die aus ihm heraus durch Schultern und Arme direkt in seine Mutter fuhr. Das grüne Licht pulsierte immer schneller und ihr Kopf zuckte ein weiteres Mal nach oben. Markus erschrak erneut, aber er konnte sie nicht loslassen. Sein Herz raste und sein Kopf war ganz heiß. Irgendwie wusste er, dass er weiterhin in das Licht sehen musste, aber er verstand nicht, was gerade vor sich ging. Nur den Drang, sie festzuhalten, den spürte er deutlich. Tränen liefen ihm die Wangen hinunter und sein Herz raste jetzt so schnell, als wolle es aus seiner Brust hüpfen.

Ganz plötzlich zuckte ihr Kopf noch einmal nach oben und kurz darauf kam ein leises, unheilvolles Stöhnen aus ihrer Kehle. Und urplötzlich war das grüne Licht verschwunden.

Verblüfft starrte er auf die Stelle, an der das Licht zuvor geleuchtet hatte, und ließ sie los. Kurz darauf merkte er, wie sich seine Hand bewegte.

Seine Mutter drehte ihren Kopf und betrachtete ihn mit wachen Augen. Ihre Pupillen wirkten wieder normal. »Markus?«, fragte sie mit klarer Stimme. »Was machst du, mein Schatz?«

Noch immer verblüfft starrte er sie an. Irritiert drehte er seinen Kopf zum Monitor. Die Wellen waren wieder zu sehen und glitten gleichmäßig von links nach rechts. Wieder drehte er seinen Kopf und starrte seine Mutter an. Ihre Augen wirkten ganz klar, musterten ihn aufmerksam und auch etwas sorgenvoll.

»Mama!«, entfuhr es ihm.

»Ja, mein Schatz, ich bin doch hier«, versicherte sie und strich ihm liebevoll übers Haar.

Und spontan fing er an zu weinen, legte seinen Kopf auf ihre Brust und umklammerte sie mit seinen kurzen Armen, so gut er konnte. Er wollte sie in diesem Moment niemals wieder loslassen. Er wollte sie festhalten bis in alle Ewigkeit. Für immer.

Auf keine Weise konnte er begreifen, was an diesem Tag geschehen war, aber viele Jahre danach, als die Dinge ihren Lauf genommen hatten, begann er sich irgendwann zu fragen, ob er sie zurückgeholt hatte an jenem Tag oder ob es ein technischer Defekt des Monitors oder etwas Ähnliches gewesen war. Manchmal malte er sich furchtbare Horrorszenarien aus, was gewesen wäre, wenn er nicht diese Eingebung gehabt und ihr nicht die Hände aufgelegt hätte.

Die Tür öffnete sich und er hörte seinen Vater rufen: »Angelika, du bist ja wach.« Überrascht setzte er sich neben sie und legte seine Hand auf ihre Stirn. »Hast du etwas schlafen können, du siehst besser aus.«

Die beiden sahen sich an, er blickte zu Markus und entdeckte die Tränen in seinen Augen. Sanft legte er seine rechte Hand auf die kleine Wange und lächelte seinem Sohn zu, mit einer Mischung aus Sorge und Mitgefühl. »Ach Markus«, seufzte er und sah wieder zu seiner Frau.

Etwa zwei Wochen später konnte sie die Klinik verlassen und betrat sie nie wieder. In den folgenden Jahren waren sie die glücklichste Familie auf dem Planeten. Wann immer möglich, unternahmen sie gemeinsame Ausflüge, machten ein Picknick oder veranstalteten einen Grillabend, wenn es draußen warm war. Seine Mutter spielte oft Gitarre, sang jedes Jahr zu Weihnachten Lieder und auch an den Geburtstagen spielte und sang sie mit ihrer schönen, klaren Stimme. Es war eine Zeit der gemeinsamen Liebe und der Familie und Markus' Vater erfuhr nie, was an jenem Tag in der Klinik geschehen war. Für ihn und die Ärzte war es ein Wunder, an das keiner mehr geglaubt hatte. Markus' Vater wollte auch gar nichts anderes glauben, für ihn war die rasche Heilung nach jenem Tag ein Zeichen des Himmels, dass sie gesegnet waren. Er genoss die Zeit mit seiner Familie, so gut er konnte, und als dann irgendwann der Tag kam, an dem zwei Türen vor ihrem Haus zuschlugen, statt nur einer, brach nicht nur für ihn eine Welt zusammen, es war das Ende von allem.

2004

Markus atmete tief durch und blickte Daniela an. In ihren Augen konnte er Tränen sehen und sie hielt seine Hand. Er hatte gar nicht mitbekommen, wie sie nach ihr gegriffen hatte.

Doch sie sah ihn mit einem so mitfühlenden Blick an, dass ihm ganz warm ums Herz wurde. Und in diesem Moment spürte er, wie die Angst verschwand. Diese schwere Angst vor Entdeckung oder Verfolgung, sie entwich aus ihm und kam nie wieder zurück, wenn er in ihrer Gesellschaft war. Etwas Gutes ward an diesem Tag geboren, etwas Reines und so Tiefgehendes, wie man es sonst nur selten im Leben erhielt. Sie spürten es beide an jenem Tag in der Kapelle, als sie sich ansahen. Und es war dieses Gefühl, diese tiefgehende Liebe, voll von Vertrauen und Dankbarkeit und vorurteilsfreier Akzeptanz des Anderen, die sie in all den folgenden Jahren begleitete und die so schwer in Worte zu fassen war, dass sie vielleicht einfach nicht in Worte gefasst werden musste. Und es war auch diese Art von

Liebe, die für immer verhindern sollte, dass einer von beiden auch nur daran dachte, einen Schritt zu wagen, der ihre zutiefst besondere Bindung in irgendeiner Weise hätte gefährden können. Manche Dinge waren wohl einfach vorherbestimmt und andere eben nicht.

2019

Daniela löffelte das letzte bisschen Reis von ihrem Teller und strahlte zufrieden.

Beim Essen hatte er sie heimlich beobachtet und bemerkt, dass sich ihr Gesicht über die Jahre kaum verändert hatte. Sie sah noch immer so hübsch aus wie damals.

»Erster«, rief sie und strahlte ihn triumphierend an.

Erheitert lächelte er, öffnete spontan seinen vollen Mund und ließ sie einen Blick erhaschen auf das, was einmal Bifteki gewesen war.

»lieh«, quiekte sie und boxte ihm sanft auf die Schulter. Beide mussten lachen. Es war diese angenehme Vertrautheit, die es so einfach machte, auch einmal kindisch sein zu dürfen.

Dann nahm er den letzten Rest, öffnete demonstrativ seinen jetzt leeren Mund und schob den Löffel mit großen Augen und breitem Grinsen hinein.

»Fein gemacht«, flötete sie vergnügt. »Brav.«

Als er zu Ende gegessen hatte, lehnte er sich gemütlich zurück und strich über seinen kleinen Bauchansatz. Zufrieden atmete er tief aus und seufzte. »Das war jetzt gut. Dieser Laden hier ist ein Geheimtipp. Ich bin froh, dass du ihn mir gezeigt hast.«

»Wir haben den damals durch Zufall entdeckt, wir sind einfach hierhin und dorthin, haben ausprobiert. Ich und Kai, meine ich.« Sie senkte den Kopf und sah auf den Tisch.

Und Markus wusste, warum. Kai war der Vater von Elli. Er war der Mann, in den sich Daniela verliebt hatte und mit dem sie ihr Leben verbringen wollte. Und er war auch der Mann, der sie zutiefst verletzt hatte, als sie ihn am dringendsten gebraucht hätte. Markus hatte ihn immer respektiert und sie waren gut miteinander ausgekommen. Aber diese Entscheidung konnte er nicht nachvollziehen und als Daniela ihn damals bat, es sein zu lassen, folgte er ihrem Wunsch und ließ Kai in Frieden. Doch glücklich war Markus darüber nicht gewesen und hätte ihn nur allzu gerne zur Rede gestellt. Besonders im Hinblick auf Elli, die nach ihrer Genesung einen guten Weg einschlug. Sie besuchte später das Gymnasium, dank etwas Druck von Daniela, lernte fleißig, machte schließlich sogar ihr Abitur mit einem sensationellen 1,0 Durchschnitt und entschied sich dann für ein Studium der Biologie. Aber um sie machte er sich weniger Sorgen, sie war immer schon tapfer und zäh gewesen, sie hatte ihre Krankheit gut überstanden.

Aber Daniela ... sie war anders, etwas labiler, mehr am Wasser gebaut. Schnell auf 180 und ebenso schnell konnte sie auch einschlafen. Das war eine Fähigkeit, um die er sie immer beneidet hatte. Sie konnte sich hinlegen und war binnen kürzester Zeit eingeschlafen. Er brauchte dazu immer eine gewisse Zeit und wurde manches Mal gar von Albträumen hochgeschreckt. Leise seufzte er.

»Bauchi voll?«, frotzelte Daniela und deutete amüsiert auf den kleinen Bauchansatz unter seinem T-Shirt.

Empört hob er die Augenbrauen, starrte nach unten, wieder zu ihr, zog ein schmollendes Gesicht und behauptete: »Na, so dick bin ich auch wieder nicht.«

Sie lachte laut und erklärte: »Nein, das weiß ich doch, das war so auch gar nicht gemeint.« Aber sie zwinkerte dazu und er wusste genau, wie das gemeint war.

Gemeinsam hatten sie Höhen und Tiefen des Lebens durchschritten, hatten gelacht, geweint, Picknick gemacht und jedes Treffen war jedes Mal etwas ganz Besonderes für sie beide. Es

72

wurde nie Normalität oder Gewohnheit, sich zu sehen, miteinander zu reden oder sich zu trösten, wenn es an der Zeit war.

Markus betrachtete sie mit gütigem Blick und sie empfand Dankbarkeit für diesen Abend. Dieses Band zwischen ihnen war ihr neben ihrer Tochter das Allerwichtigste auf dieser Welt geworden. Seit damals in der Kapelle hatte sich ihr ganzes Denken radikal verändert. Sie sah die Welt nun mit ganz anderen Augen. Und sie teilten sich viele Gedanken zu den Plänen des Universums. Ob es Gott gab und wenn ja, wieso er all das Leid zuließ? Sie sinnierten auch über die Bibel, über diesen Spruch, der damals schon, vor so langer Zeit, geschrieben wurde und der bis heute seine Gültigkeit nie verlieren sollte: *Ein jedes Ding hat seine Zeit. Es gibt eine Zeit der Angst und es gibt eine Zeit der Liebe. Es gibt eine Zeit des Kampfes und eine Zeit des Friedens. Es gibt eine Zeit der Trauer und es gibt eine Zeit der Freude.* So ganz genau brachte sie ihn nie zusammen, aber das war auch nicht so schlimm. Viel wichtiger war die Botschaft dahinter. Und genau über dieses Thema sprachen sie oft in all den Jahren. Denn für manche Kinder gab es keine Zeit der Hoffnung.

»Wann kommt Elli denn mal wieder, ich habe sie schon einige Zeit nicht mehr gesehen.«

»Na ja, du weißt doch, wie das ist, sie steckt gerade mitten im Studium. Sie hat zwar das Stipendium bekommen und muss zurzeit nicht auch noch arbeiten, was ihr und auch mir wirklich eine große Last von den Schultern nimmt, aber sie muss einfach jede Menge Theorie in ihren Kopf hineinstopfen.« Mit leicht zusammengekniffenen Mundwinkeln betrachtete sie ihn. Sie wusste, wie sehr Elli ihm am Herzen lag. Und sie wusste, dass er sich Vorwürfe machte, weil er den Kindern nicht alles Leid ersparen konnte. Sie hatten nie über das Thema geredet, aber das war auch nicht notwendig gewesen. Sie wusste es, sie kannte ihn ganz genau. Er war der Typ Mensch, der Verant-

73

wortung übernahm und sich für andere einsetzte. Und er war der Typ Mensch, der ein größeres Herz für andere als für sich selbst hatte. Deswegen war es ihr auch immer so wichtig, ihn regelmäßig zu sehen, damit sie selbst sehen konnte, wie es ihm erging. Damit sie ihn zur Not auch mal trösten konnte oder ablenken oder zum Lachen bringen. Denn er war einer von der Sorte Menschen, die ihr letztes Hemd für andere hergegeben hätten, ohne auf sich selbst zu achten. Und er war einer von der Sorte, der es sich sehr zu Herzen nahm, wenn er mal nicht helfen konnte. Noch einmal blickte sie zu ihm und dabei wanderten ihre Gedanken zurück in die Kapelle.

2004

»Das ist ein Wunder«, staunte sie und sah ihn mit Tränen in den Augen an. »Du bist ein Wunder, ist dir das klar?« Energisch schüttelte sie ihren Kopf und versuchte zu begreifen, was das alles bedeutete. »Du hast deine Mutter geheilt? Irgendwie, ohne zu wissen, was du zu tun hast? Zufällig?« Ungläubig schüttelte sie noch einmal ihren Kopf und er konnte sehen, wie sie angestrengt versuchte, das zu verstehen, wofür es keine Erklärung gab. Und auf einmal schaute sie erwartungsvoll zu ihm. »Und Elli? Ich meine, Elli, sie wird wieder gesund, sagst du?«

Er nickte und in seinem Blick lag große Zuversicht.

»Und kann sie noch einmal erkranken oder ist sie für immer geheilt?«, sprudelte sie hoffnungsvoll.

Die Antwort darauf konnte er nicht eindeutig geben, seine Mutter fiel als Referenz weg und es gab natürlich auch keine klinischen Studien oder Langzeiterfahrungen. Er konnte nur sagen, dass er all die Jahre in der Klinik niemals ein Kind zweimal zu Gesicht bekommen hatte. »Es gibt für diese Fähigkeit keine Gebrauchsanweisung«, erklärte er und schaute sie mit konzentriertem Blick an. »Was ich dir sagen kann, ist, dass bisher jedes Kind vollständig geheilt wurde, wenn ich diese Gabe

74

benutzt habe. Wann immer sie grün waren, wurden sie gesund und ich habe in all den Jahren nie ein Kind gesehen, das mit einem Rückfall eingeliefert wurde.«

»Und was ist mit deiner Mutter?«, fragte sie neugierig.

Und bei der Frage blickte er zu Boden und seufzte.

»Hey«, hauchte sie und hob seinen Kopf etwas an.

Mit zerknirschtem Gesichtsausdruck sah er zu ihr und dann sank sein Blick nach unten.

»Komm her«, flüsterte sie und umarmte ihn innig.

Als er ihre Wärme spürte, war er froh darüber. Er war froh, dass es so gekommen war. All die Jahre hatte er diese Last mit sich herumgetragen, hatte niemanden zum Reden gehabt. Niemanden, der ihn verstand, weil es niemanden gab, der es wusste. Und so sehr er sich auch bemühte, so konnte er in diesem Augenblick doch keine Träne mehr vergießen. Es war in diesem Moment einfach nichts mehr übrig. Also lehnte er sich sanft etwas nach hinten, ergriff ihre beiden Hände und begann zu erzählen.

Wie sie aus der Klinik nach Hause gingen und wie froh er, sein Vater und seine Mutter waren. Wie dankbar sie gewesen waren. Er erzählte von den Wanderungen und Ausflügen und dem Zoo in Nürnberg, den sie einige Male besucht hatten. Von den vielen Tieren dort und vom Freizeitland Schloss Thurn im fränkischen Heroldsbach. Er erzählte von den Bumperbooten und von vielen weiteren Dingen, die sie gemeinsam unternommen hatten. Und er erzählte von dem Tag, als zwei Türen vor ihrem Haus zuschlugen.

1998

Es war ein Samstag im Januar gewesen, seine Mutter war zum Einkaufen gefahren. Und obwohl um diese Jahreszeit oft eher milde Temperaturen herrschten, hatte es recht viel geschneit die letzten Tage. Er konnte sich sogar sehr genau an das Datum erinnern: 24.1.98.

Sie war vormittags mit dem Mercedes Baujahr 1993 losgefahren, den sein Vater einige Zeit vorher gekauft hatte.

Als es Mittag wurde, blickte sein Vater immer wieder beunruhigt aus dem Fenster.

Markus arbeitete zu der Zeit in seinem erlernten Beruf als Kfz-Mechaniker, wohnte aber noch bei seinen Eltern. Sein Vater und er saßen in der Küche und spielten eine Runde Dame, während sie auf die Rückkehr seiner Mutter warteten. Er beobachtete seinen Vater, wie er immer wieder aus dem Fenster schaute, und irgendwie steckte ihn diese Unruhe an. »Sie wird schon bald kommen«, versuchte er zu beruhigen. »Die Straßen sind doch frei.« Er deutete nach draußen.

Das unverkennbare, schleifende Geräusch des Lkws mit der großen Schaufel vorne dran war bereits deutlich zu hören und so wusste er, ohne hinzusehen, dass dieser gerade im Begriff war, an ihrem Haus nahe der Straße vorbeizufahren.

»Ja, vermutlich hast du recht«, antwortete sein Vater.

Eine Weile spielten sie noch, aber nach einiger Zeit hörten sie von draußen Türen zuschlagen. Überrascht sahen beide auf, denn sie hatten zwei Türen gehört. Aber Mutter war alleine gefahren. Neugierig liefen sie zur Haustüre, um zu sehen, wer da gekommen war.

Sein Vater öffnete die Türe und sie sahen zwei Polizisten auf sich zukommen.

Auf einmal spürte Markus, wie sein Herz begann, schneller zu schlagen. Angst machte sich breit. Er wusste sofort, dass etwas passiert war.

»Herr Groenefeld?«, ermittelte der Polizist.

Sein Vater antwortete fragend: »Ja?«

Der Polizist deutete auf Markus. »Ist das Ihr Sohn?«

76

Wieder entgegnete sein Vater fragend: »Ja?« Er war sichtlich irritiert.

Markus vermutete, als er Jahre später darüber nachdachte, dass sein Vater ebenso gespürt hatte, dass etwas passiert sein musste. Aber er versuchte sich nichts anmerken zu lassen und fragte stattdessen verunsichert: »Was kann ich für Sie tun?«

Der Beamte auf der rechten Seite, der wohl ranghöher gewesen sein musste, zumindest dachte Markus das damals, kam einen Schritt auf seinen Vater zu, zog seine Mütze vom Kopf und informierte: »Es tut mir leid, Ihnen diese schlechte Nachricht überbringen zu müssen. Ihre Frau hatte einen schweren Unfall. Sie ist noch an der Unfallstelle verstorben. Mein tief empfundenes Beileid.« Dann nickte er Markus mit zusammengekniffenen Mundwinkeln zu und im nächsten Moment, noch bevor Markus irgendwie reagieren konnte, hörte er einen ohrenbetäubenden Schrei neben sich, der ihn zusammenzucken ließ. Erschrocken schaute er nach links zu seinem Vater.

Er war auf die Knie gefallen, hielt seine Hände zu Fäusten geballt und schrie lauthals: »NEIN!« Immer wieder hob er seine Fäuste gen Himmel und schrie abwechselnd »NEIN!« und »WARUM?«

Einen Moment stand Markus nur da, fassungslos, unfähig zu reagieren. Tränen liefen über sein Gesicht, er spürte wieder diese Nebelwand, die ihn umgab, die auf einmal alles leiser und entfernter erscheinen ließ. Er starrte seinen Vater an, wie er abwechselnd seine Fäuste in Richtung Himmel und zu Boden stieß. Es wirkte wie in Zeitlupe. Als würde er einen Film sehen, auf einer Großleinwand.

Einer der Polizisten versuchte seinem Vater Trost oder Mut auszusprechen, aber sein Vater stieß dessen Hand weg und weinte, die Fäuste vor dem Gesicht.

Und mit einem Schlag war der Nebel weg und Markus spürte

die volle Wucht dessen, was diese Nachricht in ihm ausgelöst hatte. Urplötzlich spürte er, wie etwas Gewaltiges aus seinem Innersten hervorkroch, bereit auszubrechen. Es waren Gefühle von Trauer, Unverständnis, blanker Wut und von solcher Verzweiflung, dass er ebenfalls auf die Knie sank und anfing, lauthals zu brüllen. Mit einem Mal schrie er so laut er konnte und zusammen mit seinem Vater schien es, als würden sie Gott im Himmel persönlich eine Morddrohung an seinen Schreibtisch hinauf schreien. Da war neben der Trauer und Verzweiflung deutlich spürbar eine solche Wut in ihm, dass er am liebsten das ganze Universum in seinen Fäusten zermalmt hätte. Und wären sie Götter gewesen, sie hätten an jenem Tag jedes Leben im Universum vernichtet.

Als er Jahre später darüber nachdachte, war er sich ganz sicher, dass er und sein Vater das gleiche Gefühl gespürt hatten an jenem Tag. Als hätte ihnen das Schicksal ins Gesicht gelacht und gespottet: »Ätschbätsch, Pech für dich.«

Zuerst die Krankheit seiner Mutter, die lange Leidenszeit und ihr Beinahe-Tod, dann wundersame Heilung und kurz darauf wieder heile Welt für etwa 10 Jahre. Markus wusste nie genau, für wen es schlimmer gewesen war: Für seinen Vater, der nichts von der Gabe wusste oder für ihn, der ganz genau wusste, was damals in diesem Zimmer passiert war. Es war, als hätte ihnen das Schicksal mitten ins Gesicht gespuckt und dabei höhnisch gelacht. In diesem Moment spürte er eine solch verzweifelte Wut, wie er sie noch nie zuvor verspürt hatte und auch niemals wieder spüren sollte, bis zu jenem unheilvollen Abend, an dem sich die Ereignisse auf *alles oder nichts* zugespitzt hatten.

Plötzlich schoss sein Blick nach oben und er bellte heiser in Richtung der Polizisten: »Wo ist sie? Ich muss sie sehen. Ich muss sofort zu ihr.« Eilig stand er auf und Hoffnung flüsterte ihm ins Ohr. »Wo ist sie jetzt? Wo habt ihr sie hingebracht?«

Der Polizist auf der rechten Seite trat einen Schritt zurück, hob abwehrend seine Hand und befahl: »Beruhigen Sie sich bitte augenblicklich. Wir haben sie nirgendwohin gebracht. Sie liegt in der Pathologie und wird untersucht.«

Markus Gedanken schossen wild durcheinander. Was, wenn er sie retten konnte? Er hatte sie schon einmal zurückgeholt, oder? Er wollte sich einreden, es in diesem Moment unbedingt glauben, dass er sie zurückgeholt hatte und es vielleicht wieder schaffen konnte. »Ich muss weg«, rief er plötzlich, schnappte sich die Jacke, nahm den Schlüssel vom Corsa und rannte an den Polizisten vorbei aus dem Haus, ohne weiter auf seinen Vater zu achten, der noch immer weinend auf dem Fußboden kauerte. »Kümmern Sie sich um ihn«, hörte er sich rufen, als er auf dem vereisten Boden ausrutschte und unsanft auf der rechten Seite landete. *Verflucht*, dachte er, *nicht jetzt*. Schnell stand er auf, ignorierte den Schmerz, machte den Polizisten eine winkende Bewegung und rief im Laufen: »Nichts passiert.«

Hastig schloss er den Corsa auf, kramte den Besen hervor und schob in Windeseile den Schnee vom Fahrzeug.

»Auch die Seitenscheiben«, hörte er den linken Polizisten rufen. »Denken Sie an Ihre Sicherheit und fahren Sie langsam.«

Doch er beachtete ihn nicht. In Gedanken versuchte er bereits Schritt für Schritt durchzugehen, was er tun musste. Krampfhaft überlegte er und versuchte sich an den Ablauf zu erinnern, wie er ihn damals in der Klinik bei seiner Mutter erlebt hatte. Eilig warf er den Besen in den Fußraum der Beifahrerseite, schwang sich mit Elan in das Fahrzeug und knallte die Tür hinter sich zu. Dieser Wagen hatte schon ein paar Jahre auf der Uhr und bereits 148.000 km gelaufen. Markus war sich nicht sicher, ob er bei der Kälte anspringen würde, aber er musste einfach. Es wäre zu viel Schicksal gewesen an diesem Tag, wenn der Wagen nicht hätte anspringen wollen. Hastig steckte er den

Schlüssel ins Lenkradschloss und drehte ihn. Der Anlasser orgelte ein paarmal und schließlich sprang der Motor an. Schnell öffnete er die Handbremse, legte den Rückwärtsgang ein und fuhr mit Schwung und ohne nach hinten zu sehen auf die Straße. Als er mit blockierten Reifen zum Stehen kam, konnte er aus dem Seitenfenster wahrnehmen, wie die Polizisten heftig in seine Richtung gestikulierten, doch Markus verschwendete keine Sekunde darauf, zu ergründen, was sie von ihm wollten.

Mit durchdrehenden Rädern polterte der Opel Corsa los und seine 60 PS waren mehr als reichlich, um den Wagen sofort ins Schlingern zu bringen. Gerade eben so konnte Markus ihn abfangen und zurück auf die rechte Spur steuern. *Verflucht*, dachte er, *nicht jetzt. Verdammt, nicht jetzt, ich habe verdammt noch mal keine Zeit.* Er atmete tief ein, und als er fuhr, warf er einen Blick auf die Tanknadel: halb voll. *Check*, dachte er. Ein Blick in den Rückspiegel, ob er Sicht nach hinten hatte: *Check*. Konzentriert schaute er nach vorne und plante in Gedanken die vermutlich schnellste Route bis zur Pathologie.

Sie wohnten damals im Vorort Tennenlohe, südlich von Erlangen. Bis zur Pathologie war es ein gutes Stück und bei diesem Wetter machte es Markus ausnahmsweise überhaupt keinen Spaß zu fahren. Sonst war es immer eine seiner Lieblingsbeschäftigungen gewesen, speziell auf Neuschnee zu fahren. Er liebte dieses Herumrutschen und Schlittern und das Gefühl, das Fahrzeug zu beherrschen. Aber heute ... Gott, heute hätte er alles dafür gegeben, nicht dorthin fahren zu müssen. Seine rechte Seite machte sich deutlich bemerkbar und sein rechter Ellbogen tat ihm weh. Er hatte gar nicht bemerkt, wie er sich instinktiv mit ihm abgestützt hatte. Wieder fluchte er innerlich: *Nicht jetzt.* Er dachte an seine Mutter, wie sie ihm damals zulächelte und versicherte: »Schatz, ich bin doch hier.« Tränen liefen seine Wangen hinunter und er biss sich auf die Lippen, um

80

sie zu verdrängen. Er schaffte es. Er musste es schaffen. Er hatte es schon einmal geschafft. *Gott verdammt, ich muss es schaffen!* Mit etwa 160 schoss er über die B4 in Richtung Erlangen. Sie war zu dem Zeitpunkt glücklicherweise gut geräumt. Mit Blick auf den Tacho bemerkte er, dass der Zeiger nicht weiter nach rechts gehen wollte, und fluchte innerlich über diese lahme Gurke. Über die Gebbertstraße raste er so schnell wie möglich nach Norden und nach ein paar Abzweigungen kam er schließlich vor der Pathologie zum Stehen. Hastig sprang er aus dem Wagen, eilte die Stufen nach oben und riss eine der beiden großen Glastüren auf. Drinnen stürmte er zum Tresen, der sich rechts neben der Tür befand, und keuchte: »Angelika Groenefeld, wo ist sie?«

Die Frau hinter dem Tresen musterte ihn und versuchte einzuordnen: »Haben Sie einen Termin? Oder möchten Sie eine Identifikation vornehmen?«

Verblüfft starrte er auf die Frau und wollte sie am liebsten am Kragen packen und ihr ins Gesicht brüllen. Doch irgendwie schaffte er es, die Fassung zu bewahren, und schnodderte mit halbwegs gefasster Stimme: »Angelika Groenefeld. Unfallopfer. Heute.«

Die Frau sah kurz auf ihre Unterlagen und erklärte schließlich: »Ja, sie ist hier, aber sie wurde bereits identifiziert.«

»ICH WILL SIE SEHEN!«

Erschrocken zuckte sie ein Stück zurück und er merkte, wie sie ebenfalls bemüht war, ihre Fassung zu bewahren.

Auf dem kleinen Schild über ihrer linken Brust las er einen Namen. Dort stand: *M. Liebig.*

Noch einmal kramte er all seine Beherrschung zusammen und formulierte in halbwegs höflichem Ton: »Frau Liebig, meine Mutter ist heute angeblich bei einem Unfall gestorben. Ich will sichergehen, dass es kein Fehler ist. Lassen Sie mich zu ihr.«

81

Erneut musterte sie ihn und verlangte nach einem Ausweis.

Schnaubend griff er mit der rechten Hand in die rechte Tasche seiner Cargohose und kramte nach seinem Geldbeutel. Schnell zog er ihn heraus und holte seinen Personalausweis aus dem inneren Fach, während er die Frau gedanklich in der Luft zerriss. Ungeduldig hielt er ihr den Ausweis unter die Nase, und während sie einen kurzen Blick darauf warf, musterte er sie mit hochrotem Kopf. Sie war eine schlanke, hübsche Frau Anfang 30 schätzte er. Dunkle Haare, schwarzer Pullover, eine Brille auf der Nase. Sie trug einen lilafarbenen Rock und darunter eine schwarze feine Strumpfhose.

Nach einem prüfenden Blick auf seinen Ausweis sah sie ihn an, zeigte mit dem Finger nach rechts und koordinierte: »In Ordnung Herr Groenefeld, bitte gehen Sie den Gang hinunter bis zum Ende und dort durch die Doppeltüre. Ich rufe den Kollegen an und sage ihm, dass Sie kommen.«

Vollkommen entnervt raunte er so was wie »Danke«, rannte eilig die Treppen hinunter, unten den Flur entlang und schlug hastig beide Türen auf. Es waren Schwingtüren, die sich in beide Richtungen öffnen ließen. Etwas außer Atem schaute er sich schnell um und entdeckte einen Mann an einem Schreibtisch im linken Bereich des Raumes, der gerade den Telefonhörer auflegte. »Angelika Groenefeld«, blökte er schnaufend.

»Langsam, junger Mann«, hörte er den Mann unerträglich ruhig brummen, der jetzt auf ihn zugelaufen kam. Er trug eine dunkelgrüne Hose und darüber ein typisches Krankenhaushemd, ebenfalls in Dunkelgrün. Er war schon älter, etwa 60 Jahre, schätzte Markus. Auf dem Kopf trug er eine Haube aus Stoff und im Gesicht eine Brille mit dünnem Gestell. Sein Ziegenbärtchen war fast komplett grau und er wirkte ausgesprochen durchtrainiert für sein Alter. »Die Toten laufen uns nicht davon«, sprach er erschreckend ruhig und zeigte mit der Hand

82

auf eine Reihe von Kühlfächern ganz am Ende des Raumes.

»Meine Mutter ...«, keuchte Markus etwas außer Atem.

»Mein tief empfundenes Beileid«, sagte der Mann.

Markus lugte auf das Schild über seiner Brust. Darauf stand: *J. Bärlein, Pathologe.* Unterdessen schlurfte der Mann zu einem der Fächer im unteren Bereich, etwa auf Beckenhöhe. Darauf stand: *23.* Dann öffnete er das Fach, zog eine auf Schienen gelagerte Trage heraus, deutete mit seiner linken Hand darauf, nickte ihm kurz zu, drehte sich um und latschte gemächlich in Richtung Schreibtisch davon.

Und für einen Moment stand Markus reglos da, mit knallheißem Kopf, halb geöffnetem Mund und einem unheilvollen Trommeln in der Brust. Wie versteinert starrte er auf das lose weiße Tuch über dem Körper. Angst stieg in ihm auf, umarmte ihn, küsste ihn kalt. Sein Herz pochte die ganze Zeit schon schnell, aber nun fühlte es sich an, als wolle es mit Gewalt aus der Brust heraushechten. Langsam tapste er zu der Trage und zog das Tuch zurück.

Ein bleiches Gesicht kam darunter zum Vorschein. Bei dem Anblick spürte er sein Herz hüpfen und Tränen, die auf einmal sein Gesicht herunterkullerten. Einen kurzen Moment starrte er sie schockiert an, dann nahm er allen Mut zusammen und öffnete mit zittriger Hand vorsichtig ihr linkes Auge. Es blieb offen, als er seine Hand wegnahm, ein unheilvoller, gruseliger Anblick. Noch einmal nahm er allen Mut zusammen und öffnete auch das rechte Auge. Er legte seine linke Hand auf ihre Stirn und seine rechte auf ihr Herz, so wie er es vor zehn Jahren schon einmal getan hatte.

Ihr Körper fühlte sich eiskalt an. Langsam und mit zittrigen Händen beugte er sich über sie und spähte in ihre Augen. Es war ein grauenvoller, zutiefst gespenstischer Anblick. Ihre Augen wirkten leer und schreiend bleich. Der Verzweiflung nahe

83

spähte er in jede Ecke ihres Inneren, versuchte jede nur erdenkliche Position, jeden mathematisch möglichen Blickwinkel. Er drückte seine Hand fester auf ihre Stirn und schaute und suchte und spürte tiefe Verzweiflung bei dem sich aufdrängenden Gedanken, dass es zu spät sein musste. »Mama«, schluchzte er.

Wieder und wieder versuchte er unterschiedliche Positionen, unterschiedliche Blickwinkel, unterschiedlich festes Auflegen der Hand, doch er sah kein Licht und er fand keinen Punkt. Und schließlich, nach einer Weile, stand er einfach da und starrte in diese grausig leeren Augen. Ohne es zu merken, hatte sich wieder ein Nebel um ihn herum gebildet und er konnte die Kälte an seinen Händen nicht spüren. Das Bild vor ihm begann zu verschwimmen und er starrte sie einfach nur an.

2004

Daniela blinzelte fassungslos und sie konnte nicht glauben, was das Schicksal an jenem Tag entschieden hatte. Sie dachte an Elli, an all die Kinder, die Markus im Laufe der Zeit gerettet haben musste. Sie dachte an seine Mutter, an Kai und wieder an Elli. Ihr Verstand versuchte zu begreifen, was er für sie getan hatte. Und sie war fassungslos und von tiefster Trauer und Mitgefühl erfüllt. Die Wut, die er geschildert hatte ... *Oh Gott,* dachte sie, *das ist so nachvollziehbar.* Einen Moment lang überlegte sie, was sie an seiner Stelle gefühlt oder getan hätte, aber fand nichts anderes als das, was Markus geschildert hatte. Es war eine berechtigte, verständliche und über die Maßen nachvollziehbare Wut. »Markus ...«, begann sie zu reden und ihre Stimme war brüchig. Sie räusperte sich und suchte ihre Gedanken nach passenden Worten ab. »Das ist so grausam ...«, bekundete sie kopfschüttelnd und drückte seine Hände fester. »Ich weiß nicht, was ich sagen soll ... das ist so ... furchtbar.« Langsam schüttelte sie den Kopf und betrachtete ihn. In seinen Augen erkannte sie Resignation.

Sein Blick ging zu Boden und er schüttelte den Kopf. »Manche Dinge sollen wohl einfach nicht sein«, flüsterte er.

Und plötzlich erschrak sie furchtbar, denn just in diesem Moment seiner Worte machte ihr Herz einen Satz wie eine Maus auf der Flucht. Diese Worte ... schossen ihr durch Mark und Bein. Fassungslos und voller Mitgefühl sah sie ihn an, betrachtete sein Haar im Flackern der LED-Kerzen schimmern. Immer noch suchte sie entsetzt und fassungslos zugleich Worte für das Gefühl, das sie gespürt hatte, als er ihr erzählte, was damals passiert war. Voller Ungläubigkeit und mit offenem Mund hatte sie seine Worte gehört und dabei sehr genau bemerkt, wie er mit sich kämpfte und mit aller Kraft versuchte, ruhig zu bleiben. Er wollte es ihr erzählen, aber er wollte ihr keine unnötige Angst machen. Die ganze Zeit über hatte sie gespürt, wie vorsichtig er mit seiner Wortwahl war und wie viel Rücksicht er damit auf sie nehmen wollte. Und trotzdem konnte sie seinen Schmerz deutlich wahrnehmen, aber da war noch viel mehr. Sie erkannte auch Liebe und Rücksichtnahme in seinen Bemühungen und entdeckte damit eine Stärke in ihm, die sie zutiefst beeindruckte. Und sie merkte, dass es jetzt an ihr war, stark zu sein. Daher rutschte sie auf dem Stuhl näher zu ihm, streckte ihre Arme aus und umarmte ihn ganz fest.

Müde schloss er die Augen und ließ es einfach geschehen. Er war so müde. Und er hatte es so satt in diesem Moment. All die Fragen nach Gott und seiner Art der Gerechtigkeit, nach dem Schicksal und seinen Launen, sie hatten ihn zermürbt. All der Schmerz, die Kämpfe, er war es leid. Ein tiefes Seufzen entglitt ihm und in diesem Moment packte Daniela seine Schultern, drückte ihn ein Stück von sich und fixierte ihn mit kämpferischem Blick. »Du wirst mir jetzt gut zuhören, denn was ich dir zu sagen habe, ist wichtig.« Mit fragendem Blick hob er seine Augenbrauen, während sie ihm tief in die Augen schaute. »Ich muss zugeben, ich tue mir schwer damit zu verstehen, warum die Dinge so sind, wie sie sind. Aber eines weiß ich genau: Wenn man helfen kann, dann sollte man helfen. Und du kannst helfen. Mehr als das. Es ist nicht nur diese Gabe, die dich andere heilen lässt. Es ist auch deine ganze Art. Was du tust, für diese Kinder, ist unglaublich liebevoll und mitfühlend. Du bringst sie zum Lachen und lässt sie für eine gewisse Zeit den Schmerz vergessen und das ist so wichtig, das ist so wertvoll, dass ich es gar nicht in Worte fassen kann. Ja, es ist ein Wunder und du bist auch ein Wunder, aber nicht nur wegen der Gabe, die dir so viel Kummer eingebracht hat, sondern einfach, weil du bist, wie du bist. Du bist ein guter Mensch, ein ehrlicher Mensch, du bist ein Engel Gottes, auch ohne Gabe, und ich will verdammt sein, wenn ich zulasse, dass du an dir zweifelst.«

Sie sah ihn jetzt kämpferisch an und fügte hinzu: »Du hast mein Kind gerettet, Markus. Ich kann es noch nicht so richtig verstehen oder glauben und es wird sicher noch eine Weile dauern, bis ich verstehe, was du getan hast, aber ich weiß, dass es so ist. Ich habe es gesehen und ich habe es gespürt, schon bevor du es mir gesagt hast, ich wusste es irgendwie. Du bist ein guter Mensch und du kannst anderen helfen und ich glaube ganz fest daran, dass das deine Aufgabe ist. Du bist hier, um zu helfen, und ich weiß nicht, was dieser verfluchte alte Sack da oben sich dabei gedacht hat, dir solche Prüfungen aufzuerlegen, aber eines weiß ich: Du bist nicht alleine.«

Jetzt nahm sie ihre Hände und legte sie auf seine Wange. »Ich bin DA für dich, ich bin DA und ich werde dir helfen. Dein Geheimnis ist sicher bei mir. Ich werde niemals irgendwem davon erzählen und ich werde dich unterstützen, so gut wie ich kann, aber bitte gib jetzt nicht auf.«

Sie nahm ihn wieder bei den Schultern und schaute ihm tief in die Augen. »Was deiner Familie passiert ist ... ich kann es

86

nicht begreifen, aber ich fühle ganz stark mit dir. Ich VER-STEHE deinen Schmerz und ich VERSTEHE deinen Kummer. Ich SEHE dich.« Und jetzt flüsterte sie. »Ich sehe dich!« Unvermittelt kullerten erneut ein paar Tränen ihre Wangen hinab und auch Markus konnte seine nicht halten.

Sie umarmten sich innig und wiegten dabei sanft nach links und rechts. Beide weinten und wenn man all die Tränen dieses Tages, die sie in der Kapelle vergossen hatten, in ein Behältnis hätte füllen können, so hätte dieses Behältnis bis zum Mond gereicht, dachte er sich später einmal. Es fühlte sich an, als würde all das gesammelte Leid der Menschheit aus den Augen der zwei vergossen. Aber es war auch ein heilsamer Abend und er war so froh, dass er es endlich jemandem erzählen konnte.

Er war so froh, dass er die Last teilen konnte und nicht mehr alleine war. Nach diesem Abend hatte er eine Komplizin, die ihm zur Seite stehen würde, und er spürte tiefe Dankbarkeit und neuen Mut in sich aufkommen. Wie hatte er sich gegrämt all die Jahre, sich Vorwürfe gemacht, dass er seine Mutter nicht begleitet hatte oder nicht schnell genug über die B4 gefahren war. Oh, wie hatte er den Corsa verflucht, sogar seinen Vater hatte er verflucht, der ihn einst kaufte. Später bereute er diesen Gedanken zwar, aber manchmal, wenn er wieder diese Verzweiflung spürte, dann konnte er nicht anders, als alle zu verfluchen, denen er Schuld geben konnte. Er hatte so mit sich und Gott gehadert, auch weil er einfach nicht allen helfen konnte, und jetzt kam es ihm fast schon ironisch vor, dass es ausgerechnet die Kapelle war, in der sich sein Leben ein weiteres Mal grundlegend ändern sollte. Es war wie ein neues Kapitel seines Lebens. Ein besonders langes und schönes. Auf einmal war er nicht mehr alleine und Daniela wurde ihm in den folgenden Jahren mehr als eine Komplizin. Sie wurde seine Freundin, seine Verbündete, sein Fels in der Brandung. Sie war gewissermaßen auch die Quelle seiner Kraft geworden. Wie kein anderer passte sie auf ihn auf, tröstete ihn, wenn er zweifelte, motivierte ihn, wenn er haderte, und gab ihm immer wieder das Gefühl, gesehen zu werden. Bei ihr durfte er darüber reden. Sie wusste es und sie verstand es und es war so gut. Es tat so gut, nicht mehr alleine zu sein.

Nach einer Weile, als die letzten Tränen vergossen waren, setzten sie sich wieder aufrecht hin und wischten über ihre feuchten Augen. Einige Zeit saßen sie noch dort und sie dachte über das nach, was er ihr erzählt hatte. Immer wieder schüttelte sie leicht den Kopf, als könne sie nicht glauben, welch unfassbaren und grausamen Wendungen das Leben manchmal bereithielt. Gleichzeitig empfand sie es aber auch als unglaublich mutig und tapfer, wie er trotz alledem weitermachte. Wie er weiter und immer weiter in die Klinik ging und sich mit den Kindern beschäftigte. Er hatte nicht aufgegeben, hatte sich nicht unterkriegen lassen von den vielen Schicksalsschlägen und sie verspürte große Dankbarkeit dafür. Sie dachte daran, welchen Lauf ihr Leben und das von Elli genommen hätte, wenn er nicht da gewesen wäre.

Nachdenklich bedachte Daniela ihn mit einem liebevollen Lächeln. Mit gütigem Blick erwiderte er es. Langsam standen sie auf und verließen die Kapelle. Beide wussten, dass sich etwas verändert hatte an diesem Abend. Es war der Beginn von etwas Neuem, von etwas Großartigem.

2019

Während Daniela den letzten Schluck Wasser trank, blickte Markus zu ihr und lächelte sie wohlig an. »Was macht die Arbeit?«, fragte er mit ehrlicher Neugierde.

Sie lächelte amüsiert. »Es ist, wie es ist, ich schreibe Berichte, messe Blutdruck, wische Kackhaufen weg.« Beide lachten vergnügt darüber.

88

»Und macht es dir Spaß?«, frotzelte er etwas spöttisch, aber sie wusste, wie das gemeint war.

»So ist nun mal der Job, es gehört mit dazu. Bei Elli hab ich es ja auch gemacht, es gehört halt dazu.«

Bedächtig sah er zu ihr und für einen kurzen Moment schien die Zeit stillzustehen. Für einen kleinen Moment fühlte er sich wie damals in der Kapelle, kurz bevor sie gingen. Während er sie ansah, mit einem sanften Lächeln, spürte er wieder diese Wärme in sich aufsteigen, diese tiefe Verbundenheit, aber auch Dankbarkeit und tiefstes Wohlwollen für sie. Behaglich atmete er einmal tief durch und antwortete dann. »Und morgen beginnt das ganze Spiel wieder von vorne«, spöttelte er lachend und gab dem Kellner ein Zeichen.

»Oh ja, schön, Montag ist immer ein super Tag«, lachte sie und kramte ihre Geldbörse aus der Tasche.

Als der Kellner kam, bezahlten sie getrennt. Und als er sich freundlich bedankend und noch einen schönen Abend wünschend wieder entfernte, hörte sie etwas, das sie überraschte: »Danke.« Fragend blickte sie zu ihm.

Er lächelte mit gütigem Blick und bekundete mit sanfter Stimme: »Danke, dass du für mich da warst und immer noch da bist. Ich bin so froh, dass wir uns damals kennengelernt haben. Ich weiß nicht, wie mein Leben weitergegangen wäre, aber du gabst und gibst mir Kraft und Hoffnung und das wollte ich einfach mal aussprechen.«

Daniela war verwundert. Sie hatte das Gleiche gedacht, all die Jahre, aber irgendwie schien nie der richtige Zeitpunkt gewesen zu sein, um so etwas Einfaches, aber Wahres, einfach mal auszusprechen. Sie hatten viel geredet bei ihren Treffen über die Jahre und wussten immer, was sie am Anderen hatten und auch, warum es so war, wie es war. Sie wussten es beide und eigentlich bedurfte es nie weiterer Worte. Und doch, sein Blick

89

besorgte sie ein wenig. »Markus ...«, begann sie liebevoll. »Das kann ich doch nur zurückgeben, ich ... du hast mir doch genauso geholfen, damals als ... als Kai ... Mit Elli ... ich fühlte mich immer geehrt, dich kennen zu dürfen, und ich hoffe, du weißt, dass ich immer für dich da bin.«

Gerührt senkte er ein wenig den Kopf, hob ihn wieder und lächelte sie mit leicht zusammengekniffenen Mundwinkeln an. Bedächtig nahmen sie sich bei den Händen und sahen sich einen Moment stillschweigend an.

»Ach komm her«, rief sie und umarmte ihn. Wärme machte sich in ihnen breit und sie genossen diesen kurzen Moment. Als sie sich wieder zurücklehnten, schlug Daniela vor: »Nächstes Wochenende?« Neugierig betrachtete sie ihn.

»Klar, ich hab noch nichts vor«, sagte er lächelnd.

»Super.« Sie nickte und lächelte nun ebenfalls gütig. Langsam standen beide auf und schlenderten zum Ausgang. Draußen umarmten sie sich und wünschten sich eine Gute Nacht.

Daniela stieg in ihren Wagen und fuhr winkend davon.

Markus winkte ihr nach und seufzte leise. Er ging zum Transit und setzte sich hinein. Dröhnend gab der Motor Rückmeldung, dass er bereit war für die Arbeit, die auf ihn zukam. Vom USB-Stick des nachträglich eingebauten Radios begann Musik zu spielen. Das Album *Sportsday at Killaloe* von Fiddler's Green.

»Bugger off you bastards bugger off - FUCK YOU!
Bugger off you bastards bugger off - FUCK YOU!
Like a herd of bloody swine who refuse to leave the trough,
You'll get no more this evening so you bastards bugger off.«

Markus steuerte den Transit in Richtung Heimat und sang lauthals mit. Es war angenehm warm draußen und er fühlte sich wohl in diesem Moment. Singend kurbelte er das Fenster

90

herunter und genoss die warme Spätsommerluft. In der Ferne sah er den Himmel sinnlich mit Rot und Orange spielen. *Ein herrlicher Anblick.* Unter der Woche, da war er öfters mal geknickt und wusste nicht so recht, ob er sich freuen oder in Richtung Himmel fluchen sollte.

Aber Daniela hatte etwas so Gutes an sich. Sie schaffte es immer wieder, ihn zu beruhigen und an all das Gute zu erinnern, das er leisten konnte. Und sie gab ihm so viel mehr, als sie sich vorstellen konnte.

Sie ist wie ein Ladegerät, dachte er manchmal und schrie lauthals: »FUCK YOU!« Sie gab ihm genug Kraft, um weiter an den Sinn des Lebens und vor allem an den Sinn seiner selbst zu glauben. Er hatte ihre Verwunderung über das Wort 'Danke' deutlich wahrnehmen können. Es war in dem Moment einfach über ihn gekommen und er dachte, es wäre mal eine gute Gelegenheit, etwas auszusprechen, was eigentlich nicht gesagt werden musste. Aber tief drinnen wusste er, was das bedeutete. Tief dort drinnen wusste er, warum er das gemacht hatte. Es war die Angst davor, sie zu verlieren. Über die Jahre war sie so ein wichtiger Teil seines Lebens geworden, gab ihm Halt und Gleichgewicht. Er wollte sich nicht vorstellen, wie es wäre, sie zu verlieren. Sie hatten eine so tiefe, fast schon magische Verbindung. Eine gemeinsame Vergangenheit, gemeinsames Leid, gemeinsame Freude und ein Geheimnis, von dem er sich manchmal wünschte, es wäre nie aufgetaucht. Noch immer singend bog er links in die Rennesstrasse ab und rechts auf den Hof mit den Parkplätzen. Dann stapfte er die Stufen hinauf, betrat seine Wohnung und setzte sich auf das Schlafsofa. In seiner kleinen Bude befand sich nur das Nötigste, es war einfach nicht viel Platz. Ein Bad mit Dusche, WC und Waschbecken und ein Raum mit Küchenzeile. Zwei Herdplatten, eine Spüle, ein Kühlschrank und darüber zwei Schränke. Ein kleines Regal

91

mit einer Mikrowelle und ein paar Sachen des täglichen Gebrauchs. Etwa 16 qm insgesamt. Die meiste Zeit war er ohnehin unterwegs und abends, wann immer möglich, saß er in seinem Esel irgendwo in der Natur und genoss diese herrliche Stille.

Ruhig lauschte er dann den Klängen der Natur und sinnierte über den Sinn des Lebens. Oder über Spiderman oder die Avengers. Das Marvel-Universum hatte ihn schon immer fasziniert. Das waren knallharte Haudegen, die sich Hals-über-Kopf in die Gefahr stürzten, einer wie der andere. Mit der Realität hatte das freilich nichts zu tun. Es war lustig anzusehen, wenn der mächtige Hulk Thor, den Gott des Donners, quer über den Flugzeugträger schleuderte, der dort hoch über den Wolken schwebte. Mit einer einzigen Handbewegung einfach aus dem Stand. Und Thor bekam davon keinen einzigen Kratzer. Aber später, als Thor in einem späteren Film ein Auge verlor, fand Markus das Ganze ziemlich unlogisch. Entweder war er unverwundbar oder nicht. Aber so einfach waren die Dinge eben nicht, noch nicht einmal im Film. Wie konnten sie dann in der Realität einfach sein?

Plötzlich musste er wieder an Carolin denken. Im Laufe der Jahre hatte es einige rote Kinder gegeben, denen er nicht helfen konnte. Es war furchtbar für ihn, jedes Mal aufs Neue. Bei seiner Mutter im Rückblick betrachtet, war er einfach zu spät. Es gab da wohl eine Grenze, die auch er nicht überwinden oder verschieben konnte. Er konnte keine Toten wiederbeleben.

Und er verstand es damals nicht. Aber als im Laufe der Zeit wieder ein Junge rot war und wieder einer und dann ein Mädchen und immer wieder, da konnte er nur hilflos zusehen, wie Gott sie einen nach dem anderen holte und nicht mehr hergab. Und er fühlte sich elendig dabei. Und immer wieder fühlte er sich auch irgendwie gedemütigt, denn offensichtlich durfte nicht er entscheiden, wer geht und wer bleibt. Nicht dass er es hätte entscheiden wollen, aber er fühlte sich dadurch oft wie eine Marionette, die von irgendwem gesteuert wurde, und dieser jemand oder etwas machte die Ansagen. *Grün hier, rot da. Ok, gut so.* Es fiel ihm schwer, sich damit abzufinden, und selbst heute, so viele Jahre danach, konnte er noch immer keinen Frieden damit schließen.

Manchmal dachte er an die Szene im Abspann von Men in Black, in der man am Ende sieht, wie irgendwelche riesigen Gestalten mit den Galaxien Murmeln spielten. Zugegeben, die Idee dahinter war sehr lustig und trug durchaus eine philosophische Berechtigung in sich. Aber für ihn war das eine sehr viel ernstere Angelegenheit. Dieses Bild zeigte nachdrücklich auf, wie klein und verletzlich die Menschheit eigentlich war und wie wenig Kontrolle sie doch über gewisse Dinge hatte.

Als er damals bei seinem ersten roten Kind einsehen musste, dass er nicht würde helfen können, da wollte er nicht mehr. Es war einfach zu viel gewesen. Er wollte nicht mehr in die Klinik gehen, er wollte es nicht riskieren, noch ein rotes Kind zu sehen. Und er wollte noch nicht mal mehr arbeiten gehen damals. Er ließ sich krankschreiben, verbrachte die Tage zu Hause oder fuhr mit seinem alten Corsa ziellos durch die Gegend. Unterwegs suchte er nach ruhigen Orten, nahm seinen Campingstuhl und setzte sich in den Wald oder auf eine Wiese. Dann saß er einfach da und lauschte der Natur. Dachte über sich selbst nach. Oder über Gott, über die Menschheit, über das Schicksal.

Vor allem aber wollte er niemanden sehen zu der Zeit. Ein paarmal war er am Grab seiner Mutter gewesen, um dort zu weinen. Irgendwie hoffte er sehnsüchtig, dass sie oben im Himmel auf ihn herabblickte, mit diesem liebevollen Lächeln, das sie ihm oft geschenkt hatte. Und dass sie von dort oben auf ihn aufpassen würde. Einmal redete er mit ihr, klagte sein Leid und bat sie, einen Engel zu senden. Und er war tatsächlich etwas enttäuscht gewesen, als in der nachfolgenden Zeit kein Engel auftauchte. Einige Zeit ging das so und als er sich irgendwann einen alten Spiderman-Comic ansah und er die Szene las mit den Worten »Auf große Kraft folgt große Verantwortung«, da inspirierte ihn das. Er las die Szene wieder und wieder. Dann legte er das Heft beiseite, um es später erneut in die Hand zu nehmen. Immer wieder las er sich die Worte durch. »Auf große Kraft folgt große Verantwortung.« Zuerst konnte er nur halb spöttisch und halb verzweifelt darüber lachen. Doch nach und nach spürte er, wie die Verbitterung etwas wich, was er später als Teil seines Glaubenssystems zu erkennen verstand.

Es war der Keim eines Glaubens und später die Gewissheit, dass er anderen helfen konnte. Es war gewissermaßen der Glaube an sich selbst. Noch ein paar Mal musste er sich die Szene ansehen und es dauerte auch noch einige Zeit, bis er es verstand und richtig deuten konnte. Aber schließlich hatte er dann doch einsehen müssen, dass er etwas wahrhaft Großes bewirken konnte. Und obwohl er sich in all den darauffolgenden Jahren niemals eine eindeutige Balance erarbeiten konnte zwischen der Akzeptanz des Unvermeidlichen und der Freude über das Mögliche, so hatte er an jenem Tag doch gelernt, dass große Kraft nun mal große Verantwortung nach sich zog. Und auch wenn es nur Worte aus einem Comic waren, für ihn beendeten sie eine Sinnkrise in einer Zeit der Ungewissheit. Kurz darauf wollte er wieder arbeiten und auch wieder in die Kinderklinik. Es stellte sich heraus, dass er nichts verpasst hatte, dass kein Kind verstorben war, und er war froh und dankbar darüber gewesen. Und als ein paar Jahre später Daniela in sein Leben trat und sie ihn ansah, in der Kapelle, nachdem er ihr alles erzählt hatte, da musste er wieder zurückdenken an die Bitte, die er damals am Grab an seine Mutter gerichtet hatte. Und es schien ihm, als hätte sie ihn endlich erhört.

Montag

~Verantwortung~

Am frühen Morgen um Punkt 5:00 Uhr rasselte sein Wecker. Schlaftrunken packte er ihn und warf ihn gegen die Wand. Ein leises *Kling* war zu vernehmen. Gähnend rieb er sich über die Augen, schaute kurz an die Decke und stand langsam auf. Auf halbem Weg zum Bad sah er den Wecker auf dem Boden liegen, hob ihn auf und stellte ihn auf den Schreibtisch. *Zum Glück habe ich mir diesen Wurfwecker gekauft,* dachte er. *Da kommt doch schon am frühen Morgen Freude auf.* Im Bad wusch er sich. Zurück in der Küche nahm er eine Schale, befüllte sie dreiviertel mit Milch und stellte sie in die Mikrowelle. Während sie ihre Arbeit verrichtete, legte er sich auf den Boden und machte 30 Liegestütze. Dann stand er schnaufend auf, nahm die Schale aus der Mikrowelle und füllte sie mit Haferflocken aus dem kleinen Regal. Mit der Schale in der Hand setzte er sich auf sein Schlafsofa und aß in Ruhe. Anschließend putzte er seine Zähne, zog sich an, nahm die Schlüssel und stapfte zu seinem Transit. Der Motor sprang sofort an und signalisierte Einsatzbereitschaft.

Mit einem Gähnen tuckerte Markus durch die Dunkelheit in den südlichen Stadtteil Bruck. Dort lag die Zentrale vom Roten Kreuz Erlangen. Als er auf den Parkplatz fuhr, entdeckte er seinen Kollegen Benny, mit dem er meistens zusammen arbeitete.

Er lehnte an seinem blauen Dacia Duster und hielt die Arme vor der Brust verschränkt. Benny war der klassische Typ Bud Spencer. Groß, etwas dick, aber schnell, beweglich und kräftig. Dunkelbraune Haare, Vollbart. Er war 26 Jahre alt und stets lebhaft, der perfekte Partner für den Tag. Mit ihm wurde es nie langweilig, er hatte immer einen fröhlichen Spruch auf den Lippen und bei ihm konnte es auch mal etwas derber werden. Schlechte Laune: ausgeschlossen.

»Moin moin mein Alter, na, alles fit im Schritt?«, ulkte er fröhlich und reichte seine Hand zum Abklatschen.

Markus schlug ein und bestätigte: »Ja klar, passt schon.«

»Denn kieck mer ma, wat der Jung' uns heute wieder für Brösel serviert«, alberte Benny mit halbwegs annehmbarem Berliner Akzent und sie liefen in Richtung Disposition.

Der Jung', das war Franz, der Disponent. Ein älterer Mann Ende 50 mit grauem Bart. Stets braun gebrannt durch seine Besuche im Solarium, aber mit ziemlich gelben Zähnen. Und auch der Bart unter seiner Nase war gelblich verfärbt. Franz schien das Rauchen zu lieben. Markus schätzte, dass er wenigstens zwei Schachteln täglich durch seine Lungen pustete, aber es schien ihm nichts auszumachen. Er hatte keinen Husten oder dergleichen.

»Moin moin«, grüßte Benny, als sie ins Büro kamen.

Franz blickte kurz zu ihnen und griff nach einem Klemmbrett, auf dem einige Blätter waren. »Moin«, brummte er mit tiefer Stimme. »Hier ist eure Liste für heute. Ihr müsst zuerst gleich mal zu Frau Röders fahren, sie muss zur Dialyse um 7:00 Uhr. Und danach seht ihr ja.«

»Guten Morgen«, flötete jemand hinter ihnen, es war Denise, die mit Robert hereinkam.

»Moin Herrschaften«, grüßte Franz und griff nach einem weiteren Klemmbrett. »So, ihr wisst Bescheid?«, sah er Markus fragend an.

»Jup«, nickte er und sie verließen das Büro in Richtung Halle, in der die Fahrzeuge geparkt standen.

»Schauen wir mal, was der 363 macht«, sagte Benny gelassen, als sie hineingingen.

Gemächlich liefen sie an den Fahrzeugen vorbei, die fein säuberlich links und rechts in einer Reihe standen, bis sie schließlich bei einem VW Transporter ankamen. Auf dem Kennzeichen stand: *ER - RK 363.*

Markus schlenderte einmal um den Wagen herum, prüfte

97

kurz die Reifen und warf einen Blick unter den Motorraum. Dann stieg er neben Benny auf den Beifahrersitz.

Der schüttelte amüsiert den Kopf, startete den Motor und flachste: »Du hast echt nen Kontrollzwang Alter, weißt du das?« Beide lachten und Markus deutete: »Fahr endlich.«

Während sie durch die Stadt Richtung Stadtteil Büchenbach fuhren, erzählte Benny die ganze Zeit von den neuen Folgen Game of Gibble, die er sich online angesehen hatte.

Doch Markus konnte ihm nicht wirklich folgen, solche Serien interessierten ihn nicht besonders. Als sie schließlich bei Frau Röders angekommen waren, entschied er: »Bleib hier, ich mach das schon.«

Benny quittierte mit einem Nicken.

Entspannt schlenderte er zur Tür, klingelte, wartete, bis der Summer surrte, und spurtete die drei Stockwerke nach oben. Sie wohnte in einem dieser Reihenhäuser mit mehreren Stockwerken, und obwohl es einen Fahrstuhl gab, nahm er regelmäßig lieber die Treppen. Für ihn war das Teil seines Fitnessprogramms. Oben angekommen begab er sich etwas außer Atem zur angelehnten Wohnungstüre. »Guten Morgen«, schnaufte er und betrat die Wohnung. »Rotes Kreuz, Fahrdienst.« Und jetzt sah er sie.

Frau Röders, eine ältere Frau von vielleicht 79 Jahren, lief langsam mit ihrem Rollator auf ihn zu und lächelte. »Guten Morgen Markus«, grüßte sie mit etwas gebrechlicher Stimme. »Ich weiß doch, dass Sie es sind, Sie kommen immer zu mir.«

»Na, manchmal kommt auch jemand anderes und ich habe auch hin und wieder mal Urlaub, so alle Jubeljahre mal«, erklärte er mit unschuldiger Miene.

Sie lächelte mit breitem Mund und er konnte spüren, wie sehr sie sich über den persönlichen Kontakt mit ihm freute. In ihrer Wohnung lebte sie alleine, denn ihre zwei Kinder mit den drei

Enkelkindern wohnten weit entfernt für sie in Neumarkt und Kulmbach. Ihre Jobs hatten sie so weit von der Heimat entfernt und Frau Röders war immer froh gewesen, wenn sie mit jemandem sprechen konnte.

»Sind wir dann so weit, Madam?«, imitierte er mit erhobenem Kopf einen hochnäsigen Briten und sie antwortete: »Jawohl Charles, wir können.«

Lachend liefen sie zum Fahrstuhl. Am Fahrzeug holte er den kleinen Kunststoffhocker aus dem Innenraum und half ihr in den Wagen. Dann fuhren sie zum Dialysezentrum in Erlangen und Markus begleitete sie hinein. Als er wieder herauskam, stieg er zu Benny in den Wagen und hörte das Radio. »Was ist los?«, wunderte er sich, aber Benny legte einen Finger auf seinen Mund und deutete ihm, ruhig zu sein. Markus lauschte kurz dem Radio. Auf B5 Aktuell kam ein Interview mit dem deutschen Außenminister zur Lage im Iran. Fragend schaute er zu Benny.

»Alter, du bekommst ja gar nichts mehr mit. Das brodelt schon die ganze Zeit da unten. USA, Irak, Iran, da wird es bald noch knallen.«

»Solange Trump Präsident ist, sehe ich ohnehin schwarz. Das Einzige, das den interessiert ist Geld.«

Benny nickte eifrig und motzte: »Ja, Geld und Macht, damit er noch mehr Geld machen kann, diese linke Socke.«

Etwas verwundert warf Markus einen Blick zu seinem Kollegen und schüttelte leicht den Kopf. Benny war ein Kerl von einem Mann, aber eigentlich lammfromm und konnte keiner Fliege etwas zuleide tun, außer er wurde bedroht. Dann wurde aus der Mücke der Bomber, wie er in Anspielung an die Filme von Bud Spencer gerne scherzte. Und Benny interessierte sich für gewöhnlich auch nicht für Außenpolitik, ebenso wenig wie Markus. Er hatte hier schon genug Sorgen. Irgendetwas schien ihn an der Sache persönlich zu treffen. »Warum interessiert dich das so?«

Benny beäugte ihn kurz und schimpfte: »Meine Nachbarn sind Iraner, wirklich nette Leute. Immer freundlich, sauber, kochen echt leckeres Essen. Ich finde, es ist eine Schande, wenn jemand gegen unschuldige Leute vorgeht.«

»Ich verstehe.« Er hatte allerdings eher den Verdacht, dass Benny es auf deren Tochter abgesehen hatte. Die letzten Wochen hatte er immer wieder von ihr gesprochen: Samira, süße 22, und scheinbar eine besonders hübsche Kirsche an Gottes großem Kirschbaum, wie Benny sie nannte.

»Herr Lederer muss in die Tagespflege um 8:00 Uhr«, bemerkte Markus mit Blick auf die Liste.

»Ja, ich weiß, das wird wieder lustig.«

Beide sahen sich an und lachten. Sie wussten genau, was gemeint war. Dort angekommen stiegen sie aus und gingen durch die Gartentür. Es war ein kleines, altes Haus in Alterlangen. Überall an den Hauswänden schlängelte sich Efeu empor und wäre da nicht der ganze Krempel im Garten gewesen, dann hätte es etwas durchaus Idyllisches gehabt. Ein altes rostiges Fahrrad, ein paar Campingstühle ohne Bezüge, Autoreifen und allerlei anderes Zeug. Der Schlüssel steckte von außen.

»Sabine war schon da«, deutete Markus auf die Türe.

Benny öffnete und rief: »Rotes Kreuz, Fahrdienst.« Dann stiefelte er die Stufen hoch und nach rechts in ein Zimmer. Dort saß der Patient in seinem Rollstuhl und winkte ihnen mit etwas zittrigen Händen.

»Guten Morgen, Herr Lederer«, grüßte Markus den Mann und nahm sich kurz das Krankenblatt der Sozialstation, um nachzusehen, ob Sabine was hineingeschrieben hatte. »Herr Lederer, die Schwester hat reingeschrieben, dass Ihnen übel ist, brauchen Sie etwas?«

Doch der Patient winkte ab und meldete mit krächzender Stimme: »Ich habe schon was bekommen, alles gut im Blut.«

»Na gut, dann bringen wir Sie mal runter«, raunte Benny und schob den Rollstuhl zur Treppe.

Gemeinsam trugen sie den Mann hinunter und setzten ihn unten in einen zweiten Rollstuhl.

»So, sehen Sie, wieder was geschafft«, triumphierte der Mann und zeigte mit seinem rechten Finger nach oben.

Amüsiert warf Benny einen Blick zu Markus, rollte die Augen und flachste: »Auf ins Gefecht.«

Das war das Stichwort für Herrn Lederer gewesen. Sofort polterte er los: »Damals, 1942 im Schützengraben hätten Sie das nicht so leichtfertig gesagt. Da hieß es er oder ich. Wir haben gefroren, haben nicht geschlafen und unser Funk war kaputt. Ich bin dann ganz alleine 30 km durch feindliches Gebiet marschiert, nur um dem Kommandanten zu sagen, dass wir dringend Nachschub brauchen.« Wütend fuchtelte er mit dem Finger durch die Luft und fügte dann mit krächzender Stimme hinzu: »Diese Idioten hatten uns einfach vergessen. Und das nennen die Krieg!«

Auf dem Weg zum Wagen versuchte Markus den Mann zu beruhigen. »Das ist lange her und es hat Sie nicht umgebracht. Sehen Sie, Sie sind ein Held.«

»Bei Gott und Maria, da sagen Sie was«, krächzte er.

Am Fahrzeug öffneten Markus die Hecktüren, fuhr die Rampe aus und bugsierte den Rollstuhl hinein. Dann band er ihn fest und schloss die Tür.

»Der hat bestimmt das ein oder andere Bierchen zu viel getrunken«, stellte Benny zwinkernd fest und stieg in den Wagen. Gemächlich fuhr er zur Tagespflege nach Bruck und liefert den Patienten ab. »Viel Spaß«, rief Benny beim Gehen und bewegte sich zurück zum Wagen. Im Laufe des Vormittags erledigten sie

101

noch ein paar Fahrten, und als die Uhr kurz vor Mittag zeigte, hielten sie beim *Hühnertod*, einem beliebten Imbiss gegenüber des Erlanger Kultur-Treffs *E-Werk*.

»Denise und Robert sind auch hier«, bemerkte Markus mit Blick auf ein weiteres Fahrzeug vom Fahrdienst. Sie stiefelten zum Eingang. Links davor saßen die beiden auf ein paar Bierbänken und aßen ihr gebratenes Hühnchen. Dazu teilten sie sich eine Schale Kartoffelsalat.

»Na, ihr Nasen, habt ihr keine Arbeit?«, rief Benny neckisch.

Amüsiert schaute Robert zu ihm und konterte: »Du scheinbar auch nicht.«

»Was essen wir denn jetzt?«, inspizierte Benny das Angebot. »Ach, Hähnchen ist gut.« Dann bestellte er sich ein ganzes gegrilltes Hähnchen mit Kartoffelsalat und Markus nahm ein halbes. Dazu ein Brötchen. Damit bewaffnet setzten sie sich zu den anderen an den Tisch und aßen in Ruhe.

Robert war bereits fertig und lehnte sich gemütlich zurück. Er war 28, schlank, groß gewachsen mit dunklen lockigen Haaren auf dem Kopf und einem 3-Tagesbart im Gesicht. Auf seiner Nase saß eine Sonnenbrille.

Denise war ebenfalls schlank und eine hübsche 26-jährige Frau mit einer runden Brille auf der Nase und einem tollen Lachen. *Mit ihr mal Party machen, das wäre bestimmt witzig,* dachte Markus manchmal. Ihr Lachen war so schön und ansteckend, dass sich kaum jemand davor retten konnte. Es war eine Mischung aus Kichern und Lachen und dazu verzog sie ihr Gesicht ganz lieblich, dass man automatisch lachen musste. Einfach ansteckend. Ihre schulterlangen braunen Haare bewegten sich leicht im sanften Lüftchen.

»Und, schon viel geschafft heute?«, fragte Robert.

»Siehst du doch, ich habe einen Mordshunger«, schmatzte Benny ihm entgegen.

»Du hast immer Hunger«, ulkte Markus und alle lachten.

»Das Übliche, Herr Lederer hat wieder vom Leder gezogen«, erzählte Markus lächelnd mit Blick zu Denise.

»Jaja, der Herr Lederer«, schmunzelte sie amüsiert. »Der ist schon eine Marke. Aber wenigstens musstet ihr nicht die Frau Löblein vom 3. Stock runtertragen.«

»Das ist wohl wahr«, zeigte Benny mit dem Finger auf sie.

»Wir haben es ja bald geschafft«, bemerkte Robert trocken und verschränkte die Arme hinter dem Kopf.

Unterdessen zündete sich Denise eine Zigarette an und studierte den Himmel. »Kein Regen in Sicht, hoffentlich bleibt es so, wir wollen später noch Grillen.«

Auf einmal stierte Benny sie mit gierigen Augen an, zeigte mit dem Finger auf sich und alle lachten erheitert.

»Du isst doch gerade ein Hühnchen, reicht dir das nicht?«, lachte sie amüsiert und fügte hinzu: »Meine Eltern kommen und meine Tante auch, das ist nichts für dich, glaub mir.«

Benny rollte kurz die Augen und mampfte weiter.

»Wie geht es deinem roten Esel?«, fragte Robert.

»Der läuft, alles gut. TÜV ist erst wieder nächstes Jahr, also alles grün im Moment.«

Robert nickte und Markus lehnte sich zurück. Auf einmal musste er an Elli denken.

2004

Als sie an dem Abend seiner Beichte die Kapelle verließen, war es schon spät gewesen. Sie hatten nur kurz einen Blick in das Zimmer geworfen, aber Elli schlief friedlich. Also gingen sie leise und umarmten sich zum Abschied. Als Markus am nächsten Tag in der Klinik ankam, wollte er direkt zu Zimmer 1 gehen, als er von der Seite Annes Stimme hörte: »Junger Mann, Sie wollen doch nicht etwa hier durchmarschieren, ohne mein Tiramisu zu probieren?«, unterstellte sie vorwurfsvoll.

Er musste lächeln und schritt auf sie zu. Anne war eine der Kinderkrankenschwestern und die erste Person gewesen, mit der er damals hier in Kontakt gekommen war. Am Anfang hatte er einen vollkommen falschen Eindruck von ihr gehabt. Sie wirkte damals irgendwie sonderbar. Aber im Laufe der Zeit hatte er mehr und mehr erkannt, welch großes Herz Anne besaß und sie lieb gewonnen.

»Tiramisu?«, erkundigte er sich neugierig.

Sie nickte und deutete auf eine Auflaufform, die bereits zur Hälfte leer war. »Teller«, zeigte sie etwas steif auf einen Stapel.

»Wow, das ist toll, gibt es einen besonderen Anlass?«, wollte er wissen, während er sich ein großes Stück Tiramisu nahm.

»Nein, ich backe einfach gerne und verwöhne meine Schätzchen ab und zu einfach gerne.«

»Mh, das ist so lecker. Was ist da drin?«

»Meine Geheimzutat«, flüsterte sie lächelnd und zwinkerte.

Er flüsterte zurück: »Darf ich erfahren, was es ist?«

Einen Moment sah sie ihn an und ihr Kopf wiegte leicht von links nach rechts, aber dann verriet sie leise: »Butterkekse anstelle von Löffelbiskuit.«

»Ich werde dein Geheimnis sicher verwahren«, versprach er mit verschwörerischer Miene und sie strahlte zufrieden. Genüsslich aß er das Tiramisu und lief dann zu Zimmer 1.

Im Zimmer saß Elli auf ihrem Bettchen und sah fern. Irgendein japanischer Trickfilm, Markus kannte die Serie aber nicht. Er klopfte an den Türrahmen und betrat langsam den Raum.

Sie blickte kurz zu ihm und wieder auf den Fernseher.

»Hi, Elli«, grüßte er freundlich lächelnd.

»Hi«, erwiderte sie knapp.

Einen Moment dachte er darüber nach, was er sagen sollte, als er Leonie rufen hörte.

104

»Maaarkus«, rief sie und streckte ihm die kleinen Arme entgegen. »Markus, Markus, Markus.«

Sofort musste er lächeln und huschte zu ihr. »Hey, du Große, wie gehts dir denn?«, wollte er wissen und ließ sich von ihr umarmen, so weit ihre kleinen Ärmchen reichten.

»Ich darf bald nach Hause, hat Carola gesagt.«

»Wow, das ist ja super, ich freue mich für dich«, beteuerte er begeistert und strahlte sie an.

Sofort holte sie Susi hervor, nahm sie am Hals und bellte: »Und, freust du dich auch für mich, wuff-wuff?«

»Na klar, ich freue mich für euch beide. Zu Hause ist es doch am schönsten.«

»Der Arzt sagt, ich bin schon bald wieder gesund und dann darf ich nach Hause. Und Anne hat mir eine kleine Tüte Gummibärchen geschenkt, schau mal.« Freudig hielt sie ihm die Tüte vor die Nase und er nickte lächelnd.

»Und ich kriege nichts, wuff-wuff?«, maulte Susi vorwurfsvoll.

»Doch, hier schau.« Mit der Hand hielt sie dem Hund die kleine Tüte vor Nase und tat so, als würde er fressen.

»Aber nicht alles auf einmal, sonst bekommst du Bauchweh«, mahnte sie den Hund und Markus nicht eifrig. »Das stimmt, schön langsam fressen.« Kurz darauf ließ er sie wissen: »Ich schaue mal nach Elli.«

»Ok«, sagte sie, spielte weiter mit Susi und eröffnete ein Gespräch mit dem imaginären Stolch, der eben eingetroffen war.

Markus stand auf, ging zu Elli und setzte sich auf den Stuhl neben ihrem Bett. »Hi Elli«, sagte er mit sanfter Stimme.

Gelassen musterte sie ihn mit diesem durchdringenden Blick und für einen Moment wirkte es fast, als wüsste sie etwas. Sie hatte ihre Lider ganz leicht zusammengekniffen und betrachtete in mit diesen tiefblauen Augen.

Und in dem Moment dachte er, wie unglaublich ähnlich sich Daniela und Elli waren. Sie hatten beide die gleichen Augen und manchmal denselben Blick. Wenn Elli ihn ansah, war es fast, als würde Daniela ihn ansehen, und umgekehrt. Bei Daniela wusste er mittlerweile in etwa, was dieser Blick zu bedeuten hatte, aber bei Elli war er sich nicht so ganz sicher. Er überlegte, ob sie sich vielleicht erinnern konnte an das, was er getan hatte. Bisher war das zwar noch nie so gewesen, aber er musste im Laufe der Zeit immer wieder erkennen, dass die Dinge oft anders lagen, als er dachte. Doch bevor er diese Gedanken weiterdenken konnte, entschlüpfte ihr etwas, das ihn überraschte.

»Magst du meine Mama?« Und dabei kniff sie ihre Augen noch etwas mehr zusammen.

Markus war irritiert, denn damit hatte er nicht gerechnet. Überrascht schaute er sie an. »Ja, öhm, ich meine ja, sie ist eine ... echt total nette Frau ... und ... ja, ich mag sie.« Noch immer irritiert betrachtete er sie. »Warum fragst du das?«

»Ihr seid gestern beide aus dem Zimmer raus und dann nicht mehr gekommen. Was habt ihr gemacht?« Sie klang durchaus ein wenig vorwurfsvoll.

Markus indes war immer noch überrascht von ihrer Direktheit und lächelte besorgt, aber auch fasziniert. »Wir haben uns unterhalten.«

»Worüber? Über mich?«

»Also ... eigentlich über alles Mögliche, aber ja, auch über dich. Deine Mama hat gesagt, wie sehr sie dich lieb hat und dass sie dich gerne wieder nach Hause holen würde. Und sie hat gesagt, dass du gaaanz doll tapfer bist.« Jetzt strahlte er sie an und ihr Blick lockerte sich ein wenig.

»Ok«, akzeptierte sie und schaute wieder auf den Fernseher.

Verwundert hob er die Augenbrauen, legte die Stirn in Falten und beobachtete sie eine Weile. Zwar war er beruhigt, weil sie

106

sich scheinbar nicht erinnern konnte, aber da war etwas an ihr, das ihn auch beeindruckt hatte. Er wusste nicht genau, ob es ihre Augen waren, die ihn jedes Mal wieder an Daniela erinnerten, oder ob es an dieser frischen, direkten Art lag, aber er war beeindruckt von diesem Kind. *Sie ist wirklich unglaublich tapfer,* dachte er. *Und schlau ist sie auch.* Und nun verstand er auch, warum sie einen Alarm in seinem Inneren ausgelöst hatte. Es war dieser prüfende Blick gewesen, den er nicht deuten konnte und den er *so* selten bei Kindern in diesem Alter gesehen hatte und der ihn aber auch irgendwie ahnen ließ, dass sie einmal Großes leisten würde. Damals wusste er noch nicht, wie groß es sein würde.

2019

»Markus. Hey Alter, auf gehts, wir müssen weiter.«

Überrascht blickte er zu Benny, er war tatsächlich kurz weg gewesen, ganz in Gedanken. »Öh, ist es schon so weit?«

»Wo warst du denn wieder, es ist schon kurz vor 13:00 Uhr. Wir müssen Frau Zegin abholen und nach Hause fahren. Letzte Fahrt für heute.«

»Oh, na, wenn das so ist, dann mal los.« Unterwegs studierte Markus noch einmal die Liste. »Baiersdorf«, murmelte er.

»Richtig, dort wohnt die Gute.« Benny betrachtete ihn fragend. »Du bist heute so ruhig gewesen, alles ok bei dir?«

»Ja, alles ok. Ich war gestern mit Daniela essen und es war echt schön. Ich habe nur ein bisschen nachgedacht.«

»Wegen Elli? Was macht sie so?«

»Studieren.« Lachend zuckte er mit den Schultern.

»Ach ne, ist ja mal was ganz Neues«, spöttelte Benny ebenfalls lachend. »Geht es ihr gut, meine ich, sie hat doch geworfen, oder?«

Spontan zog Markus seine Augenbrauen hoch und betrachtete ihn vorwurfsvoll, aber mit einem leichten Lächeln. »Sie hat ein Kind bekommen, ja. Sie hat entbunden oder meinetwegen auf die Welt gebracht, aber geworfen?« Schmunzelnd schüttelte er den Kopf. »Soweit ich weiß, ist alles in Ordnung. Die Kleine trinkt, schläft, schreit, kackt in die Windeln, also alles normal.«

»So muss das sein«, brummte Benny zufrieden.

»Und was ist mit dir?«, wollte Markus wissen.

Doch Benny runzelte fragend die Stirn.

»Na, du und Samira, du redest doch die ganze Zeit von ihr.« Bei diesen Worten verdrehte Benny die Augen und verzog die Mundwinkel etwas. »Nur die Ruhe, mein Freund, gut Ding will Weile haben, das geht nicht von heute auf morgen.« Einen Moment sahen sie sich an, dann fügte er hinzu: »So was muss man ruhig angehen, ich will sie nicht verschrecken.«

Amüsiert deutete Markus auf seinen Vollbart und witzelte: »Na, so schwer ist das nicht.«

»Arsch«, grummelte Benny und beide lachten. Als sie nach der Fahrt wieder auf dem Hof vom Roten Kreuz angekommen waren, gaben sie die Papiere in der Disposition ab. Danach verabschiedeten sie sich und Markus stieg in seinen roten Transit. Dort blätterte er einen Moment im Musikverzeichnis seines Radios und kurz darauf erklang *Dirty old Town* von seiner Lieblingsband. Auf dem Weg nach Hause trällerte er fröhlich mit.

»I met my love by the gas works wall,
dreamed a dream by the old canal.
I kissed my girl by the factory wall,
dirty old town, dirty old town.«

Zu Hause duschte er und überlegte dann, was er mit dem Nachmittag anfangen sollte. In der Klinik war er gestern erst gewesen, also entschied er heute mal einen Tag Pause zu machen. Er verließ die Wohnung und machte sich mit seinem alten Transit auf den Weg Richtung Langensendelbach. Dort, etwas außerhalb, hatte er vor einiger Zeit eine hübsche Stelle ein wenig abseits der Straße gefunden, wo er meist alleine war und es kaum Verkehr oder Spaziergänger gab. Der Platz lag ein wenig erhöht und bot dabei eine wundervolle Aussicht über die vor ihm liegenden Wiesen bis hin zum nächsten Dorf in einiger Entfernung. Er mochte solche Stellen. Sie boten ihm die Gelegenheit, in Ruhe seinen Gedanken nachgehen zu können, während er die warme Spätsommerluft genoss und sich den Sonnenuntergang ansah. Dort angekommen stellte er den Wagen ab, öffnete die seitliche Tür und setzte sich hinein. Ruhig beobachtete er die weite Landschaft vor sich. Wiesen, rechts ein Wäldchen, in der Ferne eine Scheune, die in diesen Gegenden Bauern als Unterschlupf für ihre Geräte dienten.

Auf große Kraft folgt große Verantwortung.

Nachdenklich verzog er etwas die Mundwinkel und ein leises »Ts« entfuhr ihm. Er hatte über diese Worte schon so oft nachgedacht. Langsam schüttelte er den Kopf und dachte an den Tag, als er sich wieder und wieder diese Szene aus Spiderman angesehen hatte.

1998

Er war nicht unverwundbar und er konnte auch nicht fliegen oder mit einem Hammer jede Menge Feinde aus dem Weg räumen. Stattdessen besaß er die Fähigkeit zu heilen.

Damals, nachdem seine Mutter wieder nach Hause gekommen war, geriet dieses Ereignis in der Klinik zunehmend in Vergessenheit. Sie war wieder da und er durfte wieder Kind sein. Das schöne Leben genießen, gemeinsam Dinge tun, die man als glückliche Familie eben so tat. Aber irgendwo tief in sich spürte er immer etwas, das ständig da war. Diese Frage, ob er das gewesen war oder ob es sich einfach um einen Zufall gehandelt und sie nur geschlafen hatte. Es war in diesen zehn Jahren nicht mehr wichtig gewesen, aber als er sie in diesem Januar 1998 in der Pathologie hatte gehen lassen müssen und einsehen musste, dass es keinen Sinn mehr machte, es weiterhin zu versuchen, da fiel er in ein solch tiefes Loch, dass er von der Welt nichts mehr wissen wollte. Er verzog sich in sein Zimmer, schaute den ganzen Tag fern oder starrte einfach nur an die Wand. Es war eine dunkle Zeit, in der er nichts mit sich und der Welt anzufangen wusste. Immer wieder dachte er an die Szene im Krankenhaus, an die Pathologie und ganz oft an die vielen Ausflüge, die sie in der Zeit davor unternommen hatten. Wanderungen in der fränkischen Schweiz, obwohl er das Wandern eigentlich hasste. Aber damals machte es ihm auf einmal nichts mehr aus.

Das Gefühl von großem Glück und Liebe sorgte dafür, dass er ihr Zusammensein genießen konnte. Es war die schönste Zeit seines Lebens, dachte er oft rückblickend, und als sich dann an diesem Samstag im Januar seine kleine, heile Welt mit einem Mal in Rauch auflöste, da verlor er jeden Glauben, den er jemals gehabt hatte. Markus verließ das Haus nur noch zum Einkaufen von Lebensmitteln. Er war alleine in diesem Haus und anfangs wollte er eigentlich überhaupt nicht mehr dorthin zurück. Es steckten so viele Erinnerungen darin. Manchmal saß er im Wohnzimmer und starrte einfach an die Wand. In seinem Geist sah er Bilder von ihren Spielabenden.

Seine Mutter lachte und klopfte ihm sanft auf die Finger. »Du kriegst noch Bauchweh von den vielen Erdnüssen«, mahnte sie und sah ihn etwas vorwurfsvoll an.

»Ach, lass doch den Jungen, er wird es schon selber merken«, entgegnete sein Vater und betrachtete wieder das Spielbrett. »Mal sehen, die Parkstraße kostet ... Mist, so viel hab ich nicht. Tja, dann vielleicht später.«

»Das glaube ich nicht, Dad.« Markus hatte gewürfelt und hielt ihm triumphierend 7000 DM vor die Nase. Lachend stellte er ein blaues Haus darauf. »Die gehört jetzt mir.«

»Du schaust eindeutig zu viele amerikanische Serien, wenn du mich ständig Dad nennst«, sagte sein Vater. Dann beugte er sich zu seiner Frau und sie küssten sich.

Unterdessen beobachtete Markus die beiden, verzog die Mundwinkel und stupste seine Mutter an. »Du bist dran.«

Sie würfelte und setzte ihre Spielfigur auf ein Feld.

»Ab ins Gefängnis«, lachte Markus und fühlte sich glücklich und geborgen. Für ihn war die Welt in Ordnung und es gab keinen Grund, etwas anderes zu denken.

Manchmal setzte er sich in die Küche an den Platz, an dem er mit seinem Vater Dame gespielt hatte, und starrte einfach nur aus dem Fenster. Aber meistens war er alleine in seinem Zimmer, weinte, fluchte, warf irgendwelche Sachen durch die Gegend oder starrte einfach vor sich hin. Irgendwann stand er auf und fuhr ziellos mit dem Corsa durch die Gegend. Er hasste diesen Wagen und behandelte ihn grob. Schamlos drehte er den Motor regelmäßig bis an seine Grenzen und bretterte in halsbrecherischem Tempo durch die Kurven in der Hoffnung, der Wagen würde endlich kaputtgehen. Aber der Corsa zeigte sich unbeeindruckt und das machte ihn nur noch wütender.

Manchmal überlegte er, einfach gegen einen Baum zu fahren oder in einen Graben. Aber er hatte zu viel Angst davor, dass ihm etwas passieren würde. Er dachte daran, wie sein Leben aussehen würde, wenn er querschnittsgelähmt wäre, und so entschied er, auf der Straße zu bleiben. Manchmal parkte er irgendwo an einem Waldstück und wanderte einfach darauf los. Durch verschneite Wälder und über Wiesen, er lief einfach ohne Ziel. Der Winter blühte in kaltem Weiß, aber es war diese

Ruhe in der Natur, die ihn anzog. Und während des Umherstreifens betrachtete er die Landschaft und dachte über seinen Platz im Universum nach. Er besah stumm die verschneiten Fichten, die kleinen Sträucher und hier und da ein paar frische Spuren im Schnee. Manche schienen von Hasen zu stammen, denn es waren viele kurze Spuren hintereinander. Andere waren größer und sie hätten von einem Reh sein können. Mit sich und der Natur alleine versuchte er, einen Sinn zu erkennen, in den grausamen Launen, die sie manchmal hatte. Irgendwann, meist wenn es anfing dunkel zu werden, stapfte er zurück zum Wagen und schlich nach Hause. Das ganze Haus war dunkel und manchmal stand er eine Weile davor und starrte es einfach an. Dann ging er hinein, verkroch sich in sein Zimmer und sinnierte wieder über das große Ganze. An manchen Tagen liefen Sendungen mit Harald Lesch im Fernsehen. Er mochte diesen Professor, denn er hatte eine angenehme Art an sich und konnte das Universum gut erklären. Zwergplaneten, Supernovas, Alpha Centauri, unsere Nachbargalaxie. Einmal erklärte er, dass die Menschen mit ihrer heutigen Antriebstechnik etwa 100.000 Jahre brauchen würden, nur um die Milchstraße zu verlassen. Das waren gigantische Ausmaße.

Markus fand es faszinierend und es führte ihn immer wieder zurück zu der Frage, welchen Platz *er* im Universum hatte.

Es führte ihm aber auch vor Augen, wie klein und unbedeutend er eigentlich war. Und es führte ihm vor Augen, dass er dazugehörte. Es war dieser kleine, unscheinbare Gedanke, der im Laufe der Zeit in ihm reifte und der ihn schließlich erkennen ließ, was er zu tun hatte. Alles im Universum bestand aus Atomen und alle Atome waren einst eins. Erst mit dem Urknall begann alles auseinanderzudriften und durch Kernfusionen entstanden wiederum neue, völlig eigene Elemente. Nach und nach verband sich alles. Es bildeten sich Sterne und Planeten.

112

Durch die Kollision zweier großer Gesteinsbrocken entstanden Erde und Mond und diese Kollision gab der Erde ihre schiefe Rotation, die dazu führte, dass die Sonne den größten Teil des Planeten abwechselnd bescheinen konnte. Und das wiederum ermöglichte erst das Leben, wie sie es heute kannten.

Beeindruckt dachte er oft darüber nach, welch unglaublicher Zufall es doch war, dass sich alles so entwickelt hatte. Zu Beginn der Erde brodelten tief am Meeresboden heiße Quellen, aus denen Gas austrat. Und dort wuchsen kleinste Lebewesen, die sich davon ernährten. Im Laufe der Zeit bildeten sich Algen, produzierten Sauerstoff und erschufen damit über einen Zeitraum von Millionen von Jahren die Erdatmosphäre, die es anderen Tieren erst ermöglichte, zu entstehen. Bei dem Gedanken empfand er tiefe Demut und es führte ihn auch immer wieder zurück zu der Erkenntnis, wie klein er und sein Leid doch war im kosmischen Maßstab. Aber er verstand dadurch auch nach und nach, wie kostbar das Leben, wie einzigartig, kurz und auch verletzlich diese knappe Zeitspanne war, die er auf diesem Planeten geschenkt bekommen hatte. Und es führte ihn schließlich zu der Überzeugung, dass er ausprobieren musste, ob und wie er anderen helfen konnte. Als es schließlich Frühling wurde, die Temperaturen stiegen und das Leben draußen neu erblühte, wanderte er fast jeden Tag in die Wälder, fuhr mit seinem Corsa durch die Gegend und suchte nach schönen Orten in der Natur. Er entdeckte die umliegenden Gegenden, die fränkische Schweiz und verbrachte viel Zeit mit sich und seinen Gedanken. Und als der Sommer sich langsam dem Ende entgegen neigte, da beschloss er, es zu versuchen.

2019

Langsam spürte er seinen Magen brummeln. Das Hähnchen war schon eine Weile her. Er stieg in seinen Wagen und sah in die Vorratskiste. Dort lag eine Dose Pichelsteiner Eintopf. Mit

113

geöffneter Dose stieg er aus, stellte sie auf den Gaskocher und setzte sich wieder in die Tür. Sein Blick ging zurück in die Ferne. Der Sonnenuntergang begann langsam rote und orange Schleier über den Himmel zu legen, die wehmütig ineinander verflossen. Seine Gedanken wanderten zurück in den Spätsommer 1998, als er beschlossen hatte, herauszufinden, ob er sich das grüne Licht nur eingebildet hatte oder ob es vielleicht eine Reflexion oder ein Streich seines Verstandes gewesen war.

1998

Also schlich er in die Klinken und betrachtete die Wegweiser, auf denen die Fachbereiche standen. Lange überlegte er, wie er es machen konnte, dorthin zu gelangen und in ein Zimmer hineinzugehen, ohne Verdacht zu erregen. Manchmal fühlte er sich dabei fast wie ein Verbrecher, der Dunkles im Schilde führte. Nervös schlich er über die Gänge verschiedener Stationen, lugte beim Vorbeilaufen in die Zimmer hinein und tat so, als würde er jemanden suchen. Dabei hoffte er ein Einzelzimmer zu finden oder eines, in dem nur eine Person lag. Aber er hatte kein Glück gehabt. Die Räume waren oft mit vier oder sechs Betten ausgestattet, deswegen trottete er frustriert davon.

Zu Hause zerbrach er sich dann erneut den Kopf darüber, wie er es anstellen konnte, und einige Zeit kam ihm einfach keine Idee. Die Klinik wäre zu gefährlich gewesen. Die Gefahr, dort ertappt zu werden, wie er gerade fremde Leute betastete, war ihm einfach zu groß. Ein paar Tage später fuhr er mit seinem Corsa durch die Stadt, als er plötzlich eine Idee hatte. *Roncalli-Stift*, ging ihm durch den Kopf. *Na klar, ein großes Pflegeheim im Süden von Erlangen.* Ermutigt brauste er hin, parkte seinen Wagen und sah sich das Hochhaus an. Der Roncalli-Stift war ein großes Gebäude mit mindestens acht Stockwerken, schätzte er. Da würde es sicher niemandem auffallen, wenn er durch die Gänge lief. Er fühlte sich entschlossen und betrat den Bau.

Im Inneren lag eine große Halle und auf der linken Seite die Fahrstühle. Es stiegen gerade zwei Frauen ein, also huschte er hinterher und lächelte freundlich. Die erste Frau stieg im vierten Stock aus, die zweite hatte die Acht gedrückt. Als sie ausstieg, stöckelte sie geradeaus und Markus bog nach rechts auf einen Gang ab. Die meisten der Türen waren geschlossen, im hinteren Bereich jedoch stand eine offen. Vorsichtig blickte er hinein und entdeckte eine alte Frau in ihrem Bett liegen. Einen Moment blieb er stehen und überlegte kurz, was er sagen würde, wenn jemand käme oder wenn sie ihn fragte, was er hier zu suchen hätte. Dann ging er hinein. »Hallo Oma«, flötete er lächelnd und begab sich langsam zu ihrem Bett.

Sie rührte sich nicht, also beugte er sich vorsichtig etwas über die Frau und musterte sie. Ihr Gesicht wirkte steinalt, zeigte überall Falten und erzählte eine Geschichte von einem sehr wechselhaften Leben. Graues Haar, etwa schulterlang, lag zerzaust und ungeliebt rechts und links neben ihrem Gesicht.

Eigentlich erwartete er in diesem Moment eine Reaktion von ihr, doch sie starrte an ihm vorbei an die Decke und bewegte sich nicht. Langsam ließ er seine Hand über ihre offenen Augen gleiten, doch sie blinzelte nicht mal.

»Oma?«, tat er verwirrt, um den Anschein zu wahren.

Keine Regung.

Einen Moment beäugte er sie und gab ihr eine leichte Ohrfeige. Schnell sprang er ein kleines Stück zurück in der Erwartung, dass jetzt ein gewaltiges Donnerwetter an Flüchen über ihn hereinbrechen würde, doch sie lag nur da und starrte an die Decke. Etwas überrascht hob er die Augenbrauen, schlich zur Tür und lugte vorsichtig hinaus. Einen Moment lauscht er angestrengt, ob er jemanden hören konnte, doch es war ruhig. Neugierig warf er einen Blick auf die Türe. Dort hing ein Schild mit der Aufschrift: *Margarete Schreiner*. Langsam schloss er die

115

Türe, verriegelte sie und ging zurück ans Bett. »Hallo Frau Schreiner«, murmelte er. »Jetzt will ich doch mal sehen, wie es Ihnen geht.« Er legte seine linke Hand auf ihre Stirn und seine rechte auf ihr Herz. Unbehagen stieg in ihm auf, als er das sehr weiche Gewebe unter seiner rechten Hand spürte. Er verzog das Gesicht und sah in ihre Augen. Ganz nah ging er an sie heran. Sein Herz schlug jetzt schneller. Wäre jemand ins Zimmer gekommen, er hätte denken müssen, sie wollten sich küssen, dachte Markus kurz und konzentrierte sich wieder auf ihre Augen. Sie trugen eine grüne Farbe in sich und die Pupillen waren sehr klein. Mit zusammengekniffenen Augen spähte er hinein, doch er konnte nichts erkennen.

Kurz darauf weiteten sich ihre Pupillen und ein leises Grunzen entfuhr ihr.

Erschrocken zuckte er ein Stück zurück und hielt kurz inne. Dann konzentrierte er sich wieder auf ihr Auge und versuchte, etwas zu erkennen. Er drehte seinen Kopf und spähte hinein. Plötzlich sah er in ihrem rechten Auge im oberen Bereich ein kleines grünes Licht. Wieder erschrak er etwas, doch jetzt konnte er das grüne Licht genau sehen. Es war ein kleiner grüner Punkt, der dort in der Dunkelheit leicht glimmend zu schweben schien. Im nächsten Moment spürte er seine Hände, die wärmer wurden und er merkte, wie sein Herz noch schneller zu schlagen begann. Aus dem Bereich seines Bauches setzte sich irgendwas in Bewegung. Er konnte es nicht genau lokalisieren, aber es begann aus seinem Bauch den Oberkörper hinauf in die Schultern und von dort über die Arme in sie zu kriechen.

Langsam und stetig, wie ein Strom, eine Art von Energie, die von ihm in sie überging. Es fühlte sich an wie eine Welle Energie. Er merkte, wie ihr Körper leicht anfing zu zittern und sich ihr Kopf etwas nach hinten neigte. Der grüne Punkt pulsierte jetzt. Ihr Kopf zuckte kurz nach oben und einen Moment fühlte

116

es sich so an, als wolle sie seine Hand wegdrücken, doch er ließ sie nicht los. Die nächste Welle Energie bahnte sich ihren Weg aus seinem Bauch in ihren Körper und wieder zuckte sie kurz mit dem Kopf. Der grüne Punkt pulsierte jetzt sehr schnell und ihre Beine zuckten kurz. Aufgeregt starrte er auf diesen Punkt und ließ sie nicht los. Und in dem Moment merkte er, wie die dritte Welle sich auf den Weg machte. Mit zusammengekniffenen Augen und zusammengepressten Lippen drückte er seine Hände sanft auf sie und konzentrierte sich weiter auf den grünen Punkt, der immer schneller und schneller pulsierte.

Ihr Kopf zuckte noch ein weiteres Mal nach oben und kurz darauf konnte er ein leises Stöhnen hören, das unheimlich und furchteinflößend tief aus ihr hervorzukriechen schien. Wieder erschrak er, doch auf einmal war der Punkt verschwunden.

Überrascht atmete er tief aus, richtete sich auf und spürte erst jetzt, wie heiß sich sein Kopf anfühlte. Für einen Moment war ihm schwindelig. Etwas benommen schüttelte er leicht seinen Kopf und sah wieder zu ihr.

Sie starrte nach wie vor an die Decke.

Irritiert stand er einen Moment lang da und überlegte, was er tun sollte, als sich plötzlich ihre Augen bewegten und ihn anstarrten. Erschrocken machte er einen kleinen Satz zurück. Sie sahen einander an und er erkannte, dass sich ihre Pupillen wieder verkleinert hatten. Für einen Moment war er wie versteinert und konnte sich nicht bewegen. Er glotzte sie nur an und beobachtete die auf ihn gerichteten Augen.

Noch vor wenigen Minuten lag sie einfach da und starrte teilnahmslos an die Decke. Und jetzt, auf einmal bewegten sich ihre Augen. *Sie weiß es,* flüsterte eine Stimme in ihm. Und mit einem Mal machte sich Panik breit. Was, wenn sie auf einmal anfinge zu sprechen? Oder wenn sie aufstehen würde, um zu erfahren, was er hier zu suchen hatte? Entsetzt suchte er nach einer Möglichkeit, wie er das rückgängig machen konnte, verwarf den Gedanken sofort mit der Notiz *Keine Zeit und keine Ahnung* und plapperte: »Wissen Sie was, ich ... ich hole eine Schwester ok, bleiben Sie einfach liegen, es kommt gleich jemand und bitte entschuldigen Sie die Verwechslung.«

Eilig hetzte er aus dem Zimmer und rannte zum Treppenhaus. So schnell er konnte, sauste er die Stockwerke nach unten, zwang sich langsam und lächelnd am Empfang vorbei in Richtung Ausgang und rannte schließlich zum Corsa. Hastig startete er den Motor und schlitterte mit quietschenden Reifen um die Ecke ein paar Straßen weiter. Immer noch voller Adrenalin zwang er sich kurz darauf, langsamer zu machen, hielt schließlich in einer Parkbucht und würgte den Motor ab. *Warte, langsam,* schrie er sich in Gedanken an und schluckte nervös. Sein Herz raste und erst jetzt spürte er den Schweiß unter seiner Kleidung. Mit großen Augen und etwas außer Atem versuchte er seine Gedanken zu sortieren. Und während er auf den Tacho starrte, versuchte er die Ereignisse noch einmal durchzugehen. Was war passiert? War *er* das gewesen? Hatte er sie geheilt?

Na klar warst du das, war sonst noch jemand da?

Aber wie kann das sein, ich meine ...

Was brauchst du denn noch für Beweise? Erst deine Mutter und jetzt die alte Frau.

Einige Zeit saß er da und versuchte sich klarzumachen, was das bedeuten würde. Er war ein Heiler. Es konnte kein Zufall mehr sein, es musste stimmen. Ungläubig betrachtete er seine Hände und sah sich im Rückspiegel. »Alter ...«

Was heißt hier Alter, du bist 19, reiß dich mal zusammen.

»Das geht nicht!«, rief er empört und starrte wieder auf seine Hände. »Ich meine ... wie soll ich das machen? Ich hatte Glück, dass ich nicht erwischt wurde. Was ist, wenn mich jemand sieht,

118

die sperren mich ein, entnehmen Blut- und Gewebeproben, schließen mich an Maschinen an, keine Ahnung, das geht nicht!« Entsetzt spürte er Angst in seinem Bauch flanieren. Etwas erschrocken darüber, dass er laut geredet hatte, schaute er sich kurz um, doch da war niemand. Und einen Moment dachte er daran, wie viel Geld er damit verdienen könnte. Er sah sich selbst mit einem roten Ford Transit durchs Land ziehen und Menschen gegen Geld heilen.

Onkel Markus' Wunderheilung, 500 Mark pro Person und Heilung.

Doch sofort verwarf er den Gedanken wieder. »Das geht nicht, das geht niemals gut. Falls die mich kriegen, ist mein Leben vorbei, dann kann ich nirgendwo mehr auf die Straße gehen, alle Welt kennt mich dann. Was ist, wenn mich jemand entführt, weil er nicht warten will? Was ist, wenn mich jemand umbringt, weil er die ganze Menschheit hasst? Großer Gott!« Erschrocken schaute er sich um, als er merkte, dass er wieder laut geredet hatte, doch wieder war niemand zu sehen. Beruhigt atmete er tief ein und aus. *Ich muss mir was überlegen. Ich muss irgendwie sehen, dass ich beides zusammenbekomme, Helfen und Sicherheit.* Und auf einmal dachte er an seine Mutter. Eine Träne kullerte ihm über die Wange, als er erkannte, dass es zu spät gewesen war. ER war zu spät gewesen. Er hatte sie geheilt und sie verbrachten eine schöne, lange und friedliche Zeit, aber am Ende hatte er sie verloren, denn er war zu spät gewesen. Entsetzt begann er zu schluchzen und stammelte: »Es tut mir so leid, Mama ...« Wieder spürte er die Verzweiflung wie damals in der Pathologie, als er einsehen musste, dass er nichts mehr ausrichten konnte.

In den folgenden Jahren drehten sich immer wieder dieselben Gedanken in seinem Kopf hin und her: Was wäre, wenn er schneller gefahren wäre? Was wäre, wenn sein Vater nicht diesen lumpigen Corsa, sondern etwas Schnelleres gekauft hätte?

Was wäre, wenn er sie beim Einkaufen begleitet hätte? Diese Gedanken quälten ihn immer wieder und so schön es auch war mit anzusehen, wie viele Kinder wieder gesund wurden, so schaffte er es doch nie, darin genug Trost zu finden, um mit sich und Gott ins Reine zu kommen. Nach einer Weile machte er sich auf den Weg zum Friedhof und blieb dort noch einige Zeit am Grab seiner Mutter. Verwirrt und durcheinander redete er zu ihr, blickte sich immer wieder um und versuchte dadurch, dass er ihr seine Gedanken mitteilte, für sich selbst Klarheit und einen Weg zu finden, damit umzugehen.

Etwa drei Wochen später las er in der lokalen Zeitung, die sein Vater abonniert hatte, einen großen Artikel über eine spontane Selbstheilung in Erlangen. Politiker kamen und ließen sich fotografieren, Ärzte aus allen Teilen der Republik eilten herbei, um sich die Krankenakte des Wunders von Erlangen, wie sie es nannten, anzusehen und mit ihr zu reden. Sie bekam sogar eine Einladung zu einer Talkshow und einige Zeit später war sie tatsächlich im Fernsehen zu sehen. Sie erzählte damals, sie könne sich an nichts erinnern und die Ärzte sagten, ihre Heilung wäre aufgrund der Parkinson-Erkrankung eigentlich unmöglich gewesen.

»Und doch ... sitze ich hier und rede mit Ihnen«, schwafelte sie damals mit einem feierlichen Lächeln.

Für Markus war das Ganze allerdings eine Mahnung gewesen. Er freute sich zwar darüber, dass sie kerngesund und Sektschlürfend im Fernsehen auf dem Sofa sitzen konnte, anstatt reglos auf ihrem Bett zu liegen, aber er war sich auch der Gefahren bewusst, die auf ihn lauerten, wenn er unvorsichtig sein sollte. Irgendwie musste er einen Weg finden, den Menschen zu helfen, die ihn wirklich brauchten, ohne dabei selbst in Gefahr zu geraten.

120

Langsam stieg der Geruch von Eintopf in seine Nase und als er runter sah, da blubberte es bereits in der Dose. Leise fluchend nahm er sie vom Kocher und schaltete ihn aus. Dann holte er aus dem Inneren des Wagens eine Plastikschüssel und goss den Eintopf hinein. Seufzend setzte er sich wieder, nun musste er warten, bis sein Essen abgekühlt war. Etwas frustriert wanderte sein Blick zu den rot-orangenen Streifen in der Ferne und plötzlich bemerkte er aus den Augenwinkeln eine Bewegung.

In etwa 50 Metern Entfernung entdeckte er ein Reh, das auf der Wiese graste und sich immer wieder vorsichtig umblickte.

Lächelnd beobachtete er das Tier, wie es scheu und immer wachsam fraß. *Was für ein schöner Anblick, wie wunderschön ist die Natur doch, wenn alle friedlich sind.* Mit einem Mal spürte er Wärme in sich aufkommen und Dankbarkeit für diesen Moment. Die warme Spätsommerluft schmeichelte ihm sanft um das Gesicht, der Geruch von Blumen, Blüten und Gras hing in der Luft. Der Himmel in der Ferne spielte verträumt mit Rot und Orange und das kleine Reh in einiger Entfernung fraß vom Gras. Es war so ein wundervoller Moment, dass er unvermittelt seufzte und sich wünschte, er hätte ihn einfrieren können, um ihn auf ewig zu bewahren. Es waren genau diese seltenen Momente im Leben, in denen er alles gegeben hätte, um die Zeit anzuhalten. Als Daniela ihn damals in der Kapelle ansah und wissen wollte, ob er Elli geheilt hatte, da war es ebenso ein Moment gewesen. Sie trug dabei einen so unglaublich eindrucksvollen Blick in ihren Augen. Überraschung, Dankbarkeit, Gewissheit, aber auch Liebe. Und Erleichterung. Aber von einer Art, wie man sie nicht oft sah. Als hätte sie das Schicksal der Welt eine Ewigkeit auf den Schultern getragen und plötzlich enthüllte ihr jemand, sie könne loslassen. Bei dem Gedanken musste er demütig lächeln und wieder wurde ihm ganz warm ums Herz. Er wusste, dass sich ihre Leben an diesem Tag in eine Richtung verändert hatten, wie er es sich niemals hätte vorstellen können. Und bei diesem Gedanken empfand er tiefste Dankbarkeit, aber auch Stolz. Er war stolz darauf, dass er helfen konnte, und er war auch ein kleines bisschen stolz darauf, dass er sich endlich, nach so langer Zeit getraut hatte, einem inneren Instinkt folgend sich ihr anzuvertrauen. Seine Angst war damals sehr groß davor, was alles hätte passieren können, wenn sie sich jemals verplappern würde, doch sein Instinkt oder Intuition oder was auch immer das damals gewesen war, sollte ihn letztlich nicht betrügen. Als er diesen Blick von ihr sah, wusste er, es war gut. Und als die Angst später noch mal wiederkam, da irritierte ihn das zwar, aber letztlich hatte sie sich vollständig aufgelöst. Und es zeigte sich, wie richtig es war.

Langsam begann er seinen Eintopf zu löffeln. Das Reh war mittlerweile weg. Die Sonne verabschiedete sich langsam im Westen und ließ der Nacht allmählich die Oberhand. Während er aß, dachte er zurück an den Tag im Spätsommer 1998, als er im Corsa saß, nicht weit entfernt vom Roncalli-Stift.

1998

Wie konnte er es nur anstellen, den Menschen zu helfen, ohne selbst entdeckt zu werde? In Gedanken sortierte er verschiedene Situationen: Chirurgie, Pflegeheime, Notaufnahme. Kurz überlegte er sogar Medizin zu studieren oder eine Ausbildung zum Krankenpfleger zu machen. Dann könnte er dort arbeiten, ohne aufzufallen. Aber schnell verwarf er den Gedanken wieder. In der Notaufnahme hatte er einfach keine Zeit für seine Behandlung und dort wimmelte es von Menschen. Viel zu gefährlich. Er brauchte ruhige Orte, zu denen er Zugang hatte und wo er nicht auffiel. Und das führte ihn plötzlich zu einer ganz anderen Frage: Wem sollte er helfen? Er konnte unmöglich allen helfen, also wer hatte seine Hilfe am dringendsten

122

nötig? *Morituri te Salutant, die Todgeweihten grüßen dich*, ging ihm durch den Kopf. Diesen Spruch hatte er irgendwo mal gelesen. Die Todgeweihten brauchten seine Hilfe am dringlichsten. Aber wer? Und wo? Welche Menschen waren todgeweiht?

Alle Menschen mit unheilbaren Krankheiten. Und welche davon waren die wichtigsten? *Die kleinsten! Alte Menschen sterben ohnehin*, dachte er, da wäre das Risiko zu groß, nur damit sie noch ein paar Jahre länger leben konnten. Der Gedanke gefiel ihm zwar auch nicht besonders, aber er musste irgendwo Abstriche machen. Erwachsene zu heilen wäre sicher auch eine wichtige Aufgabe gewesen, aber er dachte an die Kleinsten, an die Kinder. Sie hatten ihr ganzes Leben noch vor sich und so, wie er damals fast seine Mutter verloren hätte, dachte er sich, wäre es für die Eltern doch sicher ebenso schlimm, ihre Kinder zu verlieren. Es erschien ihm irgendwie fair, dass er es so versuchen wollte. Allerdings wusste er damals noch nicht viel über die Kinderklinik.

Wie soll das gehen? Da sind lauter Menschen, Eltern, wie willst du das machen? Du kannst da nicht einfach reingehen, an die Tür klopfen und sagen 'Hallo, da bin ich'.

Eine Weile dachte er darüber nach und entschied sich schließlich, in die Klinik zu fahren. Unterwegs kam ihm eine Idee. Dort angekommen suchte er einen Parkplatz und betrat die Klinik. *Onkologische Pädiatrie* war auf einem Wegweiser zu lesen. Im Eingangsbereich hing in der Mitte ein großes Schild mit einem roten Pfeil, der zur rechten Wand zeigte. Auf dem Schild las er: *Bitte Hände desinfizieren*. Sorgsam desinfizierte er seine Hände und betrat die Station.

Am groß angelegten Tresen des Schwesternstützpunktes saß eine Frau im mittleren Alter mit kurzen Haaren und rot-blonden Strähnchen. Auf ihrem Namensschild las er *Anne* und darunter *Kinderkrankenschwester*. Sie mochte vielleicht Anfang 50 gewesen sein. Als sie ihn bemerkte, schaute sie mit den leicht unbeteiligt gesprochenen Worten »Ja bitte?« zu ihm auf.

Deutlich nervös begann er: »Hi, mein Name ist Markus, ich würde gerne, also ich wollte fragen ... brauchen Sie ehrenamtliche Helfer, um ... den Kindern etwas vorzulesen, zum Beispiel?« Nervös musste er schlucken und versuchte zu lächeln.

Noch immer studierte sie sein Gesicht mit ernstem Blick und im nächsten Moment, als hätte jemand auf einen Knopf gedrückt, formte sich ihr Gesicht zu einem freundlichen Lächeln und sie entgegnete: »Bücher.«

Verwundert sah er sie an und stammelte: »Bitte was?«

Sie neigte den Kopf etwas und eröffnete: »Wenn Sie vorlesen wollen, brauchen Sie Bücher. Haben Sie Bücher?«

Immer noch irritiert glotzte er sie an. »Nein, nein ich habe jetzt nichts dabei, ich wollte ...«

»Kommen Sie mal mit, junger Mann«, unterbrach sie ihn und watschelte zum Wartebereich. Dort zeigte sie auf einen Stapel Kinderbücher, die meisten davon Bilderbücher.

Nervös sah er sie kurz durch und entdeckte eine Ausgabe von *die Pizza-Bande*. Triumphierend zeigte er das Buch.

Sie lächelte noch immer und befand: »Fein. Da gegenüber in Zimmer 6 können Sie anfangen.« Dann drehte sie sich um und watschelte davon.

Etwas ungläubig über ihre kurz angebundene Art hob er die Augenbrauen und klopfte an Zimmer 6.

Als er die Türe öffnete, fühlte er sich aufgeregt und wusste noch nicht, was er sagen sollte. Im Zimmer konnte er zwei Mädchen in ihren Betten liegen sehen, die in den Fernseher schauten. Es lief ein Zeichentrickfilm.

Links von ihm stand ein Bett und rechts hinten im Zimmer ein weiteres. Am linken Bett hing im Fußbereich ein Schild am Bettrahmen. Darauf stand in bunten Farben *Mareike*. Und am rechten Bett war ebenfalls ein Schild angebracht, darauf stand *Alisha*. Etwas unsicher tapste er hinein, winkte den beiden und begann: »Hallo, ich bin Markus, ich komme, um euch was vorzulesen, wenn ihr mögt.« Etwas überrascht darüber, wie einfach ihm das über die Lippen geglitten war, schaute er zu den zwei Mädchen.

Die beiden blickten ihn an und grüßten fast gleichzeitig.

Als er näherkam, entdeckte er neben den Betten mehrere rollbare Ständer. An ihnen waren verschiedene Geräte befestigt, die er nicht kannte. Auf den Nachttischen konnte er Handschuhe, Pflaster und allerlei medizinisches Zubehör sehen. Neugierig betrachtete er Mareike.

Sie war etwa 8 Jahre alt, hatte alle ihre Haare verloren und betrachtete ihn mit blau-grünen Augen müde, aber neugierig.

Dann blickte er nach rechts zu Alisha.

Sie musste etwa 7 Jahre alt gewesen sein, hatte ebenfalls keine Haare mehr und auch sie sah ihn müde, aber neugierig an. Bei dem Anblick dieser Geräte spürte er auf einmal Unbehagen und er merkte, dass die beiden Mädchen sehr blass aussahen. Er überlegte, ob das eine gute Idee gewesen war, denn die Situation machte ihm plötzlich Angst. Sein Herz schlug auf einmal schneller und einen Moment dachte er darüber nach, zu gehen. Doch er wollte es versuchen. Mit seiner rechten Hand hielt er das Buch die Pizza-Bande hoch und fragte mit einem feierlichen Lächeln: »Wer mag die Pizza-Bande?«

»Kenne ich nicht.« Mareike schüttelte den Kopf und Alisha ebenfalls.

»Habt ihr Lust? Ich lese euch gerne vor, vielleicht gefällt es euch«, sagte er und zog einen Stuhl zwischen die beiden Betten unter den an der Wand hängenden Fernseher.

»Klar, warum nicht«, bejahte Mareike und Alisha nickte.

»Gut, dann mache ich jetzt den Fernseher aus und dann dürft

ihr zuhören.« Lächelnd setzte er sich hin, räusperte sich und schlug das Buch auf. Eine Weile las er aus dem Buch vor, und als es später wurde, kamen die Eltern von Alisha. Höflich, aber auch nervös stellte er sich vor und erzählte, dass er helfen wolle.

Sie fanden sein Engagement toll und lobten ihn. Die Kinder lobten ebenfalls die spannende Unterhaltung und freuten sich.

Ein angenehmes Gefühl breitete sich in ihm aus und er spürte, es war richtig, hier zu sein.

Kurz darauf quengelte Alisha, sie würde gerne mal raus aus dem Zimmer, deswegen entschieden die drei in das Spielzimmer zu gehen.

Bei der Gelegenheit folgte er ihnen, um sich den Ort einmal anzusehen. Es war ein gemütlicher Raum, der ähnlich wie ein Wohnzimmer eingerichtet etwas abseits der Kinderzimmer lag. Sofas, Spiele, Buntstifte, Tische und viele Stühle. Außerdem jede Menge Kuscheltiere. Im Spielzimmer saßen bereits viele Eltern mit ihren Kindern.

Markus packte die Gelegenheit mutig beim Schopf und stellte sich allen vor. Dabei nahm er sich viel Zeit, redete mit ihnen und nach einer Weile fiel ihm auf, dass Mareike gar nicht da war. Er sah sich kurz um, dann verabschiedete er sich und ging zu ihr ins Zimmer.

Dort schloss er die Tür und setzte sich auf den Stuhl neben ihrem Bett. »Hey, ich habe dich nicht vergessen«, tröstete er mit sanftem Lächeln. »Ich habe mir nur mal das Spielzimmer angesehen.«

Doch sie glupschte ihn mit traurigen Augen an und jammerte leise: »Meine Eltern sind nicht gekommen.«

Mitgefühl stieg in ihm auf, spontan nahm er ihre Hand und bestärkte sie: »Hm, vielleicht kommen sie noch.«

126

Doch sie schüttelte den Kopf. »Sie waren erst gestern da und haben gesagt, heute können sie nicht kommen.«

»Ach, das tut mir leid.« Seine Ohren lauschten angestrengt, ob er etwas hören konnte, doch auf dem Gang war es ganz ruhig. Aufgeregt überlegte er kurz, doch er wollte es jetzt versuchen. Die Gelegenheit schien ihm günstig. Einen Moment überlegte er noch, dann sah er sie mit betont sorgenvollem Blick an und hauchte: »Sag mal, hast du Fieber?«

Fragend zuckte sie die Schultern.

Er stand auf und flüsterte sanft: »Lass mich mal sehen.« Dabei bemühte er sich möglichst besorgt auszusehen, aber sein Herz schlug sehr schnell und er fühlte sich aufgeregt, fast wie ein Ganove. Als hätte er etwas Verbotenes vor. Dieses Gefühl irritierte ihn und er versuchte es zu verdrängen. Er legte seine linke Hand auf ihre Stirn und kurz darauf die rechte auf ihr Herz. Gespannt beobachtete er das Mädchen, doch sie starrte nur an die Decke. Langsam näherte er sich ihrem Kopf und sah in ihr linkes Auge.

Einen Moment später weiteten sich ihre Pupillen und er erschrak ein wenig. Aber dann erinnerte er sich, dass es bei Frau Schreiner ebenso gewesen war, und suchte nach dem Punkt. Mit leicht zusammengekniffenen Augen drehte er seinen Kopf etwas hin und her, doch er fand nichts. Gespannt spähte er in ihr rechtes Auge. Wieder drehte er den Kopf und suchte und plötzlich, oben rechts sah er ihn. Einen Moment lang war er wie gebannt. Er hatte es nicht geträumt und es war auch alles kein Zufall. Ganz deutlich konnte er ihn erkennen. Ein kleiner grüner Punkt, der mitten in der Dunkelheit ruhig zu schweben schien. Nervös wartete er, was als Nächstes geschehen würde. Auf einmal fühlte er etwas Eigenartiges in seinem Bauch. Es fühlte sich an, als ob etwas von dort unten in seinen Brustkorb und von da in die Schultern kroch. Eine Art von Energie, die durch Arme und Finger in das Mädchen glitt. Ihr Kopf zuckte kurz nach oben und Markus erschrak wieder. Aber im selben Moment erinnerte er sich. Bei Frau Schreiner war es genauso gewesen. *Festhalten, du musst sie festhalten,* dachte er und konzentrierte sich auf den grünen Punkt, der nun pulsierte. Gleich darauf fiel ihm auf, dass Mareike ein wenig zitterte. Ein weiteres Mal spürte er diese Energiewelle aus dem Bauch kommen und machte sich bereit, ihren Kopf festzuhalten.

Ihr Kopf zuckte erneut leicht nach oben und Markus beobachtete, wie der grüne Punkt schneller und immer schneller pulsierte. Sein Herz raste und seine Ohren lauschten immer wieder angestrengt in Richtung Gang. Konzentriert kniff er die Augen etwas fester zusammen und versuchte, ruhig zu atmen. Aber er merkte, wie sein Atem schneller wurde. Aus seinem Bauch spürte er die nächste Welle kommen. Er konzentrierte sich auf den Kopf, hielt seine Hand sanft, aber sicher auf der Stirn des Mädchens. Sie zuckte noch einmal mit dem Kopf nach oben und plötzlich drang ein unheimliches, tiefes Stöhnen aus ihrer Kehle. Wieder erschrak Markus bei diesem Geräusch. Doch schon im nächsten Moment war der grüne Punkt verschwunden. Etwas irritiert sah er noch einmal nach, ließ das Mädchen los und setzte sich schnell auf den Stuhl. Erwartungsvoll blickte er zu ihr und bemühte sich, seine Atmung zu verlangsamen.

Sie blinzelte kurz und wunderte sich: »Warum hast du aufgehört zu lesen?«

Und spontan musste er laut lachen. In diesem Moment hüpfte sein Herz und er war so überglücklich, als er in ihre Augen schaute. Am liebsten hätte er das Kind umarmt und lauthals hausiert: »Seht her, seht her, es ist ein Wunder!« Doch schnell verbannte er den Gedanken wieder aus seinem Kopf. »Ich dachte, du schläfst«, flunkerte er und seine Ohren lauschten auf den Gang. Erleichtert stellte er fest, dass nichts zu hören war. »Soll ich weiterlesen?«

»Ja, das war schön!«

Markus nahm das Buch und las zufrieden weiter. Als nach einiger Zeit das Abendessen gebracht wurde, verabschiedete er sich und verließ das Zimmer.

Einen Moment schaute er sich um, überlegte kurz und beschloss dann, nach Hause zu fahren. Unterwegs war er so aufgeregt, dass er an nichts anderes als an dieses Mädchen denken konnte. Und zu Hause saß er dann in der Küche und dachte an die Ereignisse des Tages zurück. Noch immer fühlte er sich aufgeregt und überlegte, ob er es wohl seinem Vater hätte erzählen können, wenn er da gewesen wäre und wie er reagiert hätte. Aber sein Vater war nicht da und er wusste auch nicht, wie er reagiert hätte. Vermutlich hätte es ihm den Rest gegeben, mutmaßte er und war fast froh gewesen, dass er nicht da war. Zwischen all der Freude spürte er aber auch den Kummer darüber, dass er seiner Mutter erst hatte helfen können, um sie dann endgültig zu verlieren. Es war ein merkwürdiges Gefühlswirrwarr irgendwo zwischen Freude und Trauer und dazwischen noch ein großer Schuss Unverständnis. Seit ihrem Tod waren nun etwa sieben Monate vergangen und er musste oft an sie denken und daran, dass das Schicksal manchmal seltsame Launen hatte. Aber die Ereignisse mit Frau Schreiner und Mareike gaben ihm Mut, weiterzumachen. Und sie schafften es sogar, ihn ein wenig von den Gedanken an seine Mutter abzulenken. Die Idee mit der Kinderklinik war gut gewesen, aber dort kamen und gingen auch sehr viele Leute. Er musste äußerst vorsichtig sein, um ja nicht entdeckt zu werden. Und das war gar nicht so einfach. Die Schwestern kamen immer wieder in die Zimmer, um die Chemotherapie anzuschließen. Eltern kamen,

Ärzte kamen, Blut wurde abgenommen und untersucht. Dazwischen die Mahlzeiten. Er dachte sich, dass es unter Umständen etwas dauern konnte und er sich gedulden musste. Und es war immer ein Risiko dabei. Aber er wollte es unbedingt weiterversuchen, deswegen entschloss er sich am nächsten Tag, wieder dort hinzufahren.

Als er am nächsten Tag die Kinderklinik betrat, saß Anne am Tresen und schrieb etwas in eine Patientenakte.

»Hallo Anne, ich bin wieder hier und schauen Sie mal, ich habe Bücher besorgt.« Feierlich zeigte er ihr die Werke, die er besorgt hatte.

Überrascht hob sie die Augenbrauen und trällerte: »Fein. Da haben Sie sich ja ganz schön ins Zeug gelegt, junger Mann.«

»Mir hat das gestern großen Spaß gemacht, ich würde das gerne öfters machen. Und die Kinder haben sich auch gefreut.«

»Nichts dagegen«, erklärte sie und mahnte: »Nur denken Sie immer daran, diese Kinder sind sehr krank. Sie sollten ihnen keine unnötigen Hoffnungen machen. Versuchen Sie einfach, sie abzulenken. Das hilft schon sehr viel.«

Markus nickte. »Das werde ich mir merken.«

»Fein«, trällerte sie erneut und hatte wieder ihr Lächeln aufgesetzt. Im nächsten Moment kauerte sie auf dem Stuhl und starrte auf Patientenakten.

Irritiert hob er kurz seine Augenbrauen und wandte sich in Richtung Zimmer 6.

Die Türe stand offen, ein Arzt sprach gerade mit Mareike.

Neugierig näherte sich Markus ein Stück und lauschte, was der Arzt ihr sagte.

»Das ist schön, deine Werte sind schon deutlich besser als gestern. Dein Körper scheint ganz hervorragend mit der Medizin

130

klarzukommen. Das macht uns große Hoffnung. Es sieht gut aus im Moment.«

Aufgeregt spürte er, wie sein Herz plötzlich anfing, schneller zu schlagen. Er schluckte nervös und lächelte dem Arzt zu, als er das Zimmer verließ. Angespannt versuchte er ruhiger zu atmen und begrüßte die beiden.

»Markus«, rief Mareike freudig. »Der Arzt sagt, es geht mir besser und es sieht gut aus.«

»Ich weiß, das sind tolle Nachrichten, ich habe ihn gehört.«

»Bei mir gibt es keine Verbesserung«, maulte Alisha.

»Ach keine Sorge, dir wird es bestimmt bald besser gehen«, hörte er sich sagen, die Warnung von Anne vollkommen vergessen. *Bald wirst du wieder gesund sein.* Und er war sich sicher, dass es so sein würde. »Schaut mal, ich habe neue Bücher.«

Die beiden untersuchten sofort, was er mitgebracht hatte.

»Die unendliche Geschichte«, rief Alisha und freute sich.

»Die habe ich schon mal gehört, aber sie ist ganz ok«, billigte Mareike kompromissbereit.

»Also schön, dann haben wir doch schon etwas gefunden«, lächelte er vergnügt, setzte sich auf den Stuhl und begann zu lesen. Es ging ihm gut an diesem Tag, er fühlte sich gut. Glücklich sah er immer wieder zu Mareike, wie sie ihm gespannt zuhörte. Ihre schönen blau-grünen Augen strahlten ihn an und Wärme durchströmte ihn. Er hatte es gesehen, er wusste, dass seine Mutter und Frau Schreiner vollständig genesen waren, und war sich sicher, dass es auch ihr so ergehen würde. Dieser Gedanke stimmte ihn friedlich und er dachte sich, wenn sich eine Gelegenheit ergäbe, dann wäre Alisha an der Reihe. *Ich brauche nur eine Gelegenheit.* Innerlich freute er sich schon darauf und war sicher, dass jetzt eine neue Ära des Glücks für ihn begonnen hatte.

Als einige Zeit später die Eltern von Mareike das Zimmer be-

131

traten und er sich ihnen vorgestellt hatte, da redeten sie noch ein wenig. Und als sie schließlich entschieden, zusammen in das Spielzimmer zu gehen, da spürte er wieder diese Nervosität in sich aufkommen.

Aufgeregt schloss er die Tür und las noch einige Zeit weiter, bis die Geräusche auf dem Gang verstummten. Sein Herz schlug schon die ganze Zeit schneller und er freute sich innerlich. Plötzlich stand er auf, legte das Buch weg und eilte zu Alishas Bett.

Fragend schaute sie ihn an und er flüsterte sanft: »Hast du Fieber? Mir war gerade so ... lass mich mal sehen.«

Sie ließ ihn gewähren und er legte seine rechte Hand auf ihre Stirn und kurz darauf die linke auf ihr Herz. Einen Moment stand er da, beugte sich über sie und spähte mit zusammengekniffenen Augen in ihr rechtes Auge.

Alisha lag nur da und starrte nach oben. Ihre Pupillen weiteten sich und er lächelte. Konzentriert suchte er nach dem grünen Punkt und machte sich innerlich schon bereit für die erste Welle. Und dann sah er den Punkt. Ungläubig schüttelte er den Kopf und sah noch mal genau hin. Irritiert zog er ihn leicht zurück und runzelte die Stirn. Verwirrt kniff er seine Augen fester zusammen und versuchte, sich noch mehr zu konzentrieren. *Was ist das denn?* Wieder schüttelte er ungläubig den Kopf und sah in das andere Auge. Da war nichts, nur Dunkelheit.

»Was zum ...«, flüsterte er und spähte wieder in das rechte Auge. Dort sah er den Punkt. Fragend hob er seinen Kopf, starrte kurz zur Wand. Wieder nach unten in das Auge. Jetzt kniff er die Augen noch fester zusammen, aber es änderte sich nichts. Der Punkt änderte sich nicht, er pulsierte nicht und er blinkte nicht. Er war und blieb rot.

Deutlich irritiert stapfte Markus kopfschüttelnd um das Bett herum und schob sich zwischen den schmalen Spalt zwischen

132

Bett und Wand. Irgendetwas hatte er falsch gemacht, vielleicht die falschen Hände an der falschen Stelle verwendet.

Alisha derweil schien davon nichts mitzubekommen, sie lag nur da und starrte an die Decke.

Er legte seine linke Hand auf ihre Stirn und die rechte auf ihr Herz. Immer wieder lauschte er dabei aufmerksam in Richtung Gang. Wieder versuchte er in beiden Augen etwas zu sehen und wieder erkannte er nichts im linken Auge. Im rechten Auge konnte er den Punkt sehen. Er war rot. Erneut schüttelte er ungläubig den Kopf, legte seine rechte Hand auf ihren Bauch, versuchte es noch einmal. Die rechte Hand zurück aufs Herz, die linke auf den Hinterkopf. Nichts. Die rechte Hand auf den Hals, die linke Hand ins Genick. Nichts. Beide Hände auf die Wangen. Nichts, keine Veränderung. Der Punkt war da und er war rot. Sein Herz trommelte wild und hektisch probierte er noch verschiedene Konstellationen aus, doch es änderte sich nichts. Noch einmal überlegte er kurz, legte seine linke Hand unter ihren Rücken und die rechte aufs Herz. Keine Veränderung. Nun legte er beide Hände auf ihren Brustkorb, versuchte es mit unterschiedlich viel Kraft, aber nichts änderte sich. Schließlich stand er verwirrt neben dem Bett und starrte das Mädchen an.

Als sie zu blinzeln begann und fragte »Markus?«, da konnte er nicht antworten. Mit leicht geöffnetem Mund stand er da und starrte sie einfach an. Sein Herz pochte hart und in seinem Kopf wirbelten die Fragen wie wild durcheinander. *Was habe ich falsch gemacht? Was habe ich vergessen? Wie war das bei Frau Schreiner? Wie bei Mareike?* Aber er fand die Antwort nicht.

»Markus?«

Ungläubig schüttelte er den Kopf. »Ja?«

»Was ist mit dir?«

»Ich ... ich ... muss mal eben auf Toilette«, brabbelte er dem

Kind zu und hastete schnell nach draußen auf die Besuchertoilette. Eilig schloss er sich in der Kabine ein und starrte an die Wand. Was zum Teufel war das denn gewesen? Rot? Wie rot? Was heißt denn rot? Er verstand gar nichts mehr. Was heißt das? Heute nicht, jetzt nicht oder Hände falsch aufgelegt? Was soll das? Aufgewühlt begann er an sich selbst zu zweifeln. Also marschierte er schnurstracks zurück ins Zimmer, lugte noch einmal auf den Gang und schloss die Tür.

Wieder schaute sie ihn fragend an und er verlangte leise: »Zeig mal, ob du Fieber hast.« Wieder versuchte er alle möglichen Konstellationen seiner Hände, beide Augen, verschiedene Blickwinkel. Aber er sah wieder und wieder nur einen roten Punkt im rechten Auge, der in der Dunkelheit schwebend wie ein Monument der Unverrückbarkeit sich kein Stück verändern wollte. Nach unzähligen Versuchen stand er einfach da, eine Hand auf ihrer Stirn und starrte sie an. Als im Gang Schritte zu hören waren, rannte er zu seinem Stuhl, nahm das Buch und begann zu lesen.

Kurz darauf öffnete sich die Türe und Mareike kam mit ihren Eltern herein.

Er winkte und lächelte etwas gequält. Aber in ihm brodelte es. In seinem Kopf hetzten die Gedanken wie gejagte Tiere wild durcheinander, und als das Abendessen hereingebracht wurde, da verabschiedete er sich freundlich und lief schnellen Schrittes davon zu seinem Wagen.

Mit beiden Händen hielt er das Lenkrad fest im Griff, während er vor sich hinstarrte. Nach und nach überkam ihn eine furchtbare Ahnung. Irgendwo ganz leise behauptete eine Stimme in seinem Kopf: *Du kannst sie nicht heilen.* Doch sofort verdrängte er den Gedanken. Völlig verwirrt sauste er nach Hause und grübelte den ganzen Abend und fast die ganze Nacht darüber.

134

Am nächsten Tag betrat er erneut die Klinik, wartete auf einen passenden Moment und versuchte es wieder. Doch es änderte sich nichts. Vollkommen fassungslos und komplett übernächtigt verließ er den Ort und schlitterte nach Hause. Ihm war furchtbar elend zumute. Diese Stimme in ihm verkündete jetzt immer lauter: *Du kannst sie nicht heilen.* In der folgenden Nacht konnte er irgendwie ein paar Stunden schlafen, aber kurz nach Mittag machte er sich abermals auf in die Klinik. Irgendwie konnte er es einfach nicht glauben und musste es noch einmal versuchen. Es musste eine Möglichkeit geben. Irgendetwas hatte er wiederholt falsch gemacht.

Als Anne ihn beim Hineingehen sah, musterte sie ihn besorgt. »Junger Mann, Sie sehen aber gar nicht gut aus.«

Überrascht hielt er inne und erklärte, er hätte schlecht geschlafen, aber sonst wäre alles in Ordnung.

Besorgt betrachtete sie ihn und mahnte leise: »Ich hoffe, Sie wissen, dass wir hier keine Drogen dulden können.«

Entsetzt sah er sie an, kam etwas näher und fauchte: »Drogen? Ich nehme keine Drogen, ich konnte einfach nicht gut schlafen, kennen Sie das etwa nicht?«

Erneut musterten und prüften ihre Augen sein Gesicht, um dann leise zu empfehlen: »Tabletten.«

»Bitte was?« Ratlos schüttelte er leicht den Kopf.

»Wenn Sie nicht schlafen können, dann kann ich Ihnen eine Schlaftablette geben. Aber das bleibt unter uns und es ist eine Ausnahme.«

Immer noch irritiert nickte er leicht, zog die Augenbrauen nach oben und murmelte: »Ok, danke.«

Sie holte eine Packung Tabletten aus dem Schrank, trennte eine einzelne ab und gab sie ihm. »Sie machen das gut hier, aber Sie müssen besser auf sich achten«, mahnte sie, schaltete ihr

Lächeln an und war sofort danach zurück auf ihren Stuhl gekehrt, den Blick in die Krankenakten vertieft.

Noch immer etwas irritiert schüttelte er leicht den Kopf und marschierte zu Zimmer 6.

Die Türe stand offen und das Zimmer war leer. *Verflucht!* Er war müde und aufgeregt zugleich und er war ungeduldig und ängstlich. Diese Ahnung in ihm wisperte jetzt recht deutlich und ihm gefiel nicht, was er da hörte. Im Spielzimmer fand er sie schließlich. Angespannt setzte er sich mit dazu, beobachtete sie beim Malen und redete mit verschiedenen Eltern. In der ganzen Zeit versuchte er sich nichts anmerken zu lassen, aber in ihm brodelte die Ungeduld wie Popcorn im heißen Topf. Die Zeit schien überhaupt nicht zu vergehen, und als endlich zum Abendessen gerufen wurde, da blieb er alleine im Spielzimmer zurück und wartete ungeduldig. Seine Gedanken schlugen nun Purzelbäume und er konnte sich kaum auf einen konzentrieren.

Ich bin so müde, ich will schlafen.

Du bist hier noch nicht fertig, du musst Alisha noch heilen.

Aber ich habe es doch schon versucht, es geht nicht.

Dann versuch es noch mal, es muss gehen, es hat immer funktioniert.

Wie denn, was soll ich denn noch machen?

Es muss gehen.

Verstört dachte er an all die verschiedenen Konstellationen der Hände, irgendetwas musste er übersehen haben. Schließlich stand er ungeduldig auf und marschierte nervös zurück zum Zimmer.

Unterwegs kam ihm Mareike mit ihren Eltern entgegen und er lächelte sie an. *Perfekt, jetzt müssen nur noch Alishas Eltern verschwinden.* Und innerlich betete er, dass sie jetzt gehen würden, doch sie hockten im Zimmer und spielten UNO. Freundlich erkundigte er sich, ob er mitspielen dürfe, setzte sich nervös läch-

136

elnd dazu und versuchte sich nichts anmerken zu lassen. Sie blieben noch etwa eine Stunde und je weiter die Zeit fortschritt, umso nervöser wurde er bei dem Gedanken, dass Mareike jederzeit zurückkommen könnte. Am liebsten hätte er sie gepackt und aus dem Zimmer geworfen. In Gedanken sah er sich schon, wie er beide an den Armen aus dem Zimmer zerrte und die Tür hinter sich schloss.

Aber nach einiger Zeit standen sie schließlich auf, verabschiedeten sich und verließen den Raum.

Markus schloss die Tür und flitzte zu Alisha, die sich zudeckte. Reichlich nervös tat er interessiert, ob sie Spaß gehabt hätte, und sie bejahte es. Dabei lauschte er angestrengt zur Tür und raunte schließlich: »Hast du Fieber? Lass mich mal sehen.«

Sie schaute an die Decke und dann wurde ihr Blick leer.

Das hatten wir schon, dachte er und beugte sich über sie. Ungeduldig wartete er darauf, dass sich ihre Pupillen weiteten und als sie es endlich taten, pochte sein Herz so schnell, als wolle es die Rippen sprengen. »Komm, zeig dich«, flüsterte er und neigte den Kopf etwas. Rechts oben konnte er ihn sehen. Und in dem Moment überkam ihn Panik. »Nein, nein«, flehte er und begann leicht zu zittern. Hastig legte er seine linke Hand auch auf ihre Stirn, wieder sah er hinein. Nichts. Beide Hände auf den Brustkorb. Nichts. Beide Hände auf den Bauch, beide auf den Rücken, beide auf den Kopf, beide auf die Wange, nichts, nichts, nichts. Beide Hände auf die Ohren und jetzt begann eine Träne, ihm die Wange herunterzulaufen. »Komm schon, Liebes, komm schon«, stammelte er und spürte den dicken Kloß in seinem Hals. Vollkommen entnervt versuchte er noch einmal alles von vorne, wechselte die Hände, eilte hinüber auf die andere Seite und quetschte sich zwischen Bett und Wand. Immer und immer wieder wechselte er auch die Augen, spähte hinein, betete innerlich und schließlich starrte er sie nur noch an, eine

Hand auf ihrer Stirn. Er fror, er zitterte und er war kurz davor, weinend zusammenzubrechen. Tränen liefen seine Wangen in feuchtwarmer Verzweiflung hinunter und auf einmal musste er schmerzhaft erkennen, dass es keinen Sinn mehr machte, es weiter zu versuchen. Geistesgegenwärtig dachte er daran, dass sie gleich aufwachen würde, wenn er seine Hände von ihr nähme, und rannte mit Tränen in den Augen den Gang entlang um die Ecke an der Kapelle vorbei zum Hinterausgang und zu seinem Wagen.

Entsetzt und aufgelöst stieg er ein und raste so schnell er konnte davon. Unterwegs versuchte er sich zu mäßigen, aber konnte sich nicht zurückhalten. Heulend und schluchzend lenkte er den Wagen nach Hause, wischte sich unterwegs immer wieder über die Augen und schluchzte: »Nein, nein ...« Zu Hause angekommen stürmte er ins Haus, warf die Türe zu und rannte die Treppe hinauf in sein Zimmer. »Das kann nicht sein ...«, schluchzte er verzweifelt und vergrub sich unter der Bettdecke. Aufgelöst weinte und schrie er bitterlich und konnte einfach nicht verstehen, warum es nicht funktionieren wollte. Tiefe Verzweiflung und bittere Trauer ließ ihn immer weiterweinen und je mehr er sich hineinsteigerte, umso mehr musste er weinen. Und irgendwann, als er keine Puste mehr hatte, zog er sich mühsam die Decke vom Kopf und blieb an die Wand starrend vollkommen desillusioniert liegen.

2019

Mittlerweile war es fast dunkel geworden. Markus saß bequem in der geöffneten Seitentür seines roten Ford Transit und sinnierte vor sich hin. Es war eine furchtbare Zeit gewesen damals. Und fast hätte er aufgegeben. Nur ein Zufall hatte ihm wieder zurück ins Leben geholfen. Und ein Comic.

138

Dienstag

~Laila~

In der Nacht träumte er davon, eine kleine Maus zu sein. Er befand sich in einer riesigen, schier endlosen Steppe und überall um ihn herum stampften große Tiere, die aussahen wie Elefanten. Aber sie trugen rote Turnschuhe und rannten so schnell wie Antilopen. Hektisch flitzte er kreuz und quer durch die Landschaft und spürte die ständige Angst, zertreten zu werden.

Es gab kaum mal eine ruhige Sekunde und kurz bevor ihm endgültig die Puste auszugehen drohte, fand er einen kleinen Fels, der auf einem größeren Felsen lag. Flink hastete er unter den Vorsprung und wollte sich gerade in Sicherheit wiegen, als hinter ihm plötzlich eine Schlange anfing zu zischeln. Auf ihrer Haut schimmerte grünliches Schlangenmuster und die gespaltene Zunge aus ihrem Mund zischelte gefährlich warnend.

Erschrocken sprang die kleine Maus auf und flüchtete sich zwischen die Turnschuhe. Doch der Erfolg war nur von kurzer Dauer, denn die Schlange kam ihr pfeilschnell hinterher und jagte die kleine Maus weiter, bis sie schließlich, ohne es zu sehen, über eine Böschung rannte und mit angsterfüllten Augen und den Pfoten wedelnd tief hinab ins Wasser fiel. Unter Wasser erkannte die kleine Maus überrascht, dass sie Kiemen besaß, und schwamm sichtlich beeindruckt von sich selbst mit der Strömung. Doch als sie sich gerade entspannen wollte, bemerkte sie eine Bewegung rechts aus den Augenwinkeln. Einen Moment später erkannte sie eine Stachelmakrele auf sich zuschießen. Wie von Sinnen jagte sie die kleine Maus durchs Wasser, bis die Maus an einer seichten Stelle schnell an Land sprang. Erleichtert blickte sie der Makrele hinterher, während sie davonschwamm.

Als Markus aufwachte, fühlte er sich verwirrt, gerädert und brauchte einen Moment, bevor er den Wecker fand. Er warf ihn gegen die Wand. Ein leises *Kling* war zu vernehmen. Langsam schlurfte er zur Küche, stellte eine Schale mit Milch in die

Mikrowelle und tapste ins Bad. Als er wiederkam, schüttete er Haferflocken in die Milch und setzte sich zum Essen. »Was für ein Blödsinn ...«, murmelte er, sich an Teile des Traumes erinnernd. Nach dem Frühstück putzte er seine Zähne, zog sich an und machte sich auf in Richtung Rotes Kreuz.

Der Arbeitstag mit Benny verlief fast wie sonst auch. Herr Lederer zog wieder vom Leder, wie sie es scherzhaft nannten, Benny machte ein paar seiner berühmt-berüchtigten Sprüche und für eine kurze Weile war die Welt, wie sie eben war. Als sie am Ende der Schicht aus der Disposition rauskamen, verkündete Benny: »Am Samstag soll es noch mal schön werden, ich würde gerne die Gelegenheit nutzen und grillen. Du bist herzlich eingeladen, wenn du willst. Und deine Flamme kannst du auch mitbringen.« Dabei zwinkerte er und Markus hob überrascht seine Augenbrauen. »Sie ist nicht meine Flamme, sie ist meine beste Freundin.«

»Komm Alter, du musst auch mal zwischendurch ...«, doch Markus unterbrach ihn sofort. »Ey Benny, nichts für ungut, aber vergiss es ganz schnell. Freunde sind fürs Leben, alles andere ist vergänglich also kein Wort mehr davon. Und übrigens solltest du lieber mal bei dir selber aufräumen, Samira wartet nicht ewig.«

Etwas betroffen sah ihn sein Kollege an und stöhnte genervt: »Jajaja, reibs mir ruhig unter die Nase, aber ich werde mit ihr ausgehen, du wirst schon sehen.«

Markus lachte und belehrte ihn beim Gehen: »Dazu musst du ihr aber erst mal zeigen, dass es dich überhaupt gibt.«

Benny machte eine abweisende Handbewegung und Markus stieg in seinen Transit. Amüsiert startete er den Wagen und fuhr nach Hause. Unterwegs musste er an Carolin denken und entschied sich, nach dem Duschen in die Klinik zu fahren.

141

Als er die Kinderklinik betrat, grüßte er Manuela, die am Tresen saß, und erkundigte sich nach Laila aus Zimmer 1.

Mit leiser Stimme erklärte Manuela, dass sich im MRT eine Verschlechterung ergeben hatte.

»Oh, das tut mir leid zu hören, wie geht es ihr denn?«

»Sie weiß es nicht, deswegen ganz gut. Aber die Eltern sind fix und fertig gewesen. Sie waren vorhin da, aber ich glaube, sie sind schon weg.«

»Hm, na gut, ich schaue mal nach ihr«, brummelte er beunruhigt und ging zu Zimmer 1.

Laila lag auf ihrem Bettchen und sah eine Kindersendung.

Lächelnd schaute er zu ihr, winkte mit den Büchern und flötete: »Hallihallohallöchen, ja wen haben wir denn da? Ist das ein Bratapfel oder ein Rollmops? Oder gar eine Hexe?« Und dabei zog er Grimassen.

Mit müdem Blick lächelte sie und er konnte in ihrem bleichen Gesicht sehen, dass es ihr nicht gut gehen konnte.

»Hey meine Kleine, wie gehts dir denn heute?«, hauchte er mit sanfter Stimme und ging zu ihrem Bett.

»Bauchweh«, jammerte sie leidvoll und hielt sich den Bauch.

»Hm, das tut mir leid, magst du einen Tee?«

Etwas gequält schüttelte sie den Kopf und schielte auf die Bücher. »Was hast du denn dabei?«, fragte sie und deutete neugierig, aber mit müder Stimme auf die Hand.

Besorgt zeigte er seine Auswahl, und während sie eines nach dem anderen durchsah, musterte er das Mädchen unauffällig. Sie war etwa 7 Jahre alt, Tochter von arabisch-stämmigen Eltern. Ihre Augen trugen ein dunkles Braun in sich und wären ganz sicher wunderschön gewesen, wenn da nicht diese Gelbfärbung auf der Hornhaut wäre. Sie war erst vor Kurzem in die Uni-Klinik eingeliefert worden, nachdem Behandlungen in einer anderen Klinik nicht anschlagen wollten. Markus wusste nicht so genau, an welcher Art von Krebs sie litt, aber an ihren Augen konnte er sehen, dass die Leber bereits stark gelitten hatte. Innerlich fluchte er ein wenig. Ihr Anblick erinnerte ihn daran, dass ihm die Zeit davonlief. Er hatte noch nicht die Gelegenheit gehabt, sich um sie zu kümmern, weil sie entweder nicht da oder nicht alleine gewesen war, und entsprechend nervös fühlte er sich wegen des bevorstehenden Moments der Wahrheit.

»Das da kenne ich noch nicht«, deutete sie auf Mary Poppins.

»Oh, das ist toll, das wird dir bestimmt gefallen«, flötete er lächelnd und sah kurz auf die Uhr: 15:31 Uhr. Dann begann er zu lesen und sie lauschte mit müden Augen.

Einige Zeit später bemerkte er, dass es auf dem Gang ruhig geworden war. Vorsichtig lugte er kurz nach draußen, konnte aber nichts sehen und schloss die Tür. Ein Blick auf seine Uhr verriet ihm: 16:17 Uhr. *Gut,* dachte er. Die meisten Eltern kamen erst ab etwa 16:45 Uhr und Lailas Eltern waren heute schon da gewesen. Daher wollte er es jetzt versuchen. Besorgt stand er neben ihrem Bett und sie sah ihn fragend an. »Was ist los?«, murmelte sie und er beruhigte mit sanfter Stimme: »Alles gut, ich will nur sehen, ob du Fieber hast.«

Vorsichtig legte er seine linke Hand auf ihre Stirn und seine rechte auf ihr Herz. Sein Herz schlug bereits schneller und er war nervös, wie fast immer, wenn er es tat. Konzentriert lauschte er in Richtung Tür und sein Herz begann noch mehr zu pochen. Langsam beugte er sich über sie und spähte in ihr rechtes Auge. Dort, er sah ihn. Rechts oben, ein grüner Punkt. Erleichterung machte sich in ihm breit, doch sofort konzentrierte er sich wieder auf den grünen Punkt und fixierte ihn. In seinem Bauch spürte er das mittlerweile sehr vertraute Gefühl. Es ließ ihn wissen, dass es nun begann. Die Energie kroch langsam vom Bauch in seine Schultern, in die Arme und verschwand durch seine Hände in das Mädchen. Sie fing leicht an zu zittern und ihr Herz schlug mit einem Mal schneller. Unter seiner Hand konnte er es fühlen und er wusste, was als Nächstes kam. Ihr Kopf zuckte kurz nach oben und er dachte in diesem Moment, dass es sich jedes Mal gleich anfühlte: Als wolle ihr Kopf seine Hand wegdrücken, nur für einen kurzen Moment. Die zweite Welle nahm ihren Weg über seine Schultern.

Der grüne Punkt fing an zu pulsieren und wieder zuckte ihr Kopf leicht nach oben. Einen Moment dachte er: *Es ist fast so, als würde die Krankheit versuchen, sich dagegen zu wehren. Als will sie mit diesem Zucken verhindern, dass ich weitermache.* Kurz darauf fuhr die dritte Welle seinen Oberkörper hoch und dieses Mal war sie stärker als sonst. Überrascht spürte er einen stechenden Schmerz in seinen Fingerspitzen und musste die Zähne zusammenbeißen. Der grüne Punkt pulsierte nun schneller und schneller. Angestrengt musste er schlucken, verzog das Gesicht etwas mehr und wartete ungeduldig einen kurzen Moment, bis die Energie in das Mädchen übergegangen war. Wieder zuckte ihr Kopf, allerdings war es dieses Mal sein sehr starkes Zucken.

Markus erschrak leicht, doch er ließ sie nicht los. Noch immer fixierte er den schnell pulsierenden grünen Punkt und auf einmal kam ein leises, tiefes Stöhnen aus ihrer Kehle. Zwar kannte er dieses Geräusch bereits, aber dennoch war es jedes Mal wieder irgendwie gruselig, wenn er es hörte. Dieses unheilvolle Geräusch klang so, als würde etwas von ganz tief aus ihr herauskommen und sich dabei durch ihren dünnen Hals zwängen. Er konzentrierte sich weiter auf den Punkt und es dauerte noch ein paar Sekunden, bevor er verschwunden war. Als er erlosch, ließ er sie los und ging schnaufend einen Schritt zurück. Gebannt starrte er sie an. *Dieses Mal war es anders. Es war viel intensiver als sonst.* Seine Gedanken hörte er verschiedene, mögliche

Lösungen für das Rätsel rufen und im selben Augenblick bemerkte er, wie Laila ihre Augen nach rechts und links bewegte. Erleichtert atmete er tief ein.

Blinzelnd blickte sie zu ihm und Markus erschrak, denn ihre Augen waren auf einmal ganz klar.

»Markus?«, fragte sie etwas irritiert.

»Ja, ich bin hier Süße, es ist alles in Ordnung. Ich glaube, du hast geschlafen.« Überrascht setzte er sich auf den Stuhl und musterte ihre Augen. Aber er hatte sich nicht geirrt, das Gelb auf ihrer Hornhaut war gänzlich gewichen und offenbarte ihre wunderhübschen rehbraunen Augen, die vollkommen klar im Lichte glänzten. Mühsam versuchte er sich zu erinnern, ob so etwas schon einmal passiert war. Da fielen ihm Danielas Worte ein. »Ihre Augen waren ganz klar«, hatte sie damals gesagt. Aber es war ihm nie aufgefallen. Besorgt rätselte er darüber, ob er vielleicht vor lauter Adrenalin oder Angst nicht genau hingesehen hatte oder ob die Lichtverhältnisse einfach schlecht gewesen waren. Und während er sich noch darüber Sorgen machte, tippte Laila ihn mit wacher Stimme an. »Was ist mit dir, warum hast du aufgehört zu lesen?«

Irritiert zog er seine Augenbrauen nach oben und überlegte kurz, was er sagen sollte. Er war noch immer überrascht und sorgte sich darum, was die Schwester oder die Ärzte denken würden, wenn sie das Mädchen so sähen. »Ich habe gedacht, du schläfst, ich wollte dich nicht wecken«, flunkerte er mit sanfter, leiser Stimme.

»Hm.« Etwas trotzig verschränkte sie die Arme vor der Brust. »Ich bin jetzt wach. Kannst du weiterlesen?«

»Aber klar«, beteuerte er noch etwas beunruhigt, holte das Buch vom Boden und suchte nach der Stelle, an der er aufgehört hatte. Mit sanfter Stimme begann er zu lesen und es beruhigte ihn. Auf einmal machte er sich keine Sorgen mehr. Es war so schön, neben diesem Kind zu sitzen, wissend, dass sie vollständig gesund würde und dass sie sehr wahrscheinlich noch ein langes Leben vor sich hatte. Und während er las, fühlte er sogar ein wenig Stolz in sich. Es war ein erhabenes Gefühl und es war ein freudvoller Nachmittag.

Als einige Zeit später Schwester Iris mit dem Abendessen hereinkam, beobachtete er ihre Blicke sorgenvoll, doch sie lächelte lediglich und ermunterte Laila: »Na, mein Schatz, dir scheint es schon besser zu gehen. Das liegt bestimmt an der tollen Betreuung.« Dabei zwinkerte sie Markus zu.

Dankbar lächelte er und fühlte Erleichterung.

Iris war hier eine der besonderen Schwestern. Natürlich waren alle furchtbar nett und lieb, aber Iris trug wirklich immer ein Lächeln in ihrem hübschen Gesicht. Es war so ein Lächeln, das ansteckte und wenn man es sah, dann musste man einfach ein freudiges Gesicht machen. Sie trug eine Brille auf ihrer Nase und die blond-braunen Haare zu einem Pferdeschwanz zusammengebunden.

Markus wusste, dass sie nebenbei Yoga Unterricht gab, und dachte sich, dass es ihr sichtlich guttat, denn er spürte bei ihr immer diese ehrliche und sorgenfreie Art, die sie einfach authentisch wirken ließ und die auf die Leute um sie herum einladend wirkte. Sie war eine von den Menschen, die Licht mit sich brachte, wo immer sie hinging.

Dankbar lächelte er und entschied: »Genug für heute, jetzt gibt es erst mal Abendessen. Damit du groß und stark wirst.«

»Ok«, maulte Laila etwas trotzig und er verließ mit einem Winken das Zimmer.

Auf dem Gang verteilte Iris weiter das Essen, deswegen entschied er für heute Schluss zu machen. Zufrieden schlenderte er zu seinem Wagen und setzte sich hinein. Drinnen überlegte er

146

kurz, was er tun sollte, als ihm einfiel, dass er Nahrungsmittel brauchte. Auf halbem Weg nach Sieglitzhof lag ein Discounter und er entschied, dorthin zu fahren. Als er herauskam, packte er die Einkäufe in seinen Wagen und tuckerte nach Hause. Unterwegs musste er an Carolin denken. Er hatte sie heute gar nicht besucht und fühlte sich hin- und hergerissen wegen Carolin und Laila. Auf der einen Seite hatte er ein weiteres kleines Wunder vollbringen können und fühlte sich tatsächlich auch stolz deswegen, aber auf der anderen Seite war da Carolin, der er nicht helfen konnte. Es fühlte sich nicht gut an, deswegen versuchte er den Gedanken zu verdrängen. Ein paar der Sachen ließ er im Wagen. Den Rest verstaute er in der Wohnung. Dann setzte er sich auf sein Schlafsofa, lehnte sich zurück und dachte nach. Es war ein guter, ein schöner und produktiver Tag und wäre da nicht Carolin, dann wäre der Tag perfekt gewesen. Die Arbeit mit Benny, der Besuch in der Klinik, Laila und die Gewissheit, dass sie jetzt recht schnell genesen würde, ließen ihn Zufriedenheit spüren. Aber in seinem Kopf kreisten die Gedanken und er merkte, wie sein Geist immer und immer wieder nach einer Lösung suchte.

Probier es noch mal, vielleicht klappt es.

Ich habe es schon mehrfach versucht, sie ist rot, verdammt, was soll ich denn machen?

Du kannst sie doch nicht einfach im Stich lassen.

Ich habe doch schon alles versucht, ES GEHT NICHT!

Vielleicht musst du sie woanders berühren?

Nerv mich nicht, du weißt genau, es geht nur auf die Art. Es war immer schon so und noch nie anders.

Das war bei den anderen, vielleicht ist es bei ihr anders?

»Verflucht!«, schrie er plötzlich, stand auf, packte den Wecker und schmiss ihn mit voller Wucht gegen die Wand. »VERFLUCHT!« Aufgebracht tigerte er durch die Wohnung, legte die Hände aufs Gesicht und trat schließlich mit ziemlicher Wucht gegen den Schrank. »Verdammt!«, schrie er noch einmal, stapfte zum Fenster und grimmte hinaus. »Ich kann es nicht ändern!«, bellte er den Baum vor seinem Fenster an. »Ich kann es verdammt noch mal nicht ändern!« Doch der Baum schwieg. Mit einem Mal war er wütend, Gott, er war so wütend.

Er erinnerte sich an den Tag zurück, als die zwei Polizisten vor ihrer Tür standen. Er erinnerte sich, wie laut der Schrei seines Vaters gewesen, wie erschrocken er damals war und wie er kurz darauf selbst geschrien hatte. Er erinnerte sich an Alisha und an all die anderen Roten. Es waren schon einige gewesen im Laufe der Jahre und spontan erinnerte er sich an all ihre Namen. »Verdammt«, fluchte er und sah aus dem Fenster.

Denk an Laila, denk an Elli, denk an Tobias und all die anderen. Denk an sie und freue dich darüber. Du hast Gutes getan. Und du kannst noch mehr Gutes tun. Denk daran, wie viel Zeit du noch hast, du kannst noch ganz vielen Menschen helfen.

»Ja, Zeit«, spöttelte er. »Gott allein weiß, wie viel Zeit ich noch habe.«

Dann geh doch an die Öffentlichkeit. Zeig dich und heile so viele, wie du kannst.

Das geht nicht, das hatten wir doch schon. Das geht einfach nicht.

Tu es oder nimm es hin. Was anderes bleibt dir nicht übrig.

Na, du bist ja eine tolle Hilfe.

Denk an Laila, siehst du ihre Augen? Siehst du ihr Lächeln? Das warst du. Du alleine. Und es werden noch viele folgen. Vertraue.

Zornig verzog er seine Mundwinkel und starrte noch eine Weile auf den Baum. Er konnte es nicht ändern. Er konnte ihr nicht helfen, egal wie sehr er es sich wünschte. Sie war zum Sterben verdammt. Und wieder einmal verfluchte er Gott dafür. Nach ein paar Minuten schlurfte er bedrückt zum Kühlschrank, schmierte zwei Brote und setzte sich vor den Fernseher. Kauend zappte er durch das Programm und bei DMAX angekommen legte er die Fernbedienung hin. *Steel Buddies* lief dort gerade, eine Doku über einen Autohändler im Westerwald. Der Inhaber war ein hünenhafter Grieche, immer mit einem derben Spruch auf den Lippen. Plötzlich musste er an Pia denken und schmunzeln. Sie war ebenfalls Griechin, obgleich sie eigentlich in Deutschland geboren wurde. Also war sie Deutsche mit griechischer Herkunft. Aber sie war so niedlich und sie liebte diese Werthers Echte, konnte gar nicht genug davon bekommen.

Auf dem Fernseher war der Grieche gerade mit seinem Panzer in einen Tümpel gefahren und versuchte vergeblich den Hebel für den Wasserantrieb zu bewegen. Es saß in einem ockerfarbenen Panzer, der ein Wasserstrahltriebwerk an Bord hatte. Er fluchte und fluchte energisch: »Dieser ... Hebel ... muss ... doch ... reingehen ...«

Markus lachte, er fand den Kerl so ulkig. Aber er hatte auch etwas durchaus Respektables geschafft: Sein Hobby zum Beruf zu machen. Und er schien nicht schlecht zu verdienen, denn er zog immer wieder los, um sich irgendwelche Flugzeuge anzusehen, die er kaufen wollte. Mal war es ein kleiner Jet, mal ein ausgewachsenes Wasserflugzeug. Langweilig jedenfalls wurde es bei ihm nie.

Etwas später stand er leise seufzend auf und blickte aus dem Fenster in die Dunkelheit hinaus. Er fühlte sich müde und erschöpft, aber spürte auch eine gewisse Zufriedenheit. Wenigstens würde Laila bald dieses Kapitel hinter sich lassen können. Eine Weile sah er noch teils gedankenversunken in den Fernseher, dann legte er sich schlafen.

Mittwoch

~Der lange Weg~

»Heiler ...«

Erschrocken sah sich Markus um.

»Heiler ...«, säuselte eine Stimme, aber er konnte nichts sehen. Auf dem Boden waberten Nebelschwaden geschmeidig vor sich hin und um sich herum erkannte er einige Gräber. »Wo bin ich hier?«, wunderte er sich und spürte, wie seine nackten Füße auf feuchtes Laub traten.

»Du bist bei uns ...«, säuselte die Stimme sanft.

Noch immer verwundert versuchte er sich zu orientieren, suchte den Ausgang des Friedhofes, auf dem er sich offensichtlich befand. Doch er konnte um sich herum nur Nebel und Gräber sehen. Viele, sehr viele Gräber, es mussten Hunderte gewesen sein. Unangenehm drückende Feuchtigkeit hing in der Luft und umhüllte ihn wie ein kalter Kuss der Endlichkeit.

»Heiler ...«

Auf einmal tapste er in eine Pfütze und spürte die Kälte an seinen nackten Füßen. Erschrocken suchte er einen Weg vom Friedhof. »Wer ist da?«, keuchte er mit ängstlicher Stimme.

»Erkennst du mich nicht ...?«

Tapsend suchten seine Füße ihren Weg und immer wieder schaute er sich um. Es war furchtbar kalt, er trug einen Schlafanzug. Ungläubig sah er an sich herab und bemerkte, dass er diesen Schlafanzug ungefähr mit acht Jahren getragen hatte. Verwundert blickte er sich wieder und wieder um, doch er konnte nur Steine der Vergänglichkeit entdecken, und überall dichte, halb durchsichtige Nebelschleier.

»Heiler ...«, lockte die Stimme säuselnd.

»Wer ist da, was willst du?«, schrie er in das weite Weiß-Grau.

»Weißt du das nicht ...?«

Plötzlich bewegte sich was in der Ferne. Es wirkte fast, als käme etwas langsam auf ihn zu. Irritiert kniff er die Augen zusammen und versuchte, die schemenhafte Gestalt zu erkennen, doch er sah nicht sehr viel mehr als einen leicht weißlichen Umriss, kaum vom Nebel zu unterscheiden. Seine Angst wurde dennoch stärker. Sofort tapste er in die andere Richtung und versuchte, sich zu entfernen. Unter seinem rechten Fuß spürte er etwas Hartes. Ungläubig äugte er nach unten und erkannte einen Oberschenkelknochen liegen. Irritiert über die Unordnung auf diesem Friedhof tappte er weiter und in der Ferne erspähte er einen weiteren schemenhaften Umriss auf sich zukommen. Diesen erkannte er besser. Die Gestalt schien vom Nebel getragen. Schnell drehte er um und eilte in eine andere Richtung, die er noch nicht versucht hatte, doch auch dort sah er einen weißlich schimmernden Umriss auf sich zukommen.

»Heiler ...«

Es war nicht nur eine, es waren zwei. Jetzt drei, vier, sie kamen auf ihn zu. Entsetzt machte er kehrt und hetzte in die entgegengesetzte Richtung, vorbei an einigen Gräbern, die mit Efeu und anderen Pflanzen überwuchert waren. Auf dem Weg lagen hier und da abgebröckelte Brocken der Grabsteine und er musste aufpassen, nicht auf die scharfen Kanten zu springen. Vor sich in einiger Entfernung entdeckte er nun ebenfalls Gestalten auf sich zukommen, es waren sieben, acht, jetzt neun. Entsetzt und voller Angst schoss sein Blick von links nach rechts, sie hatten ihn eingekreist.

»Heiler ...«, flöteten sie nun gemeinsam und Markus schrie mit zittriger Stimme: »Was wollt ihr von mir?« Sofort machte er kehrt und hastete in eine andere Richtung, von der er glaubte, sie noch nicht versucht zu haben. Doch auch dort entdeckte er schwebende Umrisse langsam auf sich zukommen. Von allen Seiten kamen sie nun herbei und jetzt erkannte er entsetzt, dass sie wie Totenköpfe mit einem weißlichen Umhang aussahen. In ihren Augenhöhlen funkelte etwas Rotes, und als sie näherkamen, erschauerte er voller Grauen, weil es

152

rote Punkte waren, die langsam pulsierten. »Heiler, warum hast du uns nicht geheilt?«, forderten sie eine Erklärung.

Panisch ergriff er den Oberschenkelknochen, den er neben seinem rechten Fuß erkannte, und fuchtelte mit verzweifelter Stimme: »Kommt nicht näher, ich warne euch.«

»Heiler ...«, knurrten die Stimmen jetzt, »warum hast du uns nicht geheilt? Schau uns nur an, das ist DEINE SCHULD!«

Die Gestalten schossen auf ihn zu und entsetzt spürte er sein Herz flüchten.

»ICH KANN NICHTS DAFÜR!«, schrie er wild ums sich fuchtelnd und warf dabei den Wecker zu Boden. Sein Herz trommelte Lebensschläge in epischer Eile und er spürte sich im Würgegriff furchtbarer Angst. Orientierungslos patschte er nach dem Lichtschalter der kleinen Nachttischlampe nicht wissend, ob er sich zu Hause oder auf dem Friedhof befand. Während er hastig suchte und ihn zuerst nicht finden konnte, spürte er, wie atemlose Panik seinen Körper überwältigte.

Bin ich überhaupt zu Hause? Ist der Lichtschalter überhaupt da? Als er endlich traf und das Licht anging, stöhnte er schwer atmend und brauchte einige Sekunden, um zu begreifen, wo er war. »Großer Gott!«, schrie er entsetzt und blickte sich noch einige Male weidwund wie ein angeschossenes Tier um. Kurz darauf drückte er die Hände aufs Gesicht und begann zu schluchzen. »Großer Gott ... im ... Himmel!« Unter seiner Decke bemerkte er Feuchtigkeit und nach einem hektischen Ruck konnte er deutlich erkennen, wo Oberkörper, Arme und Beine gelegen haben mussten. Seine Hände zitterten und der Rest des Körpers ebenso. »Ich kann doch nichts dafür ...«, stammelte er bibbernd vor sich hin. »Ich kann nichts dafür, es liegt nicht bei mir. Ich entscheide nicht, ich ... entscheide nicht.« Es brauchte noch eine Weile und er musste noch einige Male tief durchatmen, sich durch die Haare und übers Gesicht fahren, bevor er sich vollständig orientieren konnte. Als er halbwegs ruhig atmete, zog er die feuchten Sachen aus und stellte sich unter die Dusche. Die Temperatur drehte er so heiß, wie es auszuhalten war, und atmete tief durch, während er das heiße Wasser über seinen Körper fließen spürte. Einige Minuten stand er so da und versuchte, die Wärme aufzunehmen und sich zu beruhigen. »Großer Gott, was hast du getan? Warum zwingst du mir diese Bürde auf?« Etwas später drehte er die Dusche ab, zog sich frische Sachen an, wechselte die Bettwäsche und das Laken und legte sich wieder auf sein Schlafsofa. Das Licht ließ er an und starrte an die Decke über sich, während er versuchte, seine Gedanken zu ordnen. Der Traum war noch sehr präsent in der Erinnerung. Noch immer spürte er die Angst unter seinem Brustbein tanzen. Ein kurzer Blick auf den Wecker verriet ihm 0:51 Uhr. Nachdenklich blickte er zu seinem Smartphone. Kurzerhand nahm er es, überlegte, doch schließlich wählte er Danielas Nummer.

»Markus?«

»Hi, ich hoffe, du hast noch nicht geschlafen?«, horchte er vorsichtig.

»Nein, ich habe gedöst, schon ok. Ist alles ok?«, lauschte sie mit sorgenvoller Stimme.

»Ja ... nein.« Er atmete tief aus und überlegte kurz. »Ich wollte mit dir reden, ich bin so durcheinander.«

»Hast du schlecht geträumt? Es ist schon spät, du musst um 5:00 Uhr aufstehen.«

»Ja, ja, aber ich schaff das schon. Ich hatte so einen furchtbaren Traum vorhin und wollte einfach deine Stimme hören, weil, weil er so intensiv war.«

»Magst du mir erzählen, was du geträumt hast?«

»Ach Daniela, es tut mir leid, ich ... wollte dir nicht auch noch

154

den Schlaf rauben.« Er fühlte sich elendig und durcheinander und er schämte sich dafür.

»Ist schon ok«, seufzte sie mit sanfter Stimme. »Ich habe doch Spätschicht.«

Mit reichlich Unbehagen erzählte er von seinem Traum und auch von Laila. Und während der ganzen Zeit konnte er deutlich spüren, wie nahe ihm das ging und er erinnerte sich auch gut an die roten Augen, seine kalten Füße und an Details, die sich so echt angefühlt hatten. Und als er fertig war, da überraschte sie ihn.

»Du bist ein Held, Markus.«

Verwundert hob er seine Augenbrauen, denn damit hatte er nicht gerechnet.

»Mehr noch, du bist ein Wunder Gottes. Du hast es gestern vollkommen selbstlos und mit der Gefahr im Nacken wieder getan, hattest du die Tür abgeschlossen?«

Irritiert hob er kurz die Augenbrauen und überlegte einen Moment. Nein, er hatte die Türe zwar verschlossen, aber nicht abgeschlossen. »Ich ... habe sie zu gemacht, aber nicht abgeschlossen.«

»Genau das meine ich, du riskierst deine ... Freiheit und irgendwie auch dein Leben für andere und tust so viel Gutes damit. Denk nur an Lailas Eltern. Die werden ihr Glück kaum fassen können.« Ein paar Sekunden war es ruhig in der Leitung. »Überleg mal, was du ihnen damit beschert hast. Sie wissen es noch nicht, aber sie werden erleben, wie ihre Tochter groß wird, wie sie erwachsen wird, ihren ersten Freund mit nach Hause bringt und später vielleicht sogar selbst Kinder haben wird. DAS ist deine Schuld, DAS ist, was du getan hast. Und nicht nur bei ihnen, auch bei so vielen anderen. DAS ist, was du tust, und ich finde kaum Worte, um zu beschreiben, wie unglaublich ... selbstlos das von dir ist und wie VIEL es Eltern

155

bedeutet, wenn ihre Kinder gesund sind. Markus, ich verstehe, dass dich das aufwühlt und beschäftigt, mit Carolin und den anderen, aber bitte versuche doch etwas mehr an das zu denken, was du tun kannst, anstatt an das zu denken, was du nicht tun kannst.« Nach ein paar Sekunden der Stille fuhr sie fort.

»Was du für mich getan hast und für Elli, das werde ich nie, nie vergessen und ich werde es dir niemals genug danken können. Du bist ein Wunder und warum du nicht alle heilen kannst, warum die Dinge sind, wie sie sind, kann dir wohl niemand sagen. Aber die Geister in deinem Traum haben unrecht: Du bist nicht schuld, wenn diese Kinder sterben. Ich weiß, du hast alles versucht, ich war dabei und ich kenne deinen Schmerz, ich habe ihn gesehen. Du bist von Grund auf gut, du hast das größte Herz und bist der liebevollste und warmherzigste Mann, den ich kenne. Und ich wünsche dir so sehr, dass du das irgendwann sehen kannst, dass du erkennst, was du wirklich für all diese Menschen getan hast.«

Er hörte, wie sie sich die Tränen verkniff, und ein leises Schluchzen entfuhr ihr. Und er hörte auch deutlich die flehende Ratlosigkeit versteckt in einem Unterton ihrer Stimme. Und plötzlich bereute er den Anruf. Auf einmal spürte er Scham und Reue. Warum musste er sie nur anrufen, es war doch sein Problem.

»Tu das nicht!«, hörte er sie auf einmal maunzen und ihr Ton war noch etwas flehender als zuvor.

Leicht irritiert räusperte er sich. »Was tun?«

»Verschließ dich nicht vor mir. Sag mir, was du denkst. Soll ich vorbeikommen?« Ein Hauch von Hoffnung in der Stimme.

Überrascht musste er schlucken. »Nein, nein, brauchst du nicht. Ich bin nur durcheinander gerade. Ich will mich nicht vor dir verschließen. Ich habe mich gestern eigentlich gut gefühlt, ich war sogar etwas stolz auf mich, aber irgendwie kam

156

mir dann Carolin in den Sinn und dann ist meine Stimmung total gekippt. Ich fühle mich jedes Mal überfordert, wie ich mit ihr umgehen soll. Ich bin wahrscheinlich der einzige Mensch, der weiß, dass sie sterben wird. Und dieser Gedanke lässt mich einfach nicht los. Er schmerzt mich, macht mich wahnsinnig, weil ich es nicht verstehe. Es ist so ... absurd. Ich suche nach einem Sinn und finde ihn einfach nicht. Was hat sie denn so Böses getan, dass sie sterben soll? Was ist es, das ihn stört?« Fragend blickte er an die Decke und fühlte sich ratlos.

Daniela antwortete und wieder überraschte sie ihn. »Ich weiß es doch auch ...«, sagte sie fast etwas mutmachend. »Ich weiß es und es tut mir auch sehr weh. Ich kann deine Fragen nicht beantworten und du wirst wahrscheinlich nie eine Antwort darauf finden. Und genau deswegen solltest du dich mehr mit denen beschäftigen, denen du helfen kannst. Oder denen du schon geholfen hast. Sie sind der Gradmesser für deine Barmherzigkeit, für deine Hilfsbereitschaft und für alles Gute, das du in diesem Leben ausrichten kannst.«

Auf einmal fühlte er sich leer. Er wusste, dass sie recht hatte, und er verfluchte sich innerlich, weil er es nicht akzeptieren konnte. Dieser Kampf, er raubte ihm die Kräfte, bescherte ihm Albträume und ließ ihn selten länger als ein paar Stunden los. Er fühlte sich, als wäre er gefangen, eingesperrt in sich selbst.

»Seit wann ist es denn so schlimm?«

»Erst ein paar Tage ...«

»Wie fast jedes Mal. Erinnerst du dich an Claudia? Oder an Mareen? Da war es ähnlich. Weißt du noch?« Erneut ein Keim von Hoffnung in ihrer Stimme.

Oh, er erinnerte sich sehr genau an sie. Daniela war damals mit dabei. Sie wollte es selbst einmal miterleben, nach der Heilung von Elli, und konnte damals gleich mit ansehen, wie sich das Schicksal manchmal leise von hinten anschlich, um dann mit bösem Grinsen hervorzuspringen und mit dem Finger zeigend höhnisch zu lachen. »Ich erinnere mich. Aber dieses Mal ist es anders. Viel intensiver, auch der Traum war so intensiv wie noch nie.«

»Mach mal Pause ...«, seufzte sie mit sanfter, leicht flehentlicher Stimme und wieder überraschte sie ihn.

Pause? Was meinte sie mit Pause? So was wie eine Auszeit? Urlaub? Er war irritiert, sie hatte ihn immer ermutigt, weiterzumachen. Sie war selbst einige Male dabei gewesen und wusste, wie aufgeregt er kurz vor dem Moment der Wahrheit war und wie erleichtert er ausatmete, wenn es glückte. Und sie wusste, wie es war, wenn er es nicht geschafft hatte.

»Du nimmst dir das so zu Herzen und das zeigt nur, was für ein guter Mensch du bist. Aber du musst auch an dich denken. Wenn du nicht mehr bist, wer soll den Kindern dann helfen?«

»Wenn ich Pause mache, wer hilft dann den Kindern? Wer ist dann für sie da, wer wacht darüber, dass alle eine faire Chance bekommen? Ich kann doch nicht einfach gehen und wegsehen. Ich muss es doch zumindest versuchen. Und ... vielleicht klappt es ja später noch ...« Auf einmal musste er schluchzen und fühlte sich elendig und verzweifelt wegen seines Unvermögens.

»Nein, tut es nicht und das weißt du. Du hast es versucht und ich bin dein Zeuge. Du hast alles versucht, aber entweder es geht sofort oder gar nicht. Es ist ein eigenartiges Spiel, das Gott da mit dir treibt, und ich wünschte wirklich, ich könnte dir etwas anderes sagen, aber es geht nicht. Es war immer schon so und es wird immer so sein. Du kannst vielen Menschen helfen, aber du kannst sie nicht alle retten. Du bist eben nicht Gott, Markus. Und auch wenn du eine seiner Fähigkeiten hast, so bist du letztlich nur ein Werkzeug und abhängig von seiner Gnade. Du entscheidest nicht. Du probierst es mit Liebe und mit Mitgefühl und mit Barmherzigkeit, aber wenn er sagt Nein, dann

158

musst du dich fügen. Und es gibt nichts, was du dagegen tun kannst.« Nach einer kurzen Pause fügte sie hinzu: »Denk nur an Kathi, ohne dich gäbe es sie nicht und ich wäre vielleicht nie Oma geworden.« Und nun schluchzte sie leise.

Seine Gedanken wanderten zu Elli und der kleinen Kathi und auf einmal verspürte er reuige Dankbarkeit. Sie hatte recht, ohne ihn hätte es Kathi nicht gegeben. Es war Gottes Wille gewesen und er hatte das Werk vollbracht. Einen Moment dachte er an all die grünen Kinder über die Jahre. Er dachte an Frau Schreiner, wie sie ihn plötzlich ansah und wie er panisch aus dem Haus geflohen war. Wie er dann in seinem Auto saß und versuchte zu begreifen, was diese Gabe für ihn und sein Leben bedeutete. Sie hatte es irgendwie geschafft, ihn mürbe zu machen. So sehr, dass er unter furchtbaren Albträumen litt und Daniela mitten in der Nacht anrief, weil er einfach nicht mehr wusste, was er tun sollte. *Eine Pause. Wie soll ich denn eine Pause machen?*

»Markus?«, lauschte sie mit leiser Stimme.

Kurz dachte er darüber nach, wie er in den Urlaub fliegen würde. Nach Mallorca. Vielleicht Teneriffa. Er sah sich in den Gängen der dortigen Krankenhäuser umsehen und nach Gelegenheiten Ausschau halten. Es fühlte sich komisch an. »Ja, ich bin hier. Ich weiß, du hast recht, ich werde versuchen, mehr an die Kinder zu denken, denen ich helfen kann.« Aber er konnte sich in dem Moment nicht so recht ausmalen, wie das gehen sollte.

»Versuch zu schlafen, damit du später genug Kraft hast für deine Arbeit, ok«?

»Ja, ich werde es versuchen. Ach übrigens ...«

»Ja?«

»Benny. Er will am Samstag grillen, hat uns eingeladen.«

»Magst du denn hingehen?«

159

»Vielleicht wäre das ja eine Möglichkeit, mal etwas Abstand zu nehmen und an etwas anderes zu denken.« Ihm fiel in dem Moment nichts anderes ein, wie er eine Auszeit nehmen könnte, und vielleicht war das ja wirklich eine gute Gelegenheit, mal auf andere Gedanken zu kommen. Zumindest einen Versuch war es wert.

»In Ordnung, dann gehen wir da hin. Und bis dahin versuch etwas zu schlafen und denk mehr an die grünen Kinder, ok?« In ihrer Stimme schwang jetzt wieder diese liebevolle Wärme und fast konnte er ihre Augen vor sich sehen. Wie sie ihn sanft und warmherzig ansahen.

»Ok«, seufzte er leise. »Schlaf gut und sorge dich nicht um mich, ich komme schon irgendwie klar.«

»Nein, nicht irgendwie, ich möchte, dass es dir gut geht, hörst du?« Plötzlich knurrte die Löwin in ihrer Stimme. Und fast genoss er es, für einen winzigen Moment. »Also gut, ich versuche, mehr an das Gute zu denken.«

»In Ordnung, Gute Nacht.«

»Gute Nacht Daniela und ... danke.«

Sie legte auf und er erinnerte sich an Claudia und Mareen. Daniela hatte sie nicht vergessen. Und irgendwie wunderte er sich auch nicht darüber. Es war hart für sie beide gewesen.

2004

Als er am nächsten Tag nach seiner Beichte in der Kapelle in Zimmer 1 saß und Elli dabei beobachtete, wie sie einen Zeichentrickfilm sah, spürte er unterschiedliche Gefühle in sich um seine Gunst konkurrieren. Zum einen fühlte er Stolz und Dankbarkeit über ihre Heilung, aber er dachte auch an Daniela und ihre langen und intensiven Gespräche in der Kapelle.

Es hatte ihn viel Mut gekostet, ihr all das zu erzählen, und doch wusste er, dass es richtig gewesen war. Und Elli, dieses kleine, wundervolle Mädchen mit den durchdringenden Augen

160

würde bald vollständig genesen sein. Sie würde ihren Weg gehen, erwachsen werden, vielleicht Kinder kriegen. Aber immer, wenn er an ihre Augen dachte, wie sie ihn gestern angesehen hatte, überkam ihn das Gefühl, als wüsste sie irgendwie auf eine unerklärliche Weise, was er getan hatte. Es war dieser Blick, halb prüfend und halb wissend, der in ihm dieses Gefühl auslöste und den er fast etwas fürchtete. Er konnte sich nicht erklären, was er bedeutete oder was er davon halten sollte. Er wusste nur, dass er es fühlte. Aber Elli verlor nie ein Wort darüber und sie sah ihn auch nie auf eine Weise an, die ihn eindeutig sehen ließ, ob sie etwas wusste oder nicht. Sie trug nur manchmal diesen Ausdruck in ihrem Blick und er rätselte jedes Mal wieder, ob und was er zu bedeuten hatte.

Als Daniela schließlich kam, war es schon später Nachmittag. »Hi mein Schatz, na, wie gehts dir?«, grüßte und umarmte sie ihre Tochter.

»Gut«, antwortete Elli und schielte kurz zu Markus.

»Ich sehe, du hattest Gesellschaft, habt ihr euch amüsiert?«

Beide nickten.

»Ich habe Trickfilme geschaut und Markus auch.«

Daniela lächelte erfreut und Markus bemerkte: »Ich kenn mich da nicht wirklich aus, aber Elli hat es gefallen.«

»Ach, die sind ganz ok«, befand Elli mit halb zufriedenem Ton und holte sich ein Bonbon aus Danielas Tasche.

Unterdessen sahen sich Daniela und Markus kurz an.

»Und du? Geht es dir gut?«

»Klar«, beteuerte er laut, »ich hatte doch tolle Gesellschaft, Elli ist eine hinreißende Gastgeberin.«

Die Kleine kicherte und schmatzte laut.

»Mach den Mund zu beim Kauen, Schatz«, mahnte Daniela vorwurfsvoll und er bemerkte, wie ihre Augen leuchteten. »Erzähl mal, was hast du heute so gemacht?« Sie strich ihrem Kind liebevoll über das Haar. Einige Zeit unterhielten sie sich und sahen fern. Als nach einer Weile das Abendessen hereingebracht wurde, erklärte Daniela ihrer Tochter, dass sie mal mit Markus reden müsse und machte ihm eine Handbewegung, nach draußen mitzukommen.

Elli betrachtete sie mit diesem Blick, den sie manchmal hatte, und fragte: »Mögt ihr euch?«

Überrascht hob Markus die Augenbrauen und Daniela bekundete lachend: »Ja, mein Schatz, wir mögen uns. Aber Kai ist dein Papa und das wird er auch immer bleiben. Markus ist ein Freund, ok?«

Elli kicherte, Daniela griff ihr sanft unter das Kinn und drückte es ein wenig. »Iss jetzt dein Brot, mein Schatz, wir kommen bald wieder.«

Draußen gingen sie wie selbstverständlich in Richtung Kapelle. Keiner der beiden wunderte sich an diesem Tag darüber. Es war mittlerweile schon fast Tradition geworden. Im Raum flackerte einsam das Licht, wie meistens. Sie setzten sich nach vorne und betrachteten einander.

»Ich glaube, ich habe noch nicht ganz begriffen, was du mir gestern erzählt hast, es fühlt sich irgendwie irreal an«, begann sie und sah ihn direkt an. »Aber wenn ich Elli sehe, dann weiß ich sofort, dass sich etwas verändert hat. Ich spüre ihre Vitalität und ich sehe in ihren Augen, dass sich etwas verändert hat. Aber ich kann noch nicht so ganz begreifen, wie das gekommen ist. Ich meine, nach deiner Mutter, hast du diese ... Gabe mal getestet oder so?«

Nachdenklich nickte er und dachte: *Oh, und wie ich sie getestet habe.* Bei dem Gedanken musste er schmunzeln, also erzählte er von Frau Schreiner. Wie ihre Augen plötzlich zu ihm wanderten und wie er halb entsetzt und halb ängstlich aus dem Haus

162

hetzte. Und er erzählte von der Talkshow und wie sie lächelnd auf dem Sofa saß und redete und tratschte, als wäre es das Normalste der Welt. Er erzählte ihr auch, wie er in seinem Corsa fieberhaft überlegte, was er tun konnte. Dann begann er über Mareike und Alisha zu reden und spürte auf einmal wieder diesen Kloß im Hals. Sorgsam versuchte er mit den besten Worten, die er finden konnte, zu erklären, wie das damals alles gewesen war. Was er alles versucht hatte und wie zerstört er sich hinterher fühlte, als er an jenem Tag im Zimmer Alisha anstarrte und erkennen musste, dass er nichts ausrichten konnte und dass nichts, weder auf dieser Welt noch irgendeine höhere Macht, auch nur daran dachte, dies zu ändern. Er erzählte ihr aber auch sehr genau, wie es ihm danach ging und wie er wieder auf die Beine gekommen war.

Daniela unterdessen hörte ihm nur starr zu und ihr Mund öffnete sich immer weiter. Sie war entsetzt und gerührt zugleich, er konnte es in ihren Augen erkennen. Sie schien zu verstehen, wie gespalten er gewesen war und wie hart es für ihn gewesen sein musste, trotzdem wieder aufzustehen und weiterzumachen. Als er die letzten paar Gedanken zu den Ereignissen ausgesprochen hatte, sah sie ihn mit feuchten Augen an, legte ihre Hände auf seine Wangen, wie sie es in der letzten Zeit oft schon getan hatte, und flüsterte: »Ich bin so unglaublich stolz auf dich, Markus. Ich kann nur annähernd nachempfinden, wie es für dich gewesen sein muss, aber ich danke Gott dafür, dass er dir Kraft gegeben hat.« Liebevoll drückte sie ihn an sich und umarmte in innig und lange. »Ich bin so stolz auf dich«, flüsterte sie und Markus genoss für einen Moment ihre wohlige Wärme und ihre tiefe Dankbarkeit.

Wie gerne hätte er diesen Moment einfach angehalten und für die Ewigkeit bewahrt. Es wäre so viel einfacher gewesen, als weiterzumachen und jedes Mal vor jedem neuen Moment der

Wahrheit Angst zu verspüren, ob es gelingen würde. Einige Zeit saßen sie so und trösteten sich gegenseitig. Irgendwann forderte sie leise: »Zeig es mir.«

Etwas irritiert blickte er zu ihr, doch sie lächelte.

»Zeig mir, wie du es machst.«

Markus zögerte einen Moment. Er wusste nicht, ob das eine gute Idee war.

Doch sie nickte und sah ihn zuversichtlich an.

Mit noch immer leicht hochgezogenen Augenbrauen betrachtete er sie kurz, rutschte seinen Stuhl zu ihr und legte seine linke Hand auf ihre Stirn. Sie waren sich jetzt ganz nahe und sahen sich tief in die Augen. Er blickte kurz nach unten, legte seine Hand nervös schluckend auf ihr Herz und sah wieder in ihre Augen. Sie glänzten strahlend blau und er erkannte erst jetzt, dass dort ein paar kleine gelbliche Streifen zwischen dem Blau eingebettet lagen. Eigentlich erwartete er nicht, in ihren Augen ein Licht zu erkennen, aber trotzdem spürte er deutliche Nervosität in sich aufsteigen. Was, wenn er doch etwas sehen konnte? Und was, wenn es rot wäre? Schnell versuchte er den Gedanken zu verdrängen und konzentrierte sich auf den dunklen Teil, den er durch die Pupille hindurch sehen konnte.

Ihr Herz schlug ebenfalls sehr schnell und er merkte, dass auch sie nervös war. Sie atmete mit mäßiger Geschwindigkeit, aber er konnte fühlen, wie etwas in ihr bebte. Auf einmal wollte er sich damit nicht befassen, er wollte das nicht tun, ihm war plötzlich kalt geworden und er wollte es beenden. Aber ein Teil von ihm wollte es dennoch wissen und ließ ihn weitermachen. Als sich ihre Pupillen weiteten, kniff er die Augen zusammen und sah genau hin. Nervös spähte er in ihre Augen. Von unten, von der Seite, etwas von oben. Dann spähte er in das andere Auge. Wieder aus verschiedenen Richtungen, doch dort war nichts. Nur Dunkelheit. Er konnte kein Licht in ihren Augen

164

sehen. Nur das leicht flackernde LED-Licht der Kerzen spiegelte sich tänzelnd auf der feuchten Oberfläche. Erleichterung überkam ihn. Noch einmal atmete er tief ein und nahm seine Hände von ihr.

Einen Moment später blinzelte sie ihn fragend an.

»Ich sehe nichts, kein Licht.«

»Was meinst du?« Etwas ungläubig versuchte sie zu ergründen, was er meinte.

»Du wolltest, dass ich es dir zeige. Und ich habe es getan, aber kein Licht gesehen.«

Noch immer ungläubig schluckte sie und schüttelte kurz den Kopf. »Und das bedeutet ...?«

»Du bist gesund.«

Lächelnd senkte sie den Kopf und flüsterte: »Danke, das sind doch gute Nachrichten.« Eine Weile saßen die beiden dort. Irgendwann blickte sie ihn an und forderte: »Ich will das sehen. Verstehst du, ich muss dabei sein, ich muss es sehen, Markus. Beim nächsten Mal will ich dabei sein.«

Überrascht hob er die Augenbrauen und betrachtete sie. Da war etwas Dringliches in ihrem Blick, dem er sich nicht glaubte, entziehen zu können. Ihre Miene ließ ihn ahnen, dass sie keine Ruhe geben würde, also nickte er mit besorgtem Blick. Einen Moment dachte er nach und schließlich bot er leise an: »Mareen, Zimmer 3. Sie ist erst vor Kurzem gekommen und ich hatte noch keine ... Gelegenheit.«

»Ok«, antwortete sie mit leiser Stimme und einem neugierigen Blick. »Wann?«

»So gegen 20:00 Uhr ist Übergabe, da sind alle Schwestern am Stützpunkt. Ich denke, da könnten wir es versuchen.«

Sie nickte, dann verkündete sie: »Also ist es beschlossen.«

Auf einmal musste er schlucken, denn er spürte ein ganz komisches Gefühl bei der Sache. Noch nie hatte ihm jemand zusehen dürfen und es war eigentlich genau das, was er immer verhindern wollte: entdeckt zu werden.

Aber sie hat dich doch schon entdeckt. Sie hat dich gesehen, dich zur Rede gestellt und du hast es ihr erzählt. Du hast ihr alles erzählt, wo ist das Problem?

Seine innere Stimme hatte vollkommen recht, genau so war es gewesen und doch, er verspürte Unbehagen. »Ok«, bestätigte er leise. »Gehen wir zurück zu Elli.«

Sie blieben noch eine Weile bei Elli und Leonie gab mit Susi immer wieder Grund zum Lachen. Sie besaß wirklich ein ausgesprochenes Talent dafür, eine Runde zu unterhalten.

Als die Uhr kurz vor acht zeigte, schlichen sie auf den Gang und schlossen die Türe hinter sich. Beide lauschten, aber es war ruhig. Leise betraten sie das Zimmer mit der Nummer 3 und sahen Mareen auf ihrem Bett sitzen.

Sie spielte gerade mit einem Plüschtier.

Von ihr wusste er zu diesem Zeitpunkt noch nicht allzu viel, außer dass im Kopf der 6-Jährigen einer dieser besonders bösartigen Krebsarten wuchs. Ein Neuroblastom war deswegen so gefährlich, weil es oft lange Zeit keine Beschwerden verursachte und daher meist nur durch Zufall entdeckt wurde.

Markus flüsterte: »Hallo, kennst du mich noch? Ich war vor Kurzem hier und habe ‚Hallo' gesagt.«

Sie nickte und blickte zu Daniela.

Besorgt lugte er kurz zu dem anderen Bett. Dort lag Claudia und schien zu schlafen.

»Das ist Daniela, eine gute Freundin von mir. Wir wollten dir nur Gute Nacht sagen.«

»Ok«, piepte sie und spielte weiter mit ihrem Plüschtier.

Langsam näherte er sich dem Bett und Daniela schlich auf die andere Seite und betrachtete die Kleine lächelnd.

166

»Hi«, flüsterte sie. »Das ist aber ein schönes Einhorn.«

Bei ihren Worten lächelte Mareen und ihre Finger spielten weiter an dem Plüschtier herum.

Markus lauschte angestrengt in Richtung Gang, sah zu Mareen und flüsterte: »Sag mal, hast du Fieber? Leg dich mal hin und lass mich mal fühlen.«

Ohne Widerrede lehnte sie sich brav zurück und Markus legte seine linke Hand auf ihre Stirn und kurz darauf die rechte auf ihr Herz.

Daniela blickte gespannt zu Markus und wieder zu Mareen.

Langsam beugte er sich über sie und spähte in ihr rechtes Auge. Dort suchte er nach dem Punkt, versuchte einige Blickwinkel, doch er konnte nichts erkennen.

Auf der anderen Seite stand Daniela und beobachtete gebannt Mareen, die einfach dalag und nach oben starrte.

Mareens Pupillen weiteten sich und Markus spürte, wie sein Herz schneller schlug. Wieder suchte er mit verschiedenen Blickwinkeln nach dem Punkt. »Ich habs«, flüsterte er.

»WO?« Daniela sah mit großen Augen zu ihm, die Hand nervös am Piercing spielend.

»Dort oben rechts, ich kann ihn sehen. Er ... ist grün«, versicherte er erleichtert und Daniela schaute erwartungsvoll auf das Mädchen. Während Markus den Punkt fixierte und sanft die Hand auf ihrer Stirn hielt, spürte er die erste Welle in seinem Bauch. »Es geht los ...«, murmelte er leise.

Das Mädchen begann leicht zu zittern, ihr Kopf zuckte kurz nach oben und Daniela hielt sich erschrocken eine Hand vor den Mund. Konzentriert beobachtete er, wie der grüne Punkt anfing zu pulsieren. Kurz darauf machte sich die zweite Welle auf den Weg und er kniff die Augen etwas mehr zusammen, während sie über seine Hände in ihren Körper verschwand.

Ihr Kopf zuckte wieder leicht nach oben und Daniela hielt

sich noch immer die Hand vor den Mund und schaute halb erstarrt und halb gebannt auf die Szene.

Der grüne Punkt pulsierte nun ganz schnell und Markus spürte, wie sich die dritte Welle auf den Weg machte. Sein Herz schlug jetzt ganz schnell und er fühlte unter seiner rechten Hand, dass es bei Mareen ebenso war.

Ihr kleiner Kopf zuckte ein drittes Mal und Markus fixierte weiter konzentriert den schnell pulsierenden grünen Punkt. Sein Kopf fühlte sich ganz heiß an und er schwitzte.

Kurz darauf kam ein leises, tiefes Stöhnen aus ihrer Kehle. Ihr Zittern wurde kurz etwas heftiger und plötzlich hörte es auf. Der grüne Punkt war verschwunden.

Erleichtert ließ er sie los, richtete sich auf und atmete tief ein. Einen Moment sah er zu Daniela.

Sie starrte noch immer mit großen Augen und der Hand auf dem Mund auf das Kind.

Nach einem kurzen Moment verkleinerten sich ihre Pupillen wieder, sie blinzelte und richtete sich langsam auf. Irritiert rieb sie sich die Augen und nuschelte: »Hab ich geschlafen?«

Und in dem Moment entfuhr Daniela ein Geräusch, wie er es lange nicht gehört hatte. Es war ein Geräusch der Verzückung, ein kurzer Ausruf mit hohem Ton und als er zu ihr sah, erkannte er, dass Tränen über ihr Gesicht rannen. Erschrocken wandte er den Kopf zu Claudia, doch sie schlief noch immer in ihrem Bett. »Nein, alles gut, mein Schatz«, hauchte er leise und fügte hinzu: »Ich wollte dir nur Gute Nacht sagen. Schlaf gut und träum was Schönes.«

»Ok, du auch«, murmelte sie und gähnte.

Danielas Gesicht zeichnete nach wie vor einen Ausdruck irgendwo zwischen Verzückung und Berührtheit und sie hielt sich noch immer die Hand vor den Mund.

»Komm, Daniela. Komm, wir müssen gehen«, flüsterte er.

Langsam ging er um das Bett herum, nahm sie sanft bei der Hand und zog sie in Richtung Tür.

Doch sie hielt sich kurz am Türrahmen fest und schaute noch einmal fasziniert zu Mareen, die ganz ruhig dalag.

»Komm ...«, flüsterte er, zog sie sanft aus der Tür und schloss sie. Etwas erleichtert deutete er in Richtung Kapelle und sie liefen den Weg. Drinnen angekommen packte sie ihn bei den Schultern und sprudelte voller Überschwang: »Hast du es gesehen? Ich meine, hast du sie gesehen? Als sie sich aufsetzte. Ihre Augen, sie waren ganz klar wie bei Elli, hast du sie gesehen?«

Erschrocken deutete er, leiser zu sein, und raunzte: »Ich hab nicht drauf geachtet, weil ich erschrocken war wegen des Geräusches, das du gemacht hast. Ich dachte, nicht dass Claudia aufwacht.«

»Entschuldige, das ist mir so rausgerutscht. Als sie gezuckt hat, habe ich mir echt Sorgen gemacht, aber als ich dann ihre Augen gesehen habe, da wusste ich, dass es gut ist. Ich bin total aufgedreht, ich muss das erst mal sacken lassen.«

Beide setzten sich und Daniela bemühte sich, ihre Augen mit den Händen trocken zu wischen. »Das war unglaublich, das war erschreckend, aber auch wunderschön. Ich kann es noch gar nicht begreifen, das ... ist ein Wunder. War das bei Elli auch so, ich meine, hat sie auch gezuckt und gezittert?« Erwartungsvoll blickte sie ihn an.

»So ungefähr, es ist immer etwa so wie eben. Die Kinder bekommen davon nichts mit und wundern sich manchmal, was sie gerade tun wollten. Aber es ist jedes Mal schön, wenn sie ihre Augen aufmachen und ich weiß, es ist alles in Ordnung.«

»In Ordnung?«, protestierte sie und sah ihn mit großen Augen an.

Wieder deutete er etwas nervös, leiser zu sein.

»In Ordnung ...« Sie rang nach Worten, sah an die Decke und

169

wieder zu ihm. Beherzt packte sie ihn bei den Schultern und schnatterte aufgeregt: »In Ordnung ist gut, du bist so was von bescheiden, das ist ein Wunder, was du da vollbracht hast und du sitzt hier und sagst, es wäre in Ordnung.« Sie lachte und hielt sich die Hand an die Stirn.

»Wenn mir das früher jemand erzählt hätte, ich hätte ihn für verrückt erklärt. Und jetzt sitze ich hier und habe es mit eigenen Augen gesehen. Ich kann es nicht glauben. Wie soll man jemandem so etwas erklären?«

Erschrocken packte er sie an den Schultern, schaute ihr tief in die Augen und mahnte deutlich: »Du wirst das niemandem erklären, hörst du? Du darfst das niemandem sagen, das muss unser Geheimnis bleiben, sonst bin ich in Gefahr.« Mahnend erzählte er, welche Bedenken er hatte. Und er erinnerte sie auch noch einmal an den Tag, als er im Corsa saß, in der Nähe vom Roncalli-Stift.

Schweigend hörte sie zu und nickte schließlich verständnisvoll. »Entschuldige, ich wollte dir keine Angst machen. Natürlich werde ich niemals jemandem davon erzählen. Ich schwöre dir, ich werde schweigen. Mach dir keine Sorgen«, flüsterte sie und bedachte ihn mit einem liebevollen Blick. Langsam legte sie ihre Hände auf seine Wangen und flüsterte: »Du bist ein Wunder. Ich werde dir helfen, wo ich nur kann.« Einen Moment sahen sie sich an und auf einmal sprudelte sie voll Elan: »Wer ist die Nächste?«

Verwundert überlegte er einen Moment. »Öhm ... Claudia in Zimmer 3. Sie ist noch nicht lange hier ...«

»Da waren wir doch gerade?«, unterbrach sie ihn.

»Ja, richtig, aber immer langsam, es ist jedes Mal gefährlich und man weiß nie, ob und wann jemand kommt.«

Nachdenklich betrachtete sie ihn. »Morgen?«

»Wir müssen schauen, wegen Mareen.«

170

»Ok, also morgen«, bestätigte sie, als hätte sie einen Termin ausgemacht. Beim Hinausgehen warfen sie noch einen kurzen Blick ins Zimmer, doch Elli schlief bereits. Also verabschiedeten sie sich und gingen ihrer Wege.

Am nächsten Tag wollte Markus nicht zuerst nach Elli sehen, sondern entschied sich kurzerhand in Zimmer 5 vorbeizuschauen. Dort lagen Yasha und Kenan, zwei Jungen aus türkischer Herkunft, bei denen er schon einige Tage nicht mehr gewesen war. Beide waren vor einiger Zeit wegen Leukämie in die Klinik eingeliefert worden, beide waren etwa 6 Jahre alt und auf dem Weg der Besserung. Neugierig, wie es ihnen wohl gehen würde, klopfte er an die Tür und öffnete sie. »Hallihallohallöchen, ja wen haben wir denn da?«, flötete er los. Lächelnd entdeckte er Yasha und flötete weiter: »Ist das ein Sparschwein? Oder ein Truthahn? Nein, das ist ja der Yasha und der Kenan.«

Die Kinder lachten und Kenan kugelte sich in seinem Bettchen. »Ein Truthahn, ich bin doch kein Truthahn.«

Und Yasha warf schnell »Ich auch nicht« hinterher.

»Na, wie geht es euch heute?«, schmunzelte Markus.

»Gut, wir hatten Eis zum Nachtisch«, sagte Yasha.

»Ich hatte Erdbeere, Vanille und Schoko«, prahlte Kenan.

»Und ich hatte Erdbeere und Vanille«, erzählte Yasha.

»Na, da muss euer Bauch ja ganz voll sein nach diesem üppigen Mahl.« Dabei tat er so, als wäre sein Bauch eine riesige Kugel und die Kinder lachten vergnügt.

»Ich hatte eine Kugel mehr als Yasha«, neckte Kenan mit belustigtem Blick zu Yasha.

»Na und, dafür hatte ich mehr Spaghetti«, behauptete Yasha trotzig.

»Gar nicht wahr, ich hatte genau so viel«, maulte Kenan empört und warf sein Kissen Richtung Yasha.

»Hey, du sollst nicht mit dem Kissen werfen«, belehrte ihn Yasha und warf es sogleich zurück.

»Jungs ...«, versuchte Markus die Situation zu retten.

»Du bist doof«, entschied Kenan.

»Nein, gar nicht, du bist doof!« Verärgert warf Yasha das Kissen wieder zu Kenan.

»Jungs, hört mal ...«, versuchte Markus zu deeskalieren.

»Mein Bruder ist viel stärker als deiner.«

»Ist er gar nicht.«

»Ist er doch.«

»Dafür hat mein Vater mehr Geld als deiner.«

»Das stimmt doch gar nicht!«

»Stimmt wohl!«

»Blödian!«

»Selber Blödian!«

»Nein du!«

»Nein du!«

Die Kissen flogen wild durch die Gegend und Markus musste eingreifen. »JUNGS!«, schrie er laut und mit einem Mal hielten sie inne. Erleichtert lächelte er und schlug vor: »Jungs, ihr seid beide hier, also vertragt euch. Schaut mal, ich habe Bücher dabei, ich kann euch was vorlesen.«

Die beiden betrachteten sich kurz und Yasha motzte trotzig: »Aber nur, wenn ich mein Kissen wiederbekomme.«

»Du hast es zuerst geworfen«, behauptete Kenan.

»Habe ich gar nicht, du hast zuerst geworfen.«

»Du Blödian.«

»Selber Blödian.«

»Bin ich gar nicht!«

»Bist du wohl!«

»JUNGS! Schluss jetzt damit!« Nun sah Markus die beiden ernst an. »Schluss jetzt. Ihr hört sofort auf, eure Kissen zu

172

werfen und ihr hört auf zu streiten. Vertragt euch. Kenan, gib Yasha sein Kissen wieder. Yasha, darf Kenan zu dir aufs Bett kommen? Dann lese ich euch beiden vor.«

»Na gut ...«, maulte Yasha und nahm das von Kenan zurückgeworfene Kissen in Empfang. »Na komm«, deutete er Kenan, der zu ihm ins Bett hüpfte.

»Also schauen wir doch mal, was wir da haben. Die unendliche Geschichte, Mary Poppins, die Schatzinsel ...«

»Jaaa!«, schrien sie einhellig und Markus lachte. »Seht ihr, ihr seid euch einig«, lobte er und die beiden glotzten sich an und lachten.

Markus begann zu lesen und die Jungs lauschten seinen Worten aufmerksam. Zwischendurch blickte er sie immer wieder kurz an und freute sich über ihre gespannten Augen, die so freudig strahlten. Es war ein wunderbares Gefühl zu wissen, dass beide wieder ganz gesund werden würden. Die Erleichterung, die er fühlte, jedes Mal, wenn er Grün sah, war so tiefgehend und wohltuend, dass sie ihm dabei half, seine Sorgen für eine gewisse Zeit zu vergessen. Und als nach einiger Zeit das Abendessen kam, ließ er sie alleine.

Auf dem Gang schaute er sich kurz um, dachte einen Moment nach und lief dann zu Zimmer 1. Freundlich begrüßte er Elli und Daniela, drehte seinen Kopf kurz zu Leonie und winkte ihr. Ihre Eltern waren da und unterhielten sich.

Sie winkte zurück und Markus setzte sich neben Elli, die gerade ein Brot aß.

»Na, schmeckts dir?«

»Ja«, schmatzte sie und biss wieder in ihr Brot.

Neugierig fiel sein Blick zu Daniela und sie sahen sich einen Moment an. In ihren Augen konnte er Anspannung sehen, aber auch Erwartung. Sie war aufgeregt, versuchte aber sich nichts anmerken zu lassen.

Markus lächelte ihr zu, sie erwiderte sein Lächeln und sah wieder zu Elli. Nach dem Essen spielten sie noch einige Partien UNO und als es schließlich 20:00 Uhr wurde, küsste Daniela ihre Tochter sanft auf die Stirn, wünschte eine Gute Nacht und sie verließen das Zimmer.

Auf dem Gang lauschten sie kurz und schlichen zu Zimmer 3. Die Tür war angelehnt und Markus wunderte sich.

Mareen saß auf ihrem Bett und spielte angeregt mit einem Plüschtier.

»Hey, du bist ja noch wach«, wunderte sich Markus und warf einen Blick zu Claudia. Sie lag ruhig in ihrem Bett.

Leise gingen sie zu Mareen und setzten sich.

»Du musst jetzt schlafen, Süße«, verkündete Daniela mit liebevollem Blick und deckte sie zu.

In Danielas Augen konnte Markus sehen, wie sie mit sich kämpfte. Sie war hin- und hergerissen. Am liebsten hätte sie das Mädchen fest in ihre Arme genommen und nie wieder losgelassen. So sehr schien sie sich für sie zu freuen.

Aber Mareen war scheinbar ohnehin müde, sie ließ sich zudecken, murmelte »Ok« und schloss die Augen.

Gemeinsam standen sie noch einige Momente da und beobachteten die Kleine.

Schließlich sah er rüber zu Claudia und gab Daniela ein Zeichen, ihm zu folgen. Vorsichtig nahm er den an der Wand lehnenden Paravent und stellte ihn vor Claudias Bett. »Claudia.« Sanft strich er über ihre Wange.

Das Mädchen öffnete die Augen und blinzelte die beiden etwas verwundert an.

»Wir wollten dir nur Gute Nacht wünschen«, hauchte er mit sanfter Stimme und sie zog nickend ihre Bettdecke etwas weiter nach oben. Einen Moment betrachtete er sie, dann fragte er besorgt: »Sag mal, hast du Fieber, fühlst du dich heiß?«

Mit müdem Blick schüttelte sie den Kopf und er flüsterte: »Lass mich mal sehen.«

Daniela stand derweil gebannt am Fußende und hielt Daumen und Zeigefinger auf ihren Mund, als wolle sie ihre Lippen festhalten. Dabei betrachtete sie besorgt das Kind.

Er legte seine rechte Hand auf ihre Stirn und seine linke auf ihr Herz. Sie hustete kurz und Markus merkte, wie Daniela erschrak. Nervös lächelte er zu Claudia und als ihr Blick leer wurde, beugte er sich über sie und spähte tief in ihr rechtes Auge. Einen Moment suchte er, bevor er ihn entdeckte. Rechts oben sah er den Punkt. Entsetzt musste er schlucken, starrte ihn an, konnte sich einen Moment nicht rühren. Hastig untersuchte er ihr anderes Auge, bewegte leicht den Kopf dabei, suchte, doch er fand nichts. Eine Träne begann sich aus seinem Auge zu lösen und er spürte, wie sie langsam seine Wange hinunterlief. Wieder lugte er in das andere Auge, sein Herz trommelte Donnerfeuer und er spürte einen dicken Kloß im Hals.

Daniela schien zu ahnen, was da gerade passierte, sie hielt ihre Hand fest auf den Mund gepresst.

Krampfhaft musste Markus erneut schlucken, schüttelte leicht den Kopf und spürte Verzweiflung in seinem Bauch rumoren. Fassungslos starrte er in ihr rechtes Auge und auf den Punkt. Mit seinen Händen drückte er fester auf Stirn und Herz.

Ein leises, kurzes Stöhnen kam aus ihrem Mund.

Bei dem Geräusch erschrak er, versuchte seine Hände anders zu positionieren, immer und immer wieder und schaute in ihr rechtes Auge. *Das darf nicht sein!*

Daniela stand derweil wie versteinert am Fußende des Bettes und konnte sich nicht rühren. Tränen liefen ihre Wangen hinunter und sie spürte Entsetzen. Sie wusste ohne Worte, dass diese Szene so ganz und gar nicht stimmen konnte. Auf einmal zitterte sie und ihr war furchtbar kalt.

Markus konnte es aus den Augenwinkeln sehen. Er ließ das Mädchen los, räumte hastig den Paravent zurück zur Wand, nahm Daniela am Arm und flüsterte: »Komm!« Schnell und leise verließen sie das Zimmer. Eilig schloss er die Türe und hörte im selben Moment ein kurzes, erbarmungswürdiges Schluchzen hinter sich.

Sie hielt noch immer tapfer die Hand vor den Mund und war bemüht kein Geräusch zu machen.

Hastig nahm er ihren Arm und sie schlichen so schnell und leise wie möglich zur Kapelle.

Drinnen begann sie furchtbar zu weinen, Markus umarmte sie und weinte mit ihr. Ihm war so elendig zumute wie schon lange nicht mehr. Nicht nur wegen Claudia, sondern vor allem, weil er es nur schwer ertragen konnte, Daniela dieses Ereignis zugemutet zu haben. In diesem Moment schmerzte es ihn sogar fast mehr als der Gedanke an Claudia. Und innerlich verfluchte er sich selbst, aber auch diese Gabe dafür.

Nach einer Weile ließen die Tränen nach und Daniela sagte leise schluchzend: »Wie furchtbar ...«

Mitleidig sah er sie an und flüsterte: »Das tut mir so leid.«

»Nein, nein, es ist nicht deine Schuld.« Sie hob ihren Kopf und legte ihre Hände auf seine feuchten Wangen.

»Es ist nicht deine Schuld, du hast es doch versucht.«

»Ich wollte dir das nicht zumuten, wollte nicht, dass du das siehst.«

»Du kannst doch nichts dafür, ich wollte es doch so und jetzt endlich verstehe ich es. Ich meine, eigentlich verstehe ich es nicht, aber ich verstehe DICH jetzt. Du hast alles versucht, ich habe es gesehen und ich wusste, dass du nichts tun kannst. Ich habe es gespürt und gefühlt.« Wieder begannen sie zu weinen und dieses Mal war es der Gedanke an Claudia, der seinen Weg über die Tränen hinaus in die verlorene Welt suchte. Als die

Tränen irgendwann versiegten, saßen sie noch eine Weile einander umarmend da und wiegten sanft hin und her. Das Licht der LED-Kerzen tänzelte an den Wänden und eine Weile starrte er auf die Jungfrau Maria, die betend in der Ecke stand, ihren Blick demütig gesenkt.

»Es tut mir leid«, sagte er leise. »Es tut mir so leid.«

Kurz darauf hob sie sanft seinen Kopf, blickte ihn liebevoll an und in dem Moment dachte er verwundert: *Wie stark sie doch ist. Sie ist so unglaublich stark.*

»Hör auf dich zu grämen, es ist nicht deine Schuld. Du hast alles versucht, es ... hat nicht sollen sein.«

Mit traurigen Augen sah er in ihr Gesicht und dieser liebevolle Blick war ihm tatsächlich etwas Trost in diesem Moment. Durch ihre Augen spürte er tiefe Liebe und Dankbarkeit und er hätte alles dafür getan, wenn er nur noch eine Chance gehabt hätte, das Mädchen zu heilen. Als er sich darauf eingelassen hatte, wusste er, dass es schiefgehen könnte, aber er wollte diesen Gedanken verdrängen und hoffen, es würde schon gut gehen. Und nun saßen sie beide wie ein großes Häufchen Elend aneinandergekauert in der Kapelle und er wusste nicht, welches Leid von beiden schwerer wog. Im Laufe der Jahre dachte er sich, es wäre vielleicht besser gewesen, ihr gar nicht erst zu erzählen, was alles passiert war. Und manchmal dachte er, es wäre besser gewesen, sie nicht mitkommen zu lassen.

Aber letzten Endes war sie es gewesen, die fast schon darauf bestanden hatte und als sie ihm etwas später eröffnete, sie wolle noch einmal dabei zusehen, da war er sich nicht sicher gewesen, wie er reagieren sollte.

Aber schließlich machte sie ihm klar, dass es ihre Entscheidung sei und sie so oder so einen Weg finden würde, damit umzugehen, und so ließ er sie ein drittes Mal mitkommen. Im Nachhinein dachte er, es hätte ohnehin keinen Sinn gehabt zu versuchen, sie davon abzuhalten. In manchen Dingen konnte sie stur und energisch sein und es war eben diese Mischung aus Stärke und Mitgefühl, die er immer so an ihr bewundert hatte.

Sie trug schon immer einen ausgeprägten Beschützerinstinkt in sich, der sie manchmal unglaublich stark und fast schon furchteinflößend machte, und gleichzeitig zeigte sie aber auch eine weiche, verwundbare Seite, die seinen Beschützerinstinkt erwachen ließ. Als hätte sie das Schicksal zusammengeführt, um gemeinsam stark zu sein. Und als sich ein paar Tage später die Gelegenheit bot, da ergriffen sie sie.

Kurz nach Leonies Entlassung kam ein anderes Mädchen zu Elli ins Zimmer. Sie hieß Sarah, 7 Jahre alt, und war das Kind von afrikanisch-stämmigen Eltern. Sie war in das Uni-Klinikum verlegt worden, weil sich das Neuroblastom in ihrem Kopf ausgebreitet hatte und nicht operiert werden konnte. Markus kannte alle vom Personal in der Klinik und wandte sich kurz nach Sarahs Eintreffen an die Oberärztin Dr. Silberlein, um noch einmal über diese Form von Tumor mit ihr zu reden. Sie war eine schlanke, gut aussehende Frau mittleren Alters, die - passend zu ihrem Namen - schulterlanges graues Haar von ihrem Kopf hängend trug, das silbern schimmerte. Geduldig erklärte sie ihm, dass ein Neuroblastom im Stadium vier bereits über viele Stellen des Körpers verteilt war und eine Prognose daher äußert schwierig und oft ungünstig ausfallen würde. Sie erklärte ihm auch, dass sich diese Krebsart manchmal spontan von selbst zurückbildete, aber Markus wollte sich nicht darauf verlassen. Er wollte lieber auf Nummer sicher gehen. Und die Tatsache, dass Sarah bei Elli im Zimmer lag, sollte es doch einfacher machen.

Sarahs Eltern waren an dem Tag bei ihr und Markus begrüßte sie, als er kam, und unterhielt sich mit ihnen.

178

Beide waren überaus nette und herzliche Menschen und trotz ihres Kummers versuchten sie, sich nichts anmerken zu lassen.

Der Mann erzählte: »Meine Familie stammt aus Uganda, sie ist vor etwa 25 Jahren hergekommen und die Familie meiner Frau stammt aus Ruanda.«

Seine Frau lächelte. Sie war eine bildhübsche Frau mit dunkler Haut und braunen Augen. Aber er konnte ihre Sorgenfalten sehen und ihre Augen waren vom Weinen leicht geschwollen.

Elli und Sarah saßen derweil auf Sarahs Bett und spielten UNO. Die beiden hatten sich gleich angefreundet und schienen sich gut zu verstehen.

»Du musst zwei Karten ziehen«, belehrte Elli das Mädchen.

Sarah stöhnte: »Och menno.«

Daniela saß unterdessen auf einem Stuhl und tippte eine Nachricht auf ihrem Handy.

»Ist alles ok?«, wollte er wissen.

Langsam nickte sie und erklärte: »Kai hat nur geschrieben, dass es länger dauert. Er muss noch arbeiten.«

»Umso besser. Je weniger Leute hier sind, umso besser.«

»Keine Sorge«, beruhigte sie. »Er kommt heute nicht. Ich hab ihm von dir erzählt.«

Überrascht horchte er auf und wandte seinen Kopf.

»Keine Sorge, ich habe nur gesagt, dass du hier als Ehrenamtlicher herkommst und den Kindern vorliest. Er findet das toll und er würde dich gerne kennenlernen. Ich habe ihm erzählt, dass du Elli viel geholfen hast.«

Erfreut sah er zu Elli, wie sie mit Sarah spielte. »Sie ist echt was Besonderes«, flüsterte er und Daniela nickte. »Das ist sie, genau wie du.«

Beide sahen sich einen Moment an und er konnte die tiefe Dankbarkeit in ihren Augen sehen. Sie sahen noch ein bisschen geschwollen aus vom Weinen der letzten Tage, aber der Ausdruck in ihnen zeugte von liebevoller Dankbarkeit. Als das Abendessen gebracht wurde, verabschiedeten sich die Eltern von Sarah und Daniela schaltete den Fernseher ein. Es kam ein Zeichentrickfilm. Während die Kinder aßen, verfolgten sie alle gemeinsam die Sendung. Da ging es um irgendwelche Figuren, die aus dem Stand vom Boden auf Häuser springen konnten und dabei mit viel Krawall und grellen Farben irgendwelche Ringe aus ihren Armen schossen. Doch Markus interessierte sich nicht sonderlich dafür. Er war mit Bud Spencer aufgewachsen, mit Terence Hill und Tom&Jerry. Besonders gut gefielen ihm immer die Bücher über Balduin Pfiff. Dieser Detektiv trank stets ein Glas Buttermilch und das imponierte ihm damals. Also hatte er irgendwann seinen Vater gebeten, Buttermilch zu kaufen, und eine Zeit lang jeden Tag ein Glas eisgekühlte Buttermilch getrunken. Aber das heutige moderne Kinderprogramm, damit konnte er nichts anfangen. Als das Essen beendet war, sahen sie noch eine Weile fern.

Gegen 19:45 Uhr schaltete Daniela das Gerät ab und entschied: »So ihr zwei, Zeit zum Schlafen.«

Die beiden protestierten lautstark, aber Sarah musste dennoch gähnen und ergab sich ihrem Schicksal.

Daniela gab ihrer Tochter einen Kuss und wünschte beiden eine Gute Nacht. Dann verließen sie das Zimmer.

Auf dem Gang horchten sie einen Moment, doch es war ruhig. Sie gingen in die Kapelle und warteten dort.

»Hoffentlich schlafen die Kinder schnell ein«, sorgte sich Markus und Daniela erklärte: »Elli schläft meistens schnell ein, das wird schon klappen.«

Irgendwie fühlte er sich unwohl dabei. Was, wenn Elli wach wäre? Sie müssten es an einem anderen Tag versuchen. Oder wenn sie nur so tat als ob? Wenn sie es mit ansehen und sich verplappern würde? Wem würden die Leute mehr glauben? Ihm oder einem Kind? Bei diesem Gedanken fühlte er sich unbehaglich und versuchte ihn zu verdrängen. Aber er schaffte es nicht. *Ihre Augen,* dachte er an den Moment der Wahrheit zurück. Er hatte dieses nicht still werden wollende Gefühl gehabt, als wüsste sie ganz genau, was passiert war. Zwar konnte er sich nicht erklären, warum und was ihn irritiert hatte, aber *Ihre Augen,* dachte er. Da war etwas in ihnen gewesen, als wüsste sie es. Und das machte ihm große Sorgen. Zwar rechnete er sich keine großen Chancen aus, dass irgendjemand auf sie hörte, wenn sie etwas erzählen sollte, aber wenn sich ein Arzt die Genesungszeiten der Kinder einmal genauer ansehen würde ... Bei dem Gedanken erschauderte er und Daniela musterte ihn unruhig.

»Was ist los?«

»Alles gut, ich bin nur nervös.« Und das war die Wahrheit. Vor diesem Moment war er immer nervös und an manchen Tagen, als er zurückdachte an Alisha oder Claudia, da wäre er am liebsten davongelaufen, statt es zu versuchen. Dieser Moment, wenn er den Punkt sah und er rot war ... Es war ein furchtbarer Moment voll von peinigendem Entsetzen. Er wollte diesen Moment nicht mehr erleben, er wollte das nicht sehen. Und doch, er musste weitermachen, die Chancen, einen grünen Punkt zu sehen, waren einfach zu gut, als dass er sie hätte ignorieren können.

In diesen Momenten versuchte er allen Mut zusammenzunehmen und an Elli zu denken oder an seine Mutter, an Frau Schreiner oder all die anderen, denen er hatte helfen können. In diesen Momenten gaben sie ihm Kraft weiterzumachen. Aber später dann, wenn er zu Hause war oder in anderen ruhigen Momenten, musste er wieder an die anderen denken, denen er nicht hatte helfen können. Und es zerrieb ihn nach und nach.

Etwas später deutete Daniela auf die Uhr und sie schlichen

langsam und lauschend den Gang entlang in Richtung Zimmer 1. Es war ruhig. Leise öffneten sie die Tür. An zwei Wänden im Zimmer steckten kleine Nachtlichter in der Steckdose und so mussten sie nicht das große Licht einschalten. Leise liefen sie nahe an Ellis Bett vorbei, verharrten einen Moment, doch sie schien ruhig zu schlafen.

Markus schlich zu Sarah und sie öffnete die Augen. Er legte einen Finger auf seine Lippen und deutete ihr, ruhig zu sein. »Hey, Süße«, hauchte er leise. »Ich will nur nachsehen, ob du Fieber hast.«

Blinzelnd nickte sie und er legte seine rechte Hand auf ihre Stirn und kurz darauf die linke auf ihr Herz.

Daniela stand derweil am Fußende und schaute abwechselnd zu Elli und zu Sarah. Sie wirkte angespannt.

Langsam beugte er sich über das Mädchen und sah ihr tief in das rechte Auge.

Auf einmal hustete Elli und Markus wollte schon erschrocken abbrechen, als Daniela ihm deutete weiterzumachen. Sie hatte ihre Tochter fest im Blick.

Konzentriert kniff er seine Augen zusammen und versuchte in ihre Pupille zu sehen. Einen Moment lang sah er nur Dunkelheit, doch plötzlich weiteten sich ihre Pupillen und er versuchte erneut, etwas zu erkennen.

Unterdessen beobachtete Daniela ihn gebannt und sehr nervös. Sie hielt ihre Hand am Mund und spielte aufgeregt mit dem Piercing.

Sanft bewegte Markus seinen Kopf ein wenig hin und her und suchte konzentriert nach dem Punkt. »Hab ich dich«, raunte er und fixierte den Punkt in der oberen Ecke. Auf einmal begann das Kind leicht zu zittern und Markus spürte, wie sich die erste Welle auf den Weg machte. Ihr Kopf zuckte nach oben, aber er ließ sich davon nicht mehr beeindrucken. Er fixierte weiterhin den grünen Punkt, der nun anfing, langsam zu pulsieren.

Spontan presste Daniela die Hand auf ihren Mund, denn sie wusste, was das bedeutete. Mit großen Augen bemerkte sie, wie der kleine Kopf sich ein zweites Mal aufbäumte. Dabei beobachtete sie Markus, wie er fast Auge an Auge über der Kleinen kauerte und seine Hände sanft auf sie drückte. Am liebsten hätte sie in dem Moment lauthals angefangen zu weinen vor Glück, und als der kleine Kopf ein drittes Mal nach oben zuckte, da war es ihr, als wäre es dieses Mal stärker gewesen als sonst. Ihr Herz schlug schnell und sie konnte die kleinen Füße deutlich zittern sehen. Auf einmal hörte sie ein leises Stöhnen und etwas erschrocken drehte sie ihren Kopf schnell zu Elli rüber, doch sie rührte sie nicht. Erwartungsvoll blickte sie wieder zu den beiden, Markus ließ die Kleine los und dann bemerkte sie, dass er schwer atmete und tief Luft holte. Besorgt sah sie ihn an und er nickte sanft.

Kurz darauf rieb sich Sarah verwundert die Augen mit der Frage: »Ist schon früh?«

Und in dem Moment lächelte Markus sie erleichtert an und säuselte leise: »Nein Süße, alles ist gut, wir wollten nur kurz nach dir sehen, denn wir gehen jetzt. Schlaf gut.« Behutsam zog er die Decke etwas höher, streichelte ihr über den Kopf und deutete Daniela zu gehen. Am Bett von Elli blieb er kurz stehen und lauschte, doch sie schien weiterhin zu schlafen. Kurz darauf verließen sie das Zimmer, schlossen die Tür hinter sich und Daniela umarmte ihn spontan.

Etwas verwundert zog er die Augenbrauen hoch.

»Du bist ein Held«, flüsterte sie und küsste ihn sanft auf die Wange. Dann umarmte sie ihn wieder, und während er sich noch über den Kuss wunderte, spürte er die Wärme ihres Körpers. Behaglich schloss er seine Augen, umarmte Daniela ebenfalls und genoss das gute Gefühl.

Es war das letzte Mal, dass Daniela dabei gewesen war. Einige Zeit später wurde Elli entlassen und kehrte nach Hause zurück, zu ihrem Vater und zu ihrer Mutter.

Sarah erholte sich allmählich und wurde drei Wochen später ebenfalls entlassen.

In den folgenden Jahren saß Markus manchmal alleine in der Kapelle und dachte zurück an die Ereignisse. Sie war ihm ein vertrauter Ort geworden und er genoss die Ruhe und diese besondere, irgendwie heilige Stimmung, die durch das große Kreuz mit der Jesusfigur, der Jungfrau Maria in der Ecke und den flackernden LED-Kerzen entstand. Er hatte hier geweint und gebeichtet, aber auch Frieden und Freude verspürt. Für ihn war es tatsächlich längst ein heiliger Ort geworden.

2019

Mit dem letzten Gedanken seufzte er leise und starrte an die Decke. *Samstag*, dachte er. Eigentlich verspürte er gar keine Lust, da hinzugehen. Aber es war nur fair gewesen, Daniela wenigstens zu fragen.

Immerhin hatte Benny sie ausdrücklich eingeladen und auch wenn er sie wider besseres Wissen seine Flamme nannte, war es vielleicht an der Zeit, diese zwei wichtigen Teile seines Lebens einmal zusammenzuführen. Von Zeit zu Zeit hatte er Benny mal von Daniela und Daniela von Benny erzählt, aber sie hatten sich noch nie getroffen. Irgendwie war nie die Zeit gewesen und Markus wollte ohnehin lieber Privates und Beruf trennen. Aber er kannte beide nun schon eine Weile und so war es vielleicht einfach an der Zeit.

Als nach der kurzen Nacht der Wecker klingelte, packte Markus ihn stöhnend und warf ihn irgendwo Richtung Wand. Ein leises *Kling* war zu vernehmen und sofort danach herrschte Ruhe. Er fühlte sich furchtbar gerädert und sein Genick tat ihm weh. Als er sich aufgesetzt hatte, betrachtete er einen Moment die Wand. Die Gedanken an das Telefonat mit Daniela ließen ihn die Stirn runzeln. *Mach mal Pause.* Sicher, die Kinder würden auch ohne ihn auskommen und es würden bestimmt nicht gleich alle sterben, wenn er mal nicht hinginge. Aber er tat das nun schon so lange, es war ihm eine lieb gewonnene Gewohnheit geworden. Im Laufe der Zeit hatte er immer mal wieder furchtbare Rückschläge hinnehmen müssen und es war nie leicht gewesen, damit umzugehen. Denn es waren nicht nur die Heilungen, die ihn immer wieder hingehen ließen. Es waren auch die Augen der Kinder, die ihn jedes Mal wieder berührten, wenn sie ihn anstrahlten. Sie freuten sich, wenn er kam. Sie waren dankbar, lachten und manchmal machten sie Schabernack wie Leonie und Susi zum Beispiel oder Pia, die kleine Krümelmaus. Einen Moment lang sah er sie vor sich, wie sie mit einem Mund voll Werthers Echte versuchte zu sprechen.

Auf einmal musste er lachen und dachte nicht weiter über die Pause nach. Erheitert stellte er eine Schale mit Milch in die Mikrowelle und tapste ins Bad. Als er wieder herauskam, hüpfte er ein paarmal, fiel dann zu Boden und machte seine Liegestütze. Danach stand er schnaufend auf, nahm sich die Haferflocken, schüttete eine gute Menge davon in seine Milch und aß sie auf dem Schlafsofa. Dann putzte er seine Zähne, zog sich an und tuckerte mit dem alten Transit zur Arbeit.

Benny erwartete ihn bereits ungeduldig. Mit verschränkten Armen lehnte er an seinem blauen Dacia Duster. »Alter, was geht? Kommst du am Samstag?«

»Ich habe Daniela gefragt, wir werden kommen.«

»Prächtig«, lobte er begeistert. »Samira kommt auch mit, das wird der Hammer.«

Mit verwundertem Lächeln sah Markus zu ihm. »Das ist ja großartig, wie hast du das denn geschafft?«

185

»Ach, ich habe sie gestern getroffen, als wir beide zufällig zur selben Zeit den Müll rausgebracht haben, und dann hat sie mich angelächelt und es ist aus mir herausgeschossen, einfach so. Das war bestimmt Schicksal oder so was, irgendwer da oben will, dass wir zusammen sind.« Freudig deutete er nach oben und grinste.

»Ja, Schicksal ...«, murmelte Markus gequält. Er hatte so seine ganz eigenen Erfahrungen mit dem Schicksal gemacht. Aber er freute sich für Benny, denn er trug das Herz am rechten Fleck.

In der Disposition war Franz gerade dabei, ein paar Blätter zu sortieren. »Moin Moin«, brummte er ihnen mit seiner tiefen Stimme entgegen. »Ich bin gleich so weit.«

Die Tür öffnete sich und Robert und Denise kamen herein.

Markus musste lächeln, als er die beiden sah. Es war schon etwas sehr auffallend, dass sie immer zur gleichen Zeit kamen und gingen. Und auch, dass sie immer zusammen die Tour fuhren. Manchmal wechselte die Zusammensetzung des Personals, aber die beiden arbeiteten immer zusammen. Darüber geredet hatten sie allerdings nie und wenn sie nicht alleine waren, verhielten sie sich unauffällig. Irgendwie fand er das albern und Benny mutmaßte manchmal im Scherz, was sie wohl unterwegs machen würden, wenn sie mal Pause hatten. Aber für Markus war das nicht wichtig. Hauptsache, sie machten ihre Arbeit.

»Guten Morgen, ihr Nasen, auch schon wach?«, frotzelte Benny und gab Robert ein High Five.

Denise erhob die Hand zum Gruß der Vulkanier und sagte: »Lebet lang und in Frieden.«

In der Zwischenzeit verteilte Franz die Klemmbretter und als alle ihre Touren hatten, verließen sie das Büro und schlenderten zur Halle mit den Fahrzeugen.

Markus ging wie üblich einmal um den 363, Benny startete den Motor und sagte: »Auf zu Frau Röders.«

Gemächlich fuhren sie durch die Dunkelheit des frühen Morgens nach Büchenbach und dort angekommen, stieg Markus aus und klingelte. Es dauerte einen Moment, bis er den Summer hörte, und warf einen Blick in den Himmel. Es war etwas kühl an diesem Morgen, aber die angenehm riechende Luft versprach wieder einen sonnigen Tag. Es schien, als hätte Benny Glück mit Samstag, denn das Wetter machte derzeit nicht den Eindruck, schlechter werden zu wollen. Und auch der Wetterbericht rechnete nicht mit einer Verschlechterung. Motiviert sprintete er die Stufen hinauf zu Frau Röders. »Guten Morgen, Rotes Kreuz, Fahrdienst«, schnaufte er in die Wohnung.

Sie kam mit ihrem Rollator auf ihn zu. »Guten Morgen Markus, schön, dass Sie wieder hier sind«, grüßte sie mit etwas gebrechlicher Stimme.

»Sind wir so weit, Madam?«, hielt er ihr galant seinen Arm hin und sie antwortete: »Wenn Sie noch einen Moment hätten, dann würde ich Sie gerne um etwas bitten.«

»Aber natürlich, was brauchen Sie denn?«

»In meiner Küche steht ein Glas mit Bohnen auf dem Tisch, ich kann sie nicht alleine öffnen, aber ich möchte heute Abend gerne Bohnensalat machen. Wären Sie so gütig und würden mir das Glas öffnen, bitte?«

»Aber natürlich, Gnädigste, wenn es weiter nichts ist.« Lächelnd betrat er die Küche und öffnete das Glas.

»Wenn Sie den Deckel einfach wieder drauflegen und ganz leicht etwas zudrehen, damit ich ihn heute Abend wieder aufbekomme, das wäre sehr nett.«

Er tat es. Als er zurückkam, drückte sie ihm ein Stück Papier in die Hand und lächelte. »Weil Sie immer so nett sind.«

Überrascht sah er in seine Hand, es war ein Geldschein im Wert von fünf Euro. »Das ist aber nett, vielen Dank«, flötete er, zeigte zur Tür und hofierte galant: »Wollen wir, Gnädigste?«

187

»Nach Ihnen, Charles«, sagte sie lächelnd und sie gingen hinaus zum Fahrstuhl. Unten half er ihr in den Wagen und sie fuhren zum Dialysezentrum. Dort brachte er sie hinein und als er wieder herauskam, setzte er sich zu Benny in den Wagen. »Auf zu Herrn Lederer.«

Amüsiert verdrehte Benny die Augen. »Unser Kriegsheld, der wird uns noch beide überleben.«

Lachend fuhren sie nach Alterlangen und am Haus angekommen, streiften sie durch den verwilderten Garten zur Tür. Der Schlüssel steckte bereits.

»Sabine war schon da«, bemerkte Markus, öffnete die Tür und rief: »Rotes Kreuz, Fahrdienst.«

Im oberen Raum wartete Herr Lederer in seinem Rollstuhl.

»Guten Morgen, Herr Admiral«, grüßte Benny etwas überschwänglich und salutierte.

Unterdessen warf Markus einen kurzen Blick in das Krankenblatt, aber es war nichts Besonderes eingetragen.

»Na, Sie machen mir ja Spaß, Junge«, polterte der Mann los. »Ein Admiral ist der ranghöchste Offizier bei der Marine. Ich war aber beim Heer. Wir hatten keine Schwimmwesten, damit wir nicht untergehen. Wenn der Feind kam und uns umzingelte, dann war es aus für uns!« Schwungvoll sauste sein Finger von oben nach unten.

»Bitte vielmals um Verzeihung, Herr General«, salutierte Benny erneut und Markus warf ihm einen vorwurfsvollen Blick zu. Benny wusste genau, wie er den Alten auf die Palme bringen konnte und es schien ihm fast Spaß zu machen. Und Markus wunderte sich jedes Mal wieder darüber, denn es war überhaupt nicht seine Art, solche Dinge zu tun. Aber irgendwie schien er den Mann nicht zu mögen, dachte er. Oder er hielt es für einen Spaß. Aber noch bevor er etwas sagen konnte, polterte der Mann mit krächzender Stimme weiter. »Damals im

188

Krieg, 1942, da hätte ich dem General gerne mal in den Hintern getreten. Wir saßen tagelang unter Beschuss und uns gingen die Vorräte aus. Und der Funk war kaputt. Die hatten mich dann losgeschickt, ich bin 35 km quer durch Feindesland marschiert, um denen zu sagen, dass wir Nachschub brauchten. Die hatten uns damals einfach vergessen. Und das nennen die Krieg.« Aufgebracht fuchtelte er mit den Händen durch die Luft.

Benny warf ihm einen vorwurfsvollen Blick zu. »Vor Kurzem waren es noch 30 km.«

»Ach, 30 oder 35, wenn Sie beschossen werden und nichts zu essen haben, kommt Ihnen beides wie eine Ewigkeit vor, Junge. Der Punkt ist doch, dass es kein Wunder ist, dass wir den Krieg verloren haben. Mit solchen Dilettanten an der Macht kann man keinen Krieg gewinnen.«

Und noch bevor einer von beiden etwas erwidern konnte, deeskalierte Markus schnell: »Zum Glück ist der Krieg vorbei und Sie haben überlebt. Das ist mehr, als andere von sich behaupten können. Und abgesehen davon, Sie sind ein Held, denn Sie haben ihre Kameraden gerettet und darauf dürfen Sie stolz sein. So, und jetzt bringen wir Sie in die Tagespflege, bevor die sich noch wundern, wo Sie bleiben, einverstanden?«

»Einverstanden«, krächzte er und Markus sah Benny noch einmal mahnend an. Der machte große Augen und hob die Augenbrauen, als wolle er sagen: *Was denn?* Unterwegs zur Tagespflege polterte Herr Lederer noch ein wenig über den Krieg und die schlimmen Zeiten damals und Markus dachte sich nur, dass er froh war, nicht in der Tagespflege zu arbeiten. Als sie ihn abgeliefert hatten und wieder im Auto saßen, wollte Markus wissen: »Was ist denn mit dir heute los?«

Und Benny blickte in verwundert an. »Was meinst du?«

»Na, du und der Lederer, du weißt doch, wie der abgeht, wenn du vom Krieg anfängst.«

»Ach das ...«, antwortete Benny lachend. »Ach komm, der Alte ist doch voll witzig, der steigert sich da immer voll rein und ich könnte mich kugeln vor Lachen, wenn er wieder anfängt, seine Geschichten zu erzählen. Ich find den voll lustig.« Und dann fügte er hinzu: »Und es stimmt ja auch, was du sagst, er ist ein Held, so oder so, denn er hat für unser Land gekämpft und das ist schon ziemlich mutig. Wenn ich mir vorstelle, ich würde in Tarnkleidung in irgendwelchen Gräben sitzen, nichts Gescheites zu essen, überall fliegen mir die Kugeln um die Ohren. Nee, das wäre nichts für mich.«

»Die hätten für dich eh keine passende Kleidung gehabt«, frotzelte Markus lachend und deutete auf seine Figur.

Einen Augenblick tat Benny so, als würde er weinen, und quengelte: »Also jetzt verletzt du mich aber.«

Beide lachten kurz und schließlich befand Benny: »Ich mag den Kerl, ich finde seine Geschichten gut. Ist mal was anderes, es sind ja nicht alle Leute so wie er.«

»Na, da hast du recht«, murmelte Markus und studierte die Liste. »Jetzt müssen wir zum Bettenhaus.« Markus sah kurz auf die Uhr: 8:12 Uhr. Gemeinsam fuhren sie zum Bettenhaus und brachten die Frau in die Kopfklinik. Auf dem Rückweg blieb Benny bei einem Kaffeeautomaten in der großen Eingangshalle stehen. Er kramte ein Ein-Euro-Stück hervor und zog sich einen Cappuccino. Entspannt lehnte er sich mit seiner linken Schulter an den Automaten und beobachtete das Treiben.

Markus schaute ebenfalls zu, wie Leute kamen und gingen. Im Bereich der Eingangshalle war meist viel los, wenn sie da waren. Besonders in Richtung der augenklinischen Ambulanz im Erdgeschoss herrschte reges Treiben.

»Ganz schön was los«, murmelte Benny nachdenklich.

»Ja, die Uni-Kliniken sind gut frequentiert. Besonders morgens, wenn die Ambulanzen öffnen.«

190

»Ein einziges, riesiges Geschäft«, schimpfte Benny leise, warf seinen Becher in den Mülleimer und meinte: »Na komm, packen wirs an.«

Im Wagen sah Markus auf die Liste, dann auf die Uhr und stellte fest: »Wir haben noch etwas Zeit, wir müssen erst um 9:00 Uhr in der Rathsberger Straße sein.«

»Hm, ok, und was machen wir da?«

»Herr Szekeres muss zum Augenarzt nach Uttenreuth.«

»Rollifahrer?«

»Jap.«

»Ich habe keine Lust, hier zu warten, ich fahr mal langsam los«, moserte Benny etwas ungeduldig und steuerte den Wagen an der Kopfklinik vorbei die Straße hinunter, deren Name *Schwabachanlage* war.

Gemütlich lehnte sich Markus ans Fenster und warf einen Blick hinauf in den Himmel. Die Sonne schien mittlerweile und versprach einen schönen Spätsommertag. Für einen Moment schloss er die Augen und genoss die Wärme. Dabei spürte er auch die Müdigkeit in seinem Körper und auf einmal dachte er an Frau Schreiner. *Mit ihr fing alles an. Sie war die Erste gewesen, damals im Roncalli-Stift. Wie es ihr heute wohl geht?* Spontan überlegte er, was sie wohl aus dem Leben gemacht hatte, das er ihr damals zurückgab. Ob sie wohl auf Reisen gegangen war? Oder saß sie alleine und depressiv zu Hause und wusste mit ihrer Zeit nichts anzufangen? Und kurz dachte er zurück an den Tag, als er überlegt hatte, auf welche Menschen er sich konzentrieren sollte. Welche waren die wichtigsten? Seine Gedanken wanderten zu Leonie, Sarah, Mareen und all den anderen Mädchen. Sie alle hatten sich letztlich erholt, wurden gesund entlassen. Aber auch Yasha und Kenan, diese beiden Streithammel, wurden letzten Endes wieder gesund. Es fühlte sich richtig an und es fühlte sich gut an. Er hatte vielen geholfen und Daniela lag

191

richtig damit, wenn sie das betonte. Mit geschlossenen Augen genoss er die wärmende Sonne, und als Benny anhielt und den Motor abstellte, stiegen sie aus, stiefelten zu dem Reihenhaus, holten ihren Patienten ab und fixierten den Rolli, wie sie den Rollstuhl umgangssprachlich nannten, im Fahrzeug.

Unterwegs unterhielt sich Benny mit dem Fahrgast über Urlaubsländer. »Waren Sie schon mal in Ungarn?«

»Meine Familie kam aus Ungarn, 1941.«

»Oh, ich liebe Ungarn, da gibt es das weltbeste Gulasch.«

»Ungarn hat noch mehr zu bieten, prächtige Bauten, aber auch schöne Mädchen.«

»Da will ich Ihnen gar nicht widersprechen, hübsche Mädchen gibt es dort reihenweise. Ich war da mal im Urlaub vor ein paar Jahren, es war wirklich schön«, schwärmte Benny und Markus schmunzelte vor sich hin. *Essen oder Mädchen,* dachte er, *das ist Bennys Welt.* Ein bisschen beneidete er ihn auch wegen seines einfachen Gemüts. Benny war nicht der Typ, der sich einschloss und grübelte. Er war eher wie ein großes Kind in mancherlei Hinsicht, das tat, wonach ihm war.

Benny muss ja auch nicht mit einer launischen Gabe klarkommen.

Gönn es ihm doch, er weiß nicht, was du alles durchgemacht hast.

Ja, und das ist auch gut so, es reicht schon, wenn ich darunter leide, es müssen nicht auch noch andere darunter leiden.

Und was ist mit Daniela? Du hast sie heute Nacht angerufen.

Das ist was anderes, sie versteht das.

Ach so. Und du denkst, dass sie sich keine Gedanken macht?

Schon gut, ich rufe sie einfach nicht mehr an.

Oh ja, tolle Idee, riskier deine Freundschaft mit ihr.

Verärgert schüttelte er den Kopf, er wollte jetzt nicht darüber nachdenken.

Kurz darauf sah Benny ihn verwundert an.

»Alles gut, bin nur müde. Hab heute schlecht geschlafen.«

192

Benny unterhielt sich weiter mit dem Fahrgast, doch Markus merkte, dass das Thema noch nicht vom Tisch war. Der Gedanke, wie er mit sich und seinen Sorgen umgehen sollte, beschäftigte ihn weiter.

Beim Augenarzt angekommen brachten sie den Fahrgast hinein und stiegen wieder in den Wagen.

Markus sah kurz auf die Uhr: 9:36 Uhr. »Passt gut«, bemerkte er über der Liste grübelnd. »Um 10:00 Uhr sollen wir in der Parkwohnanlage sein. Eine Frau Reichert muss ins Klinikum am Europakanal.«

»Das ist ja quer durch die Stadt«, maulte Benny lachend. »Außerdem waren wir heute schon in Büchenbach.«

»Tja, das ist der Job. Lieber so, als wenn wir jetzt nach Büchenbach müssten, um sie in die Parkwohnanlage zu fahren.«

»Na, das wäre ja mal ein Knaller.« Amüsiert hielt sich Benny den Bauch vor Lachen. »Dann müsste ich mit dem Franz aber mal ein ernstes Wörtchen reden.«

»Siehst du, das hat er schon gut gemacht.«

»Ja, der Franz, der macht das schon richtig. Aber er macht das ja auch schon lange genug. Der war früher selber Fahrer auf dem Sani und dann im Fahrdienst.«

»Also können wir noch ein paar Minuten die Beine hochlegen, bevor wir dann losfahren«, erfasste Markus die Situation, lehnte sich an seinen Sitz und schloss die Augen. Auf einmal musste er wieder an den Friedhof denken und an diese Gestalten mit den flackernden roten Augen. Und er wusste, was der Traum bedeutete. Zumindest dachte er es. Es mussten seine Schuldgefühle gewesen sein, die diese Kreaturen erschaffen hatten. Aber es war nicht seine Schuld gewesen und irgendwie wusste er es auch. Verbissen hatte er es anfangs immer und immer wieder versucht, aber wenn sie rot waren, konnte er nichts tun. Es war eine schmerzhafte, aber die einzige Wahrheit. Er spürte aber auch, dass sich ein Teil von ihm nicht damit zufriedengeben wollte und tief in seinem Innersten daran herumnörgelte und moserte, er solle etwas tun. *Wie bringe ich den nur zur Ruhe? Wenn ich so weitermache, dann mache ich mich selbst und Daniela noch wahnsinnig damit.* Aber er fand keine Antwort.

»Ich glaube, wir packens langsam«, entschied Benny etwas später und fuhr zur Parkwohnanlage.

Am Empfang holten sie ihre Patientin ab. Zum Glück besaß der Wagen einen Lift am Heck, denn sie war eine etwas umfangreichere Person.

Als Benny die Hecktüre zumachte, warf er Markus einen Blick zu und hob dabei kurz die linke Augenbraue.

Und Markus wusste sofort, was das bedeutete. *Zum Glück müssen wir die nicht aus dem dritten Stock heruntertragen. Oder hinauf.* Beide lachten amüsiert und stiegen ein.

Fröhlich fuhren sie Richtung Büchenbach und unterhielten sich über das neue Album von Fiddler's Green.

»Hast du *HeyDay* schon angehört?«, fragte Benny.

»Machst du Witze? Ich kenne jedes Lied auswendig.«

Spontan musste Benny laut lachen und bekundete: »Du bist voll der Ober-Fan.«

»Ich höre die schon seit etwa 1993 und habe alle Alben zu Hause. Manches gefällt mir nicht so gut, aber HeyDay ist ganz gut geworden. Natürlich nicht so gut wie *Devils Dozen*, das war richtig Klasse. *Prelude* zum Beispiel ist als Melodie wirklich schön geworden und in *the Freak of Enniskillen* noch einmal zu hören. *The Congress Reel* ist ebenfalls wunderschön und als Instrumental einfach typisch Fiddler's. Von *This Old Man* gibt es eine Punk-Version, die ist auch gut. Also insgesamt ein ganz gutes Album, aber in Summe eher weiter weg vom Traditionalistischen und hin zu einer eigenen Richtung mit viel E-Gitarre. Ach so, mit *Better you say no* ist auch wieder eine schöne Ballade mit dabei, aber im Vergleich zu *Rose in the Heather* oder *Another Spring Song* in meiner persönlichen Hitliste etwas abgeschlagen.«

Benny lachte nur und schüttelte den Kopf. »Alter, da kann ich nicht mithalten, du bist ja ein Fiddler's Green Lexika. Ich habe ein paarmal reingehört, aber so gut gefällt es mir nicht. Ich fand das Album *Sportsday at Killaloe* voll klasse und natürlich The Black Sheep.«

»*Black Sheep*« korrigierte Markus. »Erschienen 1993, es war das zweite Album von ihnen.«

»Jajaja genau ...«

»*Connemara, Stop*...«

»*STOP*«, unterbrach ihn Benny. »Der Hammer. Voll genial, aber *Too Drunk* ist auch voll das Pogolied, da könnte ich so abgehen, Alter.«

Erheitert musste Markus lachen und schüttelte leicht den Kopf, er hatte unglaublich viele Erinnerungen mit Liedern von Fiddler's Green und wenn er den Namen hörte oder an sie dachte, überkam ihn jedes Mal ein angenehmes Gefühl.

Die nächste Fahrt führte die beiden in die Kopfklinik. In der Ambulanz erkundigten sie sich nach Herrn Gürle.

»Der ist noch nicht fertig, ich sag Ihnen Bescheid, wenn es so weit ist«, informierte die junge Frau im Eingangsbereich.

Die beiden setzten sich und schauten sich um. Markus beobachtete, wie Benny die Frau neugierig musterte.

Sie war schlank, hatte blonde Haare und eine Brille auf der Nase. Fragend sah er seinen Kollegen an und der flüsterte: »Was denn? Ich schau doch bloß. Sie ist doch wirklich eine hübsche Kirsche, meinst du nicht?«

»Und was ist mit Samira?«

»Samstag, am Samstag entscheidet sich, wie es weitergeht. Bis dahin bin ich Single und darf auswärts essen.«

195

Beide lachten vergnügt und Markus dachte sich, wie angenehm es mit Benny war. Sein Freund und Kollege sprach immer frei von der Leber und wirkte unbekümmert. Es war eine dieser Eigenschaften, die er an ihm beneidete. Einen Moment überlegte er, ob er später noch in die Kinderklinik gehen sollte, als jemand einen Rollstuhl auf sie zu schob.

»Der Herr Gürle wäre jetzt so weit.«

»Vielen Dank«, entgegnete Benny, stand auf und übernahm den Rollstuhl.

Mit diesem Mann werden wir wohl kein Gespräch führen, dachte Markus. Ganz offensichtlich hatte er eine Behinderung, denn er zitterte leicht, hielt den Kopf etwas zur rechten Seite geneigt und sabberte langsam, aber beständig auf ein Taschentuch, das am Kragen seines Pullovers eingehängt auf seiner Brust hing. Während der Fahrt dachte Markus darüber nach, ob und wie er dem Mann helfen könnte. Und was passieren würde, wenn er plötzlich genesen wäre. Ein weiteres Wunder in Erlangen? Die Uni-Kliniken als Brutstätten von Wundern? In Gedanken malte er sich aus, wie sich Medizinstudenten aus der ganzen Republik in den Hörsälen stapelten, weil sie unbedingt an der Wunder-Uni studieren wollten. Professoren bewarben sich für lau, die Presse war überall und lauerte mit ihren Journalisten auf die nächste Sensation. Er erschauerte kurz und verwarf den Gedanken sofort. Es war einfach zu gefährlich, er konnte nicht allen helfen. Und es machte für ihn mehr Sinn, weiter zu tun, was er bisher getan hatte. Auch wenn es manchmal schmerzlich gewesen war, aber er kannte sich nun dort aus, kannte das Personal und sie kannten ihn. Dort besaß er eine gewisse Bewegungsfreiheit und einen Vertrauensvorschuss. Und kurz musste er wieder daran denken, warum in aller Welt diese Gabe nur so wählerisch war, als Benny ihn aus seinen Gedanken holte.

»Angus oder Almochs?«

196

Irritiert blinzelte Markus ihn an.

»Alter, wo warst du denn? Am Samstag, Angus Steak oder lieber Almochs, was meinst du?«

»Ähm ... gibt es da einen Unterschied?«
Bei seinen Worten musste Benny laut lachen und machte eine Bewegung mit der Hand nach unten. »Für dich gibt es dann eben Bratwürste.«

»Soll mir recht sein«, brummte Markus irritiert.

»Fränkische oder Nürnberger?«

»Benny, nimm einfach von allem etwas«, empfahl er. »Manche mögen auch gegrillte Auberginen dazu oder gegrillte Paprika, nimm einfach ein bisschen von allem, ich glaube, da kannst du nicht viel falsch machen.«

Benny schmunzelte ein wenig über den ungebildeten Menschen neben sich und bohrte weiter: »BBQUE oder Yukon BBQ? Ich werde auf jeden Fall Erzfeind Hardcore mitbringen, das Zeug ist echt krass.«

Amüsiert hob Markus seine Augenbrauen und betonte: »Ich sehe schon, das wird das Ereignis des Jahrhunderts. So wie du dir Gedanken machst, kann es ja nur gut werden. Und was die Soßen anbetrifft, ich fand die von LS immer gut, aber ich nehme auch Develey oder Kühne, mir ist das eigentlich egal, ich bin da nicht so der Spezialist wie du.«

»Alter, Samira kommt, da muss ich schon mit ein paar Extras aufwarten, immerhin geht es da ja auch um etwas.«

Jetzt musste Markus lachen und foppte ihn belustigt: »Du willst sie beeindrucken, muss ja doch ernst sein.«

Beide lachten und Benny prahlte euphorisch: »Sie wird dir gefallen, sie ist einfach superlecker.«

»Aber hat sie auch was im Kopf? Ich meine, was nutzt dir die schönste Frau, wenn du nicht mit ihr reden kannst, über Politik oder Wirtschaft oder wenigstens Astrologie oder Philosophie?«

Und nun war es Benny, der ihn irritiert anglotzte. »Alter, wo lebst du denn? Ich rede mit meiner Frau doch nicht über Politik oder Wirtschaft, höchstens darüber, was sie am nächsten Tag kochen soll.« Vergnügt machte er Faxen dazu, doch Markus wusste, das war nicht ernst gemeint. Benny war eine Seele von Mensch und bei Frauen eher unsicher. Aber das war eben Benny, immer einen Spruch parat.

Nach einigen weiteren Fahrten steuerte Benny den Wagen zurück auf den Hof vom Roten Kreuz. »Und, was machst du heute noch?«

»Ich denke, ich werde noch mal in die Kinderklinik fahren. Ich bin zwar müde, aber die Kinder freuen sich immer so, wenn ich komme. Und ich freue mich, wenn sie lachen.«

»Na gut, du Mutter Teresa, ich geh nach Hause und werde World of Golems spielen. Ich habe da ein neues Level, das ich unbedingt durchspielen will.«

Amüsiert schüttelte Markus leicht den Kopf und sah ihn mit hochgezogenen Augenbrauen an. »Du könntest auch mitkommen, mal was Gutes tun.«

»Ne, lass mal, ich tu mir lieber selbst was Gutes. Die Kinder sehen furchtbar aus mit ihren Glatzen. Das mag ich nicht sehen.« Dabei blickte er gequält und verzog die Mundwinkel.

Für einen Moment schwiegen die beiden, dann wies Markus leise darauf hin: »Deswegen ist es ja so wichtig, dass jemand da ist, der sich um sie kümmert.«

Plötzlich klopfte Benny ihm auf die Schulter und lobte anerkennend: »Alter, ich kann mir keinen Besseren für den Job vorstellen als dich. DU machst das schon.«

Sie gingen zur Disposition, gaben Franz das Klemmbrett zurück, verabschiedeten sich und Markus schlurfte zu seinem Wagen. Einen Moment überlegte er und suchte dann ein Lied aus dem Dateisystem seines Radios. *Down* von Fiddler's Green.

»Servus Gretl, you busty Fräulein,
Wiedersehn, Wiedersehn, sag auf Wiedersehn
to your sisters in the Black Forest,
come away and say farewell.«

Unterwegs sang er den Text mit etwas Galgenhumor und einer Spur Frustration im Blick. Das Lied fand er irgendwie passend, denn er wusste, in der Klinik wartete ein Mädchen, dem er früher oder später Lebewohl sagen musste. Sie würde bald ihren letzten Weg gehen und er konnte es nicht ändern. Zu Hause duschte er, zog sich an, nahm seine Bücher und tuckerte in Richtung Kinderklinik.

Im Eingangsbereich desinfizierte er seine Hände und betrat die Station. Manuela saß am Tresen des Stützpunktes.

»Hallo«, grüßte er freundlich. »Alles klar?«

Sie blickte ihn an und seufzte. »Ja, das Übliche.«

Das hörte sich nicht gut an. »Was ist denn passiert?«, versuchte er vorsichtig zu erfahren.

Sie schaute ihn an und erklärte leise: »Carolin wurde auf die Intensivstation verlegt, ihre Werte haben sich zwischenzeitlich dramatisch verschlechtert.«

Auf einmal musste er schlucken und spürte einen Schmerz in seinem Bauch. Leise hörte er sich fragen: »Hat die Chemo nicht angeschlagen?« Aber das war nur Maskerade. Er wusste ganz genau, dass es nun nicht mehr lange dauern würde. Ein paar Tage, vielleicht eine Woche.

»Nein, leider nicht, der Krebs hat mittlerweile fast ihr gesamtes System erfasst, besonders die Lunge macht uns große Sorgen. Es sieht nicht gut aus im Moment.«

»Ich hoffe, sie schafft es«, quälte er hervor. »Sie hat sich immer so gefreut, wenn ich zu ihr kam.«

»Das stimmt, wir sind alle froh, dass du hier bist. Du hilfst uns wirklich mit dem, was du tust.« Und leise fügte sie hinzu: »Aber rechne besser nicht damit, dass sie wiederkommt. Es sieht wirklich schlimm aus.«

Wieder musste er schlucken. Langsam nickte er und sah sich um. Das war einer dieser Momente, in denen er am liebsten davongelaufen wäre. Dieses Gefühl von Hilflosigkeit. Noch einmal drehte er seinen Kopf zu Manuela. »Ist Pia im Zimmer?«

Sie nickte.

»Und weiß sie es?«

»Nein, sie weiß nichts.«

»Ok, dann gehe ich mal zu ihr.«

Langsam schlurfte er zu Zimmer 3 und klopfte an die angelehnte Tür. »Hallihallohallöchen, ja wen haben wir denn da? Ist das ein Goldfisch oder ein Seestern? Nein, das ist ja die Pia«, flötete er lächelnd und lief zu ihrem Bett.

»Maaarkus«, quiekte sie überrascht und schon hielt sie ihre Hände nach ihm ausgestreckt.

»Hallo meine kleine Melomakarona, na, wie geht es dir?«

»Gut«, nuschelte sie.

»Das freut mich. Kommen deine Eltern heute nicht?«

»Meine Mama kommt später, hat sie gesagt.«

Kurzerhand griff er in die rechte Tasche seiner Hose, holte 3 Werthers Echte heraus und streckte sie ihr feierlich entgegen.

»Wärders ...«, quiekte sie erfreut und griff sich alle drei mit einem Streich. »Das sind meine Lieblings-Bomboms.« Schon hatte sie den ersten im Mund.

»Was magst du denn heute hören?«

Einen Moment überlegte sie unschlüssig.

»Also wie wäre es mit...«, begann er, doch sie unterbrach ihn und entschied: »Mary Poppins.«

200

»Ok, also Mary Poppins«, bestätigte er mit erhobenen Augenbrauen und sie nickte eifrig. Er begann zu lesen und es gefiel ihm, sie mit solch wachen Augen zu sehen, wie sie ihm lauschte.

Sie war grün gewesen und er hatte erleichtert ausgeatmet, als er es sah. Den Moment der Wahrheit, so hatte er den Moment irgendwann angefangen zu nennen, nach Alisha. Seitdem war er immer sehr nervös gewesen, wenn es darum ging, herauszufinden, ob er helfen konnte. Die Ereignisse mit Alisha hatten ihn schwer getroffen damals und leider musste er die schmerzvolle Erfahrung machen, dass es nicht bei der einen bleiben sollte. Nach ihr kamen noch andere und mit Carolin hatte das Ganze einen vorläufigen Höhepunkt gefunden. Markus versuchte den Gedanken beiseitezuschieben und den Moment etwas zu genießen, denn er wusste, sie würde bald wieder nach Hause kommen. Er wollte sich einfach für sie freuen, auch wenn sie selbst noch gar nichts davon wusste.

Als nach einer Weile das Abendessen von Iris gebracht wurde, wünschte er guten Appetit und verließ das Zimmer.

Auf dem Gang schaute er sich kurz um und entschied für heute Schluss zu machen. Gemächlich schlenderte er zu seinem alten Transit und tuckerte in Richtung Sieglitzhof. Unterwegs entschloss er spontan zu campen und fuhr weiter in Richtung Langensendelbach zu der Stelle, an der er erst kürzlich gewesen war. Dort stellte er den Wagen ab, öffnete die seitliche Türe und setzte sich hinein. Die Sonne stand schon weit im Westen und bald würde es dunkel werden. Innerlich freute er sich auf den Sonnenuntergang. Es war zu dieser Jahreszeit ein besonders schöner, wenn er den Himmel in prächtige Muster mit roten und orangen Farbtönen legte. Dieser Anblick, zusammen mit der angenehm warmen Luft, schuf eine einzigartige, fast melancholische, aber irgendwie auch magische Atmosphäre.

Die Wiesen vor ihm lagen in einem saftigen Grün und die Luft roch herrlich nach Blumen und frisch gemähtem Gras. Der blaue Himmel ließ ihn an die Augen von Daniela denken und an die von Elli.

2004

Etwa zwei Wochen nach der Entlassung von Elli im Spätsommer 2004 lud Daniela ihn zum Essen nach Hause ein. Es war ein Sonntag und kurz vor Mittag machte er sich auf den Weg. An ihrem Haus angekommen klingelte er und Daniela öffnete. »Hey«, grüßte sie und drückte ihn sanft. »Schön, dass du gekommen bist.«

»Ich freue mich auch.«

Als sie hineingingen, kam ihm ein schlanker Mann mit blonden kurzen Haaren lächelnd entgegen. »Du musst Markus sein«, grüßte er freundlich und reichte ihm die Hand. »Ich bin Kai.«

»Hallo Kai, danke für die Einladung.«

»Ach, das ist doch das Mindeste nach allem, was du für Elli getan hast«, sagte er und sah zu seiner Tochter.

Die 6-Jährige stand etwas links von ihm und musterte Markus mit leicht zusammengekniffenen Augen. Und für einen Moment hatte sie wieder diesen Blick, als wüsste sie etwas Wichtiges. So als wollte sie etwas sagen und entschied sich dann doch zu schweigen. Ihr Mund öffnete sich und schloss sich wieder.

Unterdessen schaute Daniela fast ein wenig verlegen und Markus winkte beherzt. »Hey Elli, wie geht es dir?« Für einen Moment war es ihm unbehaglich, aber Elli lächelte zaghaft und grüßte: »Hi.« Dann verschwand sie flugs in der Küche, während sich alle ansahen und lachten. Anschließend gingen sie ins Wohnzimmer. Aus der Küche strömte derweil ein köstlicher Geruch, der sich in der Wohnung verteilte.

»Das riecht aber lecker«, lobte Markus und sah Daniela an. »Was kochst du denn?«

202

»Ich habe einen Schweinebraten im Ofen. Dazu gibt es Klöße und Blaukraut. Dauert aber noch etwa 20 Minuten.«

»Setz dich doch«, bot Kai an und sie setzten sich. »Ich finde das wirklich super, was du tust«, fing er an zu reden. »Für die Kinder ist das bestimmt ein Segen, wenn sie mal etwas Abwechslung bekommen und vor allem, wenn sie ein wenig abgelenkt werden.«

»Ja, da hast du recht, ich sehe das unheimlich gerne, wenn sie lachen und wenn ich weiß, ich konnte ihnen ein bisschen helfen, das macht mir große Freude.« Ganz kurz lugte er zu Daniela, sie lauschte an der Küchentür. Für einen Moment lächelte sie ihm zu und verschwand wieder in der Küche.

»Wie bist du denn darauf gekommen?«, fragte Kai.

Markus zog seine Augenbrauen nach oben und überlegte kurz. Aus den Augenwinkeln konnte er sehen, wie Daniela wieder hinter Kai in der Küchentür stand. Sie wirkte angespannt. »Ja, weißt du, meine Mutter ist vor ein paar Jahren gestorben und ich war damals ziemlich fertig. Ich habe etwas gebraucht, um mich davon zu erholen, aber nach einiger Zeit überlegte ich mir dann, dass es anderen Kindern bestimmt auch so geht. Und so bin ich irgendwie zur Kinderklinik gekommen. Ich dachte mir einfach, dass die Kinder dort sicher manchmal einsam sind und deswegen bin ich eines Tages einfach mal dorthin gegangen und habe mit einer Schwester geredet. Sie fand die Idee toll und so hat sich das im Laufe der Zeit entwickelt.« Lächelnd fiel sein Blick zu Daniela und er konnte für einen kurzen Moment wieder diesen liebevollen Ausdruck in ihren Augen sehen, bevor sie in der Küche verschwand. Unterdessen dachte sich Markus, dass seine Geschichte eine ganz gute Interpretation der Wahrheit gewesen war. Er wollte nicht lügen, aber so ganz falsch war es ja nicht, was er da gesagt hatte.

»Oh, das tut mir leid mit deiner Mutter, das ist natürlich sehr schlimm. Aber deine Entscheidung finde ich toll. Ich finde das bewundernswert, du hast dich nicht unterkriegen lassen, sondern hilfst auch noch anderen Menschen. Das ist sehr respektabel.« Anerkennend nickte Kai ihm zu.

Auf einmal kam Elli herein, setzte sich neben Markus und zeigte ihm ein Plüschtier.

»Mäntelchen«, staunte er. »Na, den kenne ich doch.«

Sie kicherte und nickte. »Den hatte ich in der Klinik dabei. Also zuerst nicht, weil meine Mama ihn vergessen hatte, aber dann hat sie ihn mitgebracht.«

»Ja, ich kann mich gut erinnern«, schmunzelte er. »Du warst ganz schön beleidigt damals.«

»Das ist mein Lieblingsnasenbär«, motzte sie trotzig und drückte ihn an ihre Brust. Und plötzlich lehnte sie sich an Markus und er hob vorsichtig seine Hand und legte sie um sie.

Unterdessen sah Kai die Kleine erwartungsvoll an und schließlich sang sie mit leicht verdrossenem Überschwang: »Danke, dass du mir in der Klinik geholfen hast.«

»Oh, aber gerne doch liebe Elli, es war mir eine Freude«, flötete er und lächelte. Aber für einen kurzen Moment hatte er den Atem angehalten und hätte er nicht den Blick von Kai vorher gesehen, er hätte nicht gewusst, wie er reagiert hätte. Er mochte das Mädchen wirklich, von Herzen, aber dieses Gefühl. Ihre Augen, manchmal wenn sie ihn betrachtete. Jedes Mal bekam er ein eigenartiges Gefühl dabei, wenn sie ihn mit diesem Ausdruck in ihrem Gesicht ansah. Schnell verdrängte er den Gedanken wieder, blickte noch einmal zu ihr und fragte: »Musst du noch mal in die Klinik zur Untersuchung, weißt du das schon?«

Fragend suchte sie den Blick ihrer Mutter, die am Türstock der Küchentür lehnte. »Nächste Woche, hat der Arzt gesagt. Wir müssen am Mittwoch noch einmal zur Kontrolle und dann

204

wird der Arzt sagen, ob die Behandlung beendet ist. Aber es sieht gut aus, ich glaube, wir sind damit fertig. Sie heilt sehr schnell«, sprach sie gerührt und linste kurz zu Markus.

In diesem Moment erkannte er wieder die liebevolle Dankbarkeit in ihren Augen. Für einen kurzen Augenblick sahen sie sich an und er spürte, wie sich eine wohlige Wärme ihn ihm ausbreitete.

»Ja, das ist wirklich ein Riesenglück, dass unsere Elli so gut heilt, nicht wahr meine Süße?« Kai bedachte seine Tochter mit liebevollem Blick. »Du bist unser kleines Wunderkind.«

Elli kicherte erheitert, während Daniela sich sichtlich gerührt mit der Hand übers Auge fuhr und sofort wieder in der Küche verschwand.

Und in diesem Moment spürte Markus deutlich, wie eigenartig die Atmosphäre eigentlich war. Daniela und er kannten die Wahrheit, Kai und Elli nicht. Es war irgendwie eine absurde Situation und für einen Moment fragte er sich, wie es wäre, zumindest Kai einzuweihen. Aber schnell verwarf er den Gedanken wieder. Es genügte, wenn Daniela es wusste. Er hoffte nur, sie könne sich zurückhalten und würde sich nicht verplappern.

Kurz darauf stand Elli auf und tänzelte zu ihrer Mutter in die Küche.

Markus sah Kai kurz an und suchte nach einem Thema, über das er mit ihm reden konnte. Kai schien ein netter und aufgeschlossener Mann zu sein. Sie mussten etwa im gleichen Alter sein, schätzte er. »Kennst du Fiddler's Green?«, eröffnete er spontan ein Thema, aber Kai schüttelte lächelnd den Kopf. »Ich habe den Namen schon mal gehört, aber ich hatte noch nicht die Zeit, mir etwas von denen anzuhören. Ist das Gothic oder Metal?«

»Weder noch«, wiegelte Markus lachend ab. »Irish Speedfolk nennt man die Richtung. Sie nehmen oft traditionelle irische

205

Volkslieder und ähnliche Melodien und verarbeiten das Ganze mit Geige, Akkordeon, E-Gitarre und auch anderen Instrumenten zu etwas ganz Eigenem. Sie spielen oft schnelle Lieder, die gute Laune machen, aber auch tolle Balladen. Auf der 1995 erschienenen *King Shepherd* zum Beispiel ist ein Medley, das enthält Polkas: *Walshe's, Ballydesmond No 1 & 2, Glenside Polka* und *Kerry Polka No 2.* Die folgen direkt nacheinander, werden also direkt hintereinander gespielt. Eines meiner Lieblingsstücke. Wunderschöne Melodien, hervorragend umgesetzt. Daneben gibt es ein paar richtig gute Kracher wie etwa *Too Drunk* oder *Stop.* Das sind Stücke, die ich immer gerne anhöre, wenn ich gute Laune habe. Ich kann die Musik nur empfehlen, da ist eigentlich für jeden was dabei.«

»Hört sich auf jeden Fall interessant an.«

»Ich höre die schon so lange ...«, schmunzelte Markus.

»Und die Band ist aus Erlangen?«

»Ja, ehemalige Studenten, die sich zusammengetan haben. Das war 1990. Sie spürten alle die gleiche Leidenschaft für Irland und irische Volkslieder, die sie inspirierten.«

»Manchmal ist es schon erstaunlich, was entstehen kann, wenn sich die richtigen Leute zur richtigen Zeit treffen.«

Bei dem Gedanken dachte Markus, wie nahe Kai doch an der Wahrheit lag. Wären die Dinge nicht so geschehen, wie sie geschehen sind, wären sie alle heute nicht hier. Kai wirkte ehrlich interessiert und das freute ihn.

»Wie viele Alben gibt es denn schon?«, fragte er.

»Insgesamt sind es neun im Moment. Wobei ... *Make up your Mind* ist ein Mini-Album.«

»Das ist doch ganz ordentlich, so viele Lieder müssen einem erst einmal einfallen.« Kai nickte anerkennend.

»Das stimmt. Ich finde, das Bisherige macht auf jeden Fall neugierig auf zukünftige Musik.«

»Ja, es hört sich auf jeden Fall interessant an. Da muss ich doch mal reinhören bei Gelegenheit.«

»Gute Idee, ich kann dir auch gerne mal ein paar CDs mitbringen, wenn du willst.«

»Klar, das wäre super, dann kann ich mit Elli ein wenig tanzen üben«, lachte Kai vergnügt.

Sofort kam Elli hereingaloppiert und horchte neugierig: »Was ist mit mir?«

Erheitert lachten sie und Kai erklärte: »Markus bringt uns bald mal ein paar Musik-CDs mit und ich habe ihm gesagt, dass wir dann tanzen üben können.«

Sie kicherte und rannte wieder in die Küche zu ihrer Mutter.

»Sie ist wirklich etwas Besonderes«, bekundete Kai leise und sah Markus jetzt direkt an. »Wir sind echt froh, dass im Moment alles gut aussieht, aber ich habe eine riesige Angst vor einem Rezidiv. Ich habe gelesen, dass die Chancen für eine erneute Heilung dann viel schlechter stehen, das macht mir richtig Sorgen.«

Markus nickte einfühlsam und suchte nach passenden Worten. »Im Moment sieht alles gut aus und vielleicht ist es das Beste, sich darauf zu konzentrieren. Sie ist zäh und eine Kämpferin, du siehst ja, wie schnell sie heilt.«

»Ja, es ist fast ein Wunder, wie schnell sie entlassen wurde.« Berührt wischte er sich eine Träne weg und bot Markus etwas zu trinken an.

»Wasser ist gut, danke.« Heimlich beobachtete er Kai dabei, wie er die Flasche öffnete und ihm eingoss. In seinem Kopf spielte er noch einmal alles Für und Wider durch, aber entschied dann, dass es besser war, wenn es keiner wusste. Daniela wusste es und er wusste es. Und Kai würde sich schon beruhigen, nach dem Termin am Mittwoch, und danach hoffentlich nicht mehr daran denken.

»Essen ist fertig.« Elli kam angerannt und ließ sich vergnügt neben Markus auf das Sofa plumpsen.

»Hast du Hunger?«, fragte er sie und nahm kurz ihre Nase zwischen Daumen und Zeigefinger.

Zuerst kicherte sie und nickte dann.

»Elli, gehst du bitte Hände waschen?«, erinnerte Kai und machte Markus eine Handbewegung zum Tisch.

Sofort flitzte sie zum Bad und kam kurz darauf mit nassen Händen zurück.

»Och Schatz, du kannst dir doch wenigstens die Finger abtrocknen«, rüffelte Daniela vorwurfsvoll.

Elli rieb ihre nassen Hände schelmisch grinsend über ihre Kleidung und streckte sie ihrer Mutter feierlich entgegen.

»Kleines Monster«, fauchte Kai lächelnd und wieder kicherte sie. Gemeinsam aßen sie und es war wirklich ein wunderbares Mittagessen. Es schmeckte fantastisch und Markus kam kurz in den Sinn, ob es nicht eine gute Idee wäre, mit Daniela zusammen ein Geschäft zu eröffnen. Sie hätten dann Schweinebraten in Dosen verkauft. Er war sich sicher, dass die Leute ihnen das aus der Hand gerissen hätten. Bei dem Gedanken musste er lächeln, und als Daniela ihn fragend ansah, da lobte er höflich: »Es schmeckt unbeschreiblich gut.«

Zufrieden lächelte sie und er konnte sehen, dass sie sich freute. Aus seinen Augenwinkeln bemerkte er aber auch immer wieder, wie sie abwechselnd zu ihm und Elli lugte. Und manchmal, wenn sich ihre Blicke kurz trafen, dann sah er die liebevolle Dankbarkeit in ihren Augen. Und da wusste er, dass sie nie vergessen würde, was er für sie getan hatte. Und er wusste auch jedes Mal, wenn sie ihn so ansah, dass sie sich lieber in die Zunge gebissen hätte, als sich zu verplappern.

Nach dem Essen räumten sie gemeinsam den Tisch ab und verstauten alles in der Spülmaschine. Ein paar Sachen wollte

Daniela lieber mit der Hand spülen und er half ihr dabei.

»Hat es dir geschmeckt?«

»Das war echt super. Ich wusste gar nicht, dass du so gut kochen kannst.«

»Du warst ja auch bisher noch nie hier«, sagte sie lächelnd und die beiden blickten sich kurz an. »Ich finde es schön, dass du hier bist, und mit Kai verstehst du dich scheinbar gut.«

»Ja, er ist in Ordnung, netter Kerl. Ich komme gut mit ihm zurecht und er liebt sein Kind, das habe ich bemerkt.«

Daniela warf einen Blick zu den beiden im Wohnzimmer. »Ja, er ist wirklich ein guter Mann. Als ich so oft in der Klinik war, hat er sich hier um alles gekümmert, er hat mir sehr geholfen.«

»Das ist schön«, sagte er verständnisvoll. »Auch für Elli ist es schön, wenn ihr beide gut klarkommt. Es ist wichtig für Kinder, dass sie beide Eltern um sich haben.«

»Ja, da hast du recht. Wenn man sich so umhört im Bekanntenkreis, da sind doch einige, die sich getrennt haben. Und wenn Kinder da sind ... schlimm.«

»Und wie geht es jetzt weiter mit ihr? Sie müsste bald in die Schule kommen, oder?«

»Im Herbst, dann ist sie fast sieben. Dann geht das Leben erst richtig los«, prophezeite sie lachend.

»Sie wird das sicher ganz hervorragend machen, sie ist klug und sie lernt schnell«, ermunterte er sie und legte seine Hand auf ihre Schulter. Einen kurzen Moment sahen sie sich an und es war fast, als wären sie wieder in der Kapelle.

Ihre blauen Augen waren gütig und milde, zufrieden und liebevoll. In ihnen konnte er die Liebe sehen, die sie in sich trug, und er war gerührt bei dem Gedanken, dass sie ihm das unbedingt zeigen wollte.

»Geh ruhig zu ihnen, ich bin hier so gut wie fertig«, hauchte sie sanft.

Er nickte, legte das Handtuch beiseite und kehrte zurück ins Wohnzimmer. Auf dem Sofa griff er nach Mäntelchen und betrachtete ihn kurz.

»Magst du einen Wein oder Cognac?«, wollte Kai wissen.

»Nein, danke, ich muss noch fahren und ich trinke eh nur ganz selten was. Ich wäre wahrscheinlich nach ein paar Schlucken schon dicht«, winkte er lächelnd ab.

»Was ist Cognac?«, forschte Elli neugierig und schnappte sich kurzerhand Mäntelchen von Markus' Schoß. »Und warum bist du dann dicht?«

Amüsiert hob er seine Augenbrauen und erklärte: »Ein Cognac ist ein Getränk mit Alkohol. Wenn man zu viel Alkohol trinkt, dann wird einem ganz schwindelig und oft schläft man dann ganz schnell ein. Wenn jemand zu viel Alkohol getrunken hat, dann sagt man, der ist dicht.«

»Ok«, befand sie trocken. »Ich mag nicht dicht sein.«

Kai und Markus lachten erheitert und kurz darauf kam Daniela mit einem Tablett herein, auf dem vier Schüsseln mit Eiscreme standen.

»Oh, Eis«, rief Elli entzückt und griff sofort eine Schüssel.

»Aber iss langsam, sonst kriegst du Bauchweh«, mahnte Kai das Mädchen und etwas trotzig behauptete sie: »Ich krieg nie Bauchweh von Eis.«

»Das wirst du dann schon sehen, Fräulein, aber komm dann nicht zu mir und jammere herum.«

»Ich bin kein Fräulein, ich bin ein Kind«, erklärte sie naseweis und tat ganz ernst dabei.

Spontan musste Daniela lachen und belehrte sie: »Genau, du bist unser Kind und wir haben dich lieb. Und jetzt iss dein Eis, aber langsam.«

Elli kicherte und aß dann artig ihr Eis.

Markus beobachtete die Szene und fand schön, was er sah.

Eine kleine, glückliche Familie. Spontan musste er an seine eigene denken und Wehmut kam in ihm auf. *Was ist das nur mit dem Schicksal? Was denkt sich Gott eigentlich dabei, wenn er solche Dinge entscheidet? Die einen lässt er Leben, die anderen holt er zu sich. Und gerade wenn du denkst, alles ist gut, passiert das nächste Unglück. Fast als hebe er mahnend den Finger, um zu sagen: ‚Damit dir ja nicht langweilig wird'.*

Nachdenklich löffelte er sein Eis aus und stellte die Schale auf das Tablett. »Danke, das war großartig«, lobte er Daniela.

Elli verlangte noch einen Nachschlag, aber Kai machte ihr deutlich, dass es genug war. Daher rutschte sie etwas trotzig zu Markus und lehnte ihren Kopf an seine Seite. Und er hob vorsichtig seine Hand und umarmte sie. Einen Moment betrachtete er sie und wunderte sich darüber. Es war heute schon das zweite Mal und in der Klinik war sie nie ansatzweise so anschmiegsam gewesen. Eigentlich hatte sie sich sogar ziemlich schüchtern verhalten. Aber heute schien sie offener zu sein.

»Sie mag dich.« Daniela lächelte zufrieden. »Sie hat manchmal gefragt, wann du uns besuchen kommst.«

Erfreut wandte er seinen Kopf zu Elli und flötete: »Na, wenn ihr mich einladet, komme ich doch gerne und wenn Mäntelchen auch einverstanden ist, dann komme ich gerne auch mal wieder.«

Betont nachdenklich sah sie kurz zu Mäntelchen, dann zu Markus und beschloss schließlich: »Der ist immer einverstanden, du kannst also immer kommen.«

Sie lachten vergnügt und Kai fügte hinzu: »Das gilt auch für uns Markus, du bist jederzeit herzlich willkommen. Wir sind dir wirklich dankbar und Elli scheint dich sehr zu mögen, das kann man nicht übersehen.«

Die Kleine kicherte und Markus bedankte sich. Etwas vorwurfsvoll sah er dann zu Daniela und frotzelte: »Aber wenn du jedes Mal so pompös kochst, dann muss ich mir bald neue Hosen kaufen.«

»Ach was, so schlank wie du bist, da besteht keine Gefahr. Und vielleicht ... ich wollte ja immer schon mal was mit Grünkern kochen.« Dabei zwinkerte sie ihm zu.

Spontan musste Kai lachen und wunderte sich: »Was ist denn Grünkern?«

»Das ist Dinkel, der unreif geerntet wurde«, belehrte Elli ihn selbstbewusst.

Erstaunt betrachtete er sie einen Moment und wollte dann wissen, woher sie das wusste.

»Das habe ich im Fernsehen gesehen.«

»Und das hast du dir gemerkt?«

Sie nickte und spielte an Mäntelchen herum.

»Das ist toll, dann ist das Fernsehen ja doch für etwas gut«, stellte Daniela lachend fest und Elli nickte eifrig.

»Schaust du dir auch noch manchmal diese japanischen Zeichentrickfilme an?«, wollte Markus wissen.

Wieder nickte sie, war sich aber scheinbar nicht ganz sicher, was Markus mit *japanisch* meinte, denn sie hielt ihren Blick auf Mäntelchen gerichtet.

Eine Weile unterhielten sie sich noch. Etwas später stand er auf und verabschiedete sich. Elli drückte ihn zum Abschied, was ihn erneut wunderte, aber auch freute, und Daniela und Kai wiederholten noch einmal ihre Einladung. Und sie versprachen sich, das Ganze bald zu wiederholen.

2019

Nachdenklich betrachtete Markus den Sonnenuntergang in der Ferne. Mittlerweile spürte er seinen Magen nach Nahrung rufen. Er stand auf und kramte eine der Dosen hervor, die er kürzlich gekauft hatte. Chili con Carne. *Mal sehen, wie das schmeckt*, dachte er, holte den Gaskocher hervor und stellte die

212

geöffnete Dose darauf. Während er wartete, wanderten seine Augen wieder in die Ferne und Wehmut überkam ihn. *Warum muss sich alles ständig ändern?*

1996

Damals mit Yvonne sah der Himmel fast genauso aus wie jetzt. Eine sinnberührende Träumelei aus Rot und Orange in aufglühenden Mustern, wohlige Temperaturen, ein leichtes Lüftchen und eine unfassbar friedliche Stimmung in allem um sie herum. Sie lagen auf einer Wolldecke auf einer Wiese neben einem Baumstamm und ein paar Meter entfernt konnte man einen kleinen Bach plätschern hören. Ein paar Frösche quakten dann und wann und ein paar Grillen zirpten vereinzelt, sich auf das große Abendkonzert vorbereitend. Sie küssten sich, blickten sich in die Augen und alberten herum.

Es lag diese Art von *Magie* in allen Dingen an jenen Tagen, wie man sie nicht oft im Leben verspürte. Sie waren jung und sie waren frei. Und sie waren verliebt, ein Gedanke an morgen kam ihnen nicht in den Sinn. Das Leben spielte jetzt und es war magisch. Sanft legte er seine Hand auf ihren Bauch und sie küssten sich innig. Ihr Geruch und der Geschmack ihres Mundes waren betörend und er versank ganz und gar in diesem unbeschreiblichen, magischen Moment. Seine Hand glitt behutsam an ihrer Seite hinauf zur Schulter, sie drehte sich langsam, bis sie auf ihm lag. Zärtlich küssten sie sich und ganz liebevoll legte er seine Hände an ihre Hüften. Er sah ihren Blick und erkannte Verdruss in ihren Augen. Irritiert runzelte er die Stirn und sie setzten sich auf. »Was ist los?«, wollte er wissen.

Sie hielt den Kopf gesenkt und wirkte traurig. »Ich muss dir was sagen«, begann sie, den Kopf noch immer gesenkt.

»Hey, Babe.« Sanft hob er mit der Hand ihr Kinn.

»Wir ziehen weg«, schluchzte sie und senkte den Kopf. Tränen liefen ihre Wangen hinunter.

»WAS?« Er hatte sich scheinbar verhört, denn was er gehört hatte, wollte er nicht hören. »Was sagst du?«

»Wir ziehen weg, meine Eltern wollen nach Erfurt. Wegen der Arbeit.« Wieder senkte sie den Kopf.

»Wann?«

»Schon morgen.«

»WAS? Wieso, das geht doch nicht, wieso morgen?«

»Sie haben es mir gestern gesagt.«

Entsetzt starrte er sie an. »Das sagst du mir erst jetzt?«

»Was hätte das denn für einen Unterschied gemacht?«

Zorn stieg in ihm auf. »Bis gerade eben dachte ich noch, wir wären gut und alles ist in Ordnung und jetzt erzählst du mir, dass du weggehst?«

Nun musste sie weinen und schrie: »ICH GEHE DOCH GAR NICHT, MEINE ELTERN GEHEN!«

»Aber du kannst hierbleiben, du kannst bei mir wohnen, das geht bestimmt. Meine Eltern erlauben das bestimmt.«

Weinend schüttelte sie den Kopf und er ahnte, dass es keinen Sinn machte. Fassungslos stand er auf und trat ein paarmal laut fluchend gegen den Baumstamm. Was bildeten die sich eigentlich ein? Wer waren die denn zu entscheiden, einfach von hier wegzugehen? Am liebsten wäre er zu ihnen gegangen und hätte sie zur Rede gestellt. Hätte ihnen gesagt, dass sie das nicht tun konnten. Es ginge einfach nicht. Sie konnten sie nicht auseinanderreißen. Aber irgendwie wusste er, dass er nichts hätte ausrichten können. Noch immer fassungslos setzte er sich hin und starrte stumm in die Gegend.

Schließlich kam Yvonne auf allen vieren, um ihn zu trösten, aber am Ende war er es, der sie in seinen Armen hielt. Stumm saßen sie da und beobachteten ihren letzten gemeinsamen Sonnenuntergang. Es war das Ende ihres Sommermärchens, das Ende vom Teenagertraum eines Sommers. Es war ihr Sommer

1996 gewesen, den sie mit allen Sinnen genossen hatten und an den Markus noch lange voller Wehmut zurückdachte. Nach diesem Tag schickten sie sich noch eine Zeit lang Kassetten mit lustigen Kommentaren oder Gedanken zu den Dingen. Und anfangs telefonierten sie häufig. Doch im Laufe der Monate ließ es allmählich nach, bis sie schließlich den Kontakt verloren hatten. Markus versuchte irgendwann bei ihr anzurufen, doch die Nummer war nicht mehr vergeben. Und an diesem Tag musste er endgültig einsehen, dass es vorbei war.

2019

Manchmal, an Tagen wie heute, dachte er zurück an ihren Sommertraum und sinnierte darüber, was wohl aus ihr geworden war. Ihre blauen Augen und ihr Duft waren in seiner Erinnerung schon ganz verschwommen und oft fragte er sich, ob er sie überhaupt wiedererkennen würde, wenn er sie irgendwo sähe. Dann erinnerte er sich an die Wiese, den Baumstamm und wie sie sich geküsst hatten. Und plötzlich, für einen kleinen Moment, konnte er wieder die Magie spüren. Die Magie eines Sommertraumes.

Leise seufzend fiel sein Blick nach unten auf die Dose. Er drehte den Gaskocher ab, holte aus seinem Wagen eine Schüssel und einen Löffel. Langsam begann er sein Chili zu essen. *Es schmeckt gar nicht so schlecht*, dachte er und biss in eine Scheibe Brot. Sein Blick wanderte über die Wiese und auf einmal hoben sich seine Mundwinkel. Das Reh war wieder zum Fressen gekommen. Scheu blickte es sich immer wieder um und seine Ohren bewegten sich regelmäßig in alle Richtungen. Es war ein wunderbarer Anblick und auf einmal verspürte er Dankbarkeit. In diesem Augenblick merkte er wieder, wie kostbar solche Momente und wie rar und selten sie im Leben zu finden waren. Während er leise sein Chili löffelte, beobachtete er das scheue Tier. Und als er fertig gegessen hatte, saß er noch eine Weile da und sah zu, wie es irgendwann im Wald verschwand. Ruhig saß er in der geöffneten Seitentüre, ließ die Beine baumeln und dachte über das Leben nach. Über Sinn und Unsinn, über die Menschen und über Gott. Das große Universum mit seinen vielen Geheimnissen, das große Ganze, das die Menschen sich gar nicht vorstellen konnten. Ein leichtes Lüftchen wehte ihm um die Nase und der Geruch von Blumen, Gräsern und Frieden umschmeichelte ihn. In der Nähe zirpten ein paar Grillen und hier und da raschelten leise ein paar Blätter. Die Welt lag im Ruhen und zeigte all ihre Schönheit und Friedlichkeit im Dunkel der Nacht. Irgendwann später gähnte er laut, stand auf und putzte seine Zähne. Der Tag war lang und anstrengend gewesen. Einen Moment betrachtete er noch die fluoreszierenden Sterne, die über ihm am Wagendach grünlich schimmerten. Mit einem letzten Gedanken an Carolin schlief er ein.

Donnerstag

~Gentleman~

Als um 5:00 Uhr sein Smartphone klingelte, griff er leicht stöhnend danach und warf es gegen die innere Hecktüre. Es scheperte ungewohnt. Erschrocken fuhr er hoch. Fluchend tastete er an der Decke nach dem Lichtschalter und suchte nach dem Gerät. Es wies eine schroffe Delle rechts oben am Rahmen auf, funktionierte aber noch. »Verdammte Autobahn«, murmelte er, zog sich aus und wusch sich an der Spüle. Danach warf er einen Blick in den Kühlschrank. Emmentaler oder Blauschimmelkäse. Ohne groß nachzudenken, nahm er den Blauschimmelkäse und machte sich zwei Scheiben Brot. Damit ausgestattet öffnete er die Seitentüre und setzte sich auf den Boden. Die Nacht war gut gewesen. Er hatte tief und fest schlafen können und erinnerte sich nicht an einen Albtraum. Und er war froh darüber. Als er fertig gegessen hatte, putzte er seine Zähne und setzte sich auf den Fahrersitz des roten Esels. Der Motor startete mit etwas Mühe und Markus dachte sich, dass er bei Gelegenheit mal die Batterie durchmessen sollte. Sie leistete bereits seit 5 Jahren gute Dienste, aber die modernen Batterien waren eben nicht mehr so haltbar wie früher.

Entspannt tuckerte er durch die Dunkelheit in Richtung Rotes Kreuz und stellte den Wagen auf dem Parkplatz ab.

Benny wartete schon. »Moin Moin, na, alles klar?«

»Moin Benny, alles klar.«

Im Büro der Disposition schaute Franz ihnen entgegen. »Guten Morgen die Herren«, brummte er mit gewohnt tiefer Stimme und fügte hinzu: »Wünsche wohl geruht zu haben. Hier ist eure Liste und dann seht ihr schon.« Dann sah er die beiden über seine Brille hinweg an.

Benny stichelte neugierig: »Du bist gut gelaunt heute?«

»Ja, es wird wieder ein schöner Tag heute, darf man da nicht mal fröhlich sein?«

218

»Doch, klar, alles gut«, wiegelte Benny ab und grinste.

Schließlich drängte Markus: »Na komm, auf gehts«, und deutete mit dem Kopf Richtung Tür.

Sie verließen das Büro und grüßten auf dem Weg zur Halle ein paar Kollegen, die gerade kamen.

Wie gewohnt setzte sich Benny in das Auto, während Markus einmal außenrum schlenderte und auch einen kurzen Blick auf den Boden unter dem Motorraum warf. Schließlich stieg er ein und studierte kurz die Liste. »Zuerst nach Dechsendorf, Transfer in die Kopfklinik.« Markus gab ihm die Adresse, Benny programmierte sie in das Navigationsgerät und fuhr los.

»Wie war dein Spiel gestern, hast du das Level geschafft?«

»Ach verdammt«, fluchte Benny. »Ich konnte nicht spielen, weil mein Fernseher auf einmal nicht mehr wollte. Ich muss mir heute einen neuen besorgen. Ärgerlich, das kostet wieder.«

»Wie alt war der denn?«

»Nicht alt, 7 Jahre oder so.«

»Das ist wirklich ärgerlich, eigentlich kein Alter für einen Flachbildschirm.«

»Eben, sag ich doch, so ein Mist, verdammter Toshiba. Ich kauf mir einen Samsung, hab da schon einen im Visier und der ist auch gerade im Angebot.«

»Ja, die haben einen guten Ruf, kannst wahrscheinlich nicht viel falsch machen.«

»Na, das hoffe ich doch, kostet mich schließlich eine schöne Stange Geld.«

»Und Samira?«

Benny sah ihn an und rätselte: »Was soll mit ihr sein?«

»Na, hast du sie gefragt?«

»Ach so, ja, sie kommt auf jeden Fall, Mann. Kein Stress, ich mach das schon.«

»Na, da bin ich ja mal gespannt«, frotzelte Markus lachend.

219

»Hey, du traust mir das wohl nicht zu, oder was? Du wirst schon sehen.«

In Dechsendorf suchten sie nach der Hausnummer, aber fanden sie schnell. Ein Seniorenheim.

»Steht das auf der Liste?«, wollte Benny wissen.

»Nein, steht nichts dabei.«

»Ts, Franz du alte Nase, von wegen fröhlich, da ist irgendwas im Busch, entweder hat der im Lotto gewonnen oder eine neue Freundin, wer weiß«, orakelte Benny verschwörerisch.

»Du kannst ihn nachher fragen, aber ich bin fast sicher, dass er dir nichts sagen wird. Du weißt doch, wie der ist.«

»Ja, vermutlich hast du recht.«

Gemeinsam betraten sie den Vorraum, doch an der Information war noch niemand. Daher schauten sie im Pflegebereich an die Zimmertüren, ob irgendwo ein grünes Licht zu sehen war, und fanden eine etwas weiter hinten.

Benny klopfte an und trat ein. »Hallo?«

»Ja, Moment ...«, beschwichtigte eine Frauenstimme mit russischem Akzent. Sie kam auf die beiden zu und Benny wollte wissen, wo Frau Zonder ihr Zimmer hat.

»Äh, zweiter Stock Nummer 234.« Sie war eine sehr hübsche junge Frau, äußerst schlank.

Markus erkannte, dass Benny fieberhaft überlegte, was er noch sagen konnte, nur um nicht gehen zu müssen, also klopfte er ihm auf die Schulter, nickte der jungen Frau zu und sagte: »Danke, komm, wir wissen den Weg.«

Unterwegs flüsterte Benny: »Alter, hast du die gesehen? Was für eine süße Kirsche war das denn?«

Etwas vorwurfsvoll mahnte Markus: »Samira.«

»Du bist vielleicht eine Spaßbremse.«

Im Aufzug entgegnete Markus: »Keine Spaßbremse, einfach realistisch.«

220

»Jajaja, reibs mir nur unter die Nase, NOCH darf ich auswärts essen«, zeigte er mit einem Finger nach oben. Die Türen öffneten sich, sie stiegen aus und Markus lachte: »Ja, noch.«

Am Zimmer stand die Türe offen. Eine Schwester zog der Frau im Rollstuhl gerade die Schuhe an.

»Guten Morgen, Rotes Kreuz, Fahrdienst, die Frau Zonder hat einen Termin in der Kopfklinik.«

»Ich bin gleich fertig, nur noch die Jacke«, raunte die Schwester leicht gestresst und Markus war fast froh, dass sie stattlich gebaut war. Nachdem sie der Frau die Jacke angezogen hatte, raunzte sie: »Viel Spaß.«

»Besten Dank«, entgegnete Benny, stiefelte mit ihr zum Fahrstuhl und zum Auto. Unterwegs fragte er: »Und, was hast du gestern noch gemacht, warst du noch in der Kinderklinik?«

»Ja, ich war dort. Ich war zwar müde, aber es war trotzdem schön. Ich habe vorgelesen und wir haben viel gelacht. Es ist zwar irgendwie anstrengend, aber auch schön.«

»Warte, bis ich erst eine Tochter habe, dann darfst du ihr auch vorlesen«, versprach Benny in brüderlichem Ton.

Markus lachte. »Aber dafür brauchst du erst mal eine Frau, das weißt du, oder?«

»Samstag«, sagte er feierlich. »Du wirst schon sehen.«

»Ok, ich bin gespannt, was du geplant hast.«

»Alter, das wird M-E-G-A. Gutes Essen, gute Stimmung, gute Frauen«, schwärmte Benny und zwinkerte ihm zu.

»Wenn du Hilfe brauchst, sag Bescheid«, frotzelte Markus und jetzt zwinkerte *er* Benny zu.

»Ha, das würde dir gefallen, ne, das mach ich schon selber.«

Beide lachten vergnügt. In der Kopfklinik brachten sie die Frau zur Station und kehrten zurück zum Auto.

»Herr Lederer ist der Nächste«, verwies Markus mit Blick auf die Liste und sah vorwurfsvoll zu Benny.

»Ich mach doch nur Spaß«, lachte er und fügte hinzu: »Schon gut, ich werde mich heute zurückhalten.«

In Alterlangen streiften sie durch den Garten am Krempel vorbei zur Haustüre.

»Sabine war schon da«, deutete Markus auf den Schlüssel im Türschloss.

»Alter, irgendwie erwähnst du das jedes Mal, wenn wir hier sind«, witzelte Benny und Markus betonte: »Ist doch schön, wie zuverlässig sie ist. Stell dir mal vor, sie wäre heute noch nicht da gewesen. Dann müssten wir warten, bis sie kommt.«

»Warten, wir können nicht warten, wir haben Folgetermine«, murmelte Benny brummig und ging hinein. »Rotes Kreuz, Fahrdienst«, rief er und stapfte die Stufen nach oben. »Guten Morgen Herr Lederer«, grüßte er den Mann und Markus warf einen Blick in die Patientenakte.

»Guten Morgen«, grüßte Herr Lederer zurück.

»Haben Sie gut geschlafen?«

»Jedenfalls besser als im Schützengraben damals.«

Derweil warf Markus einen mahnenden Blick zu Benny. Er rollte kurz die Augen und sagte: »Wenn Sie so weit sind, dann würden wir gerne los.«

»Von mir aus kann es losgehen, Junge«, antwortete er mit seiner krächzenden Stimme.

Als er im Fahrzeug war, schlug Benny die Hecktüre zu und Markus machte ihm die Daumen-nach-oben-Geste.

Benny zuckte unschuldig die Schultern und zwinkerte.

Sie lieferten den Mann in der Tagespflege ab. Die nächste Fahrt führte sie ins Bettenhaus.

»Rotes Kreuz, Fahrdienst, die Frau Sauer sollen wir in die Neurologie eskortieren«, flötete Benny zu der Schwester.

»Zimmer 544«, antwortete sie und zeigte mit dem Finger in eine Richtung.

222

»Besten Dank, Madam«, antwortete Benny sehr galant und Markus hob leicht seine Augenbrauen. Während sie zum Zimmer liefen, lächelte Benny und zwinkerte Markus zu. Dann sagte er leise: »Ja, ich kann auch anders.«

Markus ging ins Zimmer und fragte: »Frau Sauer?«

»Hier«, meldete eine ältere Frau. Sie deutete zur Garderobe und fragte: »Wären Sie so gütig meine Tasche zu nehmen?«

Benny obhudelte sichtlich motiviert: »Aber natürlich, gnädige Frau.«

Wieder hob Markus seine Augenbrauen und blickte fragend zu Benny.

Doch er lächelte keck und tat, als wäre er ganz Gentleman.

Verrückte Welt, dachte Markus, aber es war irgendwie witzig, ihn so zu sehen. Mit Benny wurde es nie langweilig und er war froh über diese willkommene Abwechslung. Für einen Moment wanderten seine Gedanken zu Carolin. Wie mochte es ihr wohl gehen? Ob sie sehr leiden musste? Sie hatten gute Schmerzpräparate auf der Intensivstation, das wusste er. Aber sie tat ihm furchtbar leid und er hätte alles gegeben, um ihr doch noch helfen zu können. Aber sie war rot und er wusste, was das bedeutete. Leise seufzend schlurfte er hinter den beiden zum Aufzug.

Benny verhielt sich weiterhin äußerst galant. Er öffnete ihr die Tür, half ihr hinein, schnallte sie sogar an, stieg dann in den Wagen auf den Fahrersitz und rollte sanft und gemächlich in die Schwabachanlage.

Unterwegs nickte Markus ihm zu und Benny lächelte triumphierend. Sie brachten die Frau in die Klinik und holten dort gleich den nächsten Patienten ab.

»Rotes Kreuz, den Herrn Wegerer suchen wir.«

Die Frau hinter der Kabine bat freundlich: »Einen Moment bitte«, stöckelte aus dem Zimmer nach rechts in den Gang und schrie: »Gabi, ist der Wegerer schon fertig?«

Gabi schrie zurück: »Ja, der ist hier.«

Amüsiert liefen die beiden rechts um die Ecke an der Tür vorbei, aus der die Frau gerade auf den Gang gelaufen war, ihnen nun wieder entgegenkam und sagte: »Da hinten, gell.«

»Besten Dank«, entgegnete Benny und betrachtete den Mann im Rollstuhl. Es war ein hagerer Mann, etwa 70, mit einem Jägerhut auf dem Kopf. »Guten Morgen Herr Wegerer, wir geleiten Sie nach Hause«, informierte Benny und marschierte mit dem Rollstuhl in Richtung Ausgang.

Unterdessen wunderte sich Markus nicht mehr über seine Wortwahl. Er wusste, dass Benny ihm beweisen wollte, wie galant er sein konnte, und so ließ er ihn gewähren. Außerdem dachte er sich für die Kunden und den Ruf des Fahrdienstes konnte es ja nicht schlecht sein. Und irgendwie war es ja auch lustig, ihn so zu erleben, denn er kannte ihn ganz anders.
Im Seniorenheim Möhrendorf lieferten sie den Mann am Empfang ab. Wieder im Fahrzeug sah Markus auf die Uhr: 9:32 Uhr.

»Um 10:00 Uhr Frau Zonder nach Hause fahren.«

Sichtlich amüsiert schüttelte Benny den Kopf. »Also wieder zurück in die Kopfklinik«, lachte er und startete den Motor. »Das ist aber schon knapp geplant heute. Bis 10:00 Uhr, das schaffen wir gerade so.«

Aber Markus wusste, dass es kein Problem geben würde. Die Autobahn war frei gewesen, er hatte auf dem Hinweg den Verkehr beobachtet. »Sollte kein Problem sein«, bemerkte er und schaltete das Radio an. »Auf der A3 Nürnberg Richtung Würzburg zwischen dem Kreuz Biebelried und Randersacker Stau nach einem Unfall ...«

»Typisch«, redete Benny dazwischen. »Auf der A3 ist doch ständig was anderes. Manchmal bin ich echt froh, kein Trucker geworden zu sein, so wie mein Dad.«

»Hat alles seine Vor- und Nachteile«, philosophierte Markus.

224

»Auf dem Truck hast du wenigstens deine Ruhe und keiner redet dir rein.«

»Hast du eine Ahnung, ständig nervt dich die Disposition, die Polizei hält dich ständig an wegen Papiere und Ladungssicherung und wehe, du fährst zu schnell, dann darfst du auch noch Strafe zahlen. Mein Dad redet oft davon, wenn er zu Hause ist.«

»Scheint ihm keinen Spaß zu machen?«

»Doch, er sagt, es macht schon Spaß, aber der Verkehr wird immer schlimmer und auch die Anforderungen an die Trucker werden immer schlimmer. Früher war das alles viel einfacher, sagt er oft, da hast du beim Bund deinen Lappen gemacht und hinterher konntest du alles fahren. Da gab es noch keine elektronische Fahrerkarte und all den Mist. Und heute ... heute müssen sie alle fünf Jahre 35 Stunden Fortbildung nachweisen und obendrein müssen sie alle fünf Jahre vom Hausarzt und vom Augenarzt ein Gutachten beibringen, sonst kriegen sie den Lappen nicht verlängert. Das kostet auch jedes Mal Geld.«

»Schöne neue Welt ...«, murmelte Markus.

»Da sagst du was.«

Zurück in der Kopfklinik holten sie Frau Zonder ab und brachten sie nach Dechsendorf.

Wieder im Wagen sagte Benny: »Vorne an der Straße habe ich einen Imbiss gesehen, hast du Lust auf Bratwurst? Vielleicht haben sie auch Currywurst?«

»Klar, schauen wir mal hin, was sie so haben.«

Am Imbiss bestellten sie je eine Currywurst mit Brötchen.

»Nur eine?«, scherzte Markus und Benny zwinkerte vielsagend. »Ich muss ein bisschen auf meine Figur achten.«

An einem der Stehtische vor dem Imbisswagen aßen sie gemütlich und Markus genoss für einen Moment die warmen Sonnenstrahlen. Zurück im Wagen sah er auf die Liste. »Die nächste Fahrt ist erst um zwölf. Rufst du den Franz an?«

»Mach ich«, bestätigte Benny und kramte sein Smartphone hervor. »Moin, du wir sind jetzt in Dechsendorf so weit fertig, nächste Fahrt ist erst für zwölf geplant. Ja, ich warte. Ok ... ok ... ja ... ok, alles klar. Tschö.« Konzentriert tippte er eine Adresse in das Navigationsgerät und informierte dabei: »Hier ist irgendwo eine Arztpraxis, wir sollen einen Rolli nach Erlangen fahren. Frau Ludwig heißt sie.«

In der Praxis grüßte Markus die Frau an der Anmeldung und erkundigte sich nach Frau Ludwig, die bereits im Eingangsbereich wartete und ihm kurz winkte. Einen Moment war er überrascht, denn sie war eine noch recht junge Frau, höchstens Ende 20. »Hallo, Frau Ludwig, wir bringen Sie nach Erlangen.«

»Hallo, das ist schön, ich muss in die Nürnberger Straße.«

»Kein Problem, wir bringen Sie hin.« Markus schnallte den Rollstuhl im Wagen fest und sah dann auf seine Uhr: 11:10 Uhr.

»Nürnberger Straße 81 bitte«, vermeldete sie von hinten und Benny raspelte süßlich: »Jawohl, Gnädigste, wird erledigt.« Dann fuhr er los in Richtung Erlangen und lugte dabei immer wieder lächelnd in den Rückspiegel.

Markus schüttelte den Kopf, aber er schmunzelte. Benny war einfach einzigartig. Voller Energie und einfach authentisch.

»Machen Sie das den ganzen Tag?«, murrte sie plötzlich.

»Was denn?« Benny war sichtlich verwundert.

»Fremde Frauen anstarren.«

Und Markus konnte sich das Lachen gerade noch verkneifen. Amüsiert sah er zu Benny, der ganz rote Ohren bekam.

»Ich ... äh ... habe sie nicht angestarrt, ich sehe nur in den Rückspiegel«, stammelte er. »Ich ... ich muss doch den Verkehr hinter uns beobachten.«

»Aha«, vermerkte sie trocken.

»Es tut mir leid, wenn Sie sich angestarrt fühlen, aber so habe ich das in der Fahrschule gelernt.«

226

Gut gerettet, dachte Markus und sah kurz zu Benny. Aber er merkte, wie sein Kollege schwitzte und auf seinem Sitz herumrutschte. Am Zielort entschied Markus gleich: »Ich mache das schon«, und zwinkerte ihm zu. Dann stieg er aus und holte den Rollstuhl aus dem Fahrzeug.

»Den Rest schaffe ich alleine«, schnodderte sie schroff und rollte davon.

»Einen schönen Tag noch«, wünschte er, doch sie antwortete nicht. Etwas enttäuscht hob er kurz seine Augenbrauen, atmete tief durch und schloss die Türen wieder. Einen Moment überlegte er, ob sie schon immer so gewesen war und wie es wäre, wenn er versucht hätte, sie zu heilen. Vermutlich hätte sie ihm sofort eine Ohrfeige gegeben, wenn er sie fragen würde, ob er sie berühren dürfe. Nachdenklich sah er ihr einen Moment hinterher und setzte sich wieder in den Wagen. Und als er Benny ins Gesicht blickte, musste er plötzlich laut lachen. »Das ging ja mal richtig nach hinten los, mein Freund.«

»Alter, wie kann ich ahnen, dass die so eine Kratzbürste ist.«

»Manche mögen eben nicht so angeschaut werden.«

»Jajaja, das muss ich mir jetzt wieder die nächsten fünf Wochen anhören«, maulte Benny lachend.

»Nein, schon gut, aber ab Samstag wirst du dir noch ganz andere Sachen anhören müssen, falls dein Plan funktioniert.«

»Der wird schon funktionieren«, sagte Benny siegessicher.

Derweil warf Markus einen Blick auf die Uhr: 11:31 Uhr. »Um 12:00 Uhr Transfer von Uttenreuth nach Marloffstein. Ein Herr Lämmert muss vom Arzt nach Hause.«

»Ach, das geht, Uttenreuth ist nicht so weit, da können wir in aller Ruhe hinfahren.«

Der Wagen setzte sich in Bewegung, und als sie die Drausnickstraße entlangfuhren, warf Markus beim Vorbeifahren einen Blick nach rechts in die Siedlung, die hinter der Straße begann. Da ganz hinten am Ende, da hatte Yvonne damals gewohnt. In einer Doppelhaushälfte. Er erinnerte sich, wie sie damals vor ihrem Haus standen und sich küssten. Sie trug kurze Hosen und er gab ihr seine graue Jacke, weil ihr kalt war. Seitdem hatte sie diese Jacke öfters angehabt und manchmal dachte er, dass sie diese Jacke liebte, weil sie so gerne damit herumlief. An manchen Abenden in diesem Sommer damals trug sie seine Jacke, während sie gemeinsam Sterne zählten.

»Erde an Markus ...«

Irritiert hob er seine Augenbrauen und blickte zu Benny.

Benny schüttelte den Kopf und lachte amüsiert. »Was du heute noch machst, habe ich gefragt.«

»Oh, ach so. Ähm ... vermutlich Kinderklinik.«

»Alter, mach mal eine Pause, du bist ja nur noch in Kliniken.«

Du bist schon der Zweite, der mir das sagt, dachte er. »Vielleicht nächste Woche, vielleicht mache ich da eine Pause.« Er dachte an Carolin und war neugierig, ob ihr Bett schon neu belegt war.

Nach zwei weiteren Fahrten steuerte Benny den Wagen zum Roten Kreuz in die Halle. Sie gaben Franz das Klemmbrett zurück und verabschiedeten sich.

»So, jetzt Fernseher kaufen. Drück mir die Daumen, dass noch einer da ist.«

»Keine Sorge, die werden schon noch einen haben.«

»Hoffentlich. Bis morgen, mein Alter.«

»Ja, bis morgen.« Markus stieg in den Transit und fuhr nach Hause. Dort duschte er, zog sich um, nahm seine Bücher, zwei Dosen Eintopf sowie zwei Flaschen Mineralwasser und verstaute alles in seinem Wagen. Der Motor startete recht schnell und so tuckerte er direkt zur Kinderklinik.

Manuela saß am Tresen und trank einen Schluck Kaffee.

»Na, bist wieder fleißig?

»Hallo Markus«, grüßte sie fröhlich lächelnd.

»Gibt es was Neues?«, wollte er wissen.

Manuela überlegte kurz und seufzte. »Nicht viel, wir haben einen Neuzugang in Zimmer 4. Ein Teenager, Sabine. Sie ist 15.« Und mit einem kurzen Blick in die Akten fügte sie hinzu: »Sie ist uns aus ... Amberg überstellt worden.«

»Ok«, sagte er nachdenklich. »Ist die Diagnostik schon abgeschlossen?«

»Nein, sie wird später für das MRT abgeholt. Danach gibt es noch weitere Untersuchungen und dann müssen die Ärzte entscheiden, wie wir sie behandeln.«

»Was genau hat sie denn?«

»Soweit ich weiß, liegt der Verdacht auf ein Ependymom vor. Aber Genaueres wissen wir erst nach den Untersuchungen.«

»Gut, ich schau mal zu ihr, vielleicht kann ich helfen.«

Neugierig ging er zu Zimmer 4 und klopfte.

Sabine saß auf ihrem Bett und redete gerade mit einer Frau, von der er annahm, sie wäre ihre Mutter.

»Hallo, mein Name ist Markus, ich komme oft ehrenamtlich her und lese den Kindern vor oder spiele mit ihnen. Kann ich irgendetwas für euch tun?«

»Hallo, ich bin die Agathe, Sabines Mutter, und das ist Sabine.« Die Frau kam einen Schritt auf ihn zu und reichte ihm die Hand. Sie war eine stattliche Person, trug einen langen bunten Rock und darüber eine blaue Jeansjacke.

Sabine war äußerst schlank, sie trug eine Jeans und einen schwarzen Pullover. Das braune Haar reichte ihr bis zur Hüfte. »Hi«, grüßte sie und reichte ihm die Hand.

»Wir sind heute Vormittag erst gekommen und seitdem hatten wir eine Untersuchung nach der anderen«, quasselte Agathe leicht gequält.

»Ich hatte die Untersuchungen, du hast nur rumgesessen«, maulte Sabine genervt.

»Ich bin aber überall hin mitgegangen und hab mich um alles gekümmert.«

»Aber ich bekomme die ganzen Nadeln reingestochen und mich schieben sie später noch in diese Röhre, Mama«, motzte Sabine sichtlich aufgebracht und fuhr sich dabei mit der Hand durch die Haare.

In diesem Moment spürte Markus deutlich ihre Angst, unternahm jedoch nichts, sondern drehte seinen Kopf kurz zu Pia, die die Szene gespannt verfolgt hatte.

»Markus«, strahlte sie plötzlich und streckte ihre Arme aus.

Lächelnd ging er hinüber und ließ sich von ihr umarmen, so weit ihre kleinen Arme eben reichten.

»Hallo kleine Melomakarona, wie geht es dir heute?«

»Ganz gut. Schau mal, meine Mama hat mir neue Folgen aufgespielt.« Triumphierend zeigte sie ihren MP3-Player.

»Das ist ja super, hast du schon alles angehört?«

»Nein, sie hat mir erst vorhin den gebracht, ich höre mir das später an.«

»Ist sie schon nach Hause gegangen?«

»Nein, sie wollte mit dem Arzt reden, sie kommt gleich.«

»Das ist schön, wir sehen uns vielleicht später noch, ok?«

»Ok«, antwortete sie trotzig und spielte weiter mit den Ohrhörern herum.

Als er sich wieder zu Sabine umdrehte, sah er, dass die beiden sichtlich gerührt die Szene verfolgt hatten. »Wenn ihr Hilfe braucht oder Fragen habt, ihr könnt mit jedem hier sprechen. Es gibt auch den Tobias, er ist Sozialpädagoge und arbeitet hier im Sozialdienst. Ein sehr netter Mann, er kann euch viele Fragen beantworten. Etwas weiter hinten ist ein Spielzimmer, falls dir hier die Decke auf den Kopf fällt«, erklärte er mit Blick zu Sabine. »Und den Gang runter um die Ecke gibt es eine Kapelle.«

»Danke, das ist wirklich sehr nett von dir«, dankte Agathe und in dem Moment klopfte Tobias an die Tür.

Ein großer, schlanker Mann mit schulterlangen braunen Haaren und einem sehr sympathischen Lächeln im Gesicht lugte herein.

»Gerade haben wir von dir geredet«, sagte Markus und sie gaben sich die Hände. »Grüß dich Tobi.«

»Servus Markus. Und du bist die Sabine? Hallo, Tobias.« Freundlich reichte er Sabine die Hand und dann Agathe.

»Nachdem ihr jetzt in bester Gesellschaft seid, lass ich euch mal alleine, ihr habt bestimmt viele Fragen und der Tobi ist da der Experte auf dem Gebiet.« Lächelnd winkte er ihnen und verließ das Zimmer. Bevor die Diagnostik nicht abgeschlossen war, hatte er ohnehin kaum eine Chance, mit Sabine alleine zu sein. Er überlegte kurz und machte sich auf zu Zimmer 2.

An der Türe klopfte er und öffnete sie. »Hallihallohallöchen, ja wen haben wir denn da? Ist das ein Rotbarsch? Oder ein Fleckenhörnchen? Nein, das ist ja der Tobi und der Luca«, flötete er lächelnd.

Tobias kicherte etwas heiser: »Du bist ulkig.«

»Hallo Markus, ich soll dich grüßen von meinem Vater und du sollst mal wieder vorbeikommen«, sagte Luca.

»Oh stimmt, ich war schon länger nicht mehr bei euch in der Pizzeria. Wenn ich mal Zeit habe, dann komme ich auf jeden Fall und dann essen wir beide zusammen eine große Pizza. Was hältst du davon, Luca?«

»Aber jeder eine«, forderte Luca.

Mit etwas zweifelndem Blick betrachtete er den Jungen kurz. »Du schaffst doch gar keine ganze.«

231

»Doch, schaffe ich wohl«, behauptete er siegessicher.

Tobias motzte etwas heiser: »Ich will auch eine Pizza.«

»Du kannst zu uns kommen, wenn du hier raus darfst, dann macht mein Papa dir eine und du darfst drauf machen, was du willst«, versicherte Luca brüderlich.

»Soll ich euch was vorlesen?«, bot Markus an und sofort jubelten beide laut: »Jaaa!«

»Ok, ist ja gut«, begütigte er lachend. »Was wollt ihr hören?«

»Die Schatzinsel«, forderte Luca sofort und Tobias sagte etwas heiser: »Die unendliche Geschichte.«

»Ich kann auch Mary Poppins lesen«, versuchte Markus die Situation zu entspannen.

»Bäääh«, moserten beide gleichzeitig und Tobias fügte hinzu: »Das ist für Mädchen, ich will die unendliche Schatzinsel hören, äh die unendliche Geschichte.«

»Hahaha«, lachte Luca erheitert. »Die unendliche Schatzinsel hahaha.«

Markus musste ebenfalls lachen, aber er freute sich über ihr Lachen, es war ein gutes Zeichen. Beiden ging es schon besser, beide waren grün gewesen und er wusste, dass beide wieder vollkommen gesund werden würden. Es machte ihn glücklich zu sehen, wie die zwei miteinander konkurrierten, sich aber auch vertrugen. Für einen Moment musste er daran denken, was Daniela gesagt hatte: Mach mal Pause. *Heute mache ich keine Pause. Vielleicht nächste Woche, nach Sabine.*

»Also wie wäre es, wenn wir heute die unendliche Geschichte lesen und dafür nächstes Mal die Schatzinsel?«

»Na gut«, befand Tobias und Luca bestätigte: »Ok.«

Zufrieden griff sich Markus einen Stuhl, stellte ihn unter den Fernseher und begann zu lesen.

Einige Zeit später kam Iris mit dem Essen. »Na, ihr beiden, werdet ihr hier gut unterhalten?«

Die Kinder schrien sofort johlend: »Jaaa!«

Iris nickte anerkennend, sah zu Markus und verkündete den beiden dann: »Jetzt ist aber erst mal Abendessen, damit ihr groß und stark werdet.«

Für Markus war es das Zeichen, sie alleine zu lassen. Im Laufe der Zeit hatte er sich angewöhnt, dass sein Einsatz beendet war, wenn das Abendessen kam. Oft saßen die Eltern mit dabei und er wollte ihnen ihre Privatsphäre lassen. Und auch wenn beide, Luca und Tobias, heute scheinbar alleine aßen, so wollte er diese Einstellung dennoch beibehalten. Die Kinder mussten ohnehin bald schlafen. Er fand es eine gute Idee, diesen Ablauf weiterzuführen.

Draußen studierte er kurz den Himmel. Der Tag war noch warm und der Himmel fast gänzlich blau. Einen Moment überlegte er, entschied sich dann aber trotzdem heute zu Hause zu schlafen. Im Wagen suchte er im Dateisystem seines Radios einen Song aus dem Ordner Fiddler's Green und tuckerte nach Hause. Unterwegs sang er ein wenig mit zu *Rocky Road to Dublin*. Der Song schien ihm passend, denn er hatte einen steinigen Weg hinter sich und noch einen weiten, steinigen Weg vor sich im Hinblick auf Carolin, Sabine und denen, die noch kommen würden.

> *In the merry month of June, from me home I started*
> *left the girls of Tuam nearly broken-hearted*
> *saluted father dear, kissed my darling mother*
> *drank a pint of beer, me grief and tears to smother.*
> *Then, off to reap the corn and leave where I was born*
> *I cut a stout black-thorn to banish ghost and goblin.*
> *In a brand-new pair of brogues, rattling o'er the bogs*
> *and frightening all the dogs upon the rocky road to Dublin.*«

233

Singend steuerte er den Wagen nach Sieglitzhof und stellte den roten Esel auf seinen Parkplatz. In der Wohnung zog er die Schuhe aus und setzte sich auf sein Schlafsofa. Müde atmete er tief durch und versuchte sich zu vergegenwärtigen, dass er nun zu Hause war. Für einen Moment schloss er seine Augen und plötzlich musste er an seinen Vater denken. Er hatte schon lange nichts mehr von ihm gehört.

1998

Als er damals aus der Pathologie nach Hause kam, war sein Vater nicht da gewesen. Aber es scherte ihn in diesem Moment auch nicht, er fühlte sich die ganze Zeit gefangen wie in einem Nebel. Vollkommen unfähig, irgendetwas zu fühlen und unfähig, irgendetwas wahrzunehmen. Er saß nur da, auf dem Stuhl in der Küche, und starrte gegen die Wand. Irgendwann später klingelte das Telefon. Eine Frau aus dem Klinikum am Europakanal teilte ihm mit, dass sein Vater dort auf einer geschlossenen Station untergebracht war. Laut ihrer Aussage hatte er wohl versucht, sich das Leben zu nehmen, aber diese Information schien nicht bis zu Markus Verstand durchzudringen.

Mit einem leisen »Danke« nahm er es zur Kenntnis und legte den Hörer auf. Einige Wochen später kehrte sein Vater nach Hause zurück, aber sie waren beide seelisch noch im Ausnahmezustand. Es fühlte sich an, als wären sie sich fremd geworden, und so redeten sie kaum miteinander. Beide konnten sich nicht eingestehen, dass es passiert war, und beide wussten nicht, wie sie damit umgehen sollten. Sein Vater hatte als Auflage seiner Entlassung regelmäßige therapeutische Gespräche verordnet bekommen, und als er Markus irgendwann fragte, da raffte er sich auf und ging mit ihm hin. Damals war Markus noch lange nicht so weit gewesen, um über diese Dinge reden zu können, und so hörte er nur zu. Irgendwie bekam er mit, dass sein Vater versuchte zu begreifen, wie er damit umgehen sollte,

234

aber die Hälfte verstand Markus nicht. Er fühlte sich oft und auch an diesem Tag wie weit entfernt hinter einer dichten Nebelwand, abgetrennt vom Rest der Welt.

»Sie müssen sich vorstellen, wenn Sie immer wieder die gleichen Dinge tun, dann ist das sehr praktisch für Sie, denn Sie brauchen nicht nachdenken. Sie machen das ganz automatisch, denn so haben Sie es sich antrainiert. Es ist wie eine Autobahn. Dort geht alles schneller und alles geht sicher vorwärts. Aber wenn Sie nun etwas verändern möchten, dann müssen Sie runter von der Autobahn und nach einem neuen Weg durch das Gebüsch suchen. Wenn Sie nur einmal diesen Weg gegangen sind, wird sich im Gebüsch nicht viel verändern. Aber wenn Sie diesen neuen Weg öfters gehen, dann entsteht dort im Laufe der Zeit ein Trampelpfad. Und der Trampelpfad wird immer breiter und immer breiter, je öfter Sie ihn gehen. Und die Autobahn dagegen wird im Laufe der Zeit immer mehr verwaisen und zuwachsen, denn so müssen Sie es sich vorstellen, die Natur holt sich ihren Platz zurück, und so wird der Trampelpfad immer mehr zu einer neuen, besseren Autobahn, während die alte Autobahn langsam verschwindet. Dieses einfache Bild soll Ihnen nur verdeutlichen, Herr Groenefeld, dass es nicht damit getan ist, einmal etwas anders zu machen. Wenn Sie wirklich etwas ändern wollen, müssen Sie es immer und immer wieder tun, bis Sie sich einen neuen Weg er-trampelt haben. Und diese neue Verhaltensweise wird dann zu ihrer Gewohnheit werden. Und das Schöne daran ist: Sie selber können festlegen, was Sie ändern wollen und der neue Weg bietet Ihnen die Chance, wegzukommen von ihrem dysfunktionalen Verhalten«, erklärte die jung aussehende Therapeutin seinem Vater. Auf ihrem Namensschild stand: *Steffi Langbeil, Psychotherapeutin.*

Damals konnte Markus damit nichts anfangen. Für ihn war das nur Psychogequatsche. Deswegen entschied er nach dem

235

Gespräch, nicht wieder mit dorthin zugehen. Aber irgendwo in seinem Inneren hatte sich das eingenistet und viel später erinnerte er sich irgendwann und verstand, was sie gemeint hatte.

Sein Vater zog kurz danach aus und überließ ihm das Haus. Er konnte es einfach nicht mehr ertragen, dort zu wohnen. Zunächst zog er zu seinem Bruder nach Würzburg und suchte sich später eine Wohnung in Rottendorf. Etwa im Jahr 2000 verkaufte er das Haus und Markus suchte sich eine 2-Zimmer-Wohnung in Erlangen. Ihr Verhältnis war durch diesen plötzlichen Bruch des Schicksals und die darauffolgende Zeit so stark in Mitleidenschaft gezogen worden, dass sie auch heute kaum Kontakt hatten. Sie beide waren damals so mit sich selbst beschäftigt, dass sie einfach keinen Platz für jemand anderen gehabt hatten. Nicht einmal für den eigenen Sohn oder Vater.

Und so ging an jenem Tag 1998 nicht nur eine Frau aus dem Leben, es löste sich eine ganze Familie förmlich auf. Manchmal dachte Markus daran, ihn anzurufen, aber er ließ es bleiben. Er hätte ohnehin nicht gewusst, was er mit ihm reden sollte. Sie waren sich fremd geworden und er hatte schon genug mit sich selbst, Gott und dem Schicksal zu tun. Doch an manchen Tagen bedauerte er, dass er damals nicht auf ihn zugehen konnte und an manchen Tagen spürte er wieder, wie die Schuld in ihm hochstieg. Es waren diese Momente, in denen er sich entweder unter seiner Bettdecke verkroch und weinte oder sich selbst und Gott verfluchte für das, was er ihnen angetan hatte und immer noch antat.

2019

Schwermütig griff er nach der Fernbedienung und schaltete den Fernseher ein. Auf DMAX kam wieder eine Folge mit dem griechischen Autohändler aus dem Westerwald. Für einen Moment wanderten seine Gedanken zurück zu den Worten der Therapeutin. *Einen neuen Weg er-trampeln ...* Irgendwie verstand

236

er, was sie meinte, aber war sich nicht sicher, wie er das anstellen sollte. Schon viele Male hatte er über diese Worte nachgedacht und versucht ihnen zu folgen, sich zu verändern. Aber jedes Mal, wenn ein Kind rot war, wurde er zurückgeworfen, bekam Albträume und kam nicht mehr heraus aus dieser Falle.

Daniela hatte ihn auch schon darauf hingewiesen, ja ihn fast angefleht, er solle mehr an die guten Dinge denken und nicht so viel an die schlechten. Aber all diese Kinder, all die roten, gingen ihm so nahe, ließen ihm einfach keinen Frieden und sorgten dafür, dass er sich elendig fühlte bei dem Gedanken an sie. Wie konnte er da einen neuen Weg gehen? Einfach nicht mehr an sie denken? Sie vergessen und einfach weitermachen? Nachdenklich seufzte er und beschloss dann, es noch mehr zu versuchen. Wenn auch nur für Daniela, aber er wollte es versuchen. Langsam stand er auf und überlegte kurz, wonach ihm der Sinn stand. In seinem Regal fand er eine Dose mit geräucherten Makrelen. Zusammen mit zwei Scheiben Brot kehrte er zurück zum Fernseher und aß in Ruhe.

Der Grieche flog gerade mit einer alten Antonow-Doppeldeckermaschine durch New York und um die Freiheitsstatue. *Manche Leute haben Ideen.* Hinten im Flugzeug hatte der Grieche große Extratanks verbaut, damit ihm unterwegs der Sprit nicht ausging.

Markus dachte spontan daran, was wohl passieren würde, wenn sich alle Menschen auf der Welt an den Händen nähmen und er dem ersten in der Reihe die Hände auflegte. Würden dann alle geheilt? Oder ginge diese Gabe nur bis zum ersten Roten und hörte dann auf? Irritiert über den Gedanken schüttelte er den Kopf. Alleine schon die Vorstellung, dass sich alle Menschen über Kontinente hinweg zur selben Zeit an den Händen hielten, kam ihm albern vor. Und doch spürte er, wo dieser Gedanke seinen Ursprung nahm. Nachdenklich griff er nach der Fernbedienung und schaltete um. Den Griechen mochte er heute nicht sehen und die Folge kannte er schon. Auf dem nächsten Sender kam gerade Werbung für eine Anti-Baby-Pille. Irritiert zog Markus die Augenbrauen nach oben und beobachtete, wie eine junge Frau über den Bildschirm tänzelte und aller Welt mitteilte, wie sicher sie sich fühle. Noch immer irritiert schüttelte er leicht den Kopf, weil er plötzlich an Daniela denken musste. Sie hatte sich so auf einen Bruder für Elli gefreut, damals, etwa zwei Jahre nach Ellis Entlassung. Und eines Abends klingelte auf einmal sein Handy.

2006

»Daniela? Hallo? Du weinst ja, was ist passiert?« Überrascht hörte er leises Schluchzen in der Leitung und merkte, dass sie kaum fähig war zu sprechen. »Hey, was ist passiert?«, horchte er besorgt.

»Das Baby ...«

»Was? Was ist damit?« In hellem Aufruhr stand er auf.

Wieder schluchzte sie ins Telefon und auf einmal überkam ihn eine ganz böse Ahnung. »Daniela! Was ist los?«

Sie nahm all ihre Kraft zusammen und sprach mit zittriger Stimme: »Ich habe das Baby verloren, Markus.«

Markus war fassungslos, unfähig zu sprechen.

»Ich bin gerade in der Notaufnahme, es ist weg.«

Schweigen in der Leitung.

»Dani, das ... tut mir so leid. Ich weiß gar nicht, was ich ...« Noch immer spürte er brutale Fassungslosigkeit und blankes Entsetzen. Sie hatten sich so darauf gefreut und wochenlang über nichts anderes geredet. Und auch Elli hatte sie scheinbar damit angesteckt, denn die Kleine malte fleißig Bilder für ihr Brüderchen und horchte immer wieder am Bauch ihrer Mutter, ob sie etwas hören oder fühlen konnte.

»Ich komme zu dir, gib mir ein paar Minuten ok?«

238

»Ja, gut«, stammelte sie.

Hastig sah er auf die Uhr: 19:03. *Zum Glück ist Sonntag,* dachte er. *Wenig Verkehr auf den Straßen.*

Eilig schnappte er sich die Schlüssel vom VW Polo, den er vor einigen Jahren gegen den Corsa getauscht hatte, nahm seine Jacke und hastete zum Wagen. Der kleine Motor sprang sofort an und er schlitterte so schnell wie möglich zur Notaufnahme. Im Inneren fand er sie zusammengekauert auf einem Kranken-bett. Ihr Gesicht war kreidebleich und erzählte eine unheilvolle Geschichte von Schmerz und Leid. Sie zitterte leicht.

Eine Schwester gab ihr gerade eine Decke.

Er eilte zu ihr und nahm sie in den Arm »Hey. « Er konnte ihr Zittern deutlich spüren, sofort fing sie an zu schluchzen.

»Hey«, flüsterte er und strich ihr sanft über das Haar. Eine ganze Weile verbrachten sie dort. Immer wieder streichelte er ihren Kopf und wartete geduldig, damit sie all ihren Schmerz herauslassen konnte. Schon gleich bei der Ankunft hatte er be-merkt, dass weder Elli noch Kai da waren, aber er wollte ihr die Gelegenheit geben, sich voll und ganz auf sich zu konzentrie-ren, daher schwieg er. Doch die ganze Zeit über, während er dort stand, konnte er dieses Gefühl von Fassungslosigkeit und stärker werdenden Zorn in sich spüren und gleichzeitig einen starken inneren Drang, jetzt sofort und auf der Stelle mit schnellen Schritten hinauf in den Himmel zu marschieren, Gott persönlich am Kragen zu packen und ihn mit einem Tritt aus dem Himmel zu befördern, nur um ein für alle Mal einen Schlussstrich unter das Ganze zu ziehen. Wie gerne hätte er die-sem langbärtigen, übellaunigen Hundehetzer die Leviten gele-sen. Doch irgendwie schaffte er es, sich jeden Impuls zu verknei-fen, strich ihr übers Haar und merkte, wie sie ruhiger wurde.

»Danke, dass du gekommen bist«, wimmerte sie schließlich und sah ihn an.

Mit liebevollem Blick nahm er ihre Hände, lächelte sanft und sprach leise: »Klar bin ich hier, ich werde immer da sein, wenn du mich brauchst.«

Wieder begann sie zu schluchzen und er hielt sie fest, drückte sie und gab ihr allen Raum, den Schmerz herauszulassen.

»Kai ist nicht da«, begann sie zu reden. »Er ist auf Dienstreise und ... Elli ... habe ich bei der Nachbarin gelassen.«

»Tut mir so leid«, flüsterte er und spürte, wie der Zorn wuchs. *Was nutzt mir diese Gabe, wenn ich jetzt hier stehe und hilflos zusehen muss, wie meine beste Freundin so sehr leidet?* Wieder einmal verfluchte er innerlich das Schicksal.

»Können wir hier rausgehen?«

»Darfst du denn schon gehen?«

»Die wollten mir eine Ausschabung andrehen, aber das pack ich jetzt nicht. Alleine der Gedanke lässt mich gruseln.« Sie begann wieder zu schluchzen. Ihre Beine knickten ein und er konnte sie gerade noch etwas bremsen, bevor sie auf ihren Knien landete und bitterlich weinte.

Eine Schwester eilte sofort herbei, doch er gab ihr Zeichen, vorerst nichts zu tun. Er hielt sie fest mit seinen Armen und streichelte ihr immer und immer wieder übers Haar, bis sie ruhiger wurde.

Dazwischen bot die Schwester an, ein Beruhigungsmittel zu verabreichen, und Daniela stammelte leise: »Nein.« Aber er gab ihr Zeichen, es doch zu tun. Sie brauchte jetzt Ruhe und musste sich erholen.

»Bring mich heim«, schluchzte sie leise, und nachdem sie die Spritze erhalten hatte, fragte er, ob sie gehen könnten.

Die Schwester antwortete, dass soweit alles geklärt sei, sie aber eine Abrasio empfehlen würden und Markus winkte ab. Er nahm an, Abrasio war das, was Daniela nicht wollte. Langsam ging er mit ihr zum Polo, half ihr hinein und fuhr sie heim.

Dort half er ihr heraus und kurz vor der Haustür sagte Daniela »Elli« und drehte sich zum Haus der Nachbarin.

»Soll ich rübergehen und sie fragen, ob Elli über Nacht bleiben darf?«

»Nein, sie soll kommen, ich will sie bei mir haben.«

»Ok, aber erst bring ich dich rein und du setzt dich hin.«

Langsam gingen beide mit kleinen Schritten hinein und Daniela plumpste etwas unbeholfen auf das Sofa.

Einen Moment sah er sie an, dann ging er über die Straße und holte Elli ab.

Freudig rief sie »Markus!« und umarmte ihn.

Ein wenig irritiert bedankte er sich bei der Nachbarin, und als sie neugierig wissen wollte, was passiert sei, da schüttelte er den Kopf und deutete auf Elli. Er wusste nicht, wie Daniela es ihr beibringen wollte und er wollte es ihr nicht vorwegnehmen. Besorgt dachte er: *Wie bringe ich einem Kind bei, dass das Brüderchen jetzt doch nicht kommt? Hatte der Storch einen Platten oder besser, eine Flügelpanne?*

,Kommt er später noch?' hätte sie vielleicht gefragt.

»Hey Elli ...«, versuchte er sie vorzubereiten, während sie hinübergingen. »Deiner Mama geht es nicht gut, sie ist krank, also sei bitte ein bisschen leise, ok?«

»Was hat sie denn? Wird sie wieder gesund?«

Etwas besorgt nickte er. »Sie wird wieder gesund, aber es dauert einige Zeit, bis es ihr besser geht. Deswegen braucht sie jetzt erst mal Ruhe.«

Elli nickte kurz und galoppierte ins Haus.

»Hey, mein Schatz«, rief Daniela müde. »Komm her.«

Die Kleine huschte zu ihrer Mutter, kuschelte sich an sie und Daniela hielt sie fest und drückte sie an sich. Eine Weile saßen sie so da und Markus verhielt sich ruhig.

»Kai«, flüsterte sie irgendwann sichtlich müde und suchte ihr

241

Handy. »Schatz, bleib mal hier bei Markus, ich muss mal telefonieren«, stöhnte sie leise, schleppte sich ins Schlafzimmer und schloss die Türe.

Die beiden sahen sich an. »Soll ich dir was vorlesen?«

Elli sagte spontan »Ja« und grinste.

»Was hast du denn für Bücher?«

Hurtig galoppierte sie in ihr Zimmer und kam mit einem Stapel Kinderbücher zurück.

»Such dir eines aus.«

Sie deutete mit dem Finger und er begann zu lesen.

Etwa 10 Minuten später kam Daniela aus dem Schlafzimmer und bat ihn, hierzubleiben.

»Natürlich«, sagte er.

Sie holte eine Decke und ein Kissen. Ihr Gesicht trug gut sichtbar Zeichen von den Umständen und der Spritze. Kurz darauf verabschiedete sie sich mit einem »Nacht« und schlich mit Elli ins Schlafzimmer.

»Nacht«, murmelte er und deckte sich zu. Doch an Schlaf war jetzt nicht zu denken. Seine Gedanken kreisten immer wieder zwischen seiner Mutter, der Pathologie, den Polizisten, Carolin, Claudia, Alisha, Daniela und Elli. Deutlich spürte er, wie aufgebracht er war und wie sehr ihm das nahe ging, was Daniela passiert war. Immer wieder dachte er: *Wenn ich doch nur was tun könnte, wenn es doch nur eine Möglichkeit gäbe.* Aber er kam zu keinem Ergebnis. In der Nacht hatte er wirre Träume und gegen 7:00 Uhr wurde er von Elli geweckt.

Sie saß neben ihm und schaute in den Fernseher.

Mit hochgezogenen Augenbrauen und zusammengekniffenen Augen spähte er zu ihr und murmelte: »Morgen, wie geht es deiner Mama?«

»Sie schläft.«

Er nickte und rieb sich die Augen. »Hast du Hunger?«

242

Sie nickte eifrig und er sagte: »Na komm ...«, während er aufstand. In der Küche nahm sich Elli Cornflakes mit Milch und Markus machte sich ein paar Rühreier.

Gemeinsam aßen sie auf dem Sofa, sahen sich Trickfilme an und kurz vor Mittag kam Daniela aus dem Zimmer. Sie wirkte deutlich gezeichnet mit rötlichen Schwellungen an den Tränensäcken und sah ganz zerzaust aus.

»Morgen«, murmelte sie und schlich ins Bad. Als sie nach einer Weile wiederkam, machte sie sich ein Brot und setzte sich zu den beiden. Liebevoll strich sie ihrer Tochter über die Haare und aß ihr Brot. Als sie fertig war, schickte sie Elli Zähneputzen und blickte dann zu ihm. »Danke, dass du da warst«, sagte sie mit müder Stimme.

»Aber klar doch, wie geht es dir?«

Leise seufzte sie. »Kai war am Boden zerstört, er kommt heute nach Hause ...«

»Wie geht es DIR?«, unterbrach er sie besorgt.

Sie schüttelte den Kopf und sagte: »Ich weiß es nicht, ich bin müde. Es wird sicher eine Zeit lang dauern. Ich kann auch gerade nicht mehr weinen, es fühlt sich so an, als wäre einfach nichts mehr da.«

Verständnisvoll nickte er und blickte zu Boden. Er konnte hier nichts mehr tun, das wusste er in dem Moment. *Sie braucht jetzt einfach Zeit und Kai.* »Ok, dann werde ich mal aufbrechen«, deutete er zur Tür.

»Es tut mir leid«, flüsterte sie. »Ich brauche jetzt einfach Zeit.« Und dann stand sie auf und umarmte ihn fest. »Danke, danke. Danke, dass du da warst, danke, dass du mich nach Hause gebracht hast, danke, dass du auf Elli aufgepasst hast.«

»Mir tut es so leid, du weißt wie gerne ich ...«

Doch sie schüttelte den Kopf. »Du hast alles getan, was du konntest, Markus.«

Etwas zerknirscht sah er sie an und in diesem Moment hätte er alles dafür gegeben, um sie wieder lächeln zu sehen. Ihr Anblick tat ihm in der Seele weh, ließ sein Herz pochen und seine Wut entfachen. Ihm wäre in diesem Moment jedes Mittel recht gewesen, kein Preis zu teuer, keine Untat zu verachtenswert und kein Weg zu weit, um ihr wieder dieses liebevolle Lächeln zurück auf die Lippen zu zaubern. Und wieder einmal verfluchte er das Schicksal.

Einen Moment später kam Elli hereingaloppiert.

Betroffen verabschiedete er sich von ihnen und verließ dann das Haus. Es fiel ihm schwer, jetzt zu gehen, da sie solchen Schmerz in sich trug und Kai nicht da war. Aber sie hatte gesagt, dass er heute kommen würde und so versuchte er sich einzureden, dass sie nicht allzu lange alleine war. Er wusste nicht, wie sehr er sich irrte.

Markus fuhr nach Hause und legte sich noch eine Weile ins Bett. Glücklicherweise hatte er die Woche Urlaub und das war ihm ganz recht so. Als er gegen Mittag wieder aufstand, machte er einen Kaffee und setzte sich in seiner Wohnküche vor den kleinen Fernseher. Es liefen die üblichen Sendungen, die er als Zeitverschwendung empfand. Richter sowieso und Talk mit weißnichtwem. Lustlos zappte er durch die Programme und blieb bei einem Sportsender hängen. Dort kam gerade ein Truck Rennen und er sah es sich an. Danach folgte eine Motorradrennserie und auch die sah er sich an. Der Nachmittag verging und gegen 18:00 Uhr klingelte plötzlich sein Handy.

»Daniela? Hi, wie geht es dir?«

»Kai ist weg.« Sie hatte geweint, er konnte es hören.

»Wie weg? Was meinst du?«

»Er war hier. Wir haben geredet. Aber dann haben wir gestritten und ... er hat seine Sachen gepackt und ist gegangen.«

244

Entsetzt stand er auf und konnte einen Moment nichts sagen. Auf einmal hörte er sie leise schluchzen, aber irgendwie verstand er nicht, was sie meinte. Was meinte sie mit weg? Er war ihr Mann, der Vater von Elli. Er trug Verantwortung. Er konnte nicht einfach weggehen.

»Markus?«

»Was heißt weg, ich meine ... ja, vielleicht habt ihr gestritten, aber er kommt doch bestimmt wieder, er kann euch doch nicht alleine lassen. Noch dazu jetzt, in dieser schwierigen Phase.«

»Nein«, sagte sie. »Er kommt nicht wieder. Er gibt mir die Schuld für ...« Und jetzt weinte sie bitterlich.

»Ich komme vorbei, bleib wo du bist, ich fahr zu dir.« Eilig nahm er seine Schlüssel und rannte zum Polo. Noch immer konnte er es nicht glauben, aber spürte Zorn in sich aufsteigen. Was war da nur passiert? Kai schien ein guter Mann gewesen zu sein, er hatte sie gut behandelt und war gut zu Elli gewesen. Warum sollte er sie jetzt plötzlich alleine lassen? Das ergab keinen Sinn. Aber wenn er es getan hatte, dann würde er ihn zur Rede stellen. Oh ja, das würde er und er war fest entschlossen, herauszufinden, was er sich dabei gedacht hatte.

Daniela öffnete die Tür, wischte mit der Hand über ihre Augen und raunte mit leiser Stimme: »Komm rein.«

Sein Blick fiel ins Wohnzimmer.

Elli saß vor dem Fernseher und sprang hoch, als sie ihn bemerkte. »Markus ...«, rief sie und umarmte ihn.

»Hey, meine Große, wie geht es dir?«

Etwas unsicher rümpfte sie die Nase, blickte zu ihrer Mutter und antwortete: »Gut.«

»Was schaust du dir da an?«

»Trickfilme«, rief sie, während sie schon wieder in Richtung Sofa rannte.

Die beiden setzten sich in die Küche und Daniela erzählte von ihrem Streit. Als sie fertig war, lagen mehrere zerknüllte Taschentücher vor ihr auf dem Tisch.

»So ein Mistkerl, das kann doch nicht wahr sein. Wie kommt er nur auf die Idee ... wo ist er? Ich werde mit ihm reden.«

»Nein«, rief sie sofort und nahm seine Hand. »Lass es.«

»Aber das kann er nicht machen, ich meine ... was ist mit Elli?« Fassungslos starrte er sie an, doch sie winkte ab. »Er hat sich entschieden und ich will ihn nicht mehr sehen. Das, was er mir vorgeworfen hat ... es ist aus.«

Entsetzt starrte er sie einige Momente an, doch schließlich verstand er. Dann ergriff er zerknirscht ihre Hand und beteuerte: »Das tut mir so leid, ich wünschte, ich könnte etwas tun.«

»Du bist hier, das ist mir sehr viel wert.«

Sie sahen sich einen Moment lang an und Markus wusste, dass sie es ernst meinte. Er konnte sie verstehen, machte sich aber auch Sorgen um sie. Jetzt musste sie alleine klarkommen und die Zeit war nicht gerade günstig für sie.

»Kai war ein guter Mann, ich habe ihn geliebt und er war gut zu uns. Aber nach dieser Sache gibt es kein Zurück mehr. Ich will ihn nicht mehr sehen. Er hat mich so sehr verletzt ... Das kann er nicht mehr reparieren und ich glaube, er will es auch nicht. Und ich will es auch nicht.«

Sie seufzte tief und schniefte in ein frisches Taschentuch.

Markus nickte verständnisvoll. »Ich bin für dich da, ok? Ich bin für euch da, ich helfe dir, so gut ich kann.«

»Danke, Markus, das ... ist so lieb von dir. Du hast ohnehin schon so viel für uns getan.«

»Ist schon ok, ich mache das gerne.«

Wieder sahen sie sich einen Moment lang an und beide spürten in diesem Moment die tiefe Liebe, die damals in der Kapelle ihren Anfang genommen hatte. Damals, als er anfing, ihr alles

246

zu beichten. Beide wussten auch ohne Worte, dass es etwas ganz Besonderes war und dass sie alles für den Anderen getan hätten. In diesem einen Blick lag tiefes Vertrauen und Dankbarkeit, Respekt und Verständnis und ein unendlich tief gehendes Gefühl von Wohlwollen dem Anderen gegenüber.

»Ich habe Hunger.« Elli stand plötzlich neben ihnen und betrachtete die beiden.

»Wie wäre es mit Pizza?«, schlug Daniela vor und Elli jubelte laut: »Ja!«

Spontan lachte Daniela, dann bestellte sie mit ihrem Handy Pizza für alle.

Unterdessen beobachtete er die Kleine und dachte sich, dass sie noch gar nicht verstanden hatte, was passiert war. Vermutlich dachte sie, ihr Vater würde irgendwann wieder zurückkommen. Aber da irrte sie.

Er kam nur einmal wieder, um seine restlichen Sachen zu holen. Und danach verbrachten sie alle zwei Wochen das Wochenende miteinander, bis Elli schließlich nach Heidelberg zog, um ihr Studium zu beginnen.

Markus sah ihn nie wieder und es war ihm auch recht so. Er wusste nicht so recht, wie er reagiert hätte, wenn sie aufeinandergetroffen wären und er wollte Danielas Wunsch respektieren. Aber es hatte ihn geschmerzt und die folgenden Monate waren nicht einfach gewesen.

Daniela musste für Elli eine Ganztagsbetreuung organisieren, damit sie weiterhin arbeiten konnte, und sich fortan um alles selber kümmern. Kurz danach begann sie eine Wohnung für sich und ihr Kind zu suchen. Etwas später musste sie den Umzug organisieren, bei dem Markus mithalf, so gut er nur konnte.

Elli schien die Trennung recht gut zu verarbeiten. Anfangs fragte sie noch ein paarmal nach Kai, aber als sich der zwei-Wochen-Rhythmus eingestellt hatte, schien sie es zu akzeptieren. Das mit dem Baby hatte Daniela ihr beigebracht, als er nicht dabei gewesen war. Er wusste nicht, was sie ihr gesagt hatte und er wollte auch nicht nachfragen. Anfangs war Markus jeden Abend bei ihnen und versuchte sie auf andere Gedanken zu bringen. Seine Aufenthalte in der Kinderklinik reduzierte er auf ein Minimum und erzählte ihr dann von den Heilungen, aber auch von den Misserfolgen.

Gemeinsam sahen sie fern, spielten Spiele und manchmal, da las er Elli vor, wie er es schon in der Klinik getan hatte.

Daniela war froh und dankbar über die Ablenkung und sie beobachtete mit wachsender Zufriedenheit, wie ihre ganz besondere Beziehung zu Markus im Laufe der Zeit auch Elli liebevoll mit eingebunden hatte. Warmherzig beobachtete sie die beiden, wie sie scherzten und lachten, und sie sah Markus, wie vorsichtig und gütig er mit ihr umging. Gemeinsam waren sie fast wie eine kleine Familie und das gab ihr Kraft und neuen Mut. Sie hätte nie in Worte fassen können, wie viel die beiden ihr bedeuteten und wie wichtig es für sie war, dass sie sich so gut verstanden. Markus war für sie nicht nur in *einer* Hinsicht ein Engel des Himmels gewesen, er war einer der Menschen, von denen sie nie gedacht hätte, dass es sie geben würde. Mit fortschreitender Zeit wurde Elli größer, besuchte die Schule und Markus kam weniger häufig zu Besuch, bis sich ihre Treffen letztlich auf Sonntag eingependelt hatten.

Freitag

~Vorboten~

Als um 5:00 Uhr der Wecker rasselte, griff er schlaftrunken nach ihm, hielt kurz inne und warf ihn gegen die Wand. Es war kein Scheppern zu hören, nur ein leises *Kling*. Einen Moment lag er da, rieb sich die Augen und starrte an die Decke. *Mach mal Pause*, ging ihm durch den Kopf. Noch ein Tag, dann war erst mal Pause. Ob er am Samstag in die Kinderklinik gehen würde, wusste er noch nicht. Vielleicht würde er sich tatsächlich das Wochenende klinikfrei nehmen. Nach der Morgentoilette aß er sein Frühstück. Während er aß, betrachtete er den dunklen Teppichboden. *Ich muss mal wieder saugen,* dachte er. Als er fertig gegessen hatte, putze er seine Zähne, packte seine Sachen und tuckerte mit dem roten Esel nach Bruck.

Am Parkplatz für Mitarbeiter stellte er den Wagen ab und wunderte sich, weil er den blauen Dacia von Benny nicht sehen konnte. *Hat er wohl verschlafen?*, munkelte er auf dem Weg zum Büro der Disposition. »Moin Franz«, grüßte er beim Hereinkommen.

Franz hielt gerade ein Klemmbrett in der Hand und befestigte einige Blätter. Langsam hob er seine Augenbrauen und schaute ihn mit seinem gewohnten Blick über die tief sitzende Brille auf seiner Nase an. »Moin, nanu, ganz alleine heute?«

»Benny ist noch nicht da, hast du was gehört?«

»Mir ist nichts bekannt. Na, warte mal noch ein paar Minuten, der wird schon bald kommen. Hier ist erst mal die Liste für heute und dann siehst du schon.« Gewohnt ruhig gab Franz ihm die Liste und Markus sagte nachdenklich: »Ok, ich gehe in der Zwischenzeit und prüfe den Wagen.«

»Alles klar«, brummte Franz und Markus verließ das Büro in Richtung Parkhalle. Dort kontrollierte er die Reifen und bei der Gelegenheit auch gleich den Ölstand des Motors.

»Moin«, keuchte Benny, der gerade angehetzt kam.

250

»Moin Benny, alles klar?«

»Ja, alles klar, bin nur zu spät weggekommen«, keuchte er schnaufend.

»Hast du Franz Bescheid gesagt?«

»Ja, ich komm gerade von drüben.«

»Ok, dann atme erst mal durch und dann können wir langsam starten«, riet Markus schmunzelnd.

»Alter, ich glaube, ich muss mehr Sport machen. Ich bin das kleine Stück vom Büro bis hier gerannt und bin total außer Atem«, keuchte er, die Hände auf die Knie gestützt.

Kurz darauf stiegen beide ein und Benny öffnete das Rolltor mit ihrer Fernbedienung.

»Frau Röders wie gehabt«, bemerkte Markus und Benny entgegnete: »Ja, schon klar, Montag, Mittwoch, Freitag.«

»Und, hast du gestern noch einen Fernseher bekommen?«

»Ja, da waren noch viele da. Samsung 55 Zoll mit 4k, 3-D und HDR, mega Teil das. Hab den ganzen Abend World of Golems gezockt, war echt funny auf dem großen Ding, macht mega Laune, Alter.«

»Gott sei Dank, Benny kann endlich wieder zocken«, witzelte Markus und sein Kollege hob triumphierend eine Faust nach oben. »Der Laden war ganz schön voll gestern Nachmittag, ich hab mir auch kurz noch ein paar neue Spiele angesehen, da sind ein paar gute Titel dabei.«

»Meinst du, du kannst noch viel spielen, wenn du eine Freundin hast?«, wollte Markus mit herausforderndem Blick wissen und Benny rollte die Augen. »Irgendwie kriege ich das schon gebacken, wir müssen uns ja nicht jeden Tag sehen oder zumindest nicht den ganzen Tag.«

Belustigt hob Markus seine Augenbrauen, aber kommentierte das nicht weiter. Wenn er dachte, es wäre so einfach, dann sollte er das selbst herausfinden.

Am Haus von Frau Röders ging Markus zur Türe und klingelte. Einige Sekunden später drückte er die Tür auf, spurtete die Stufen hoch und durch die angelehnte Tür. »Rotes Kreuz, Fahrdienst«, keuchte er hinein. »Guten Morgen Frau Röders, haben Sie gut geschlafen?«

Langsam kam sie ihm entgegen und lächelte dabei. »Guten Morgen Markus, danke, ich habe gut geschlafen. Schön, dass Sie heute wieder hier sind.«

»Ich komme doch meistens zu Ihnen. Haben Sie alles, was Sie brauchen?« Gütig sah er sie an.

»Nur noch meine Jacke, dann können wir gehen.«

Freundlich half er ihr in die Jacke und begleitete sie zum Fahrstuhl. Unterwegs merkte er, dass sie heute etwas schwächer zu sein schien, denn sie redete nicht viel und wirkte insgesamt etwas wackelig auf den Beinen. Am Fahrzeug half er ihr hinein, schnallte sie an und verstaute den Rollator. Dann fuhren sie zum Dialysezentrum. Dort half er ihr heraus und brachte sie hinein. Zurück im Wagen wussten beide, wer als Nächstes an der Reihe war.

»Auf gehts«, kommandierte Benny lachend und fügte hinzu: »Alle Mann an die Front!«

Markus rollte die Augen, aber musste trotzdem lachen. In Alterlangen stiegen beide aus und wanderten durch den verwahrlosten Garten voller Gerümpel zur Tür. Der Schlüssel steckte bereits von außen. Die beiden sahen sich kurz an, schwiegen und schlenderten grinsend hinein.

»Rotes Kreuz, Fahrdienst«, gab Benny bekannt und stiefelte die Stufen hinauf.

Herr Lederer saß bereits wartend in seinem Rollstuhl.

»Guten Morgen Herr Lederer«, grüßte Benny und Markus warf einen kurzen Blick in das Krankenblatt der Sozialstation. Es stand jedoch nichts Bedeutendes darin.

»Guten Morgen«, krächzte Herr Lederer zurück.

»Haben Sie alles, was Sie brauchen?«, fragte Markus, ohne sich etwas dabei zu denken.

Mit einem Mal verdunkelte sich sein Blick und wild gestikulierend fauchte er plötzlich: »Wenn Sie das Bein wiederfinden, das ich 1944 verloren habe, dann hätte ich alles!« Dabei musterte er die beiden mit grimmigem Blick und deutete auf sein rechtes Bein.

Einen Moment glotzten die drei sich an und selbst Benny schien ausnahmsweise einmal sprachlos zu sein.

Schließlich war es Markus, der das Schweigen durchbrach. »Das tut mir leid, das habe ich nicht gewusst.«

Einen kurzen Moment sahen sie sich an, dann machte Herr Lederer eine Abwärtsbewegung mit seiner rechten Hand und krächzte: »Ach, Schwamm drüber, ist lange her. Dafür kommt jetzt jeden Tag die hübsche Sabine und wäscht mich.« Triumphierend blickte er zu ihnen.

Benny und Markus sahen sich noch einen Moment verdaddert an und schließlich, als Benny seine Worte wiedergefunden hatte, sagte er: »Tut mir leid. Wollen wir los?«

»Jawohl«, bestätigte Herr Lederer.

Benny steuerte den Wagen nach Bruck zur Tagespflege und brachte ihn hinein. Wieder zurück im Fahrzeug sah Benny stirnrunzelnd zu Markus. »Alter, das mit dem Bein wusste ich nicht. Das ist ja furchtbar.«

»Ich wusste es auch nicht. Und wir haben ja schon festgestellt: Er ist ein Held. Und darüber hinaus ... wie er gesagt hat, es ist lange her.«

Benny nickte grübelnd, Markus gab ihm das nächste Ziel. Unterwegs überlegte Markus, was wohl passieren würde, wenn er ihm die Hände auflegte. Würde das Bein spontan nachwachsen? Vorausgesetzt, er wäre grün. Das konnte er nicht beantworten, aber irgendwie interessierte ihn dieser Gedanke. Es war eines dieser Dinge, die ihm vorher noch nie in den Sinn gekommen waren.

Bei der nächsten Adresse stiegen beide aus und klingelten an der Tür. Während sie warteten, warf Markus einen Blick in den Himmel. Er war fast wolkenlos und die Luft bereits angenehm warm. Für einen Moment schloss er seine Augen und versuchte, ein paar der Strahlen zu genießen. Als der Summer surrte, gingen sie hinein und begrüßten den Mann.

»Hallo, haben Sie ...«, begann Markus und plötzlich hielt er inne. Er und Benny glotzten sich einen Moment an.

Sein Kollege hielt die Augenbrauen angehoben und warf ihm einen erwartungsvollen Blick zu. Beide schmunzelten einen Moment, sahen sich an und kurz darauf korrigierte sich Markus: »Können wir los?«

Sie brachten den Mann in die Arztpraxis und fuhren hinterher zu einem Pflegeheim in Neunkirchen.

»Rotes Kreuz, Fahrdienst, wir sollen die Frau Büttner in die Neurologie begleiten.« Auf einmal überkam ihn ein Gefühl von Déjà-vu. Hier waren sie die Woche schon mal?

»2. Stock, Zimmer 212«, deutete die Frau auf den Aufzug.

»Besten Dank«, entgegnete Benny und Markus hob verwirrt die Augenbrauen. »Wir waren schon mal hier ...«

»Alter, das war gestern«, runzelte Benny fragend die Stirn. »Ist alles ok mit dir?«

»Ich glaube, ich habe zu viel im Kopf im Moment«, murmelte er, während sie in den Aufzug stiegen. *Mach mal Pause*, hörte er ihre Stimme und schüttelte sachte den Kopf. *Morgen ist Pause. Sonntag auch. Vielleicht.*

Zusammen betraten sie das Zimmer. Dort saß die Frau bereits in ihrem Rollstuhl und wartete.

»Hallo Frau Büttner, wir bringen Sie in die Neurologie«,

254

grüßte Benny und Markus erinnerte sich an die Szene. Es war wirklich erst gestern gewesen. *Eigenartig*, dachte er.

Nach dieser Fahrt brachten sie eine Frau in die Neurologie.

Auf dem Weg nach draußen hielt Benny bei einem Automaten an und zog sich einen Cappuccino. Dann lehnte er sich entspannt mit seiner linken Seite an das schwere schrankartige Gerät und beobachtete das Kommen und Gehen. »Ich bin froh, dass ich nicht den ganzen Tag hier sein muss, ist irgendwie deprimierend.«

Nach kurzem Nachdenken sagte Markus: »Anderen Leuten zu helfen, kann ziemlich befriedigend sein.«

»Ja, das schon, aber du bist halt auch immer in Gefahr, dir was einzufangen, je nachdem, wo du arbeitest.«

»Dafür gibt es ja Hygienevorschriften und abgesehen davon zahlt die Uni jedem Mitarbeiter Schutzimpfungen, soweit ich weiß, damit der Fall gar nicht erst eintritt.«

Nachdenklich trank Benny seinen Becher leer. »Ich bin froh, wie es ist. Ich helfe auch Leuten, mit etwas Abstand.«

Markus klopfte ihm anerkennend auf die Schulter und lobte in betont respektvollem Ton: »Sie sind ein ehrenwerter Mann, Sir Benjamin.«

»Wohl war Knappe, wohl wahr«, bestätigte er betont hochnäsig und sie gingen lachend zum Auto.

Als sie etwas später die Disposition verließen, wollte Markus wissen, wann die Party am Samstag anfangen sollte.

»So ab 15:00 Uhr denke ich, sollte es losgehen.«

Sie verabschiedeten sich und Markus stieg in seinen roten Esel. *Endlich Freitagnachmittag*, dachte er und atmete tief durch. Dabei fühlte er deutlich die Müdigkeit und Erschöpfung in sich. Die Woche war anstrengend gewesen und sie war noch nicht zu Ende. Denn er wollte unbedingt noch in die Kinderklinik, um zu sehen, wie es Sabine ging. Er tuckerte nach Hause, duschte, packte seine Bücher und fuhr zur Klinik.

Als er die Station betrat, sah er die Eltern von Carolin am Tresen stehen. Ihr Vater schüttelte der Oberärztin gerade die Hand und Carolins Mutter Miriam stand daneben. Sie hielt den Kopf gesenkt, die Hand auf den Mund gedrückt und ihr Blick wirkte verzweifelt.

Unvermittelt blieb er stehen und musste schlucken. Sein Herz fing plötzlich an, wild zu pochen, und in seinem Bauch machte sich ein ganz mieses Gefühl breit. Langsam ging er auf die Gruppe zu und wusste ganz genau, was diese Szene zu bedeuten hatte.

»Danke für alles«, hörte er Carolins Vater sagen.

»Es tut mir wirklich sehr leid«, sagte Dr. Silberlein.

Als Miriam ihn erblickte, fing sie leicht an zu schluchzen, kam auf ihn zu und hielt ihm tapfer die zittrige Hand entgegen. »Danke Markus, für Ihre Unterstützung. Carolin hat oft von Ihnen geredet, Sie haben ihr sehr geholfen.«

Erschüttert gab er ihr die Hand und überlegte, was er sagen sollte. »Mein Beileid«, hörte er sich sagen. »Es tut mir sehr leid um Ihren Verlust.«

Nun fing sie an, stärker zu schluchzen, und sofort kam ihr Mann, um sie in den Arm zu nehmen. Mit feuchtem Blick sah er zu Markus und sagte leise: »Vielen Dank. Danke für alles.«

Sichtlich betroffen nickte Markus ihm zu, trat einen Schritt seitlich zurück und ließ beide hinausgehen. Einen Moment sah er ihnen nach und spürte, dass er selbst mit Tränen kämpfen musste. Zwar wusste er, dass es passieren würde. Sie war rot gewesen und er hatte gewusst, was das bedeutete. Aber nun, da es passiert war, fühlte er eine Mischung aus Trauer und Wut und auch Verzweiflung. Denn er hatte ihr nicht helfen können und nun war sie fort. ER hatte sie sich geholt. ER, der dort oben in seinem Schaukelstuhl sitzend zu knobeln schien.

»Markus?«

Etwas überrascht drehte er sich um.

»Geht es Ihnen gut?« Die Oberärztin Frau Silberlein betrachtete ihn besorgt.

Noch immer erschüttert atmete er tief durch und versuchte seine Gedanken zu ordnen. »Es ist immer furchtbar, wenn so etwas passiert, und mir tun sie alle drei leid.«

»Ich verstehe Sie gut«, versicherte sie einfühlsam. »Es ist auch für uns immer schwer, Abschied von einem Patienten zu nehmen, aber wir müssen nach vorne blicken. Es gibt noch viel zu tun und wir haben viele Patienten, denen wir helfen können. Darauf sollten wir uns konzentrieren. Aber wenn Sie Zeit zum Trauern möchten, dann kann ich das verstehen.« Mit ihrem professionellen, aber durchaus ehrlich wirkenden Lächeln betrachtete sie ihn und er wusste, dass sie recht hatte.

Trampelpfad, schoss ihm durch den Kopf. *Auf gehts. Es gibt noch Arbeit. Du bist hier noch nicht fertig.*

»Nein, ist schon gut. Ich wollte mal nach Sabine sehen, ist die Diagnostik abgeschlossen?«, hörte er sich fragen.

»Wir warten noch auf die Blutwerte, aber ansonsten ist sie erst mal fertig.«

»Ok, danke. Ich sehe mal nach ihr.«

Langsam wandte er sich in Richtung Zimmer 4, aber unterwegs hielt er plötzlich an und stand einen Moment da. Angespannt starrte er auf die Tür und Unbehagen stieg in ihm auf. Die Szene mit Carolin drängte sich auf einmal in seinen Kopf, wie er vor ihr stand und wieder und wieder nach etwas anderem als diesem vermaledeiten roten Punkt suchte. Seine Gedanken hielten sich in dieser Szene und plötzlich sah er Emilia vor sich.

1999

Sie lag etwa ein Jahr nach Alisha in Zimmer 4. Ihre Mutter war fast Tag und Nacht an ihrer Seite und er hatte lange auf eine gute Gelegenheit warten müssen. Als es endlich so weit war, musste er mit Schrecken erkennen, dass Alisha keine Ausnahme gewesen war. Verbissen versuchte er alle nur erdenklichen Kombinationen und wieder und wieder entdeckte er mit zusammengekniffenen Augen und schmerzverzerrtem Gesicht immer nur den gleichen Punkt in ihrem rechten Auge.

»Bitte Gott!«, stammelte er und nun liefen ihm Tränen die Wangen hinunter. »Bitte Gott, warum!« Plötzlich fiel ihm etwas ein, das er noch nie versucht hatte. Hastig packte er ihre kleinen Hände und legte sie auf ihr Herz und auf die Stirn. Dann legte er seine Hände auf ihre und starrte ängstlich in ihr rechtes Auge. Und wieder sah er oben rechts den Punkt, der dort in der tiefen Dunkelheit wie eine unabänderliche Verkündigung ewiger Verdammnis thronte. Spontan entfuhr ihm ein Schluchzen und er spürte deutlich, wie Verzweiflung seinen ganzen Bauch durchströmte. »Gott verdammt«, schluchzte er.

»Warum ... tust ... du ... uns das an?« Einige Momente stand er da, seine Hände auf ihren, und starrte sie fassungslos und verzweifelt an. *Ich muss hier raus,* dachte er und hetzte schnell aus dem Zimmer, den Gang entlang und in die Kapelle. Unterwegs betete er innerlich, dass keiner dort war. Und er hatte Glück, sie war leer. Entsetzt und verwirrt setzte er sich vorne rechts neben die Maria Statue und starrte sie mit gefalteten Händen an. Seine Gedanken rasten, viele verschiedene Gesichter von unterschiedlichen Kindern kamen und gingen. Immer wieder schüttelte er den Kopf und jammerte leise: »Warum?« Was war das nur für eine eigenartige und grausame Fähigkeit, die er da hatte? Oder war es Gott, der alles steuerte? Gar der Teufel, der sich hier und da irgendwie dazwischenschaltete, um

258

Gott eins auszuwischen? Oder ihm selbst? Aber was hatte er getan? Was hatte er denn nur getan in seinem Leben, das so schlimm gewesen war, dass er derart bestraft wurde? Oder war es in einem anderen Leben? Markus dachte an den Buddhismus und die Reinkarnation. Vielleicht war es ja gar nicht Gott, vielleicht war es Buddha? Wäre das möglich? War er im vorigen Leben so furchtbar gewesen, dass er nun bestraft wurde damit, zuzusehen, wie unschuldige Kinder sterben mussten? Oder war es doch ein Plan von irgendeinem Gott, eine Art natürliche Auslese? Aber warum schickte er diese Kinder dann überhaupt auf die Welt? Warum ersparte er ihnen und den Eltern nicht diesen ganzen Kummer? Wo war der Sinn?

»WO IST DER SINN?«, hörte er sich plötzlich schreien. Erschrocken merkte er, dass er stand. Die Hände zu Fäusten geballt und mit gefletschten Zähnen zur Jesusfigur sehend. Langsam öffneten sich seine Hände und sein Blick ging zu Boden. Nach einigen Momenten setzte er sich wieder und starrte vor sich hin. Etwa ein Jahr war vergangen seit dem Ereignis mit Alisha. In der Zwischenzeit hatte er einigen Kindern helfen können und sie alle wurden wieder gesund und konnten letztlich nach Hause gehen. Daher hatte er gehofft, Alisha wäre eine Ausnahme gewesen, ein Einzelfall. Vielleicht ein Versehen. Irgendein Fehler, etwas, das nicht wieder vorkam. Aber nun saß er hier und musste feststellen, dass es schon wieder passiert war. Und er verspürte große Angst. Was, wenn es nun öfters passieren würde? Hatte er das letzte Jahr einfach Glück gehabt? Er konnte sich nicht vorstellen, wie er damit umgehen sollte. »Glück«, flüsterte er spöttisch. »Was ist Glück?« Hatte Alisha vielleicht Glück? Oder seine Mutter oder Emilia? Eine Weile saß er da und versuchte zu begreifen, was das alles bedeuten sollte. Schließlich stand er irgendwann auf und schlurfte missmutig nach Hause.

2019

Markus stand noch immer auf dem Gang und sah besorgt zu Zimmer 4. Auf einmal spürte er Angst, es zu versuchen. Zimmer 4 war schon mehr als einmal ein Ort der Verzweiflung gewesen. Was, wenn es wieder passieren würde? Es waren schon einige Rote gewesen, seit er damit angefangen hatte und er hatte sich nie daran gewöhnen oder damit abfinden können. Es war jedes Mal wieder furchtbar grausam und fühlte sich manches Mal fast an wie die unheilvolle Verdammnis. Und heute bereitete ihm der Gedanke, dort hineinzugehen, großes Unbehagen und Angst. Er konnte sich nicht erklären, warum. Vielleicht war es einfach nur, weil er dort schon zweimal mit ansehen musste, wie Gott, der Teufel oder wer auch immer mit dem Finger auf ihn und die Kinder gezeigt und dabei höhnisch gelacht hatte. *Obwohl,* ... dachte er, es waren sogar schon vier in diesem Zimmer gewesen. Yasmin und Nesrin hatte er vergessen. Und in den anderen Zimmern waren es auch einige mehr, als ihm lieb gewesen wäre. Erschrocken schüttelte er den Kopf und versuchte die Gedanken zu vertreiben. Er wollte nicht zählen, er wollte sich nicht erinnern. Es waren zu viele. »Verflucht«, murmelte er bestürzt, eine Hand an der Stirn.

»Markus, alles ok?« Tobias legte ihm die Hand auf die Schulter und sah ihn an. »Du siehst müde aus, alles ok?«

Markus hob kurz die Augenbrauen und sagte: »Ja, Hallo Tobias, ich glaube, ich bin wirklich müde. Aber ich wollte nach Sabine sehen, vielleicht braucht sie was. Ist sie im Zimmer?«

»Ja, sie ist da, ich war gerade bei ihr. Sie muss noch warten, bis die Blutergebnisse da sind, bevor die Therapie zusammengestellt werden kann. Das ist immer eine schwierige Phase.«

»Ja, das ist sie sicher ...«, murmelte er und fügte hinzu: »Ich werde mal nach ihr sehen.« Langsam trottete er zum Zimmer.

Sabine saß auf dem Bett und sah in den Fernseher.

»Hallo, na, wie geht es dir?«

»Hi, ach, ich sitze hier bloß rum und langweile mich.«

»Markus«, strahlte Pia sogleich und streckte ihre kurzen Ärmchen nach ihm aus.

»Hallo kleine Melomakarona.« Lächelnd ging er zu ihr.

Erfreut umarmte sie ihn, so weit ihre Arme reichten.

»Na, wie geht es dir?«

»Gut«, plauderte sie freudig und fügte hinzu: »Ich darf bald nach Hause, hat Iris gesagt.«

»Das ist super, bald kannst du wieder mit Wuffi spielen.«

»Ja«, quiekte sie begeistert. »Der fehlt mir so mein kleiner Wuffi. Welche Bücher hast du dabei?« Neugierig griff sie nach dem Stapel in Markus' Hand.

»Schau sie dir in Ruhe an, ich rede kurz mit Sabine«, erklärte er mit sanfter Stimme und setzte sich auf den Stuhl neben Sabines Bett.

»Was ist denn eine Melomakarona?«, fragte sie.

»Das sind griechische Plätzchen, die gibt es immer zu Weihnachten, soweit ich weiß. Pias Eltern kommen aus Griechenland und sie hat irgendwann mal erwähnt, dass ihre Mutter die jedes Jahr zu Weihnachten macht. Und sie mag die so.«

»Ich mag auch gerne Plätzchen, aber bei uns heißen die Spitzbuben oder Vanillekipferl«, wunderte sie sich. »Meine Mama backt auch jedes Jahr und wir machen das immer zusammen, das ist bei uns mittlerweile Tradition.«

»Ist deine Mutter gar nicht da?«

»Die kommt später noch. Die tut immer so, als wenn sie die Betroffene wäre, dabei bin ich die mit dem Krebs. Manchmal nervt sie mich.« Sabine senkte ihren Kopf.

»Sie macht sich Sorgen um ihre Tochter«, versuchte er mit ruhiger Stimme zu besänftigen.

»Ja, vielleicht, aber sie kann einfach nicht aufhören, mir ständig Vorschriften zu machen. Ständig sagt sie, was ich tun soll, am liebsten würde sie noch entscheiden, was ich anziehen soll. Und manchmal macht sie das sogar. Ich bin doch kein Kind mehr.« Wieder senkte sie den Kopf und verzog ihr Gesicht zu einem Schmollen.

Und sofort spürte er tiefes Mitgefühl. »Ich verstehe dich, bei manchen Menschen ist diese Art ein Ausdruck ihrer Liebe. Sie wollen dich beschützen und versuchen alles, damit dir nichts passiert. Und manchmal merken sie gar nicht, dass sie vielleicht über das Ziel hinausschießen.«

Besorgt sah sie ihn von unten an und flüsterte mit Blick zu Pia: »Ich habe Angst. Ich werde meine ganzen Haare verlieren. Und was ist, wenn die Behandlung nicht anschlägt?«

Mitfühlend nahm er Sabines Hand und erklärte mit sanfter Stimme: »Die Haare verlierst du nicht automatisch. Das kommt auf die Medikation an, aber auch auf deine körpereigene Konstitution. Jeder Mensch ist da unterschiedlich. Die einen verlieren viele Haare, die anderen kaum welche, manche gar keine. Und was die Behandlung anbetrifft, die Kinderklinik hier hat eine sehr hohe Erfolgsquote. Die Chancen stehen gut, dass sie dir helfen können.« Etwas gequält lächelte er ihr zu. Zwar hatte er recht mit der Erfolgsquote, aber wusste nicht, wie es bei ihr sein würde. Dazu müsste er erst mal in sie hineinsehen. Die ohnehin schon deutlich spürbare Nervosität in seinem Inneren wurde mit einem Mal noch stärker und nun gesellte sich auch noch Ungeduld hinzu. Er spürte, wie sein Herz schneller zu schlagen begann, als sie ihn so besorgt anblickte.

»Weißt du was? Den Gang runter um die Ecke ist eine Kapelle. Lass uns da hingehen.«

»In die Kirche?«

»Keine Kirche, eine Kapelle«, sagte er lächelnd, hauchte »Na komm« und streckte ihr seine Hand entgegen.

262

»Wir gehen ein bisschen spazieren, aber wir kommen bald wieder«, winkte er zu Pia.

»Ok«, sagte sie und blätterte weiter durch die Bücher.

Langsam liefen sie den Gang hinunter zur Kapelle. Es war niemand da. Fast wie automatisch ging er nach vorne und sie setzten sich, während sich Sabine neugierig umsah. »Das ist wie eine Kirche hier. Jesus, Maria, Kerzen ...«

»Es ist ruhig hier, man kann hier gut nachdenken. Und ich finde, die Atmosphäre hat etwas Beruhigendes.«

Einen Moment schwiegen die beiden, dann sagte sie leise: »Stimmt.«

Markus drehte sich zu ihr und lauschte angestrengt in Richtung Gang. Es war ruhig, aber sein Herz schlug ziemlich schnell und er spürte die Nervosität ungeduldig in seinem Inneren wüten. Sie sahen sich kurz an, er runzelte die Stirn und erkundigte sich leise: »Hast du Fieber? Du siehst nicht so gut aus.« Bevor sie antworten konnte, legte er seine linke Hand auf ihre Stirn und kam mit dem Kopf ein wenig näher an ihr Gesicht.

Sie schaute ihn leicht irritiert an und er spürte deutlich, dass es ihr unbehaglich war. Einen kurzen Moment dauerte es, da wurde ihr Blick leer und ihre Pupillen weiteten sich.

Er nahm seine rechte Hand und legte sie vorsichtig auf ihr Herz. Sein Kopf ging ganz nahe zu ihr und er suchte nach dem Punkt ihn ihrem rechten Auge. Etwas irritiert spähte er in ihr linkes Auge und drehte seinen Kopf, doch er fand nichts. *Es ist doch immer rechts,* dachte er und sah wieder in ihr rechtes Auge. Sein Herz pochte nun sehr stark und er war angespannt und nervös. Angestrengt lauschte er in Richtung Tür, während er in ihr Auge spähte, suchte noch einen Moment, drehte seinen Kopf leicht hin und her, und dann hatte er ihn gefunden. Dort oben rechts war er. Erleichterung machte sich breit und plötzlich merkte er, wie sich etwas sehr Vertrautes in seinem Bauch tat. »Es geht los«, murmelte er und spürte, wie die Energie in seine Schultern und von dort in die Arme kroch. In all der Zeit hatte er das noch nie im Sitzen gemacht und war etwas besorgt, ob sie umkippen würde, doch sie saß still da und bewegte sich nicht. Ihr Kopf zuckte kurz nach vorne und Markus erkannte, wie der Punkt anfing zu pulsieren. Dann begann ihr Körper leicht zu zittern. Mit konzentriertem Blick fixierte er den Punkt und seine Ohren lauschten immer wieder in Richtung Gang.

Kurz darauf machte sich die zweite Welle auf den Weg. Sein Herz schlug noch immer schnell und er spürte, wie sein Kopf heiß wurde. Unter seiner Hand spürte er, dass auch ihr Herz schneller schlug. Erneut zuckte ihr Kopf nach vorne und er bekam wieder, wie schon oft, den Eindruck, dass es sich so anfühlte, als wolle sich irgendetwas in ihr dagegen wehren.

Mit zusammengekniffenen Augen fixierte er den Punkt, der schneller und schneller pulsierte. Angestrengt lauschte er den Punkt fest im Blick zum Gang. Einige Momente später breitete sich die dritte Welle in seinem Bauch aus. Langsam kroch sie seinen Brustkorb hoch und glitt über Arme, Schultern und Fingerspitzen hinein in Sabine. Auf einmal begann sie stärker zu zittern und Markus war einen Moment lang irritiert vom Flackern der LED-Kerzen. Er hatte es aus den Augenwinkeln wahrgenommen und einen Moment gedacht, das Flackern wäre stärker geworden. Doch er konnte den schnell pulsieren Punkt nicht loslassen. Ihr Kopf zuckte ein drittes Mal nach vorne und nun atmete er schwer. Einen Moment später kam aus ihrer Kehle ein tiefes, leises Stöhnen, als würde sich etwas von ganz tief drinnen hervorquälen und sich aus ihr befreien. Es war ein gruseliges Geräusch, jedes Mal wieder aufs Neue.

Auf einmal fühlte er sich erschöpft und kraftlos und dachte einen Moment, ob er sich vielleicht zu viel vorgenommen hatte. Vielleicht hätte er noch warten sollen. Seine Fingerspitzen begannen plötzlich zu schmerzen und er verzog das Gesicht. Der grüne Punkt pulsierte nun ganz schnell und nach einem weiteren Moment war er verschwunden. Leise stöhnend nahm er seine rechte Hand von ihr, aber hielt die linke noch an der Stirn. Er brauchte einen Moment, um tief durchzuatmen und seine Gedanken zu sortieren. *Irgendetwas war anders heute,* dachte er. In der Vergangenheit hatten seine Fingerspitzen auch schon geschmerzt, er wusste auch damals nicht, was das bedeutete. Doch irgendetwas musste es bedeuten, es hatte noch nie so weh getan. Ein paarmal atmete er durch und versuchte, sich zu ordnen. Einige Momente später nahm er seine Hand von ihrer Stirn und blickte sie angestrengt an.

Es dauerte ein paar Sekunden, bevor sie anfing zu blinzeln. Irritiert musterte sie ihn. »Hab ich geschlafen?«

»Nein, ich glaube, du warst nur gerade in Gedanken«, erklärte er mit ruhiger Stimme und lächelte.

Sie schüttelte den Kopf und versuchte sich zu erinnern. »Meine Mutter, irgendetwas wollte ich sagen.« Fragend sah sie ihn an. Ihre braunen Augen wirkten ein wenig klarer als zuvor.

»Sie macht sich Sorgen um dich«, erinnerte er leise.

»Ja, das hast du schon gesagt. Ach ja, die Stimmung hier, das wollte ich sagen. Die Atmosphäre hier ist sehr friedlich.«

Beruhigt nickte er und erklärte leise: »Deswegen komme ich so gerne her. Weil man hier gut nachdenken kann.«

Einen Moment schwiegen die beiden, dann sagte sie leise: »Stimmt.«

Eine Weile unterhielten sie sich noch und als es später wurde, schlenderten sie zurück ins Zimmer.

Auf dem Gang verteilte Iris gerade das Abendessen. Während er sich verabschiedete und seine Bücher von Pia zurückbekam, streichelte er noch einmal über ihren Kopf und spürte Dankbarkeit. Er wusste, sie würde bald wieder vollkommen gesund sein und freute sich für sie. Dann verließ er den Raum und ging zum Ausgang der Klinik.

Im roten Esel atmete er tief durch und versuchte sich zu sortieren. Sabine würde wieder gesund werden. *Was für ein Glück.* Dann hob er fragend seine Hände und betrachtete die Fingerspitzen. Sie wirkten wie immer. Was war das nur? Warum hatte es bei ihr so wehgetan? Angestrengt dachte er nach. *Laila. Bei ihr war es auch so gewesen.* Wieder blickte er auf seine Fingerspitzen und schüttelte leicht den Kopf. Darauf konnte er sich keinen Reim machen.

Ist doch egal, du hast sie geheilt. Du hast Gutes getan.

Aber warum war das bei den beiden so intensiv?

Ist doch nicht wichtig, vielleicht bist du einfach nur müde. Die Woche war anstrengend. Freue dich auf morgen.

Oh ja, morgen, das wird lustig. Benny und Daniela und Samira. Da bin ich ja mal gespannt, ob er sich traut.

Siehst du, das wird schon alles.

Lächelnd startete er den Motor und tuckerte in Richtung Sieglitzhof. Es war warm und die Luft roch angenehm nach Spätsommer. Unterwegs entschied er sich spontan, in Richtung Langensendelbach zu fahren. Er wollte draußen sein, die angenehme Luft und den schönen Sonnenuntergang genießen und dieses einzigartige Gefühl von Freiheit inmitten der Ruhe der Natur. Er schaltete das Radio an und suchte ein Lied heraus. Und kurz darauf erklang *Irish Rover* von Fiddler's Green aus den Lautsprechern und er sang lauthals mit.

>*»On the fourth of July eighteen hundred and six*
>*we set sail from the sweet cove of Cork,*
>*we were sailing away with a cargo of bricks*
>*for the grad city Hall in New York.«*

266

Es war ein schöner Tag und er fühlte sich gut. Der Gedanke an Sabine gab ihm Kraft und neuen Mut. Es fühlte sich so erleichternd an zu wissen, sie würde wieder gesund werden, dass er darüber sogar die Gedanken an Carolin verlor. Singend steuerte er den Wagen auf den Parkplatz und stellte ihn ab. Als er die Musik abschaltete und aufstand, spürte er die Anstrengungen der letzten Zeit und wie sehr ihn alles ausgelaugt hatte. Sein Körper fühlte sich schwer und unglaublich müde an. Laut seufzend streckte er sich und legte sich aufs Bett. *Nur ein paar Minuten,* dachte er. *Nur ein paar Minuten.*

Als er einige Zeit später aufwachte, spürte er seinen Magen grummelig vor sich hin brabbeln. Es war dunkel im Wagen. Schläfrig tastete er nach dem Lichtschalter an der Decke.

20:33 Uhr zeigte seine Uhr. Müde rieb er sich die Augen und schaute in den Kühlschrank. Käse. Er hatte jetzt keine Lust auf Käse. In der Vorratskiste fand er einige Dosen. Wahllos nahm er eine und tapste mit dem Gaskocher zur Tür. Es war ruhig draußen und friedlich. Während er darauf wartete, dass sein Essen warm wurde, blickte er hinauf zu den Sternen. Einige funkelten heller als andere und er erkannte den Großen Wagen. Lächelnd betrachtete er ihn und auf einmal spürte er Frieden in sich. Wie wunderschön doch dieser Anblick war und wie gut die Luft roch. Es war eine Mischung aus Bäumen und Gräsern und diesem unbeschreiblichen Geruch, der in warmen Spätsommernächten in der Luft lag. Es wirkte, als säße er alleine in einem weit entfernten Paradies. Ganz in der Ferne erkannte er die Lichter des nächsten Dorfes. Sie schienen ganz klein, weit entfernt und flackerten ein wenig. Bei dem Anblick fühlte er sich zutiefst friedvoll und mit sich im Reinen. Ruhig verschränkte er die Arme und beobachtete eine Weile andächtig das leichte Flackern. Als ihm der Geruch von Eintopf in die

Nase stieg, schaltete er den Gaskocher ab und füllte den Inhalt der Dose in eine Schüssel. *Wie schön es doch ist, wenn alles friedlich ist. Wie wunderbar ist diese Welt.* Als er aufgegessen hatte, blieb er noch eine Zeit lang sitzen und sah gedankenversunken in die Ferne. Ruhig und friedlich lauschte er dem großen Abendkonzert der Grillen, beobachtete das Schimmern der Sterne und genoss das sanfte Lüftchen, das ihn mit dem Duft von Gras, Blüten und diesem Hauch von Magie umhüllte, den man in manchen Sommernächten spüren konnte: *Der Magie des Lebens.* Irgendwann später gähnte er laut, putzte seine Zähne und legte sich ins Bett. Mit einem letzten Gedanken an Daniela schlief er ein.

Samstag

~Tabula rasa~

Markus schlief tief und fest in dieser Nacht und als er aufwachte, war es draußen bereits hell. Ein Blick auf seine Uhr verriet ihm: 9:13 Uhr. Gähnend dehnte und streckte er sich, rieb den Schlaf aus seinen Augen und tapste zur Spüle, um sich zu waschen. Danach öffnete er die Seitentüre, blickte hinaus und machte sich ein Käsebrot. Er setzte sich in die Tür, ließ die Beine baumeln und genoss die angenehm warme Luft. Benny hatte recht behalten. Es schien, als würde es wieder ein wundervoller, angenehm warmer Tag werden. Als er fertig gegessen hatte, putzte er seine Zähne und machte sich auf den Weg zum Einkaufen. Da waren ein paar Sachen, die er besorgen musste. Und für die Kinderklinik ein paar Bonbons. ,Bombom' hatte Pia immer gesagt.

Lächelnd tuckerte er zu einem großen Einkaufsmarkt nicht weit entfernt und machte dort seine Besorgungen. An der Kasse sah er ein bekanntes Gesicht. »Hey, Denise.«

»Zwei Idioten ein Gedanke, oder?«, flachste sie lachend.

»Robert ist gar nicht mitgekommen?«

»Nein, der ist sein Auto waschen gegangen und lässt mich die Frauenarbeit alleine machen.« Vergnügt zwinkerte sie und legte ihre Waren auf das Band. Sie trug ein Sommerkleid aus Jeansstoff, das oben wie eine Latzhose geschneidert war, und darunter ein weißes Oberteil mit bunten Tupfen.

»Hat dich Benny auch eingeladen?«, wollte sie wissen.

»Ja, Daniela und ich werden kommen, ihr auch?«

»Vermutlich schon, Robert war nicht sicher, aber ich denke, wir werden kommen.« Als sie an der Reihe war, bezahlte sie und winkte mit den Worten: »Man sieht sich.«

Freundlich winkte er zurück, bezahlte seinen Einkauf und brachte ihn zum Auto. Ein paar der Dinge verstaute er im Wagen und den Rest nahm er mit in die Wohnung. Anschließend

270

saugt er seine Wohnung, sortierte die Wäsche und brachte sie ins Bad. Dort stand eine Waschmaschine, die er belud und einschaltete. Es war ein älteres Modell, das aber noch einwandfrei seinen Dienst verrichtete. Zurück in der Küche spülte er sein Geschirr ab, brachte den Müll runter und wischte anschließend Staub in der Wohnung. *Kaum zu glauben, wie viel Staub sich in einer Woche ansammelt.* Danach begab er sich ins Bad und putzte das Waschbecken, die Dusche und die Klobrille. Bis 15:00 Uhr war noch etwas Zeit und er wollte all die Arbeit, die er die ganze Woche liegengelassen hatte, nun erledigen. Als er fertig war, schaute er sich um, nickte zufrieden und setzte sich auf sein Schlafsofa. Auf DMAX kam eine Dokumentation über das Angeln von Monsterfischen. Eine Weile sah er zu und fand es sogar spannend, mit welcher Technik der Profi angelte und wie sehr er sich ins Zeug legen musste, um den riesigen Wels ans Boot zu bekommen. Schwitzend zog er ihn aus dem Wasser, hielt ihn triumphierend in die Kamera und fabulierte dazu ein paar Worte, wie glücklich er war, ihn gefangen zu haben. Dann nahm er ihn und gab ihn vorsichtig zurück ins Wasser.

Irgendwie fand Markus diese Szene albern. Erst fängt er ihn, dann wirft er ihn wieder zurück? *Das arme Tier,* dachte er. *Wird gejagt, an einem Haken im Mund aus dem Wasser gezogen, erlebt Todesangst, nur um kurz darauf wieder zurück in seine Freiheit entlassen zu werden.*

Spontan dachte er: *Wie würde es dir ergehen, wenn oben vom Himmel plötzlich ein riesiges Seil mit einem Haken herabkäme, dich nach oben zöge und du dich plötzlich in einer riesigen Hand wiederfändest? Ein paar übergroße Augen begafften dich und du hörtest eigenartiges Gebrabbel, das du nicht verstündest, und plötzlich landetest du wieder sanft auf der Erde?* In diesem Moment stellte er sich die Szene bildlich vor und musste schmunzeln. Das wäre mal was. Dann müssten sie fortan alle in Höhlen leben, um ja nicht geangelt zu werden. *Vielleicht schreibe ich mal ein Buch darüber,* dachte er, die Geschichte wäre durchaus ausbaufähig.

Du hast gar keine Zeit, ein Buch zu schreiben. Die Kinder brauchen dich in der Klinik.

Ja, war ja nur eine Idee.

Amüsiert sah er auf die Uhr: 14:23 Uhr. Daniela musste bald kommen, sie hatten sich um 14:30 bei ihm verabredet. Langsam stand er auf, zog sich seine Schuhe an, nahm die Flasche *Havana Club 3 Jahre* und machte sich gemächlich auf den Weg zum roten Esel. Nach ein paar Minuten kam sie und parkte ihren Wagen neben Markus auf dem Parkplatz.

Sie umarmten sich. Es tat gut, ihre Nähe zu spüren.

»Hey, wie geht es dir?«, wollte sie wissen.

»Gut, mir geht es gut. Ich hab lang und gut geschlafen und ich freue mich, dich zu sehen.«

»Mich freut es auch, ich habe mir Sorgen gemacht nach unserem Telefonat Mittwoch früh.«

Betroffen sah er zu Boden und fühlte sich zerknirscht, weil er sie angerufen hatte. »Das tut mir leid, dieser Traum war ... echt heftig. Ich hatte richtig Angst.«

»Hey ...«, hauchte sie leise und umarmte ihn noch einmal.

»Hey, ich bin da und ich bleibe da. Keine Angst, es war nur ein Traum.« Einen Moment sahen sie sich an und beide spürten die tiefe, liebevolle Verbindung in ihren Blicken.

»Was hast du da? Rum?«

»Ja, für Benny, er wird bestimmt etwas trinken wollen und Denise und Robert kommen auch. Ich dachte, ein wenig Rum kann als Partygeschenk nicht schaden.«

Sie lachte. »Na, ich hoffe, du erwartest wenigstens nicht, dass ich etwas trinke, ich muss ja noch fahren.«

»Ich doch auch, ich trinke natürlich nichts. Wollen wir?«

»Mit dem roten Esel?«

»Ja, ist gemütlich, der Wagen.«

»Ich habe nur etwas Sorge, dass wir liegen bleiben.«

»Hey, jetzt beleidigst du mich aber, ich bin doch KFZ-ler«, hielt er ihr vorwurfsvoll entgegen.

»Das war aber in einem früheren Leben, Markus. Wie lange machst du das schon nicht mehr? 15 Jahre?«

Großmütig winkte er ab und erklärte: »Der Wagen hat kaum Elektronik und Mechanik ändert sich nicht großartig. Keine Angst, wie bleiben nicht liegen.«

Dann stiegen sie ein und der Motor startete zügig.

»Siehst du, der Esel bockt vielleicht manchmal, aber er läuft«, lächelte er sie feierlich an.

»Na gut, Chef. Dann bring uns mal zu deinem Kollegen.«

Beide lachten vergnügt und Markus tuckerte in Richtung Bruck. Dort, in einer Siedlung im südlichen Teil von Bruck und nahe dem Waldgebiet Brucker Lache, wohnte Benny bei seinen Eltern in ihrem Haus.

Als sie ankamen, bestaunte Daniela zunächst das Anwesen. Im Laufe der Zeit war Markus schon ein paarmal da gewesen und so liefen sie direkt hinter das Haus in den Garten. Es war ein schönes Haus mit einem ausreichend großen Garten und einem Walnussbaum darin. Am Baum befestigt hing ein Hängesessel für zwei Personen aus Rattan und aus ein paar kleinen Boxen waren sanfte Klänge kubanischer Musik zu vernehmen. Auf dem Gras standen 2 Bierbänke und ein Biertisch mit rotweiß karierter Tischdecke, daneben ein Sonnenschirm. Auf dem Tisch befand sich eine reichliche Auswahl der unterschiedlichsten Soßen und ein großer Korb mit einer Unmenge an geschnittenem Baguette. Daneben standen noch ein paar Glasschüsseln mit Kartoffelsalat, Nudelsalat und gemischtem Salat.

Etwas rechts davon war Benny gerade mit dem Grill beschäftigt. Es war ein aus roten Steinen gemauerter Kamin mit Platz für ein paar Grillroste im unteren Bereich. Daneben stand ein Tisch aus weißem Kunststoff mit allerlei Fleisch, Bratwürsten und verschiedenen Gemüsesorten.

»Hey, Benny«, rief Markus.

»Alter, du bist ja schon da«, flötete er erfreut und wischte sich schnell die Finger an seiner Schürze ab. »Hallo, ich bin Benny«, stellte er sich Daniela vor und reichte ihr die Hand.

»Hey, schön, dich endlich kennenzulernen, ich hab schon viel von dir gehört. Ich bin die Daniela.«

»Hab ich mir fast gedacht«, zwinkerte er ihr zu.

»Komm her, Alter«, breitete er seine Hände aus und umarmte Markus demonstrativ.

Verwundert zog er die Augenbrauen nach oben, doch entschied sich dann ihn auch kurz zu drücken. »Bist gut drauf heute, was?«

»Alter, das wird der Hammer. Schau nur, was ich alles habe, Almochs, Angus, Schweinebauch, Gemüse, Soßen ...«

»Und Rum.« Feierlich präsentierte er die Flasche.

»Oh, nur das Beste für Benny und seine Gäste«, reimte Benny gekonnt und sie lachten. »Kommt, setzt euch, die anderen werden auch bald da sein.«

»Sollen wir dir was helfen?«, bot Daniela an.

»Nein, Lady, ihr seid Gäste, fühlt euch wie zu Hause, ich bereite schon mal den Grill vor.«

Vergnügt setzten sie sich und sahen sich um. Der große Garten wirkte sehr gepflegt. Verschiedene Blumen, Büsche und auch Sträucher wuchsen dort und bildeten eine angenehme Atmosphäre mit vielerlei unterschiedlicher Farben. Markus erkannte sogar einen Wacholder, wie er auch in ihrem eigenen Garten damals gewachsen war.

274

»Ich würde wirklich gerne mal diese Schaukel ausprobieren«, liebäugelte Daniela neugierig mit dem Konstrukt.

»Fühl dich wie zu Hause, hat er gesagt.«

Sie lächelte und stand auf, um sich auf die Schaukel zu setzen. Auf der Sitzfläche sowie der Rückenlehne waren weiße Polster mit beigefarbenen Streifen festgebunden.

Gemütlich schwang sie ein wenig hin und her. Schließlich rief sie: »Das ist total schön.«

Lächelnd beobachtete er, wie sie hin- und herschaukelte.

Kurz darauf kamen Robert und Denise. Sie begrüßten alle und überreichten Benny ein Einmachglas mit buntem Deckel. »Selbst gemachte Barbecuesoße«, präsentierte Denise ihr Geschenk und Benny freute sich sichtlich darüber.

»Wo ist Samira?«, wunderte sich Markus.

»Sie kommt, hat sie gesagt. Hab Geduld, junger Padawan, hab Geduld.«

»Und, wie hast du den Samstag verbracht?«, wollte Robert von Markus wissen.

»Ziemlich unaufgeregt. Ich war einkaufen, habe Wäsche gewaschen, Staub gesaugt, Bad geputzt, was halt so die Woche liegen bleibt. Und selber? Ich habe gehört, du warst Auto waschen?«

»Der ganze Schmutz ist nicht gut für den Lack, deswegen wasche ich lieber öfters. Aber nur von Hand, mit Hochdruckreiniger und Bürste. So bleibt der Wagen länger neu.«

»Ich glaube, ich war seit 6 Monaten nicht mehr Auto waschen«, schmunzelte Markus.

»Wozu auch bei dem Lack? Wenn du Pech hast, bröckelt er dir Stückweise entgegen, wenn du mit dem Hochdruckreiniger drüber gehst.«

Alle lachten und plötzlich kam eine junge Frau in den Garten. Von ihrem Kopf hing - seidig glänzend - schwarzes Haar,

275

das bis zu den Hüften reichte, und sie trug ein weißes Kleid mit kleinen Blumen, welches ihren unverschämt wohlgeformten Körper fast noch etwas mehr betonte. Ihre Haut sah angenehm braun und ihr Gesicht atemberaubend schön aus.

Robert nahm langsam seine Sonnenbrille ab und musterte sie ausführlich.

Auch Markus musste schlucken. War das etwa Samira? Die Samira, Bennys hübsche Kirsche, wie er sie genannt hatte?

Unterdessen trat Denise ihrem Freund sichtlich genervt gegen das Schienbein und er schrie: »Au.«

»Benny«, grüßte sie und als er sich umdrehte, breitete er seine Arme aus und sprudelte begeistert: »Samira.«

Sie umarmten sich kurz und schließlich überreichte sie ihm eine Flasche mit gelblichem Inhalt.

»Oh, Dankeschön«, brabbelte er verlegen. »Was ist das?«

»Das ist Sharbat. Eine traditionelle iranische Limonade, die ich selbst gemacht habe.«

Amüsiert merkte Markus, wie Bennys Ohren auf einmal rot wurden. Nach einem kurzen Moment stand er auf, um seinem Freund zu Hilfe zu eilen. Freundlich lächelnd begrüßte er sie mit den Worten: »Hallo, ich bin Markus, ein Freund und Arbeitskollege von Benny.«

»Hallo, ich bin Samira. Freut mich dich kennenzulernen, Benny redet andauernd von dir«, hauchte sie mit sanfter und wohlklingender Stimme.

Überrascht darüber, dass seinem Freund und Kollegen scheinbar kein anderes Thema eingefallen war, zog er die Augenbrauen hoch und konnte sich ein leichtes Grinsen in dessen Richtung nicht verkneifen.

»Danke, das wusste ich gar nicht«, tat er verlegen und Benny stand noch immer da, mit knallroten Ohren und suchte sichtlich angestrengt nach Worten.

»Setzt du dich zu uns?« Fragend sah sie zu Benny, doch der wiegelte sofort ab und haspelte: »Ja, setz dich doch, ich muss mich um den Grill kümmern.«

Freundlich begrüßte sie alle und setzte sich zu ihnen.

Einen Moment lang schwiegen alle, als Denise spontan den Anfang machte: »Iranische Limonade? Kommst du aus dem Iran oder deine Familie?«

»Aus dem Iran, ja. Ich bin in Erlangen geboren, aber meine Eltern sind damals hergekommen mit fast nichts in der Tasche. Benny und ich sind Nachbarn und kennen uns schon viele Jahre.«

Markus beobachtete sie und ihm fiel auf, dass sie eher Interesse an ihm zu haben schien als an Benny. Sie lächelte mit ihren schönen braunen Augen und spielte dabei etwas Verlegen an ihrem Glas herum. Und obwohl er sich durchaus geehrt fühlte, war es ihm im Hinblick auf Benny irgendwie unangenehm. So lächelte er zurück und überlegte mit reichlich Unbehagen, was er tun könnte. Doch noch bevor ihm irgendetwas einfallen konnte, kam die Hilfe bereits aus nächster Nähe.

Es war Daniela, die auf einmal ihren Arm um Markus legte, ihm einen Kuss auf die Wange gab und flötete: »Ist das nicht ein herrlicher Tag heute, Schatz?«

Irritiert und mit leicht gequältem Lächeln nickte er. »Ja, da hast du so was von recht, aber wirklich. Wundervoll. Und schau dir diesen schönen Garten an. Hast du gesehen, Samira, wie prachtvoll alles blüht?«

Unbeeindruckt drehte sie ihren Kopf zur Seite und sagte ruhig: »Ja, der ist wirklich wundervoll. Aber ich kenne ihn ja, ich war schon ein paarmal hier.«

Spontan musste Robert lachen und wieder trat ihm Denise gegen das Schienbein. »AU!«, protestierte er lautstark und sie tat verlegen: »Ach entschuldige, war ein Versehen.«

Und Benny, der die Szene halb mitverfolgt hatte, feixte an seinem Grill über Robert, der ihm den Rücken zukehrte.

Aber Markus war sich fast sicher, dass er gar nicht mitbekommen hatte, worum es eigentlich gegangen war, und das war ihm auch recht so. Er wollte auf gar keinen Fall etwas tun, das Samira von Benny abgelenkt hätte. Doch in ihren Augen und in ihrem Verhalten erkannte er recht deutlich, dass sie sich viel lieber neben ihn gesetzt hätte, und das bereitete ihm mehr und mehr Sorge.

Aber Daniela spielte ihre Rolle gut und ließ keinen Zweifel daran, wer hier zu wem gehörte.

Als Benny schließlich mit der ersten Portion Steaks ankam, setzte er sich neben Samira und versuchte nachdrücklich auf sie Eindruck zu schinden. »Schau mal, Nachbarin, das sind Steaks vom Almochs. Die kommen ganz frisch aus dem Allgäu.« Triumphierend präsentierte er die Ware und sie gab sich keine Blöße, bezeugte überzeugend: »Danke, lieber Nachbar, das sieht wundervoll aus.«

»Bitte, bediene dich«, deutete er fast etwas aufgeregt.

Elegant und leger nahm sie sich ein Steak vom Teller und Benny reichte ihn anschließend herum.

Unterdessen kam Robert aus dem Grinsen nicht heraus und knabberte ungeduldig am Bügel seiner Sonnenbrille. Doch als Denise ihm erneut einen giftigen Blick zuwarf, schien er plötzlich kein Interesse mehr an Samira zu haben. Stattdessen gab er Denise einen dicken Kuss auf die Wange und konzentrierte sich demonstrativ auf sein Fleisch.

Amüsiert drückte Daniela Markus noch einmal an sich und begann dann ebenfalls, ihr Fleisch zu essen.

Einzig Benny sah in dem Moment so aus, als versuche er zu ergründen, was diese eigenartige Stimmung zu bedeuten hatte. Doch schließlich gab Markus ihm ein Zeichen und sie aßen die erste Runde. Das Fleisch war herrlich zart und duftete fein nach frischem Bullenfleisch und einer sehr außergewöhnlich lecker schmeckenden Marinade. Es war ein wundervoller Nachmittag. Die Sonne schien freundlich und am Himmel gab es nur vereinzelt kleine Wolken. Die Luft war angenehm mild und die Stimmung großartig.

Benny versuchte weiter eifrig auf Samira Eindruck zu schinden. »Der Schlüssel steckte schon, weil Sabine vorher schon da war. Also sind wir hochgegangen und auf einmal fängt der an zu poltern: ‚Junge, damals 1942 im Schützengraben hätten wir so etwas nicht so leichtfertig gesagt‘. Theatralisch fuchtelte er mit der Hand in der Luft herum und macht große Augen, während er erzählte.

Alle lachten bei seiner Parodie und Markus verkniff sich jeden Kommentar, warum Herr Lederer überhaupt damit angefangen hatte. Lachend blickte er zu Daniela und für einen kurzen, intimen Moment schien die Zeit auf einmal stillzustehen. Ihre blauen Augen waren leicht feucht und ihr Blick so fröhlich, gütig und milde, dass ihm ganz warm ums Herz wurde. Sie sah glücklich und zufrieden aus und für diesen einen kleinen Moment war es fast wieder wie damals in der Kapelle.

»Ich mache mal die nächste Runde Fleisch«, entschied Benny sichtlich engagiert und stiefelte zum Grill.

Unterdessen steckte sich Denise eine Zigarette an und setzte sich auf die Baumschaukel.

»Und, Markus, was machst du so, wenn du nicht arbeitest?«, wollte Samira wissen. Ihre Hand spielte wieder am Glas herum und kurz hob er die Augenbrauen, als würde ihn die Frage überraschen. »Ich gehe regelmäßig ehrenamtlich in die Kinderklinik. Ich lese den Kindern was vor und manchmal spiele ich mit ihnen. Mir macht das Spaß und die Kinder freuen sich, wenn ich zu ihnen komme. Ich kann es in ihren Augen sehen.«

Durchaus beeindruckt nickte sie und lächelte ihm anerkennend zu. »Das ist sehr liebenswürdig von dir. Nicht viele Menschen würden so etwas Großartiges in ihrer Freizeit tun. Du hast ein großes Herz. Das gefällt mir.«

Reichlich nervös nickte er und suchte fieberhaft nach einem Thema, um ihre Gedanken zurück zu seinem Freund zu lenken.

»Ja, mein Markus ist wirklich etwas ganz Besonderes«, kam Daniela zu Hilfe und gab ihm demonstrativ einen weiteren Kuss auf die Wange.

Etwas überrascht, aber durchaus dankbar, hob er die Augenbrauen, lächelte sie gequält an und säuselte: »Danke, Schatz, das ist so lieb von dir.«

Und jetzt übernahm Daniela das Ruder. »Und was machst du so?«, fragte sie, nahm Samira fest in den Blick und lächelte betont gütig.

»Ich arbeite als Arzthelferin in einer orthopädischen Praxis hier in Erlangen. Und was machst du?«

»Ich bin staatlich examinierte Altenpflegerin und Wohnbereichsleitung in einem Seniorenheim in Heroldsberg.«

Markus bemerkte deutlich ihren Unterton, als sie die Worte aussprach. Darin war so ein kleines bisschen ,Na, was sagst du jetzt?' enthalten.

Und tatsächlich schien Samira die Botschaft verstanden zu haben, denn ihr Blick fiel kurz lächelnd zum Tisch, um dann zu Robert zu wechseln.

»Und ihr arbeitet alle zusammen?«

»Ja, also Benny, Markus, Denise und ich, wir arbeiten beim Roten Kreuz.«

»Und was machst du so in deiner Freizeit, wenn du mal nicht arbeitest?«, fragte sie mit sanfter Stimme und lächelte ihm zu.

Markus sah kurz zu Benny hinüber, er war noch mit dem Grillen beschäftigt. Im nächsten Moment hörte er Denise, wie

280

sie klarstellte: »In seiner Freizeit beschäftigt er sich vor allem mit mir.« Sie war aufgestanden, setzte sich neben Robert und gab ihm demonstrativ einen langen Kuss auf den Mund. Verdutzt blickte Robert zu ihr und sie verzog das Gesicht zu einem Ausdruck, der sagte: *Du weißt genau warum, mein Freund.*

»Ha, na endlich, na, das hat ja lange gedauert«, schrie Benny plötzlich vom Grill, kam zum Tisch und klopfte ihnen auf die Schultern. »Die ganze Zeit habe ich mir das schon gedacht, aber ihr zwei habt ja immer ein Geheimnis draus gemacht.« Siegessicher lächelte er zu den beiden.

Denise konterte betont ruhig: »Na, du hast ja nie gefragt«, und sah ihn halb lachend und halb kichernd an.

Und noch bevor irgendwer darauf reagieren konnte, erhob sich Samira urplötzlich, drehte sich um und küsste Benny direkt auf den Mund. Zuerst kurz, dann lange und innig.

Der Arme wusste gar nicht, wie ihm geschah. Erstarrt stand er nur da, mit großen Augen, ausgebreiteten Armen und glotzte in die Runde.

Schnell hob Markus beide Hände mehrfach in die Luft, um zu signalisieren: 'Na los, mach schon.'

Kurz darauf hatte Benny sich gefangen, umarmte sie und sie küssten sich leidenschaftlich.

Jubelnd klatschte und applaudierte die ganze Runde, und als sie voneinander abließen, da hatte Benny ganz rote Ohren und rote Backen. Etwas verlegen grinste er einen Moment und plötzlich rannte er fluchend zum Grill. Es roch bereits etwas verkohlt, und während er versuchte zu retten, was noch zu retten war, setzte sich Samira betont lässig zurück auf die Bank und nahm einen Schluck von ihrem Wasser. Verstohlen blickte sie dabei zu Markus.

Und er nickte mit leicht zusammengekniffenen Augen und einem wohlmeinenden Lächeln.

Als Benny mit der zweiten Runde Fleisch kam, rutschte sie ein Stück und er setzte sich aufgeregt neben sie. »Es ist etwas dunkel geworden, aber man kann es essen.«

»Sieht köstlich aus«, flunkerte Daniela.

Denise pflichtete ihr bei: »Das ist super, robustes Essen.« Dabei zwinkerte sie und alle lachten erheitert.

Aber Benny hatte nur Augen für Samira in diesem Moment. Erwartungsfroh sah er sie an, die Hände auf die Bank gestützt, und sie gab ihm einen Kuss auf den Mund.

»Heyhey«, rief Robert und nahm ein Steak vom Teller.

»Masel-tov«, rief Denise und applaudierte.

Gerührt legte Daniela ihren Arm um Markus und drückte ihn sanft und zärtlich an sich.

Und für einen kurzen Moment spürte er wieder ihre Wärme und ein Gefühl von Geborgenheit, das für einen kleinen Augenblick alles andere überlagerte. Genüsslich schloss er kurz die Augen und spürte wieder den innigen Wunsch, diesen Moment anzuhalten. Ihn einzufrieren, um ihn für die Ewigkeit zu bewahren. Es war einer von diesen seltenen und kostbaren Momenten, in denen er Glück verspürte und in denen die Schrecken der Vergangenheit niemals existiert hatten. Liebevoll sahen sie sich an und aßen dann ihre leicht verkohlten Steaks.

Ein wenig später, als alle gegessen hatten, blickte Benny in die Runde und verkündete: »Da kommt noch mehr, Leute, ich habe noch genug für die dritte Runde.«

Ein Raunen und Stöhnen ging durch die Gruppe, einige hielten sich belustigt ihren Bauch.

Denise winkte ab und Daniela auch.

»Also, zwei Steaks und Salat dazu ist schon ganz schön ordentlich. Ich denke, ich mache erst mal Pause, Benny«, wiegelte Markus ab und rieb sich über seinen Bauch. Dabei sah er kurz zu Robert, der mit dem Rum zu liebäugeln schien.

Kurz darauf stand Robert auf, holte die Flasche Rum und kam zurück an den Tisch. »Wer will einen Mojito? Benny?«

Eifrig nickte er, Samira sagte: »Ich nehme auch einen.«

»Für mich nicht, wenn du trinkst, dann heißt das, ich muss später fahren«, winkte Denise ab.

»Markus? Daniela?«

»Nein, wir müssen fahren, Danielas Auto steht bei mir.«

»Ihr könnt doch im Esel schlafen«, flachste Denise.

»Das Bett ist zu klein für zwei Personen«, erklärte Markus und zwinkerte dabei.

»Wer sagt denn, dass ihr schlafen müsst«, warf Robert dazwischen und sofort danach: »AU!«

»Ach, hab ich dich versehentlich erwischt? Das tut mir leid Robert«, flötete Denise und zwinkerte Markus zu.

Widerwillig dreinschauend warf Robert einen kurzen, leicht verärgerten Blick zu Denise und begann dann die Cocktails zu mischen. Einen nach dem anderen verteilte er sie, und als jeder probiert hatte, waren sie begeistert.

»Wow, kräftig!« Benny schüttelte den Kopf.

»Meiner nicht, der ist genau richtig«, säuselte Samira betont gefasst und trank noch einen Schluck.

Anerkennend nickte Robert ihr zu. »Die Frau versteht was von Cocktails.«

»Lass mich mal probieren.« Unvermittelt griff sich Denise sein Glas und nahm einen kleinen Schluck. Bedächtig ließ sie ihn auf der Zunge zum Ausdruck kommen, schluckte hinunter und bemerkte: »Der ist ganz ok.« Erheitert gab sie Robert einen Kuss und setzte sich auf die Baumschaukel, um sich eine Zigarette anzuzünden.

Aus den Augenwinkeln konnte Markus sehen, wie Samira ihn verstohlen musterte, während er an ihr vorbei Denise auf der Schaukel beobachtete.

Mit schelmischem Blick leerte sie ihr Glas, stand auf einmal auf und moserte zu Benny: »Komm, ich will tanzen.«

Etwas verwundert glotzte er sie an, schon packte sie ihn bei der Hand und zog ihn von der Bank weg. Im nächsten Moment legte sie seine Hände an ihre Taille, umarmte ihn hinter seinem Hals und bewegte sich sanft und rhythmisch zu der entspannenden Musik und es war herrlich, ihnen zuzusehen.

Benny wirkte dabei reichlich unbeholfen, aber tat sichtlich sein Bestes, um ihr nicht auf die Füße zu treten.

Währenddessen beugte sich Robert nach vorne und flüsterte grinsend: »Die ist so was von scharf auf dich, Kollege.«

»Aber der Plan war, sie mit Benny zu verkuppeln, weil er so auf sie steht«, flüsterte Markus zurück.

Robert lachte leise und frotzelte: »Und jetzt tanzt sie mit ihm, um dich eifersüchtig zu machen.«

»Da wird sie keinen Erfolg haben«, ergriff Daniela siegessicher das Wort. »Markus wird garantiert nichts tun, um sie anzulocken«, beteuerte sie leise.

»Du kennst mich halt«, flüsterte er. Wieder sahen sie sich einen Moment an und ihre Augen erblickten beim Gegenüber das Gleiche, das sie selbst dachten. Ihre Blicke waren liebevoll, glücklich und dankbar. Es schien fast, als würde die Zeit für einen winzigen Augenblick stillstehen, um ihnen diesen Moment des besonderen Glücks zu gewähren.

»Ich will auch tanzen«, motzte Denise auf einmal von der Seite. Etwas schwunghaft nahm sie Robert bei der Hand und zog ihn zu den anderen beiden.

Amüsiert beobachtete Markus die Szene, stand auf, hielt Daniela seine Hand hin und hofierte galant: »Darf ich bitten?«

Strahlend ergriff sie seine Hand, sie begaben sich zu den anderen und tanzten mit ihnen gemeinsam zu sanften Klängen kubanischer Musik aus den Lautsprechern.

Während sie tanzten, sahen sie sich in die Augen, und etwas verlegen schauten sie immer wieder zu den anderen. Dann trafen sich ihre Blicke wieder und plötzlich flüsterte sie: »Unser erster Tanz.«

Ergriffen spürte er sein Herz einen kleinen Satz machen und sogleich suchte er verlegen nach einer passenden Antwort. Und kurz darauf hauchte er lächelnd: »Hat lange genug gedauert.«

Und nun war *sie* es, die verlegen nach unten sah.

Es war ein wunderschöner Nachmittag, und während sie sich sanft im Rhythmus der Musik bewegten, erinnerte sich Markus, wie sie an so einem schönen Tag ein Picknick gemacht hatten.

2007

Es war ein Tag etwa drei Jahre nach Ellis Entlassung aus der Klinik. Ein angenehm warmer Spätsommertag und sie hatten sich entschieden, ein Picknick zu machen. Gemeinsam waren sie hinaus in die fränkische Schweiz gefahren und sich dort eine hübsche, ruhige Wiese gesucht.

Daniela hatte Brötchen mitgebracht und Früchte, Schinken, Käse und Marmelade eingepackt. Sorgsam breitete sie eine karierte Decke aus und die drei setzten sich darauf.

Es war ein herrlicher Tag. Die Sonne schien warm von oben auf sie herab, ein leichtes Lüftchen wehte und die Luft roch nach Wiese und Blumen.

Elli jagte trotz ihrer 9 Jahre immer noch gerne den Schmetterlingen hinterher, um sie genauer zu betrachten.

Daniela wusste zwar, dass sie ihr nicht wehtun wollte, ermahnte sie aber dennoch, vorsichtig zu sein.

»Magst du Honig?« Fragend hielt sie ihm das Glas entgegen.

»Ja, gerne, ich kann mir kaum etwas Schöneres vorstellen, als mit euch zusammen hier draußen zu sein und bei einer leichten, warmen Brise ein Brötchen mit Honig zu essen. Noch mehr Glück geht gar nicht.«

285

Beide lachten und Daniela war sichtlich gerührt. »Mir geht es auch so.« Sie wischte sich mit dem Handrücken eine kleine Träne weg und lächelte ihn etwas verlegen an. »Ich bin so glücklich, dass ich das alles so gut hinter mich gebracht habe und ... dass es ihr gut geht.« Ihr Blick fiel kurz zu Elli und dann wieder zu ihm. »Und ich bin so dankbar, was du alles für uns getan hast«, sagte sie und gab ihm das Brötchen. Ihre Augen waren leicht feucht und ihr Blick liebevoll und gütig.

Gerührt nahm er das Brötchen, betrachtete sie einen Moment und beteuerte leise: »Ich freue mich immer, wenn ich helfen kann. Ihr seid schon fast wie eine Familie für mich.«

»Schon fast?«, lachte sie betont empört und warf eines der noch unbelegten Brötchen nach ihm.

»Hey«, schimpfte er lachend. »Mit dem Essen spielt man nicht.« Vergnügt sahen sie sich an und lachten laut. Sie waren glücklich an diesem Tag und beide spürten, wie bedeutsam und wertvoll jeder Moment dieses Glücks war.

»Elli«, rief Daniela ihrer Tochter nach.

Mit Vollgas kam sie angaloppiert und landete genau in seinen Armen. Liebevoll wuschelte er über ihren Kopf und schimpfte lachend: »Du kleiner Wildfang, du wirst dir noch wehtun.« Dabei kicherte sie und als er losließ, setzte sie sich und nahm eines der Brötchen. »Ich möchte auch Honig. Die Bienen fliegen den ganzen Tag und suchen danach, damit wir ihn essen können.«

Bei den Worten musste Daniela lachen und belehrte sie darüber, wie der Honig wirklich zustande kam. »Also eigentlich suchen die Bienen keinen Honig, sie machen ihn selbst.«

»Wie denn?«, fragte Elli erstaunt.

»Sie fliegen zu den Blumen und suchen Blütenstaub und Honigtau. Und daraus machen sie dann Honig und lagern ihn in ihren Bienenstöcken, damit sie immer was zu essen haben.«

»Die sind schlau«, attestierte Elli und biss vergnügt in ihr Brötchen.

Auf einmal streckte Markus seinen Finger aus und zeigte auf einen nahestehenden Baum. »Schau mal«, flüsterte er. »Da, ein Eichhörnchen.«

»Oh!« Sie machte große Augen und wollte sofort aufstehen, doch er hielt sie zurück und flüsterte: »Nicht, die sind ganz scheu. Wenn du da hinläufst, bekommt es Angst und rennt sofort weg.«

Etwas traurig nickte sie und setzte sich wieder. Aber sie behielt das Eichhörnchen fest im Blick und sah zu, wie es den Baum hinaufflitzte. »Ich will auch ein Eichhörnchen.«

»Schatz, wir können kein Eichhörnchen bei uns haben. Die sind nicht für ein Haus geboren. Sie brauchen Bäume und Gräser, da leben sie nun mal.«

Einen Moment dachte Elli darüber nach und nickte schließlich. »Ich verstehe das. Ich möchte auch nicht, dass mich einer von zu Hause wegholt und in einen Käfig sperrt.«

Markus und Daniela schauten sich anerkennend an und er war beeindruckt von ihrer Haltung. *Dieses Mädchen ist wirklich was Besonderes. Sie wird einmal Großes vollbringen,* dachte er und fühlte sich stolz, ein Teil ihres Lebens sein zu dürfen. »Es gibt viele Berufe, die sich mit Tieren beschäftigen. Wenn du magst, kannst du dich dein Leben lang um sie kümmern und sie kennenlernen«, versuchte er sie zu motivieren.

»Au ja, das möchte ich«, bekräftigte sie und jagte begeistert dem nächsten Schmetterling hinterher.

»Dann muss sie aber erst mal aufs Gymnasium, wenn sie studieren will.« Daniela klang besorgt.

»Meinst du nicht, sie schafft das? Sie ist ein kluges Mädchen.«

Besorgt sah sie zu ihm. »Klug ist sie, aber manchmal nicht bei der Sache.«

»Was meinst du?«

»Ich war doch kürzlich beim Elternabend. Ihre Lehrerin hat mir gesagt, dass Elli oft abwesend ist. Mit den Gedanken meine ich. Ich mache mir Sorgen, ob die Chemotherapie vielleicht etwas damit zu tun hat.«

Überrascht nahm er ihre Hand und drückte sie. »Nach allem, was ich weiß, heile ich den ganzen Menschen, und zwar alle Krankheiten, die er hat. Deswegen glaube ich nicht, dass sie noch irgendwelche negativen Einflüsse von der Behandlung spüren kann.«

Etwas zerknirscht sah sie zu ihm und erklärte: »Wahrscheinlich hast du recht. Ich mache mir halt so meine Gedanken.«

»Hey«, hauchte er sanft und blickte in ihre besorgten Augen. »Elli ist großartig. Wenn man bedenkt, was sie schon in jungen Jahren alles hinter sich bringen musste, ist sie unglaublich tapfer und weise. Überlege nur, wie sie das mit dem Eichhörnchen weggesteckt und wie sie reagiert hat. Sie ist umwerfend.«

Daniela lächelte mit gerührtem Blick und er konnte sehen, wie sehr sie sich freute. »Ja, das ist sie, sie ist umwerfend mein kleiner blonder Engel.« Mit der Hand wischte sie eine Träne weg und fragte: »Magst du noch ein Brötchen?«

»Nein danke, vielleicht später.«

Eine Weile beobachteten sie Elli, wie sie herumtollte.

Irgendwann stand er auf. »Komm, wir spielen fangen.«

Begeistert jubelte sie, rannte wie wild auf der Wiese herum und er hatte alle Mühe, hinterherzukommen. Sie war flink wie eine Springmaus, machte Haken, täuschte nach links an, um nach rechts zu laufen. Einmal, als er sie fast hatte, da tauchte sie ab und kroch flink wie der Wind zwischen seinen Beinen durch, um ihm kichernd »Ätschbätsch« hinterherzurufen.

»Na warte …«, knurrte er und rannte lachend hinter ihr her. Doch er konnte sie nicht erwischen. Und als er schließlich völlig

288

außer Atem zu Daniela auf die Decke kam, rannte sie von der Seite auf ihn zu, tippte auf seine Schulter und kicherte: »Hab dich.«

Die drei lachten. Als sie schließlich auf die Decke kam, da packte und knuddelte er sie. »Jetzt hab ich dich«, lachte er triumphierend und sie ließ es sich kichernd gefallen.

Als dann später die Dämmerung einbrach, räumte Daniela langsam zusammen, aber Elli wollte noch nicht gehen. Sie wollte unbedingt die Sterne sehen, also blieben sie auf der Decke, bis es dunkel war. Gemütlich lagen sie auf dem Rücken und Markus zeigte ihr ein paar Sternbilder. »Siehst du da drüben die drei? Das ist der Große Wagen. Schau mal ein bisschen rechts sind zwei Sterne oben und zwei unten. Das ist der Wagen. Und die drei da links, das ist die Deichsel.«

»Sitzt da jemand drin?«, ulkte sie und lachte.

Natürlich wusste er, dass die Frage nicht ernst gemeint war, aber er spürte in ihrem Humor, wie glücklich sie war, und das stimmte ihn ebenfalls überglücklich. Um sie machte er sich keine Sorgen. Insgeheim war er sich sicher, dass sie ihren Weg gehen würde. Elli war tapfer und hatte das Herz am rechten Fleck. Und sie hatte mit Daniela eine liebevolle, fürsorgliche Mutter, die alles tat, was sie konnte, um aus ihr einen guten Menschen zu machen.

Als Daniela später die Taschenlampe aus dem Rattankorb kramte, machten sie sich auf und schlenderten zum Wagen.

2019

Was für ein wunderschöner Tag, dachte er, während er der Erinnerung hinterherblickte. Es waren diese seltenen Momente und Erinnerungen, die ihm immer wieder neue Kraft gaben, um mit dem, was er manchmal auch als Bürde bezeichnet hatte, irgendwie auszukommen. Sie tanzten vergnügt zu den sanften Klängen der Musik und schauten sich immer wieder an.

Benny hatte noch immer rote Ohren und mühte sich sichtlich mit Samira Schritt zu halten, die eine ausgesprochen gute Tänzerin war, wie Markus feststellen konnte.

Denise und Robert bewegten sich in sanften Bewegungen eng aneinandergekuschelt und Markus gönnte ihnen den Moment von ganzem Herzen.

Sein Blick wanderte zu Benny und Samira und auf einmal merkte er, wie sich Danielas Hände langsam lösten und ihn losließen. Während er den Kopf mit einem Lächeln drehte und herauszufinden versuchte, warum sie losgelassen hatte, musste er erschrocken sehen, wie sie nach hinten fiel und auf dem Rücken landete. Mit weit aufgerissenen Augen starrte sie in den Himmel und ihr Kopf zuckte einen Moment. Dann war es vorbei und sie lag regungslos da.

»Daniela?«, hörte er sich rufen. Eilig kniete er sich neben sie und klatschte auf ihre Wange. »Daniela? Daniela!«

Doch sie rührte sich nicht.

Entsetzt legte er seinen linken Zeigefinger an ihren Hals und seine rechte Hand auf ihren Bauch. Angestrengt versuchte er den Puls zu fühlen.

»Was ist los?«, hörte er Benny von hinten rufen.

»Puls ist zu schnell, sie ist tachykard«, keuchte er aufgeregt. »Daniela!« Erneut schüttelte er sie, doch sie regte sich nicht.

»Was ist los?«, fragte Robert und nun standen alle um die beiden herum.

»Benny, ruf sofort einen Krankenwagen!«, schrie er. Und etwa eine Sekunde später: »Benny. 19222 sofort!«

Doch Benny war vollkommen perplex und es dauerte einen Moment, bis seine Gedanken wieder Herr über seinen Körper waren. Eilig nahm er sein Smartphone und tippte.

Etwas unbeholfen kniete sich Denise neben die beiden und stammelte erschrocken: »Was ist passiert?«

290

»Sie ist einfach umgefallen. Vitalwerte sind da. Benny!«

»Ja, Moment, warten Sie ...«, brabbelte er und reichte ihm sein Telefon.

»Markus Groenefeld hier, die Patientin ist weiblich, Ende 30. Vitalwerte vorhanden, sie ist tachykard. Sie ist einfach umgefallen. Keine Vorerkrankungen bekannt. Schicken sie sofort den Notarzt.«

Hektisch übergab er Benny das Telefon und hörte, wie der seine Adresse mitteilte.

Markus überwachte angespannt ihre Vitalwerte. Sein Herz sprang und hüpfte und er kämpfte mit dem Drang, in ihre Augen zu sehen.

Es stehen zu viele Leute um dich herum. Wenn die das rauskriegen, ist es vorbei.

Es ist Daniela, die da liegt. Ich kann nicht einfach zusehen.

Ihr Puls ist regelmäßig, warte auf den Krankenwagen.

Was, wenn sie es nicht schafft? Was mache ich ohne sie?

Tränen liefen ihm die Wange hinunter und er spürte, dass er schwitzte. Seine Hände zitterten und sein Kopf war ganz heiß.

»Wo bleibt der verdammte Krankenwagen?«, brüllte er in Richtung Straße. »Komm schon, Dani, komm schon.«

Vorsichtig legte Denise ihre Hand auf seine Schulter und versuchte ihn zu beruhigen. »Die sind bestimmt gleich da. Solange sie atmet, ist sie stabil.«

Nervös und unruhig nickte er und versuchte mit leichtem Zittern ihren Puls zu behalten. Verzweiflung machte sich ihn ihm breit und er kämpfte mit dem Drang, sie hier und jetzt sofort zu heilen. Kurz darauf hörte er in der Ferne das Martinshorn.

»Benny, geh auf die Straße und winke sie her!«

Sofort rannte Benny los am Haus vorbei zur Straße.

Noch nie hatte Markus ihn so schnell laufen sehen.

Eine gefühlte Ewigkeit später kamen zwei Männer und eine

Frau mit roten Hosen und weißen T-Shirts eilig heran und knieten sich neben ihn. Auf den T-Shirts sah er ein rotes Kreuz.

»Ende 30, Vitalwerte vorhanden, Tachykardie, keine Vorerkrankung. Sie ist beim Tanzen einfach umgefallen«, haspelte er ihnen zu und robbte ein Stück beiseite.

»Name?«, forschte einer der Männer.

»Daniela Elderich.«

Die Frau legte eilig eine Blutdruckmanschette um Danielas Arm und der Mann leuchtete mit einer kleinen Taschenlampe prüfend in ihre Augen. »Frau Elderich? Frau Elderich, können Sie mich verstehen?«

»170 zu 130«, stellte die Frau fest.

»Lege einen Zugang und gib ihr eine Infusion. Thomas, hole schnell den Sauerstoff.«

Der Mann kontrollierte Mund und Nase und tastete ihren Puls. »Wir müssen sofort in die Notaufnahme«, befand er zu Markus. »Hallo?«

Doch er fühlte sich auf einmal wie hinter einer dichten Nebelwand. Alles um ihn herum geschah langsam und er fühlte sich unfähig, etwas zu tun. Er hörte, wie der Mann ihn ansprach, und langsam drehte er seinen Kopf. Er brabbelte irgendetwas von »... müssen los.«

Dann sah er, wie sie Daniela auf die Rettungsliege legten, ihr die Maske mit dem Sauerstoff aufsetzten und aus dem Garten holperten. Ganz langsam entfernten sie sich und er sah hinterher, wie sie allmählich aus dem Garten verschwanden. Das Ganze kam ihm so unwirklich vor wie ein Traum. Als sich das Blaulicht entfernte, hörte er Denise neben sich. »Markus? Hey Markus, alles ok bei dir?« Besorgt legte sie ihre Hand auf seine Schulter und schlagartig verschwand der Nebel.

»Ich muss los!«, rief er und wollte schon in Richtung Gartentor rennen, als sie ihn plötzlich fest am Arm packte.

292

»Du fährst garantiert nicht, so wie du drauf bist.«

Entsetzt starrte er sie an. »Ich muss hinterher ...«

»Ich fahr dich, du fährst nicht alleine«, befahl sie.

»Benny, Robert, ihr bleibt hier und kümmert euch um den Grill. Ich fahr mit Markus.«

Beide rannten zum Auto und setzten sich in den silbernen Honda Jazz. Eilig startete sie den Motor und fuhr los.

»Notaufnahme, Maximiliansplatz«, stammelte er.

»Ich weiß, wo die Notaufnahme ist. Du kannst jetzt eh nichts tun, sie muss erst untersucht werden.«

»Ich muss zu ihr, ich muss es versuchen ...«

Irritiert sah sie zu ihm und wieder auf die Straße.

Verzweiflung machte sich in ihm breit. Warum hatte er es nicht einfach getan, als sie auf der Wiese lag? Vielleicht war es zu spät, bis sie ankamen. Warum hatte er nur gewartet? *Wenn ich sie verliere ...*, dachte er panisch. Schwitzend und nervös versuchte er den Gedanken zu verdrängen und überlegte angestrengt, wie er es am besten machen konnte, ohne dass es jemand mitbekam. Als sie in der Notaufnahme ankamen, erfuhren sie, dass Daniela nicht eingeliefert worden war.

Die Schwester fand heraus, dass sie direkt in die Spezialstation *Stroke Unit* in der Kopfklinik gebracht worden war.

Fluchend rannte er raus zum Auto und wartete ungeduldig auf Denise, die hinterherhechelte.

Um Ruhe bemüht steuerte sie den Wagen ein paar Straßen weiter in die Schwabachanlage, und während sie einen Parkplatz suchte, rannte er aufgedreht und ängstlich in das Gebäude und die Treppen hinauf in das vierte Stockwerk. Schwer atmend klingelte er an der Tür der Intensivstation und nach kurzer Zeit öffnete eine Schwester.

»Daniela Elderich, ich muss zu ihr.«

»Sind Sie verwandt?«

»Nein, sie ist meine Freundin«, flehte er.

»Sie wird gerade diagnostiziert, Sie können jetzt nicht zu ihr. Bitte warten Sie dort drüben im Wartebereich. Ich komme zu Ihnen, sobald wir wissen, was los ist.«

Abrupt schloss sich die Türe wieder. Wütend ballte er seine Faust und überlegte kurz, die Scheibe einzuschlagen. *Verflucht, warum habe ich es nicht vorhin gemacht?*

»Markus ...« Denise kam keuchend den Gang entlang.

»Die lassen mich nicht zu ihr. Sie wird gerade untersucht«, schimpfte er aufgebracht und reckte seine rechte Hand zur Faust geballt in Richtung Tür.

»Du kannst doch eh nichts machen. Du hast alles getan, was du konntest, jetzt liegt es an den Ärzten.«

Doch er wusste es besser. Nervös marschierte er den Gang auf und ab und malte sich aus, was passieren würde, wenn er zu spät käme.

Unterdessen setzte sich Denise auf einen Stuhl und schrieb Robert eine Nachricht, dass sie warten müssten.

Es war leichtsinnig, es nicht gleich zu tun.

Die standen alle um mich rum, ich konnte nichts tun.

Du hättest es besser wissen müssen. Jetzt bist du nur noch Passagier und musst zusehen.

»Verflucht!«, schrie er plötzlich und trat gegen eine der viereckigen Blumeninseln aus Beton.

Erschrocken sah Denise ihn an.

»Entschuldige«, grummelte er und setzte sich neben sie. »Wir kennen uns schon seit 15 Jahren und haben so viel zusammen erlebt. Sie ... ist meine beste Freundin und wenn ihr etwas passiert ... Ich könnte es nicht ertragen.«

»Sie ist in besten Händen, du weißt doch, wie gut die hier sind. Die Erlanger Kliniken sind mit die besten im Land«, versuchte sie ihn zu beruhigen.

294

Besonders die Kinderklinik, dachte er spöttisch.

Nach einiger Zeit kam die Schwester zu ihnen und setzte sich neben Markus. Ruhig fragte sie nach seinem Namen und versuchte dann die Situation zu erklären. »Herr Groenefeld, ihre Freundin hatte einen Schlaganfall im Gehirn. Sie liegt momentan im Koma und wir können derzeit nicht absehen, ob und wann sie wieder aufwacht.«

Wie versteinert versuchte er weiter zuzuhören, doch er verstand ihre Worte nicht. Fassungslos blickte er sie an und es schien, als wären sie räumlich getrennt durch eine unsichtbare Scheibe, die allen Schall verschluckte. Er spürte, wie sein Herz pochte und wie es auf einmal galoppierend davonzureiten schien. Immer und immer wieder hörte er den Satz in seinem Kopf: *... hatte einen Schlaganfall ... wissen nicht, ob und wann ... sie liegt im Koma ... hatte einen Schlaganfall ... ob und wann sie aufwacht ... Schlaganfall ... Koma ... ob sie aufwacht.*

»Herr Groenefeld?« Besorgt legte sie eine Hand auf seine Schulter und betrachtete ihn.

»Ich muss sie sehen, ich muss zu ihr.« Auf einmal packte er sie an beiden Schultern. »Bitte!«

Erschrocken blickte sie einen Moment in sein Gesicht und antwortete dann, um Fassung bemüht: »Sie können jetzt zu ihr, aber bitte immer nur einer.«

»Ich warte hier«, versicherte Denise. »Geh.«

Sie gingen hinein und Markus legte sich nervös Schutzkittel und Gesichtsmaske an. Zitternd desinfizierte er unter Aufsicht seine Hände und wurde dann in die Station und in ein Zimmer gebracht. Dort lag sie auf einem Bett. In ihren Mund führte ein Schlauch und rund um sie standen jede Menge Geräte und Anzeigen. Auf einem der Monitore erkannte er Zahlen und Wellen. Ein kleines rotes Herz blinkte beständig. Überall stand medizinisches Zubehör und Pflege- sowie Reinigungsmittel. Entsetzt musste er schlucken. Es war so unwirklich, sie da liegen zu sehen, ganz blass und an der Beatmungsmaschine. Einen Moment stand er nur da und konnte nicht fassen, was er sah.

Als die Schwester gehen wollte, stammelte er schnell: »Ich muss mit ihr alleine sein, ich ... will mit ihr reden.«

Mit verständnisvollem Blick holte sie einen Paravent aus der Ecke und stellte ihn sorgsam so, dass er von der Tür her Sichtschutz hatte. »Ich lasse Sie ein paar Minuten alleine.«

Hastig blickte er kurz um sich, taumelte hinter den Paravent und beugte sich über sie. Sein Herz pochte jetzt so hart, als würde ein Basketball gegen die Rippen hämmern, und er hatte alle Mühe, nicht laut schreiend und weinend alles kurz und klein zu schlagen. In seinem Inneren brodelte ein panisches Feuer aus Angst und Verzweiflung und seine Hände zitterten jetzt so stark, dass er Mühe hatte, einen klaren Gedanken zu fassen. Einen kurzen Moment lang betrachtete er sie noch und flüsterte schließlich mit zittriger Stimme: »Alles oder nichts!«

Noch einmal lauschte er angestrengt in Richtung Tür und legte seine linke Hand auf ihre Stirn. Einen kurzen Moment später öffneten sich ihre Augen und die Pupillen weiteten sich.

Langsam beugte er sich über sie und spähte angestrengt hinein. Dann legte er seine rechte Hand auf ihr Herz, wie er es schon einmal in der Kapelle getan hatte. Sein eigenes Herz hämmerte hart wie von Sinnen und er spürte, wie er schwitzte.

Angst und Panik ließen ihn so zittern, dass er alle Mühe hatte fortzufahren. Beklommen drehte er den Kopf etwas hin und her und auf einmal sah er den Punkt. Einen Moment lang starrte er ihn an. Wie entgeistert stand er da und starrte auf den Punkt, der vor ihm in der Dunkelheit zu schweben schien und der mit einem Mal übergroß und unbezwingbar zu ihm aufblickte. Für einen winzig kleinen Moment war ihm, als würde sein Herz mit einem kristallinen *Kling* zerspringen und das Letzte, was er spürte, waren seine nachgebenden Knie. Dann donnerte er mit den Armen unterm Kinn und lautem ‚Rums' aufs Bettgitter.

Als er irgendwann später wieder zu sich kam, lag er auf einem Krankenbett. Am Daumen spürte er den Sensor für die Herzüberwachung und Denise saß neben ihm. Sein Kinn und sein Kopf schmerzten und er brauchte einen Moment, um zu realisieren, was passiert war. Doch plötzlich sah er das Bild wieder deutlich vor sich und in diesem Moment fühlte er einen Schmerz, als würde jemand in seine Brust hineingreifen und sein Herz zerfetzen. »NEIN!«, fing er an zu schreien. »NEIN!« Urplötzlich verlor er jegliche Kontrolle und sackte auf dem Bett zusammen. Mit schmerzverzerrtem Gesicht bohrte er die krampfhaft angespannten Finger wie eine Klaue in seine Brust und brüllte aus tiefster Kehle so jämmerlich und herzzerreißend, dass selbst Denise Tränen nicht zurückhalten konnte.

Es war ein so erschütterndes und wehklagendes Geheul, dass alsbald eine Schwester hereinstürmte, um ihm eine Spritze in den Arm zu geben.

Aber als Denise auf mögliche Unverträglichkeiten hinwies, ließ die Schwester es bleiben und Denise versuchte zu trösten, so gut sie konnte.

Doch es dauerte, bis sein Tränenfluss und seine Schreie nachließen und er vollkommen apathisch nur noch vor sich hinstarren konnte. Etwas später half sie ihm hoch und sie gingen mit langsamen Schritten aus der Station zu ihrem Wagen. Es war bereits dunkel, als sie bei Benny ankamen. Langsam stieg Markus aus und spürte Wassertropfen auf seiner Nase. Abwesend drehte er seinen Kopf nach oben und wieder platschten ein paar Tropfen auf sein Gesicht.

»Alter ...« Benny sah furchtbar betroffen aus und rang sichtlich um Worte.

»Markus ...«, versuchte Robert etwas zu sagen, aber auch er konnte keine passenden Worte finden.

Spontan umarmte Samira ihn und er konnte sehen, dass sie geweint hatte. Ihre Augen waren feucht und leicht rot. »Es tut mir so leid, Markus.«

Mit den Händen nahm er ihre Schultern, drückte sie von sich und sagte leise: »Danke, Denise, für deinen Beistand.«

»Alter, wenn wir was tun können ...«

Doch er schüttelte den Kopf und sagte leise: »Ich muss jetzt alleine sein. Ich ... geh nach Hause und ... ruhe mich aus.« Er war müde, sein Körper tat weh und er fühlte eine solche Leere in sich wie noch nie. Es war nichts da. Kein Gedanke, kein Gefühl. In ihm war es trostlos und beängstigend leer. Und er wusste nicht so recht, was er tun sollte.

Denise äußerte noch einmal beharrlich Bedenken, sie wollte ihn nicht fahren lassen.

Doch schließlich konnte er sie überzeugen, ihn gehen zu lassen. Langsam trottete er zu seinem roten Esel, startete den Motor und tuckerte in Richtung Tennenlohe. Der Regen war mittlerweile stärker geworden. Ab und an blitzte und donnerte es draußen, doch er nahm es kaum wahr. An der Ampel kurz vor Tennenlohe setzte er den Blinker links und bog in die Weinstraße ein. Wie ferngesteuert fuhr er die Straße entlang und starrte auf die Fahrbahn vor sich. Doch mit einem Mal spürte er einen heftigen Impuls. Plötzlich packte ihn etwas.

Unvermittelt riss er das Lenkrad nach rechts und steuerte den Wagen mit rutschenden Reifen auf den Parkplatz vom Waldmuseum. Sein Fuß trat mit Gewalt auf das Bremspedal und der Wagen blieb mit blockierten Reifen unmittelbar nach Verlassen der Straße stehen. Ohne zu überlegen, riss er die Tür auf, schritt wutentbrannt zu einem der Bäume an der Straße und nahm sich einen dicken Ast, der dort lag. Wie besessen drosch er mit voller Kraft auf den Baum ein, stellte sich dann an eine Stelle mit Sicht in die Dunkelheit des Himmels und schrie aus voller Kehle: »Was bildest du dir eigentlich ein, wer du bist? Wer bist du, dass du denkst, du kannst über Leben und Tod entscheiden? Du verdammter alter Mistkerl! Komm gefälligst runter, wenn ich mit dir rede, du Ausgeburt des Teufels!«

Bei den letzten Worten krächzte seine Stimme und er spürte, wie sein Hals anfing zu schmerzen, aber das kümmerte ihn nicht. Mit breiten Schritten stiefelte er zurück zum Baum und hämmerte mit dem Ast dermaßen gewalttätig auf ihn ein, bis ihm die Puste wegblieb. Doch sofort marschierte er wieder zur Straße und brüllte, so laut er konnte: »Du willst Gott sein? Du willst der Erschaffer der Welt sein? Du bist eine Witzfigur, du bist nichts weiter als ein eitriges Geschwür auf meinem Rücken! Komm gefälligst runter, wenn ich mit dir rede!«

Es blitzte und lautes Donnergrollen bahnte sich seinen Weg.

»Hörst du mich? Ich bin hier, du verfluchter alter Bastard!«

Wütend reckte er seine Fäuste in die Luft und blickte zähnefletschend nach oben. Mittlerweile regnete es in Strömen und immer wieder blitzte und donnerte es. Das Wasser rann ihm das Gesicht hinunter und immer wieder musste er blinzeln.

»Komm gefälligst hier runter und ich zeige dir deine Göttlichkeit! Ich reiße dich in Stücke, du mieser, verlogener Hühnerdieb! Du verfluchter alter Mädchenmörder, du elendiger Kindermörder, du verfluchter gesichtsloser ...«

Weinend und krächzend sackte er auf die Knie und begann furchtbar zu heulen. Blitze zuckten unheilvoll grell verästelt durch die Dunkelheit und immer wieder donnerte es. Vollkommen verzweifelt kniete er auf dem Boden nahe der Straße. Der Regen floss ihm über Kopf und Rücken seine Arme und die

Beine hinab. Mit heiserer Stimme schrie und heulte er, die Hände zu Fäusten geballt, und immer wieder dazwischen krächzte er: »Verdammter Bastard!« Als er irgendwann keine Träne mehr herausbekam, kauerte er einige Zeit auf seinen Knien mit dem Kopf im Dreck und starrte in das nasse Laub neben sich. Irgendwann quälte er sich hoch und stieg in seinen Wagen. Im hinteren Bereich waren ein paar Klamotten zum Wechseln gelagert. Mühsam bewegte er sich nach hinten, zog kraftlos andere Kleidung an und kämpfte sich wieder auf den Fahrersitz. Der Regen prasselte unaufhörlich auf die Scheibe, doch er starrte einfach hindurch. Vor ihm lag der Parkplatz und dahinter begann der Waldweg zum Museum.

Alle paar Sekunden wischte der Arm über die Scheibe, doch kurz darauf verschwamm das Bild wieder. Einige Zeit blieb er so sitzen und starrte einfach aus dem Wagen hinaus in das Dunkel. Irgendwann sah er das Bild der Kapelle vor seinem inneren Auge schweben. Ohne weiter nachzudenken, startete er den Motor und fuhr in Richtung Kinderklinik. Über den Hintereingang betrat er den Klinikbereich und schlurfte langsam und teilnahmslos in die Kapelle. Dort setzte er sich ganz nach vorne auf den Stuhl, auf dem er damals gesessen hatte, als sie beide hier gewesen waren. Sein Blick fiel auf die Statue von Maria. Eine Weile starrte er sie an und fühlte sich dabei vollkommen leer. Das Flackern der LED-Kerzen, die er aus den Augenwinkeln bemerkte, ließ ihn seinen Kopf zum Licht hinwenden.

Einen Moment lang stellte er sich vor, was er ihr alles sagen würde, wenn sie hier wäre. Gott, er wollte ihr so vieles sagen, was er noch nie gesagt hatte. Wie hübsch sie war. Wie sehr er sie bewunderte. Und wie stolz er auf sie war, weil sie all das gemeistert hatte, ganz ohne Kai. Und wie dankbar er war, dass sie ihn all die Jahre unterstützt hatte und nicht von seiner Seite gewichen war, selbst als es mal hässlich wurde. Wie bei Claudia

300

zum Beispiel. Sie war rot gewesen und Daniela war dabei. Seine Gedanken wanderten zu Elli. *Verflucht.* Elli. Er musste sie anrufen. Die Ärzte wussten nicht, wie lange das alles dauern würde. Und er, er konnte ihr nicht helfen. Plötzlich fing er wieder an zu schluchzen und sein Smartphone rutschte scheppernd zu Boden. Auf einmal spürte er wieder diesen starken Schmerz in seinem Herzen, als würde jemand hineingreifen und es zerquetschen. Mit schmerzverzerrtem Gesicht biss er die Zähne zusammen und stieß furchtbare Schreie der Verzweiflung aus. Noch nie hatte er solche Pein gespürt, nicht einmal bei Alisha. Schluchzend griff er das Telefon und wählte ihre Nummer.

»Markus?«

»Elli ...«

»Es ist schon spät. Ist alles in Ordnung?«

Mühsam unterdrückte er sein Schluchzen und schluckte verkrampft. Mit einem Mal wusste er gar nicht, wie er ihr das sagen sollte. Wie zum Teufel konnte er ihr das nur beibringen?

»Markus? Weinst du?«

»Elli, Schatz ...«

»Sag doch, was ist denn?«

»Daniela, sie ... sie hatte ... sie hatte einen Schlaganfall, Elli. Sie liegt im Koma!«

»WAS? Was sagst du da, was ist passiert, wo ist sie?«

»Wir haben gegrillt bei Benny und wir haben getanzt und da ist sie einfach umgefallen, Elli ...« Nun konnte er sich nicht mehr halten und schluchzte in das Telefon. Und er war froh, dass er saß in dem Moment.

»Ich komme sofort, ich ... ich ... Ben, Ben kann auf Kathi aufpassen, ich werde sofort losfahren. Wo ist sie?«

»Elli, du kannst nichts tun ...«, schluchzte er.

»Markus, wo ist sie?«

»Kopfklinik, Stroke Unit, 4. Stock.«

»Ich bin in ein paar Stunden da.«

»Fahr vorsichtig«, heulte er ins Telefon, doch sie hatte schon aufgelegt. »Nein!«, schrie er unter Tränen, ließ das Smartphone auf den Boden poltern und sackte auf der Stuhlreihe zusammen. Vollkommen verzweifelt presste er die Hände aufs Gesicht. Vor seinem Auge kreisten Bilder der Vergangenheit.

Beim Griechen, als sie zum Essen waren. Da packte sie ihn sanft an den Schultern und flüsterte: »Du bist ein Wunder, ein großes Glück für alle dort. Diese Fähigkeit oder Gabe oder nenn es, wie du willst, sie ist ein Wunder.«

Damals in der Kapelle, als sie ihn hoffnungsvoll ansah. »Ich meine ... Elli ... sie wird wieder gesund, sagst du?«
Er nickte sanft und sie fragte: »Und kann sie noch einmal erkranken oder ist sie für immer geheilt?«

Die Szene, als Sarah und Elli damals miteinander spielten. »Sie ist echt was Besonderes«, flüsterte er und Daniela nickte. »Das ist sie, genau wie du.« Sie blickten sich an und er spürte damals ihre Dankbarkeit.

Und er erinnerte sich an die Szene beim Tanzen. Als sich ihre Blicke trafen, flüsterte sie: »Unser erster Tanz.«
Ergriffen spürte er sein Herz einen kleinen Satz machen und etwas verlegen suchte er nach einer passenden Antwort. Schließlich lächelte er und hauchte leise: »Hat lange genug gedauert.«

Eine Weile lag er noch auf den Stühlen in der Kapelle und heulte hoffnungslos und verzweifelt. Irgendwann schlief er leer und vollkommen erschöpft ein.

Sonntag

~Zwei Hände~

Als Markus ein paar Stunden später aufwachte, spürte er Schmerzen im Rücken, in den Händen, an den Armen und am Kinn. Mit schmerzverzerrtem Gesicht setzte er sich auf und starrte in das flackernde Licht vor sich. Außer den Schmerzen konnte er nichts fühlen. Als hätte jemand einfach einen Schalter umgelegt und sie abgeschaltet. Teilnahmslos saß er da und beobachtete das Flackern. Irgendwann fiel sein Blick auf das Smartphone am Boden. Mutlos griff er hinunter und hob es auf. Die Uhr zeigte 4:36 Uhr.

Eine Weile betrachtete er es mit leerem Blick und steckte es in die Tasche seiner Cargohose. Langsam hob er seinen Kopf zu dem Kreuz und beobachtete Jesus, wie er im flackernden Licht der Kerzen an seinem Kreuz hing. Irgendwie wirkte er friedlich da oben. Und irgendwie demütig.

Kurz danach stand er auf und schlurfte mit gesenktem Blick zum Ausgang der Kapelle. Es war ruhig auf dem Gang und weit und breit keiner zu sehen. Einen Moment blickte er apathisch in Richtung der Zimmer, schlurfte dann Schritt für Schritt und mit gesenktem Kopf zum Ausgang und zu seinem Wagen. Eine Weile starrte er auf das Armaturenbrett vor sich. Sein Körper schmerzte, aber sonst konnte er nichts fühlen. In seinem Kopf herrschte Stille und sein Herz schien sich davongemacht zu haben. Missmutig drehte er den Schlüssel und der Motor startete mit einem Dröhnen.

Langsam tuckerte er los in Richtung Kopfklinik. Die Stadt schlummerte hell beleuchtet und auf den Straßen war kein Mensch unterwegs. Doch Markus nahm nichts davon wahr. Wie automatisch steuerte er den Wagen in die Schwabachanlage und parkte nahe dem Eingang. Behäbig stieg er aus und schlurfte mit hängendem Kopf zum Eingang und zum Treppenhaus. Stufe für Stufe stapfte er allmählich die Treppe hinauf, bis er im vierten Stock angekommen war. Im Wartebereich setzte er sich auf einen Stuhl und starrte mit leerem Blick an die Wand. Auch hier war kein Mensch, doch er nahm es nicht wahr. Er wusste, sie lag dort drin. Und er wusste, dass er nichts für sie tun konnte. Sie würde einfach sterben irgendwann, ohne dass er noch einmal mit ihr hätte reden können.

Irgendwann später konnte er hören, wie sich die Türen vom Aufzug öffneten. Er hatte keine Ahnung, wie viel Zeit vergangen war und wie lange er schon dasaß. Schritte näherten sich und er hörte eine vertraute Stimme.

»Markus.«

Etwas irritiert drehte er seinen Kopf nach rechts.

Elli trabte auf ihn zu. Ihr Gesicht wirkte blass und sie hatte ihre langen blonden Haare hochgesteckt. Sie trug eine Jeanshose und ein weißes Hemd darüber. »Wie geht es ihr?«, rief sie und umarmte ihn. Ihre Stimme klang müde und sorgenvoll.

Als er ihre Wärme spürte, fing er an zu schluchzen. Ihre Haare rochen nach Shampoo, ihre Kleidung nach Waschpulver und der Geruch war der gleiche, den Daniela stets an sich trug.

»Es tut mir so leid ...«, stammelte er und wollte sie in diesem Moment nie wieder loslassen. Mit einem Mal spürte er wieder den Schmerz in seinem Herzen und es war für einen Moment, als hätte er Daniela umarmt. »Gott, ich habe es versucht!«, heulte er und hatte alle Mühe, sich auf den Beinen zu halten.

Elli war es schließlich, die ihn langsam zu einem Stuhl bugsierte und sich neben ihn setzte. »Du hast alles getan, was möglich war«, tröstete sie leise und wiederholte noch einmal: »Wie geht es ihr?«

»Unverändert, sie liegt im Koma.« Langsam hob er den Kopf und schaute sie mit Tränen in den Augen an. An ihrem Gesicht bemerkte er, dass sie ebenfalls geweint hatte, doch sie gab sich alle Mühe, ruhig zu bleiben.

»Was genau ist passiert?«

Markus erzählte von dem Grillfest, wie sie gelacht und getanzt hatten, wie Daniela auf einmal umgefallen war und er den Notruf instruiert hatte.

»Und seitdem keine Veränderung?«

»Ich habe hier gewartet und war noch nicht drinnen«, erklärte er leise. »Aber es wäre ein Wunder, wenn sie aufwachen würde. Elli, ich habe wirklich alles versucht, aber ich konnte ihr nicht helfen«, stammelte er unter Tränen.

Mit einem Mal wurde ihr Blick abwesend und für einen Moment schien es, als würde sie einfach durch ihn durchsehen. Ihr Mund öffnete sich ein wenig und sie zischte irritiert: »Was hast du gerade gesagt?« Einen Moment starrte sie, als würde sie versuchen, etwas weit Entferntes zu erkennen, und plötzlich hatte sie wieder diesen Blick in ihrem Gesicht.

»Ich konnte ihr nicht helfen.«

»Nein, davor.« Ihre Pupillen glänzten und sie sah ihn mit diesen leicht zusammengekniffenen Augen an, als hätte sie etwas Entscheidendes erkannt. Abrupt stand sie auf und klingelte an der Tür. Kurz darauf hämmerte sie mit der Faust dagegen und Markus blickte ihr fragend hinterher.

Ein Pfleger öffnete und sie erklärte ihm eilig, dass sie die Tochter sei und zu ihr gelassen werden wolle.

»Elli ...« Mühsam und gebrechlich stand er auf und folgte ihr. Sie zogen sich die Schutzkleidung an und der Pfleger führte sie in den Raum, in dem Daniela lag. Es war alles so wie beim ersten Mal, sie lag auf dem Bett und um sie herum standen Monitore und Geräte.

»Wir brauchen etwas Privatsphäre bitte, ich möchte mit ihr reden«, forderte sie vom Pfleger.

Er zog einen Paravent aus der Ecke und stellte ihn auf.

»Elli ...«, schniefte Markus leise und überlegte, wie er ihr erklären könnte, dass sie nichts tun konnte.

Doch Elli reagierte nicht, sie tapste langsam zum Bett und starrte ihre Mutter einen Moment lang an.

Daniela lag regungslos und mit blasser Haut auf dem Bett. Ihr Anblick ließ ihn erneut zu weinen beginnen und er schaffte es gerade noch, sich etwas polternd auf den Stuhl ein Stück links ihres Bettes zu setzen.

Unterdessen nahm Elli Danielas linken Arm und hielt ihn mit beiden Händen fest. »Mama«, flüsterte sie und Markus hörte in ihrer Stimme, dass sie ebenfalls kurz davor war zu weinen.

»Mama!«, schluchzte sie und klang verzweifelt. »Mama bitte …« Sie zerrte ein wenig an ihrem Arm und schüttelte ihn.

Doch Daniela rührte sich nicht.

Langsam beugte sich Elli über ihre Mutter und es wirkte, als würde sie über ihre Haare streicheln.

Markus konnte nicht sehen, was genau sie dort machte, aber sie tat ihm in diesem Moment fast mehr leid als Daniela selbst. In diesem Moment wäre er am liebsten mit den beiden noch mal zurückgekehrt in die Zeit, als Elli noch ein kleines Mädchen in der Klinik gewesen war. In diesem Moment hätte er alles gegeben, um das Hier und Jetzt ungeschehen zu machen.

»Ich kann es sehen«, flüsterte Elli konzentriert.

Markus sah mit feuchten Augen zu ihr. Irritiert stand er auf und bemerkte, wie sie sich wand. Fast als hätte sie Magenkrämpfe. Verwundert kam er ein Stück näher und plötzlich konnte er sehen, wie Danielas Kopf nach oben zuckte. Mit aufgerissenen Augen und offenem Mund tapste er sichtlich schwankend zum Fußende ihres Bettes und konnte nicht glauben, was er da sah und konnte sich gerade noch am Bett festhalten, sonst wäre er ganz sicher zu Boden gedonnert. Ungläubig beobachtete er, wie Elli ihren Kopf ganz nahe an ihrer Mutter hielt und dabei konzentriert in ihre Augen spähte. Überrascht und fassungslos bemerkte er, wie Daniela leicht zitterte.

307

Auf einmal zuckte Danielas Kopf erneut nach oben und Elli murmelte: »Es pulsiert.«

Markus starrte sie an, mit pochendem Herzen und konnte sich nicht bewegen. Seine Finger krallten sich ins Bettgitter. Vollkommen entgeistert beobachtete er, wie ihr Kopf ein drittes Mal zuckte und kurz darauf ein leises, tiefes Stöhnen aus Danielas Kehle emporstieg. Und einen Moment später sah er mit offenem Mund und zittrigen Knien, wie Elli sich aufrichtete und ihre Mutter schwer atmend betrachtete.

Langsam bewegte Daniela ihre Augen und blinzelte die beiden irritiert an.

Einen Moment später drehte Elli ihren Kopf zu ihm und mit einem Mal erkannte er, was ihr Blick bedeuten musste. Wie als hätte sich plötzlich ein langwährender Nebel gelüftet, sah er schlagartig deutlich vor sich, was ihm damals und all die nachfolgenden Jahre entgangen war, als er von Daniela überrascht wurde. Mit weit offenem Mund und Augen erinnerte er sich an die Szene, als Elli damals auf ihrem Bettchen saß: »Er wollte nur sehen, ob ich Fieber habe.«

Und er hatte es bestätigt. Aber er war in dem Moment so schockiert gewesen, dass es ihm gar nicht aufgefallen war. Und durch die nachfolgenden Ereignisse in der Kapelle hatte er es scheinbar vergessen. Und während er noch dastand und mit offenem Mund vollkommen überrascht, entsetzt und ungläubig zugleich überlegte, warum die Gabe auf Elli übergegangen war und was es bedeuten sollte, dass sie geschafft hatte, was er nicht konnte, wurde ihm schlagartig klar: *Sie wusste es die ganze Zeit.*

308